알로하, 나의 엄마
이금
アロハ、私のママたち
イ・グミ
李明玉 訳

アロハ、私のママたち　目次

一九一七年、オジンマル村　6
鏡の女、写真の男　26
アロハ、ポワ　49
五月の花嫁たち　84
生きるよすが　107
故郷を離れた人々　134
エワ墓地　154
たより　171
一九一九年　184
ホノルルの風　210
彷徨える暮らし　231

上町と下町 261
ワヒアワの虹 285
パンドラの箱 310
私のママたち 343

作者のことば 366
日本の読者の皆さんへ
——横浜港に吹いていた風を思い出しながら 369
訳者あとがき 372

This book is published with the support of

the Literature Translation Institute of Korea (LTI Korea).

アロハ、私のママたち

一九一七年、オジンマル村

「ポドゥル嬢ちゃん、来年は十八でしょう? ポワにお嫁に行きませんか?」

釜山《プサン》おばちゃん《アジメ》が訊《き》いた。ポドゥルと母親のユン氏の目が、まん丸になった。

亀浦《クポ》（朝鮮半島南東部、慶尚南道に位置する、古くから市場のある洛東江沿いの町）に住んでいるのに、釜山アジメと呼ばれるおばさんは、椿《つばき》油《あぶら》、朴家粉《パッカブン》（一九一六年、朝鮮で初めて大量生産された白粉）、櫛《くし》、鏡、裁縫道具、マッチなどの品物を頭に載せて、村々を回る行商だ。釜山アジメはユン氏が幼い頃から、彼女の実家に出入りしていた。年に一、二回、オジンマルに立ち寄る釜山アジメは、いつもポドゥルの家で荷を広げて商売すると、一晩泊まっていった。

妹峰山《メボンサン》の麓《ふもと》に張りついたような村々では、井戸の底から見上げたみたいに、ぽっかりと空だけが見えた。五十戸に満たない小さな集落のオジンマルは、なかでも辺鄙《へんぴ》な場所にある。オジンマルに最も近い酒泉《ジュチョン》の市場にちょっと出かけるにも、峠を三つも越えなければならない。だから、オジンマルの女たちは、釜山アジメが村に足を踏み入れただけでもソワソワした。風呂敷の中の商品から、せいぜい針山かマッチを買うくらいで、残りは高嶺《たかね》の花だったけれど、見ているだけで目の保養になった。四方八方を歩き回る釜山アジメの語る外の世界の話がまた、耳の保養になるのだった。部屋に溢《あふ》れかえっていた女たちが帰り、弟のグァンシクとチュンシクも向かいの部屋に行って床《とこ》に就いた。床を延べていたポドゥルは、釜山アジメの不意の縁談に、ちらりと母の顔色を窺《うかが》った。ポワという村は、初めて聞く場所だった。その名を聞いたことがないのはユン氏も同じだった。

「ポワ？　それは、どこ？」

ユン氏の顔に喜色と不安が同時に浮かんだ。ポドゥルには不安の原因がわかった。たとえよい相手だとしても、嫁入り道具の布団一組さえ用意するのが難しい生活だったからだ。

八年前、訓長（朝鮮時代から近代にかけて地域の初等教育を担った書堂の先生）だった父が他界してから、ポドゥルの家は重苦しい侘《わび》しさと共に、晴れた日も山に遮られたような濃い影に覆われていた。カン訓長の死から二年後に、ポドゥルの兄である長男までもが亡くなると、家を覆った影は皮膚のようになってユン氏の顔に張りついた。

「ちょっとばかり遠いんですわ。アメリカって聞いたことありますか？」

「あるわよ。酒泉の教会の牧師だっていう、鼻高の旦那がアメリカ人らしいわ。ポワって、ああいう人たちが住んでるところ？」

ユン氏が言った。ポドゥルが読んだ『血の涙』（一九〇六年発表のイ・インジクによる近代小説）という小説でも、主人公はアメリカへ行った。アメリカに行くのは本の中だけの話だと思っていたのに、実際に行けるなんて。

ポドゥルには信じられなかった。

「その通りですわ。アメリカ言うても島らしいです。そこ行ったら、お金は箒《ほうき》でかき集める言うて。

そんだけと違《ちご》うて、服も靴もその辺の木に鈴なりやから、気に入ったんを取って着たり履いたりできる言うてます。気候もまた、えらいもんで。年がら年中、春みたいにあったかいから冬服はいらんそうですわ」

釜山アジメは、商品を売るときよりもはしゃいでいた。

「まるで極楽じゃないですか。アイゴ、そんなところがあるんですか？」

ポドゥルが思わず訊いた。

「そやから、ポワを楽園言いますねん。あっこに行きさえすれば、左うちわですって。もう十歳でも若かったら、白粉《おしろい》塗りたくって、私がお嫁に行きたいぐらいですわ」

皺《しわ》くちゃの釜山アジメの言葉に、ユン氏とポドゥルは噴き出してしまった。おかげで、縁談で緊張した部屋の空気がゆるんだ。

「けど、そんなところに朝鮮の男がおるの？　アジメは、なんでそんな男を知ってるの？」

ユン氏が訊いた。ポドゥルも知りたかった。

「十年ほど前にね、朝鮮の男たちが、ポワにぎょうさん働きに行ったらしいんですわ。その男衆が成功して、花嫁を探してるいうわけです。カラスも故郷のカラスが好きやというのに、一生一緒に暮らす嫁さんのことですからね。釜山にいる婚家の親戚すじに、娘をポワに嫁がせた家があるんですわ。娘っ子が泣きながら行ったいうのに、五年で、実家に土地も買うて家も建ててあげた言うてますやん。その子が、自分だけいい暮らしするんももったいない言うて、兄ちゃんに男衆の写真を送ってきましてん。朝鮮の花嫁さん、ちょっと探しておくれ言うて。その兄ちゃんが、そんなら自分が仲介人になる言うて、特別にいい縁をあたしに頼んだんです。相手さんの写真もありますよ」

釜山アジメが風呂敷から写真を取って、差し出した。ポドゥルは、実際に男の前に立たされたように、まっすぐ見るのが恥ずかしかった。代わりにユン氏が受け取って、じっと見つめた。ポドゥルは、母の表情を窺った。どんな人なのか、見てみたい。

「ポドゥルのお母さん、婿さんとして、どうですか？　男らしいでしょ？　見た目がいいだけやなくて、おっきな畑を持ってる地主らしいですわ」

釜山アジメがつけ加えた。その言葉に、ユン氏とポドゥルは、さらに目を見開いた。

「地主やて？　アメリカで？　日本の奴らみたいに、他人の土地を盗んだわけやないやろし、よその国でどないして地主になったの？」

ユン氏の声が大きくなった。自分の土地を耕したいというのが、朝鮮人みんなの夢だった。

「そうですねん。どんだけの働き者やったら、裸一貫でよその国で土地を持てる思います？　そんな相手やから、こうやって仲介しますねん。なんでまた写真を握りしめてますの？　ポドゥルのお母さんがお化粧して、お嫁に行くつもりですか？」

釜山アジメの軽口に、ユン氏は「はしたない」と言って、慌ててポドゥルの膝に写真を投げるようにして渡した。

ポドゥルは恥ずかしそうにして写真を拾い上げたが、視線はとっくに背広姿の男に釘づけだった。太い眉に黒目がちな強い目、まっすぐな鼻筋、きゅっと結ばれた口元の男が自分を睨《にら》んでいるようで、顔が熱くなった。釜山アジメが縁談を持ちかけてきた瞬間から早鐘を打ち始めた心臓は、写真を見るとさらに強く脈打った。

「裏に、名前と年が書いてありますわ」

ポドゥルは釜山アジメに言われて、裏面を見た。端正な字体で「ソ・テワン、二十六歳（韓国では一般的に年齢は数え年で数える。数え年は生まれた時点で一歳とし、以降新年を迎えるたびに一歳ずつ加えていく。数え二十六歳は満二十四または二十五歳。以下、年齢表記は原則として数え年）」と書かれていた。九歳も上だという年齢よりも、ソ・テワンという名前の三文字が胸に刻まれた。

「二十六歳言うたら、若いですわ。ポワの男衆は、年いってるのが玉にキズらしいんでね」

三人以外に誰もいないのに、釜山アジメは声をひそめた。

「再婚じゃないなら、九歳差なんて何でもないわ。故郷はどこで、父母やきょうだいについては？」

ユン氏は、気持ちが半分傾いているような顔で訊いた。ポドゥルの目は、写真に貼りついたままだった。人物が気に入っても、あまりに距離が離れている。近所に住んでいても年に一、二回の里帰りさえ難しいというのに、ポワというところへ行ってしまえば家族とは二度と会えなくなるかもしれない。母と弟たちを置いて、そんなに遠くへは行きたくない。

「故郷は、平安道《ピョンアンド》の龍岡《ヨンガン》やそうです。お母ちゃんは何年か前に亡くなって、女きょうだいは朝鮮でみんな嫁に行ってしもて、家族いうても父一人、子一人や言うてます。婚家暮らしの苦労もないってことですわ。ああ。それと、嬢ちゃん。そこ行ったら勉強もできますよ」

ポドゥルがパッと顔を上げた。

「そ、それ、本当ですか？」

「はい。うちの婚家の娘も無学で字もわからんかったんが、あそこ行って勉強してから、家に手紙もちゃっちゃと書くし、あっちの言葉もペーラペラや言うてます」
ポドゥルは、まるで自分がその娘になったような気がして、胸がドキドキした。
酒泉に普通学校（日本統治時代の朝鮮人を対象にした初等教育機関）ができると、カン訓長は長男を学校に入れた。世の中が変化しているので、これからの子供たちは新学問を学ぶべきだというのが、カン訓長の考えだった。二年後、八歳になったポドゥルも入学させた。親友のホンジュも父親にねだってポドゥルと一緒に入学した。ポドゥル一家がオジンマルに住むようになったのは、ホンジュの父アン長者のおかげだった。

カン訓長は幼い頃から、科挙（朝鮮時代の官吏登用試験）に合格して没落した家を立て直し、腐った世の中を変えてやるという野望を抱いていた。科挙の最初の関門である初試に合格して、カン初試と呼ばれていたが、世の中に負けず劣らず不正腐敗が深刻だった科挙制度は廃止された。科挙の勉強だけをしてきたカン初試にとって、まさに青天の霹靂《へきれき》だった。雀《すずめ》の涙ほどの実家の援助は当然切られ、妻のユン氏の実家もとうに没落していたため助けを乞うことはできなかった。官職に就けず、お金もない二人にとって、両班《ヤンバン》（朝鮮時代の貴族階級。官職とは無関係に身分が世襲された）という身分は、絵に描いた餅のようなものだった。

カン初試は生活のため市場に代書屋を構えたが、ユン氏が針仕事の内職をするほどまでに困窮した。アン長者は、カン初試をオジンマルの訓長として招聘《しょうへい》した。ポドゥルが、まだ生まれる前のことだ。代々、常民《サンミン》（商工業・農業・漁業等に従事する平民）だったアン氏は、牛の商売でひと儲けすると、オジンマルの土地を買った。野原や田畑を見下ろす場所に瓦屋根の屋敷を建てて落ち着くと、族譜《チョッボ》（家系の記録）を金で買って両班になった。そんな経緯《いきさつ》を知る村人たちは、呼称に迷った末、彼を「アン長者」と呼んだ。

カン訓長は、お金で買った両班の身分だと知りつつ、十歳年長のアン長者を兄上と呼んで敬った。ユン氏もアン長者の妻を、お義姉《ねえ》さんと呼んだ。仲のよい大人たちのおかげで、ポドゥルとホンジュも大の仲よしとなった。

二人とも姉や妹は幼い頃に亡くなり、男きょうだいの中の一人娘だった。ポドゥルは上から二番目で、ホンジュは兄たちと年の離れた末っ子だ。

ポドゥルは父の書堂《ソダン》で千字文《せんじもん》（朝鮮で古くから漢文学習の入門書として使われた、中国の梁の時代の漢詩）を習っていた頃より、学校で友達と一緒にハングルや日本語、算数や体操を習うほうがはるかに楽しかった。幼い足で、峠を三つ越えるのも苦にならなかった。ところがカン訓長が亡くなると、ユン氏一人で子供二人分の月謝を払うことができなくなった。どちらかが辞めなくてはならないのなら、当然それは女の子だった。

二年生を終えることなく学校を辞めたポドゥルは、そのときから家事をしながら下の子たちの世話をした。似たような年頃の男の子ばかり、三人である。翌年ユン氏は、すぐ下のギュシクを学校に入れた。弟のギュシクを入学させながらも、ポドゥルを復学させることはなかった。悲しくて、恨めしかった。

「あたしは？　ギュシクが行くのに、あたしはなぜ行けないの？　あたしも学校に、もう一度行かせてください」

必死に抗議したり、お願いしたりした。

「女は、自分の名前が読めて書けたら充分やろうに、何の勉強が必要やいうの？」

ユン氏にこう言われ、ポドゥルは食事もとらず、家事もせずに怒りをぶつけた。

「あんた、母さんが死ぬとこ見たいんやね？　そうかい。母さんは、妹峰山の龍沼にはまって死ぬことにするから、あんたの好きにしたらええ」

ユン氏が前掛けを脱ぎ捨ててサッと立ち上がると、ポドゥルは急に恐ろしくなった。母までいなくなったら、孤児になってしまう。ポドゥルは部屋を出ようとする母の脚にしがみつき、二度と学校の話はしないと誓った。

その後のポドゥルにできたことといえば、文字を忘れないように火かき棒で地面に書いては、心をなだめることだけだった。

ポワへ嫁げば、心置きなく勉強できるだなんて。浮きたつポドゥルの心を、ホンジュの存在が抑えた。ポワにお嫁に行けば、友達ともお別れだ。ポドゥルにつられて入学し、勉強より学校の前のお店に心を奪われたホンジュは、ポドゥルが辞めたあとも引き続き学校に通った。ホンジュは、ちょうど酒泉に所帯を構えた次兄の家に下宿した。長期休暇にも、金海《キメ》や釜山に住む兄たちのところへ遊びに行き、実家には帰らなかった。ポドゥルは、ホンジュが都会へ遊びに行くことよりも、学校に通えることが羨ましかった。まるでホンジュが本物の両班のお嬢様で、自分は身分の低い家の娘になったようだった。

四年制の普通学校を卒業すると、ホンジュは女学校には進学しなかった。本人が勉強に興味がないうえに、両親も、息子たちが門前にも行ったことのない上級学校へ娘をやろうとは思わなかった。ホンジュは学校があり市が開かれる都会から、田舎の家に戻って退屈していたが、ポドゥルは友達が傍にいることが嬉《うれ》しかった。ホンジュといると、母と共に暮らしを支えなくてはならない現実を忘れることができた。ポドゥルが夜の散歩を許されるのは、ホンジュの家に行くときだけだった。縫い物を持って、暇さえあればホンジュの家に飛んでいった。

退屈な縫い物も、母と向き合ってするより、ホンジュとおしゃべりしながらするほうが苦にならないのだった。

ホンジュは、母屋の個室を一人で使っていた。その部屋で、ポドゥルは干し柿や茶菓をつまみながら、ホンジュが衣装箱に隠している『秋月色』（一九一二年に発表されたチェ・チャンシクの恋愛小説）や『血の涙』、『牡丹峰《モランボン》』（『血の涙』の続編）のような小説を読んだりした。本を読み終えると、胸をときめかせながら自由恋愛について語り合い、口紅を塗ってホンジュと主人公の真似をしたりもした。

昨年、十六になったホンジュの嫁ぎ先が決められた。馬山《マサン》にある相手の家は、由緒《ゆいしょ》正しい両班の家柄だった。

アン長者夫人は、娘が嫁ぎ先でいびられないように家事を教え込もうとした。ホンジュは、じっと座っていなくてはならない針仕事を一番嫌った。内職を手伝ううちに母の技量に追いついたポドゥルは、夜な夜なホンジュの隣で、友が嫁入りに持参する枕やら座布団やらに刺繍《ししゅう》を入れた。ホンジュは、母が仕事を言いつけて部屋を出ていくと、刺繍布を放り出しておしゃべりに精を出した。オジンマルを脱出し、都会の馬山で暮らす想像で頭がいっぱいのホンジュとは裏腹に、ポドゥルはすでに友の不在が寂しかった。ホンジュが学校に通うために村を離れていたのとは、また違うのだ。あれは卒業すれば帰ってくるという時限つきだったが、結婚は永遠に離れ離れになることを意味した。

　一年前、自宅の庭で婚礼の儀式を終えたホンジュがオジンマルを離れるとき、ポドゥルはアン長者夫人よりも悲しげに泣いた。すべてを打ち明け合う友と、その友と戯れ、生活の重荷を束の間でも下ろせる時間の両方を失った。自分は父の不在が落とす影から、生涯抜け出せぬまま生きるのだろうと考えた。ところがホンジュは、婚礼から二か月で寡婦《かふ》となってしまったのだ。婚家側が、新郎がもともと病弱だったのを隠していたという話と、アン長者が両班と姻戚関係を結びたいばかりに、相性が「相剋《そうこく》」だということを隠していたとの噂《うわさ》が広まった。親友のポドゥルにも、ホンジュ自身にも真相はわからなかった。

　女が一度嫁いだら、そこに骨を埋《うず》めるというのが朝鮮の掟《おきて》だった。ポドゥルはホンジュを思い出すと、指先を針で刺してしまい、血の滲《にじ》んだ刺繍布が頭に浮かんだ。どんなに立派な刺繍でも、血がついていてはだめなのだ。ホンジュ自身に何の落ち度もないのに、あっという間に血のついた刺繍布のような身の上になってしまった。女の一生が、せいぜい刺繍布程度だという事実が悔しく、納得できなかった。その一方で、もしかしたら親友の結婚を嫌がっていた自分が、縁起の悪いことを招いたのではないかと心配した。

「子供もおらんのに、どないして一生向こうの家で生きていくんやろうか」

　ポドゥルが針仕事をしながら、溜《た》め息をついた。子供たちがいなかったら、とっくに妹峰山の龍沼に身を投げていたというのが、母の口癖だった。

「溜め息ついても、どうもならん。それがホンジュの持って生まれた運命や」

ユン氏が縫い終わりの糸を、歯で噛《か》み切ってから言った。

ところがホンジュは、夫の死後しばらくすると実家に帰ってきた。年若い寡婦を家に置いておくとさらに大きな災いが起こるだろうという、スリジェ峠の巫堂《ムーダン》クムファの占いのおかげだ。婚家はもちろんホンジュの実家の家族までが、新郎が死んだのはホンジュのせいだと考えた。世間の人々も同じだった。世は開化されたと騒がれているが、人々の考え方は変わらなかった。村には、アン長者がホンジュを連れ戻す代わりに、ひと財産渡したという噂が広まった。

家に戻ったホンジュに初めて会いに行く夜、ポドゥルの心と足取りはとても重かった。ポドゥルは寡婦である母を見ながら成長した。夫を亡くした当事者の苦しみよりも、夫を食いものにした女という世間の陰口のほうがずっと長く続く。生涯逃れることのできない軛《くびき》のような寡婦という名は、重大な罪名と同じだった。その罪名は、子供たちにも引き継がれる。同じように悪さをしても、寡婦の子は父《てて》無し子のろくでなしと後ろ指をさされるのだ。ユン氏が子供たちを情け容赦なしに厳しくしつけるのも、外で悪口を言われないようにするためだった。

ホンジュの不幸に自分の悲嘆を上乗せしたポドゥルは、アン長者家へ向かいながら、悲しいことばかり考え続けた。親友を抱きしめて泣く用意ができていた。表門をくぐりアン長者夫人の憂いに満ちた顔を見ると、思わず身が縮んだ。アン長者夫人は口を開く気力もないというふうに目で会《え》釈《しゃく》すると、ホンジュの部屋のほうを顎《あご》で指した。部屋の前の踏み石に揃《そろ》えて置かれたホンジュの唐鞋《タンへ》（つま先とかかとに唐草模様を施した革靴）を見て、涙が込み上げてきた。唐鞋の隣に藁《わら》の沓《くつ》を脱いで、部屋に入った。

髪を後ろでまとめ上げ、白い喪服のチマチョゴリ（韓服の一種。チマ＝スカート、チョゴリ＝上衣）を着たホンジュが、薄暗い部屋の隅で片膝を立ててぼんやり座っていた。ホンジュはポドゥルが来たのを知りながら、振り返りもしなかった。結婚してふた月で、夫を亡くすなんて。絶望のどん底にいるに違いない。友の不幸が自分のことのように感じられて、まともに息もできないまま隣に座った。後ろからついてきた女中が、干し柿の皿を置きながらホンジュの顔色を窺った。部屋を出た女中の足音が遠ざかると、ポドゥルは何か言わねばと思い、口を開こうとした。その瞬間、ホンジュがチマをひるがえし、片膝を立てていた姿勢を崩した。胡坐《あぐら》の膝に拳を載せたホンジュは、ポドゥルが話す隙も与えずに怒りを爆発させた。

「もともと、病弱な男やったらしいわ。あたしが殺したんと違うのに、なんで家に閉じ込められて罪人みたいにしとかなあかんのか、わけがわからん。婚家に追い出されへんかったら、どないなっとったか。あの家でずっと暮らしとったら、息が詰まって死んでるわ」

ホンジュは、ポドゥルが今まで見てきたどんな寡婦とも違っていた。ポドゥルが心の中で思っていたことを、ホンジュがぶちまけてくれてすっきりした。その通りだ。母が寡婦になったのも、自分たちが父無し子になったのも、私たちのせいではない。

「ほんま、それや。よくぞ、追い出されてきた」

ポドゥルとホンジュは抱き合い、泣く代わりに笑った。

そんなこととは知らないアン長者夫人は、わが身を悲観した娘が最悪の選択をするのではないかと、ユン氏に頼んで毎日のようにポドゥルを呼び出した。

ポドゥルとホンジュは、また以前のように一緒に刺繡をしたり、おやつを食べながら小説を読んだりした。変わったことといえば、男性を経験したホンジュの言葉が勢いを増したことだ。

「あっちもこっちも初めてやから、初夜はあたふた終わったんよ。病弱で乳臭い新郎より、恋愛小説でも読んでたあたしのほうが、まだましやったわ。ぷるぷる震えちゃって、胸の紐《ひも》も解《ほど》かれへん……アイゴ、あたしはもう、イライラして……」

ポドゥルは顔を火照《ほて》らせ、目をキラキラさせながらホンジュの話を聞いた。

＊

一番鶏が鳴いた。オジンマル村一番の働き者、チャンスの家の鶏だった。ポドゥルは、その時間まで眠れずにいた。釜山アジメのいびきのせいばかりではなかった。ポドゥルには自分の心臓の音のほうが、よほど大きく感じられた。

昨晩、ユン氏は考えてみるからと返事を保留したが、ポドゥルは時が経つにつれて結婚するほうへ気持ちが傾くのだった。決まりさえすれば新郎側が結婚にまつわるすべての経費を送ってくれるというので、お金の心配もない。ポワに行きたかった。勉強したかった。この先も寡婦の娘として針仕事の内職をしながら、似たような境遇の男に嫁いで、母のように暮らすのは嫌だ。母の人生には、自分のための時間が一瞬でさえもなかった。母だけでなく、娘のポドゥルの生活も同じだ。嫁いでしまえば他人になる娘は、両親と家を守る男きょうだいのために犠牲になるのが当然だという世の中だ。しかしポワでは、結婚した女たちも勉強ができるのだ。そのことだけでも、ポワは楽園だ。ポドゥルはまたとない機会だと思いながらも、自分の欲のために家族を捨てるようでどこか後ろめたくもあった。

母さんが学校に通わせてくれとったら、こんなこと考えへんかったわ。

ポドゥルは怯《ひる》みそうになる気持ちを、引きしめた。そして、嫁に行くことで家族のためになるようなことを考えた。自分が嫁に行けば、働き手だけでなく口も減る。それなら母も少しは楽になるだろう。金海の自転車屋で働くギュシクはもう自分で食べていけるし、グァンシクもチュンシクも大きくなった。家でおさんどんするよりは、釜山アジメの婚家の姪《めい》みたいに、結婚して実家の暮らしがよくなるように援助するほうがいいだろう。考えれば考えるほど、今の自分にこの人以上の相手はいないと思えてきて、返事を遅らせてチャンスを逸してしまうのではとじりじりした。

夜明け前、ユン氏は目が覚めると同時に、いつものように髪を梳《と》かしてまとめ上げ、用を足しに行った。一睡もせずに夜を明かしたポドゥルは、母が出ていくとすぐに釜山アジメを揺り起こした。

「アジメ、アジメ」

「なんだい?」

釜山アジメが寝ぼけ眼《まなこ》でごにょごにょと返事をしながら、ポドゥルのほうに寝返りを打った。ポドゥルは、母が戻る前にと焦って確かめた。

「ポワに嫁に行けば勉強できるいう話、本当ですよね?」

勉強さえできるなら、贅沢《ぜいたく》は望まない。たとえ苦労するのだとしても、一度くらいは自分のためだけにしてみたい。アジメががばっと起き上がった拍子に、ポドゥルもつられて起き上がった。

「ほんまですよ。言いましたやろ？　まったくの無学だった娘が、ポワに行ってから手紙も書いて寄こすし、アメリカの言葉も鼻高い人みたいに上手ですわ」

「アジメ、そんならわたし、ポワにお嫁に行きます。アジメが母さんにうまいこと言うてください」

ポドゥルはアジメの手を握って懇願した。

「よう考えなさった。お嬢ちゃん、心配いりません」

アジメはごつごつした手で、ポドゥルの手をさすった。

ポドゥルが決心すると、ユン氏もそれを許した。しかしポドゥルが決心したからといって、すぐに結婚が成立するわけではない。ポドゥルも写真を送り、新郎の意思を確認しなければならなかった。

「心配しなさんな。ポドゥル嬢ちゃんみたいに申し分ない花嫁さんがどこにいますか。あたしがうまく言いますよって。夜が明けたら早速、写真館行って、写真撮りましょ」

釜山アジメが自信満々で言った。

「それはアジメの考えでしょう。父親もおらん、家も貧しい、特別綺麗でもない子が、アイゴ……。写真を撮るのに着るものもろくにない、どないしたらええの」

ユン氏が溜め息をついた。娘を嫁がせると決めると、ソ・テワンは逃すのが惜しい婿のように思えた。母の言う通りだった。ポドゥルは焦る気持ちで言った。

「母さん、ホンジュのところに行って、ちょっと貸してほしい言うたらどうやろう」

ユン氏が、気色ばんだ。

「縁起でもないこと言わんとき。縁談に使う写真やのに、若後家の服を着て撮るなんて話にならん。出だしからわざわざ水を差すようなことを」

ポドゥルにとっては、家から出られないだけで、言いたいことを言い、食べたいものはなんでも食べられるホンジュのほうが、自分より勝ることはあっても劣ることはなかった。そうだ。今は寡婦にも劣る立場だが、ポワにお嫁に行けば話は違う。ポドゥルは学のある新しい女性となり、おしゃれして夫と子供たちと共に里帰りする自分の姿を想像した。人生が血のついた刺繡布のようになってしまったホンジュには、できないことだ。

「おっしゃる通り。それは、ちょっとなんですわ」

釜山アジメがうなずいた。しばらく考え込んでいたユン氏が、大きな決心をしたように言った。

「ない知恵を絞ってみましょう。ポドゥル、あの服を着て写真を撮りなさい」

母が仕立てたそのチマチョゴリは、誰かが嫁入りに持参するもので、あとは首周りに白い替え襟《トンジョン》を縫いつければ完成する。

「そ、そんなことしたらあかん」

ポドゥルは驚いて反発した。飢えて死ぬことがあっても他人のものは一粒の麦さえ欲しがらず、子供たちにもそう教えてきた母だった。ユン氏は、顔を赤らめ断固として言った。

「言う通りになさい。ぼろを着た写真を送って、縁談が上手くいくわけない。きちんと包んで持っていって、写真を撮るときだけそっと着ればわかりゃしないわ」

「その通りですわ。いいことに使うんやから、大丈夫」

釜山アジメも同意する。

ポドゥルが編みなおした三つ編みの髪に、ユン氏が椿油を塗った。アジメが写真館で、白粉と頬紅も塗ってくれるという。

ポドゥルは誰かの服を胸に抱いて、釜山アジメと一緒に家を出た。結婚する相手を最初から騙《だま》すようで気がとがめたが、ポドゥルもぼろを着た写真を送りたくはなかった。ポドゥルは、なんとしてもテワンに気に入られてポワに行きたいと思った。

着るものは解決したけれど、問題が残っていた。この大変な出来事を、ホンジュが知らないという事実だ。母は結婚が決まるまで、ホンジュには黙っているよう何度も念を押した。持ち上がった縁談がまとまらなければ、それがまた女の欠点となる。ホンジュは今まで、どんなことでもポドゥルに包み隠さず話してくれた。初恋の相手がポドゥルの亡くなった兄だったことも、結婚初夜のことも隠さなかった。

写真を撮ってきた夜、ポドゥルはホンジュの家に行って話してしまった。たとえ母の言いつけでもホンジュに秘密を作るのは嫌だったし、胸に秘めておくには大きすぎることだった。ホンジュは、ポワに住む男と朝鮮の娘たちの結婚の話をすでに知っていた。

「馬山の婚家で、お姑《しゅうとめ》さんと近所のおばちゃんが話してるのん聞いたことあるわ。おばちゃんとこの長女が写真結婚で嫁に行って、妹たちも呼んだらしいねん。そのときは、そんな遠いとこ行って、どないして暮らすんやろうと思うたけど、今考えたら寡婦より百倍ましやね」

ホンジュの話を聞いて、ポドゥルの胸の片隅にあった不安が消えた。釜山アジメは嘘《うそ》をつくような人ではないが、未知の場所に対する漠然とした恐れがあった。しかし、ホンジュの話した婚家の近所の娘さんも、ポワがよいところでなければ妹を呼び寄せたりしなかったはずだ。

ポドゥルは、相手が土地持ちだということ、写真は男前に見えたということまで話した。母の言いつけに背くことなので、写真を持ってくることはできなかった。

「あたしのこと嫌やって言われたら、かっこ悪いでどないしたらええの？」

ポドゥルは、本気で心配していた。

「そんなら他の相手にしてほしいって言い。男は他にもおるやろ。あんたは、ええなぁ。あたしもポワに行きたいわ。家でこんなふうに暮らすんも限界やもん。息が詰まって死にそうや」

ホンジュがポドゥルを羨むのは、初めてのことだった。

ところが次の日の夜、アン長者夫人がポドゥルの家にやってきた。ただ事ではないその様子に、ユン氏は硬い声でポドゥルに言った。

「水を一杯、注《つ》いできて」

ポドゥルは部屋を出ながら、気が気ではなかった。こんな時間に、いったい何があったのだろう？　ホンジュの身に何かあったのか？　もしや、写真結婚の話を聞いて？　娘にいらんことを吹き込むなと、問いつめに来たとしたら？　秘密にしろと言ったのに軽々しく話したと、母に怒られるに違いない。部屋の戸を閉めるポドゥルの手は震えた。そのとき、アン長者夫人の声が漏れ聞こえた。ポドゥルはその場で固まったまま、耳をすましました。

「写真結婚のこと聞いたんよ。ホンジュも、行かせようと思う。籍を入れる前に相手が死んでしもうて、戸籍は汚れてはないけど、騙すつもりもない。向こうにかて、ホンジュみたいに独り身になった人がおるやろう。釜山アジメの家を教えてちょうだい」

アン長者夫人の声もまた、震えていた。

台所へ行ったポドゥルは、ひしゃくで水を一杯すくった。手が震えて、大切な水がこぼれた。器に注ぐときも、こぼれてしまった。心を鎮めようと、かまどの縁に腰かけた。

ホンジュは行けないと思っていたときには、自分にだけ与えられた幸運のようで自慢したかった。けれど、一緒に行けるとなると、こんなに嬉しいことはなかった。友達が傍にいれば寂しくないし、何より心強い。楽園というのだから苦労はないだろうが、楽しいことも、一緒ならもっと楽しいものだ。ポドゥルが部屋に戻ると、アン長者夫人が声を荒らげていた。

「えらいことになるから。うちの人には内緒で進めるしかないんよ」

ポドゥルは、アン長者夫人の前に水を差し出した。

「あとで知れたら、もっとえらいことになりますよ」

ユン氏が心配そうに言った。アン長者夫人は、水をごくごく飲んで、音を立てて器を置いた。

「死ぬ以上のことは起こらん。ここにおったら、ホンジュは死んだように生きるしかないんや。死ぬなら、もう生きるだけ生きたうちが死んだらええ。若いあの子が、部屋にこもって枯れていくのんを見るくらいなら、死んだほうがましや」

アン長者夫人は、決然と言った。

「そうですわ。どこ行っても、ここより悪いことはないです。わたしもそう思って、うちのポドゥルを行かせるんです。年頃の娘に、遠い道のりを一人で行かせるのは心配やったけど、ホンジュが一緒なら、わたしは大歓迎です。ホンジュの将来のために、ほんに難しいことを、よく決心されました」

　ユン氏がアン長者夫人の手を握った。二人は共に、涙を流した。ポドゥルも、そっと鼻をすすった。

鏡の女、写真の男

ホンジュは、新郎を自分で選ぶと言い張った。アン長者夫人は息子の家に行くと偽って、ホンジュと一緒に釜山《プサン》アジメの家を訪ねた。ポドゥルは、結婚相手を自分で選べるホンジュが羨ましかった。テワンも悪くないけれど、ホンジュがもっといい人を選んできたらどうしようと考えていた。

「こんなことになるんやったら、あたしもホンジュについていって、もっと色々聞いてみたかったわ」

針仕事の手を止めて、ポドゥルが本音をもらした。

「なに言うてるの。写真なんか信じられるかいな。釜山アジメが保証するいうことのほうが、写真よりよっぽど確かや」

ユン氏は、この一言でポドゥルを黙らせた。

二日後、ホンジュが峠を越えて戻ってくるのを見たという弟の言葉を聞いて、ポドゥルは晩ご飯の洗い物をした手も乾かぬうちに家を飛び出した。ホンジュは釜山アジメに会って仲介人の家に行き、そこで相手を選んだまでの話を息つく間もなく説明した。酒泉《ジュチョン》の街で新郎に送る写真を撮り、その足で帰ってきたという。ホンジュの新郎候補がどんな人か気になって仕方ないポドゥルは、ホンジュが差し出した写真をひったくるように受け取った。

顔だけしか写っていなかったテワンの写真とは違い、背広姿の男が見たこともない造りの家と木を背景に、片足を自動車にかけて立っている写真だった。ポドゥルは、男や家や自動車よりも、木に視線を奪われた。服や靴がたわわに実っていると、釜山アジメは言った。写真の中の木をじっくり見ても、高いところに瓢《ふくべ》のような丸い実が生《な》っているのがぼんやり写っているだけだった。小さくてよく見えないのか、それとも服や靴は、昔話のフンブの瓢（欲深い兄ノルブと勤勉で心優しい弟フンブの民話。兄に家から追い出された弟が、助けた燕にもらった種をまくと大きな瓢が生り、割ると食料や財宝が入っていた）のように実の中に入っているのか、わからなかった。

「どない？　男らしくて頼もしいやろ？　自動車もあるんやって」

ホンジュが浮かれた様子で言った。そこで初めて、王様や貴族が乗るような自動車を持っているというホンジュの相手を見た。顔は小さすぎてよく見えず、自動車にかけた脚に頬杖《ほおづえ》をついた姿は、格好つけすぎではないかと思った。あたしは、テワンさんみたいな控えめな人がいい。地主のテワンが顔だけしか写っていない写真を送ってきたのは、慎ましい性格のためだと勝手に想像した。ポドゥルは、写真をホンジュに返しながら訊いた。

「何歳？」

「三十八歳。早くに奥さん亡くして、子供はおらんて」

父親ほどの年齢を聞いて、ポドゥルは目を見開いた。なんと、二十歳も離れている。

「年、離れすぎとちがう？」

「年下の相手とは暮らしてみたやん。年下の新郎なんていややや。男は兄さんみたいに頼りがいあるんが一番や」

ホンジュは、年のことはちっとも気にしていない。

「あんた、ちょっと、兄さん通り越してお父さんやんか」

ポドゥルは、それくらいの年の村の男たちを思い浮かべた。男として見ることなどとてもできない、おじさんたちだ。そんな男と一つの布団に入るなんて、想像するだけでも気持ち悪い。ポドゥルは二十六歳のテワンがもっと好きになった。

釜山の仲介人に直接会ってきたホンジュは、ポワについて多くのことを聞いてきた。

「ポドゥル、サトウキビって聞いたことある？」

ホンジュが訊いた。ポドゥルは一度だけ食べたことのある砂糖の飴《あめ》は知っているし、その辺の畑で育っているキビも知っているが、サトウキビは知らなかった。

「サトウキビから砂糖が取れるらしいわ。朝鮮の男たちがなんでポワに行ったんか言うたら、サトウキビ畑で働くためやって。何千人も行ったんやて」

「ポワにサトウキビ畑がそんなに多いん？」

ポドゥルは目を丸くした。幼い頃、ホンジュの長兄が釜山で買ってきた日本の飴をもらったことがある。ホンジュはすごく高くて貴重なものだと言って、ブドウの粒ほどの飴を歯で割って半分くれた。ポドゥルは外で何かを食べると母と弟たちを思い出したが、その飴だけは口の中で溶けてしまうのが惜しくて、他のことは何も考えられないくらい夢中になって味わった。あれほど貴重な砂糖を作る畑なら、どんなにか高価だろう。テワンは大きな畑を持つ地主だという。お金を箒でかき集めるという話も本当なのだろう。

写真館で撮った写真ができあがると、ポドゥルとホンジュは仲介人に言われた通り、写真と共に送る手紙を書いた。普通学校を卒業したホンジュと、途中までしか通わなかったポドゥルの文章力は似たようなものだった。ポドゥルは時々、母が話す通りに弟のギュシクや母の実家宛てに手紙を書くことがあった。ポドゥルとホンジュは相談しながら、一行一行を苦心して書いた。自己紹介するだけだというのに、まるでラブレターを書くみたいにドキドキした。

ポドゥルとホンジュは、相手からの返事を受け取ったわけでもないのに、結婚が決まったように新婚生活を想像した。両親や周りの誰かの結婚も、ホンジュが短期間だけ経験した結婚も参考にはならなかった。食べるものも着るものも木に鈴なりで、お金は箒でかき集め、女も思う存分勉強ができるポワでの結婚生活は、朝鮮とはかなり違うはずだ。ポドゥルとホンジュは、つまるところ自分たちが望むものを想像した。顔も見ずに親の決めた男と結婚したホンジュは、自分で選んだチヨ・ドクサムがまるで初めての男のように胸をときめかせた。お互いを選び手紙のやり取りをすることが、まるで自由恋愛の末に結婚するようで嬉しいと言った。ポドゥルがポワに行ったら勉強するつもりだと話すと、ホンジュは呆《あき》れた顔をした。

「なんで？　何しに勉強するん？　あんた、ほんまに変わってるわ。ええわ、あんたは勉強し。あたしは綺麗な服着て、花婿さんと自動車乗ってあちこち見て回りながら、面白おかしく暮らすわ」

ホンジュがドクサムの写真を胸の上に載せたまま、夢見るように言った。ポドゥルも、勉強だけをするつもりではない。勉強ができるという話を聞く前に、テワンの写真を見た瞬間から胸がときめいていた。いくら勉強させてくれると言われても、テワンのことが気に入らなければ簡単には決められなかっただろう。ポドゥルはテワンと幸せに暮らしながら、勉強もしたいのだ。オジンマル村の夫婦たちみたいに、牛が鶏を眺めるような無関心な仲ではなく、小説の中の恋人たちのように愛し合い慈しみ合いたい。

朝鮮とポワの手紙のやり取りには、ひと月以上要した。返事は、先にホンジュのもとに来た。実直そうな筆跡で、美しい花嫁を迎えられることになり嬉しい、朝鮮の方角の白波揺れる海を見ながら首を長くして一日三秋の思いで会える日を心待ちにしているという手紙と共に、経費として百ドルが届いた。日本からポワまでの船賃が五十ドルだという。書類を揃えて日本まで行くにも、経費が必要だった。ホンジュは、お金よりも手紙に心を奪われた。

「アイゴ、むず痒《がゆ》いわ」

口ではそう言いながら、ホンジュの口角は上がりっぱなしだった。

ポドゥルは、結婚が二度目のドクサムより、初婚のテワンの言葉のほうが甘いはずだと期待していた。ところがテワンは、仲介人を通して結婚の承諾と百五十ドルを送ってきただけだった。がっかりしたが、五十ドル多く届いたことを慰めにした。ポドゥルは、その五十ドルを母に渡した。

「照れ屋さんかもしらんね。初めてやし。そやけど、いざ会うたら変わるはずや」

ホンジュが慰めるように言った。ホンジュは、毎日あなたの夢を見ていますとかなんとか、さらにむず痒い返事を書いた。手紙を出した翌日からソワソワと返事を待つホンジュが羨ましかった。

ポドゥルはテワンのことを、落ち着いた思慮深い人だと思うことにして堪《こら》えた。

ポワに行くまでに、準備することはたくさんあった。写真結婚は、ポワに住む新郎が故国の花嫁を招き迎えるという形式なので、朝鮮で婚姻届を出す必要がある。届けを出すと、ポドゥルはテワンのことが正真正銘の夫に思えた。新郎からポワの日本大使館発給のパスポートが届いたら、それをもって旅行許可証を申請しなければならない。書類がすべて揃っても、日本で健康診断に通らなければアメリカ行きの船には乗れないのだ。

ポドゥルは、夜ごとこっそりテワンの写真を見るのだった。そして写真より長く、手鏡に映る自分を見つめた。鏡は釜山アジメの贈り物だった。ユン氏には椿油を贈った。アジメの売り物の中に欲しくないものなどないけれど、手鏡はその中でも一番欲しいものだった。

「最後の贈り物です。商売やめることになりましてん。あっちもこっちも痛ないところがないし。身体がぼろぼろですねん。重いもん頭に載せて、一生歩き回ってきましたやろ？　もうええかげん家で孫の面倒でも見とき言うて、息子もしつこいんでね」

息子のためだけに人生を捧げてきた釜山アジメは、昨春、その息子のために小さな造り酒屋を開いた。

「造り酒屋が上手いことといってるんやね。そら息子が言うんやったら、やめなあかんわ。けど、もう会われへん思ったら寂しいでどないしよう」

ユン氏は、早くも寂しげな顔をして言った。

ポドゥルは母に隠れて、日に何度も鏡を覗《のぞ》き込んだ。鏡の中の姿は、男から愛されて余りあるほどの愛らしさだった。日を追うごとに、テワンを想う気持ちは膨らんでいった。しばしば小説の中の恋人同士になった夢を見ては、驚いて目を覚ましたりした。恥ずかしい妄想を誰かに覗かれはしなかったかと赤面しながらも、夢の余韻は簡単に消えなかった。夢の主人公は、写真の男と鏡の女だった。

*

ポドゥルとホンジュがオジンマルを発ったのは、数え十八歳になった戊午年（一九一八年）、旧暦の正月十七日明け方だった。正月の祭祀《チェサ》と小正月《テボルム》が過ぎてから、出発することに決めていた。ポドゥルは出発日が決まると、家中の服と足袋《ポソン》を繕った。正月には父の墓に参り、出発の前日には井戸を何度も往復し、家の水瓶をすべて満たしておいた。

「ぼちぼち出発か？」

井戸端で何度目かに会ったアンコル宅《テク》（実家の地名に宅をつけた既婚女性の呼称）が、気がついたように訊いた。

「はい。明日行きます」

隠し事はできないもので、ポドゥルとホンジュが写真結婚でポワに行くという話は、村中にすっかり広まっていた。自分の娘も行かせたいという人が、ポドゥルの家をこっそり訪ねてくることもあった。一方では、寡婦になって三年も経たない娘を嫁に出そうとするアン長者夫婦の陰口を叩《たた》き、いかにも両班《ヤンバン》然としたユン氏が娘を金で売ったとささやき合ってもいた。

「娘をそない遠くにやってしもうたら、お母ちゃんはどないして暮らすんやろうなあ」

アンコル宅は気の毒そうに言った。ポドゥルもいざ出発が目前に迫ると、気が重く苦しいのだった。母はこれから誰と一緒に針仕事をするのだろう。グァンシクとチュンシクの面倒は誰が見るのだろう。ポドゥルは残していく家族を思うと、これまで結婚に浮かれていたことが申し訳なくなった。

ポワに結婚しに行くんは、全部家族のためや。着いたらすぐテワンさんに言うて母さんにお金を送ってもらおう。土地も買うたるし、弟たちも学校に行かせたる。

最後の夜、ポドゥルは台所で沐浴《もくよく》し、いつも通り母と並んで床に就いた。いつものユン氏なら、枕に頭を載せるやいなやいびきをかき始める。ところが、この日はなかなか眠れないようだった。ポドゥルは暗がりで母が泣いているのに気がついた。胸が詰まり、母の手を握った。寒風にひび割れ、裁縫でできたタコだらけのその手は木の幹のようだった。

「母さん、もうちょっとだけ辛抱してな。あたしが贅沢させたげるから」

ポドゥルが言った。

「何を言うの。母さんが贅沢しとうて、あんたをあんな遠いところへ行かすんと違う。ここにおったら、行かず後家のまま年取るしかないからや」

「なんであたしが行かず後家やの？　アンコル宅のおばちゃんも、いいお嫁さんになりそうやなっていつも言うてたんやで」

ポドゥルがいたずらっぽく言うと、ユン氏は深い溜め息をついた。

「あんたの問題と違う。今みたいな日本の天下で、誰が義兵の娘をもらうんや？　今まで、ふがいない親のせいで苦労ばかりやったから、向こうで旦那さんに可愛がってもろて自分の人生を生きなさい」

ユン氏が義兵という言葉を口にしたのは初めてだった。ポドゥルは父の死について、正確なところを知らなかった。この国が日本に呑《の》み込まれ始めた頃、時々家を空けていた父がある日完全に消息を絶った。母が駐在所に連行され、家に戻ったときのことを覚えている。母は数日間寝込みながらも、理由については口を閉ざした。

しばらくして、父が遺体となって帰宅した。

ポドゥルは父が義兵だったという話を他人の口から聞いた。日本人の巡査が家に出入りし始めると、まるで伝染病が出たかのように家を訪ねてくる人が途絶えてしまった。アン長者に家を引き払えと言われたら、路頭に迷うところだった。アン長者はポドゥル一家がそのまま暮らせるようにしてくれただけでなく、こっそり食料も届けてくれた。

ポドゥルの三歳上の兄は、当時金海《キメ》で中学校に通っていた。日本人に対する恨みが身に染みていた兄は、道で通行人をいじめる巡査に歯向かい、馬の蹄《ひづめ》で蹴られて亡くなった。ポドゥルは兄を埋葬した夜に、母が嗚咽《おえつ》しながらアン長者夫人にした話を覚えている。

「王様でも敵《かな》わん日本の奴らに、どないして勝つんですか。子供らの父親があんな死に方して、息子まで殺した奴らやけど、わたしは憎みも恨みもしません。残った子らに敵《かたき》を取れとも言いません」

子供たちが勝てもしない相手に恨みを持たないようにすることが、ユン氏の目標だった。それからのユン氏はカン訓長の死を、一切口にしなかった。そんな母が自ら義兵という言葉を口にした。

「母さんには朝鮮が敵や。力のない国のせいで、夫も死んで息子も亡くしてしもうた。ポワは朝鮮と違うから、守る国もないいんちゃうやろか。向こう行ったら、ただただ自分のことだけ考えて、子供産んで旦那さんと仲よう暮らすんやで。それだけが母さんの願いや」

母の言葉通り、朝鮮には力がなかった。昨夏には、日本人が朝鮮の王を捕まえていったという噂がオジンマルにも届いた。王は無事に戻ったが、日本の王に跪《ひざまず》いたという恥辱の知らせと一緒にだった。父は王様の腰をも折らせる日本に抵抗して、命を落としたのだ。兄もまた同じだった。取り返しのつかない痛みや悲しみが滲む母の声は、一針一針刺した縫い目のようにポドゥルの胸に刻みつけられた。いつまでも眠れずにいた母娘のうち、先に眠りに落ちたのはポドゥルだった。

とうとうポワに来た。初めて見る木や建物が、楽園の名にふさわしくきらびやかだ。釜山アジメの言葉通り、あちらこちらの木に食べ物と服がたわわに実っていた。チョ・ドクサムが自動車でホンジュを迎えにやってきた。けれどテワンの姿はない。代わりに結婚を取り消すという連絡が来た。ポドゥルは船から下りることもかなわず、帰らねばならなかった。ポワを離れる船の上で、地団太を踏みながら泣き叫んだところで目が覚め、夢だとわかり胸を撫《な》で下ろした。そして未来を暗示するような夢のせいで不安になった。でも、夢は逆夢やっていうし。ポドゥルはあえて不安を無視して、まっすぐに横たわった。夢の中で必死だったせいか、身体のあちこちが痛んだ。

台所でがたがたと動く音が聞こえてきた。布団から這い出しながら台所につながる戸を開けると、ユン氏がおにぎりを作っていた。ポドゥルは、がばっと起き上がり台所に行った。旅立つときは母にご飯を作ってあげようと決めていたのに、寝坊してしまった。

「母さん、あたしがします」

「何言うてるの。おまえは顔洗って支度しなさい。湯、沸かしといたで」

ユン氏の声は、いつにも増してそっけなかった。きっちり蓋をしてきた心の内を見せたことで、ともすれば折れてしまいかねない気持ちを引きしめているのだろう。母は記憶の扉に鍵をかけ、ふたたび日常に戻っているのだと感じた。

ユン氏は朝食の前に、ポドゥルの三つ編みを解いて、髪を上げ後ろで髷《まげ》を留めた（伝統的に未婚女性は三つ編みにし、結婚と共に後ろで髷にまとめ上げる）。長い旅路では、生娘《きむすめ》より既婚者のほうが少しは安全だろう。いずれにせよ書類上はテワンの配偶者として旅立つのだ。ポドゥルは手鏡に髪を上げた姿を映してみた。前から見ると三つ編みのときとほとんど変わらないが、背中で揺れていた三つ編みがなくなってすっきりしつつも寂しかった。ポドゥルは母が新しく仕立ててくれた、木綿《もめん》のチマチョゴリを着た。父の死後、新しい服を着るのは初めてだった。

ユン氏はポドゥルが渡したお金で、新しい服を何着か仕立てた。自分は生涯会うことはないであろう婿の親だが、娘を手ぶらで寄こしたと言われたくはなかった。継《つ》ぎ接《は》ぎした服しか着せたことがないまま嫁に行かせるのが心苦しかったユン氏は、憂さを晴らすように服を縫った。婚礼で着る織模様のある桃色の絹のチマチョゴリと普段着の木綿のチマチョゴリ、暑いところだというので麻の一重《ひとえ》のチョゴリを二着、下着と下穿《したば》きを二枚ずつ、足袋を三足。その他にも舅《しゅうと》の枕カバーと新婚夫婦のためにおしどりの刺繍を入れた枕カバー、生まれてもいない孫の産着まで仕立てた。

ポドゥルは生まれて初めて、一人の膳についた。いつもと同じ粟飯《あわめし》に味噌《テンジャン》の鍋《チゲ》と大根の塩漬物に加え、卵焼きと焼きのりが載った膳に匙《さじ》が一つだけ置いてあった。膳と母を代わるがわるに見て訊いた。

「あ、あたし一人で食べるの?」

「母さんはあとから弟たちと食べる。挨拶は晩に済ませたからもうええやろう。起こさんとき」

ユン氏が答えた。ポドゥルは母がなぜそうするのか、わかっていた。弟たちが見ている前では、心置きなく食べることができないだろう。母と一緒に食べても同じことだ。ポドゥルは喉がつかえた。普段はどんなに固いものでも口に入れるとすぐに溶けるようになくなってしまうのに、今日は粟の一粒一粒さえ、ごろごろと口の中にいつまでも残っていた。これから自分はポワで美味しいものを食べて暮らすのに、母と弟たちは砂粒のような粟飯さえ満足に食べられないのだ。全部おあがりと何度も言われたが、半分も残してしまった。

朝食の膳を下げてから、ポドゥルは母の前に跪いて深いお辞儀をした。ユン氏は横を向いて座り、固く口を噤《つぐ》んだままだった。

「母さん、心配いらんから。着いたらすぐに手紙書くし。贅沢させてあげるまで、とにかく達者でいてください。弟たちにもよろしく言うておいてね」

涙を堪えて別れの挨拶をし、部屋を出たポドゥルは、扉にもたれてしばらくじっとしていた。抱き抱えた風呂敷包みから、ご飯を握るときに混ぜたごま油の匂いがした。包みの中には母が用意した衣類と月経帯、唐鞋《タンヘ》一足が入っていた。ポドゥルは釜山アジメにもらった手鏡を、針箱に入れておいた。持っていきたかったけれど、可愛らしい鏡を見て娘を思い出してほしいと望む気持ちが勝った。ポワに行けば、鏡くらいまた手に入るだろうと信じてもいた。

母の思いが詰まった包みを、ぎゅっと抱きしめた。部屋の中から、ユン氏の押し殺した嗚咽が漏れてきた。このままでは、母の声が糸のようにスルスル伸びて足首に巻きついてしまいそうで、重い足を一歩踏み出した。軋《きし》む廊下を忍び足で渡り、グァンシクとチュンシクが眠る部屋の戸を開けた。酸《す》っぱいような男の子特有の臭いと共に、いびきが聞こえてきた。入っていって最後に末っ子の顔でも撫でてみたいという気持ちを、なんとか抑えた。戸を閉めながら、どんなことがあっても二人の弟を上の学校に送り勉強させてやろうと決心した。金海の自転車屋で見習いとして働くギュシクには、店を出してあげよう。

ポドゥルは踏み石の藁沓に足を入れて、庭に下りた。厠《かわや》の横で父の植えた梅のつぼみが、紅《あか》く膨らんでいた。梅の満開を見られずに発つのが心残りだった。枝折戸《しおりど》の前で振り返り、家を見つめた。何年も葺《ふ》き替えないままの藁屋根が貧しさを物語る家とその中にいる家族が、痛みとなって胸に刻みつけられた。

ポドゥルは村の入り口で、やはり一人で来たホンジュと落ち合った。お別れは家の中でと前もって決めておいたのだ。ホンジュは藁沓ではなく唐鞋を履き、ポドゥルより大きな包みを抱いている以外は質素な身なりをしていた。ポドゥルは、ぱんぱんに腫れた親友の目を見たとたんに、我慢していた涙が込み上げてきた。

「泣かんとき。遠くまで行くのに、もたへんよ」

ホンジュが力強く言いながら、ポドゥルの手を握った。嵐のように渦巻く様々な思いが、つないだ手と手を通して伝わってきた。二人は手と手をつないだまま、新しい世界への第一歩を踏み出した。

*

一日中休みなく歩いたポドゥルとホンジュは、黄昏《たそがれ》と共に釜山アジメの家に到着した。釜山アジメの藁屋根の家は市場通りの裏手にあった。少し繁華な場所にあるという以外は、ポドゥルの家となんら変わらぬ貧しさだった。靴も履かずに飛び出してきて迎えてくれる釜山アジメを見ると、ポドゥルはホッとして涙が出そうだった。

「アイゴ、嬢ちゃんよう来はりました。お疲れさん。お腹すいてますやろ？　ソンファ、ご飯の用意しぃ」

雌鶏《めんどり》が羽を広げてひよこを追い立てるように、ポドゥルとホンジュを部屋に押し入れた釜山アジメが台所に向かって声をかけた。女の子が台所からちょろっと顔を出したが、二人はそれが誰だか気にする余力もなかった。部屋に上がった途端、二人は地面に落ちた熟柿《じゅくし》のようにへたり込んでしまった。足どころか指一本動かす気力がなく、長い道のりを歩き通せたのが不思議なくらいだった。

「あたしらみたいな人間は歩くのんは慣れてますけど、嬢ちゃんたちにはえらいことでしょう。ご飯の前にちょっとでも休んでおきなはれ。ご飯も元気なかったら食べられへんから」

釜山アジメは気の毒そうに、ポドゥルとホンジュに枕をあててやった。ポドゥルは疲れきった身体が床に張りついてしまい、二度と起き上がれそうになかった。

「アジメ、台所にいるあの子、もしかしてスリジェ峠のクムファの孫と違います？」

大の字に寝そべったままのホンジュが、ふと思い出したように訊いた。

「クムファの孫やて？　なら、あの女の娘？」

「嬢ちゃん、ソンファを知ってはるんですか？」

ポドゥルと釜山アジメが同時に問い返した。オジンマル村からジニョン村のほうに抜ける峠の一つ、スリジェ峠には巫堂《ムーダン》の家があった。周辺の人々がクムファに新年の運勢を占ってもらったり、厄除けのお守りや祈禱を頼んだりしていた。クムファにはオクファという娘がいたが、あるとき父親のわからない子供を産んだ。それがソンファだった。もともとそういう性質《たち》なのか子供を産んでそうなったのかはっきりしないが、オクファはいつもソンファを連れ歩いた。オジンマルで、オクファ母娘に石を投げたことがない子供はいなかった。そのことに罪悪感を覚える子供もいなかった。

ポドゥルはびくびくしながら母親について歩くソンファより、へらへら笑っていたオクファをはっきりと思い出せた。オクファは普通ではなかったが、ポドゥルが見たことのある女性の中で一番美しかった。オクファが溜め池にはまって死んだという噂が広まってから、ソンファの姿を見かけることもなくなった。人々は年老いたクムファが、満足にしゃべることもできない孫を引き取って苦労していると話していた。

「やっぱりそうなんやね？　この前、母さんとクッ（巫堂の行う儀式）しに行ったとき、見ました」

ホンジュがポワのドクサムと結婚することが決まると、アン長者夫人はクムファを訪ねホンジュの最初の夫の魂魄《こんぱく》を慰め、よいところへ送る儀式を行った。

「なんで、あの子がいるんです？　アジメの家で働いてますの？」

ポドゥルが訊いた。

「ちゃいます。ソンファもポワにお嫁に行くんですわ」

釜山アジメが答えると、ポドゥルとホンジュは同時に飛び起きた。

「なんやて？　あの子を欲しい言う男がいるんですか？」

ポドゥルは信じられないという顔で言った。いつのまにか両班と常民《サンミン》の境界が崩れつつあったが、巫堂と白丁《ペクチョン》（賤民階級）は例外だ。村はずれに住む白丁のトンブクは白髪の年寄りだが、村の幼児にまで腰を低くしていた。還暦をとうに超えた巫堂クムファも同じだった。

ポドゥルの頭にホンジュの写真結婚が決まったときに抑え込んだ、ある考えが蘇《よみがえ》った。寡婦だけでなく巫堂の孫娘までできる結婚なのだと思うと、胸に抱いていた憧れに亀裂が入るようだった。

猫も杓子《しやくし》もできる結婚、猫も杓子も行ける楽園だなんて。

「そら、なんぼでも。べっぴんさんやから、あっという間に決まりましたがな」

釜山アジメは笑顔で答えた。

「見る目がないにもほどがあるわ。あれがべっぴんですか？」

ホンジュが口を尖《とが》らせた。

「そやけど、あの子はどこで聞いて行くことになりましたん？」

ポドゥルは不満を隠すことなく訊いた。

「祖母《ばあ》ちゃんのクムファがアン長者とこの奥様に聞いた言うて、ソンファ連れてここに来たんですわ。朝鮮を離れて、祖母ちゃんとも母ちゃんとも違う世界で生きられるようにしてほしい、言うて」

「どうりで根掘り葉掘り聞きたがる思ったら、そんなこと企んどったんや」

そのときを思い出してホンジュが言った。

「ソンファの事情も嬢ちゃんたちと似てますねん。父親もわからん巫堂の孫を誰が嫁にもらいますか。祖母ちゃんみたいに巫堂になるか、どこぞに売られて妓生《キーセン》（朝鮮の芸妓）になるしかないですやん」

釜山アジメは溜め息をついた。ポドゥルは、一度結婚したホンジュはともかく、自分までソンファと一緒にされることに納得できなかった。ポドゥルの胸の内を読んだように、釜山アジメは続けた。

「あたしはね、嬢ちゃんたちがこの世に生まれる前から頭に荷物載せて、あっちこっち行ってないとこはありません。両班とこでも常民とこでも見たらあかんことまで、全部見てきました。あたしの結論は何や思います？　人間はみんな一緒やいうことです。両班、常民、金持ち、物乞い、みんな一緒ですわ。両班やから苦しいとか白丁やから苦しないなんてないんです。子供大事なんもみんな一緒です。孫娘を心配するクムファの心は嬢ちゃんたちのお母ちゃんの心と一緒ですねん。嬢ちゃんたちかて、ここでいい暮らしできるんやったら何しに親きょうだいと離れてそない遠くまで行きますの？　ここではよう暮らさんから、新しい世界に行くのんとちゃいますか？　ソンファのこと気の毒や思て、ここでもポワ行ってからも友達同士みたいに仲ようしなはれ。年も一緒ですわ」

釜山アジメの真心のこもった言葉を聞いても、ポドゥルとホンジュは、ソンファと同じ部屋で寝食しながらポワまで行くのは気が進まなかった。黙っていたホンジュが口を開いた。

「ほんまにポワの男たちが、あの子のことべっぴんや言いましたん？」

そのとき、戸が開いてソンファが食事の載った膳を運んできた。ポドゥルとホンジュの視線は、瞬時にソンファの顔に向かった。いつも薄汚れていた幼い頃に比べると生まれ変わったようだが、黒く焼けた肌に、タニシみたいにまん丸い目、突き出た鼻に尖った顎というその顔を、美しいとは思えなかった。ポドゥルは鼻で笑った。ソンファごときを相手に緊張したことに自尊心が傷ついた。

ソンファはその視線に気後《きおく》れしたように、ポドゥルとホンジュの前に膳を置くと隅に退いて座った。怯《おび》えてはいるが、噂のようにまともにしゃべることもできない子には見えない。膳を前にすると、ポドゥルの関心はソンファから食事に移った。縁の欠けた小膳に粟飯と菜っ葉の味噌汁、エビの塩辛と干し大根の和《あ》え物が載っていた。

「お腹すいてるやろうに、はよお上がりなさい。ホンジュ嬢ちゃんは家でいいもん食べてはるから、お口に合うかわかりませんけど」

「お腹と背中がくっつきそうやから、馬糞を出されても平らげます」

そう言ってホンジュが膳に飛びついた。しばらく部屋の中には、ご飯を食べる音と釜山アジメが世話を焼く声だけが響いた。ご飯がなくなりかけるとソンファが部屋を出て、スンニュン（ご飯を炊いたあとのお焦げの残った釜に水を入れて沸かしたお茶のような飲み物）を持ってきた。家ではポドゥルの役目だった。食器もソンファが洗った。上げ膳据え膳でじっと座っていると、ポドゥルは偉くなったような気がしてきた。ソンファより身分が高いのは事実だ。洗い物を終えて戻ったソンファは袖を下ろしながら、そこが定位置のように隅に座った。ポドゥルはソンファのことを考えないようにした。

「ところでアジメは一人暮らしですか？　息子さんと暮らすん違いました？」

釜山アジメがいつも息子や孫の話をしていたのを思い出して訊いてみた。またたく間に釜山アジメの顔が曇った。

「正月済んで間島《カンド》（現在の中国吉林省延辺の自治州周辺）に行きよりました。一緒に行こう言うてくれたけど、行っても荷物になるばっかりで、死体の始末させるようなもんと違いますか？　そやから行きませんでした。こないして嬢ちゃんたちにも会えて、行かんでよかったんですわ」

釜山アジメは空元気を出して言い、寂しく微笑んだ。

「ここに来る途中にも間島行くいう人たちに会いました。なんで行ってしもたん？　造り酒屋が上手くいっている言うてたのに」

ポドゥルは道中で出会った人々を思い出した。彼らは布団や釜まで担いで駅に向かっていた。一様に貧しそうだった。

「日本の奴らが税金ふっかけて潰したんです。自分らの酒売るために、そんなんしたんですわ。かけたお金は一文も戻らん、借金だけこしらえて潰れてしもた。日本の奴らが好き勝手して、こんなところで暮らせるか言うて行ってしまいよった。間島には持ち主がいない土地がようさんあるらしいですわ。荒れ地を耕したら食べていけるいうのん聞いて行ったんです。遠い異郷でどんだけ苦労してるやろ思たら、胸が痛いです」

釜山アジメはチマの裾で涙を拭《ぬぐ》い、ちーんと鼻までかんだ。

「ずっと苦労してきたけど、最後はほんまに安泰やね。あとは孫遊ばせながらのんびり暮らすだけやし」

ユン氏が羨望の交ざる声で釜山アジメに言ったのは、去年の秋だった。そのあとで家族と生き別れになっていた釜山アジメを見ていると、一人で針仕事をしているであろう母の姿が重なって鼻の奥がつんとした。

部屋は他にもあったが、火を入れてある部屋は一つなので、並んで一緒に寝ることになった。釜山アジメがありったけの布団を引っ張り出して敷いた。オンドル（朝鮮半島の伝統的な床暖房）の焚口《たきぐち》のほうに足を向けて、釜山アジメ、ソンファ、ポドゥル、ホンジュの順に横になった。釜山アジメとソンファで一枚、ポドゥルとホンジュで一枚の布団をかけた。

「明日は朝ごはん食べたら釜山港行って船の便を調べなあきませんから、早よおやすみなさい」

ランプを消すと部屋は真っ暗だった。釜山アジメはポドゥルの家に泊まったときと同じように、すぐに眠りに落ちた。ポドゥルは朝早くに起きて長い道のりを歩いたのに、かえって頭が冴《さ》えていた。暗闇に目が慣れると、吊《つ》るした服の上にかけた布がぼんやり見えた。家を出た早朝から、何年も経ったような気がした。

「寝たん?」

ホンジュがポドゥルをつついた。

「寝てへんよ。いつも一人で寝るのに、息苦しいやろ?」

ポドゥルが言った。弟たちが大きくなるまで、家族みんなで一緒に寝ていたから自分は慣れている。

「ううん。修学旅行みたいや。釜山行って旅館でこんなしてみんなで寝たんやで。先に寝た子の顔に、墨塗ったりして……」

ホンジュに聞いた覚えがあった。学校を途中で辞めたポドゥルにとって、修学旅行ほど胸の痛い話もない。けれどもう、すべては過ぎた話だ。ポワに行ったら、この悔しさを思いっきり晴らせるはずだ。

「ソンファ、あんたはいつ来たん?」

ホンジュが初めてソンファに話しかけた。しばらく暗闇よりも深い沈黙が立ち込めた。

「寝たんちゃう?」

ポドゥルはソンファが隣で眠っていないことを知りながら言った。ポワまで一緒に行くことになったからといっても、分け隔てなくつき合うつもりはなかった。

「ほんまに寝てるん?」

ホンジュが繰り返した。

「冬至過ぎて……」

暗闇から少しかすれた声が聞こえた。村人たちの運勢を占うクムファの声と似ていた。

「そんときから、ずっとここにおったん？」

ポドゥルが思わず訊いた。二か月を超える時間だ。ソンファが溜め息をついた。

「……祖母ちゃんが家に戻るな言うから……」

暗闇にソンファの苦しさが浮き上がるようだった。それ以上聞かなくてもわかる。ポドゥルとホンジュも、いつまた家に戻れるかわからなかった。

「二か月も何しとったん？」

ホンジュが訊く。

「……そのまま……」

ソンファの返事を聞くには忍耐が必要だ。ホンジュはイライラして他の質問をした。

「あんたの婿さんどんな人？　写真あるやろ？　見せて」

ポドゥルも、ソンファを選んだ人がどんな人か気になった。

やはりしばらくじっとしていたソンファが、がさごそと起き出してランプを灯《とも》した。身体を起こしたポドゥルとホンジュは、釜山アジメがごにょごにょ言うと急いでランプに手をかざした。アジメが寝返りを打っていびきをかき始めると、ほっとしてくすくす笑い合った。それを見てにっこり笑ったソンファが、そっと戸棚を開けて風呂敷包みから写真を取り出した。のろのろ動くのを見つめていたホンジュが、奪うように写真を受け取るとランプで照らした。ポドゥルも首を突き出して覗き込んだ。想像通り背広を着た男は、テワンやドクサムと似たような印象だった。写真の裏にパク・ソクポ、三十六歳と書いてあった。三十九歳のドクサムよりは若い。

「手紙ももろた?」

ホンジュの質問にソンファは首を振った。

「あんた、字はわかるん?」

ポドゥルが訊いた。ソンファがまた首を振った。読み書きができる人よりできない人のほうが多いので、それは疵《きず》とは言えない。けれどポドゥルは、巫堂の孫で、しかも字の読めない女を嫁に迎えるパク・ソクポが気の毒だった。

アロハ、ポワ

船室がざわついてきた。少し前に朝食のおにぎりを持ってきてくれたソンファがもうすぐポワだと言ったが、ついに到着したようだ。神戸《こうべ》を出発して十二日目だった。家を出てからは三か月弱だ。待ちに待ったポワに着いたというのに、ポドゥルは起き上がれなかった。船酔いのせいだ。乗船して一日二日は苦い液体を吐きながら、無理にでも甲板に出て人や海を眺めていた。けれどポドゥルは、船酔いに勝てなかった。起き上がろうとすると内臓がひっくり返るようで、目をつむって横になっているしかなかった。それでもソンファが鋭い櫛の歯でツボを押してくれたおかげで、頭痛は少し収まっている。

ソンファとホンジュだけでなく、同じように写真結婚する晋州《チンジュ》出身のチャン・ミョンオクと水原《スウォン》出身のキム・マクソンの四人が交代でポドゥルの世話をした。ポドゥルたちは、二つ年上のミョンオクと一つ上のマクソンをお姉さんと呼んだ。はじめはポドゥルを心配して全員が傍についていてくれたが、それが申し訳なく負担だった。狭くて臭い三等船室は寝るとき以外、留まりたくないところだ。ホンジュは二等船室に乗りたがったがお金が残っていなかったし、他の者は節約したくて三等船室を選んだ。

「あたしは一人のほうが楽やわ。心配せんと、あっちこっち見て回って。あたしの分まで見てきて、話聞かして」

ポドゥルがしつこく言うので、四人は徐々に外で過ごす時間が多くなった。

目をつむっていても乗客が出ていく気配が感じられた。ポドゥルは朝食べたものまで吐いてはいけないと、歯を食いしばって横になっていた。土気色に浮腫《むく》んだ顔で、ふらふらしながらテワンと初の顔合わせをするわけにはいかない。少しでも気力を蓄えねばならなかった。船が完全に止まってから起き上がろうと決めて、気を紛らわすためにこれまでのことを思い起こした。

家を出たあとのポドゥルは、ずっと揺れ動く船上にいるようだった。オジンマルで過ごした十七年より多くのことを、この三か月の間に経験した。初めて経験することに戸惑ってばかりで、船酔いしたように眩暈《めまい》がするほどだった。ポドゥルとホンジュ、ソンファは釜山《プサン》港から夜の船に乗り、翌朝日本の下関《しものせき》港に到着した。そのあと汽車に乗り神戸に向かった。そこからポワ行きの船に乗るということだった。

日本の言葉と文字がある程度わかるホンジュが先頭に立った。学校を途中で辞めたポドゥルは、ひらがなやカタカナも覚束《おぼつか》ない。それでも父に教わった千字文のおかげで、なんとか漢字は読むことができた。それまで、ホンジュより針仕事も家事も上手だし何でもよく知っていると思っていたが、この期に及んでは小さな水たまりで飛び跳ねていい気になっていただけだと思い知らされた。ハングルすらわからないソンファは、母とはぐれまいとびくびくしていた幼い頃のように、ポドゥルやホンジュの服を摑《つか》んで離さなかった。

「あんたら田舎もんみたいにきょろきょろしやんと、ちゃんとあたしについてきいや」

ポドゥルはホンジュが自分とソンファを一緒くたにして小言を言うたびに、気分が悪かった。オジンマルで暮らしていた頃は、ホンジュが貸してくれる小説を読み、母の実家やギュシクに手紙が書ければ充分だった。オジンマルと朝鮮を離れてみて初めて言葉と文字の威力を思い知り、勉強するためにテワンと結婚するというのは本当によい決断だったと改めて思った。

日本の奴らがおらん世界に行くんやから、日本語なんかわからんでもええ。アメリカの言葉はあたしが一番に覚えたる。見ときや。

ポドゥルはアメリカの言葉も朝鮮語くらい上手に話せるようになっている自分の姿を想像して、気持ちをなだめた。

これまでで三人に起こった一番大きな変化は、ソンファとの関係だった。道中で最初にトラブルに遭ったのはホンジュだった。日本に行く連絡船に乗る前に買って食べた大福のせいで、ホンジュが胸やけを起こしたのだ。土気色の顔に冷や汗を流しながらしゃがみ込んでいると、ソンファが荷物の中から針の包みを取り出した。いつになくテキパキと動く姿に、ポドゥルは驚きの目を向けた。ソンファは落ち着いた手つきでホンジュの指先にきゅっと糸を巻くと、針で刺して血を絞り出した。十の指先から黒い血が、ぷくりぷくりと盛り上がった。そして鳩尾《みぞおち》と足の甲のツボを探し出し、ぎゅっぎゅっと押すと、ホンジュは音を立ててげっぷをし、顔色が戻ったのだ。オジンマルでも胸焼けするとおばあさんやお母さんたちが指先を針で突いたものだが、ツボの位置までわかるソンファはまるで漢薬房（漢方薬局）の医員さんのようだった。

「あんた、こんなんどこで覚えたん？」

「薬草取りの……じいちゃんに習いました……」

ポドゥルが不思議に思って訊くと、ソンファはもごもごと独り言のように答えた。

「ソンファ、もうあたしらに敬語使わんとき。新しい世界に行くのに、身分の違いも何もないやろ？」

生き返ったような顔でホンジュが言った。

「そうや。そうしぃ」

ポドゥルもちょうどソンファに敬語を使われることが気になっていたところだった。ポドゥルとホンジュが心安く接するようになると、やがてソンファも警戒心を解いた。それでも依然、ソンファは見知らぬ人を恐れた。釜山アジメの話ではオクファの死後、クムファは孫娘を山の下には行かせなかった。あっちの村からこっちの村へと渡り歩いて、父親のわからない子を産んだオクファのようになるのではないかと恐れたのだった。どんなにひどい目に遭っても巫堂《ムーダン》の味方をしてくれるところはどこにもなかった。

ソンファ自身、いつも子供たちから石礫《いしつぶて》を投げつけられる村が嫌いだった。代わりに家の周りの小鳥や栗鼠《りす》を手懐け、罠にかかった兎《うさぎ》を助けて飼った。時には彼らとぶつぶつ対話したりもした。クムファは自分が死んだら山の中に一人残される孫娘のことを考えると、夜も眠れなかった。ちょうどそんなとき、クッの依頼に来たアン長者夫人に写真結婚の話を聞いた。クムファは手元のお金はもちろんのこと指輪まで外して持って、ソンファを連れ釜山アジメを訪ねたのだ。

「うちの可哀想なソンファもポワに送ってください。あっち行って普通の家の娘みたいに旦那に可愛がってもろて、子供育てて暮らせるようにしてください。それだけしてくれはったら、うちは死んでも御恩を忘れませんし、釜山アジメの息子さん一家があんじょう暮らせるよう祈り続けます」

オジンマルの近くに行くとスリジェ峠に寄ることもあった釜山アジメは、クムファのたっての願いを断ることはできなかった。

「この子は山ん中で育って人間の子か獣の子かわからんくらいやから、傍に置いて人間らしくしつけて送り出してください。アジメに預けたこの瞬間から、もううちに孫はいてません」

クムファは、泣きべそをかくソンファを振りきって帰っていった。釜山アジメは部屋から出ようとしないソンファをなだめすかして写真を撮り、仲介人を訪ねて新郎を選び、縁を結んでやった。服を仕立てて着せたり、市場を見て回らせたりしながら人の住むところに慣れさせようと奮闘した。

「祖母ちゃんがくっついて教えてたから、ご飯もおかずも上手に作りますわ。針仕事かて自分の着る服を縫うくらいはやりますねん」

釜山アジメの家にいる間、アジメはことあるごとにポドゥルとホンジュに向かってソンファの話をして聞かせた。そして山の中で生きてきたソンファが、ポワに行って適応できるよう助けてやってほしいと懇願した。ところが胸焼けで苦しんでいたホンジュが、逆にソンファに助けられたのだった。船酔いのひどいポドゥルも同じだった。

＊

釜山の仲介人が教えてくれた神戸港の大信《だいしん》旅館には、ポワにお嫁に行くための身体検査を待つ朝鮮の娘たちが十数人泊まっていた。眼病と寄生虫の検査に通らねばならないのだが、目の検査は週に一度、寄生虫検査は二週に一度だった。寄生虫検査に引っかかると、二週間待って再検査を受けなくてはならない。ポドゥルとホンジュ、ソンファが順に寄生虫検査に引っかかってしまい、出発が遅れた。三人はどんなに時間がかかっても同じ船に乗ろうと決めていた。ポドゥルとホンジュが、ソンファを置いて先に行くまいと心に決めていたというのが、より正確なところだ。朝鮮を離れてみると二人より三人のほうが心強く、同じ妹峰山《メボンサン》の麓に住んでいたというだけで故郷の友という気がした。他の花嫁たちは、互いに頼る友達のいるポドゥル一行を羨んだ。

ポワに出発する日を待ちながら神戸で過ごした時間は、このうえなく楽しいものだった。旅館には、新郎が送ったお金を親が使ってしまい、船賃がなくて出発できない女もいた。小遣いまで持たせてもらったホンジュはもちろんのこと、ポドゥルもソンファも困らない程度のお金は持っていた。今までこれほどの大金を手にしたことがないポドゥルは一銭、二銭に緊張しながらも、お金を使うことが面白かった。こんなふうに遊んでばかりいられることが信じられず、毎朝太ももをつねってみるほどだった。

数え九つで飯炊《めした》きを覚えてからは、台所仕事のほとんどがポドゥルの役割だった。それが家を発つ日は母が、釜山ではソンファが、日本では旅館の人が用意してくれる食膳を座って待った。家を出ると苦労すると言うけれど、ポドゥルは残った家族に申し訳ないくらい楽だった。道中がこんなに楽しいのだから、ポワは想像以上の楽園に違いないと信じ始めた。三人は毎日神戸を隅々まで見て回った。

同じ港でも世界中を巡る大きな船が出入りする神戸は、釜山や下関とまた違っていた。ポドゥルたちは肌の黒い人を神戸で初めて見た。荷役作業をする船員だった。

「うわあ、人があんなに真っ黒いってある？」

「ほ、ほんまやなぁ」

ポドゥルは相槌《あいづち》を打った。顔が綿布《キャラコ》のように白い白人は朝鮮でも見たことがあるが、醤油《しょうゆ》のように黒い人は初めてだった。ぎゅっと、ソンファがポドゥルの腕を痛いぐらいに摑んだ。女の子たちの視線を感じた船員が、白い歯を見せてにっこり微笑んだ。三人はびっくり仰天して走り出し、埠頭《ふとう》の見えない小道に入ってやっと足を止めた。息を切らしながら見慣れた色をした互いの顔を見て、三人は笑い転げた。

驚きは人だけで終わらなかった。初めて見る果物、木、家、そして路面電車や自動車、人力車や自転車が交ざりあった賑《にぎ》やかな通りの風景に眩暈がするようだった。日本でさえもこんなに朝鮮と違うのに、ポワはどれほどだろうか。ポドゥルは丘の上にある西洋人の家を見て回るのが一番楽しかった。透き通ってキラキラと輝くガラス窓越しに見える装飾に感嘆しながら、ポワで自分が暮らす家を想像した。

ポドゥルは想像するだけで満足したが、ホンジュは違った。ホンジュは神戸に着くとすぐにドクサムに手紙を送った。他の写真花嫁たちがもらったお金よりも額が少なくて肩身が狭いうえに、お金が足りなくて困っているという内容だった。するとドクサムから十ドルが届いた。

「五十ドルは送ってくれると思ったのに、十ドルって何やの？　ケチ臭い」

ホンジュはぶつくさ言いながらも、すぐに洋装店に行き西洋式の婦人服一揃いと靴と帽子を買って、その十ドルを使い果たしてしまった。はじめは相手にもせず見て見ぬふりをしていた日本人店主は、ホンジュが本当に買うつもりだとわかるとぺこぺこしながらポドゥルとソンファにまでお茶を出してくれた。ホンジュのおかげではあるが、ポドゥルは日本人にもてなされて気分がよかった。新しい服を着たホンジュは西洋婦人のようにかっこよかった。

釜山で買った旅行鞄《かばん》まで持てば、どこに出ても恥ずかしくないだろう。

「そないいっぺんに使《つこ》うてしもて大丈夫なん？」

口ではそう言いながら、ポドゥルはホンジュが着ているブラウスのひらひらした裾や袖を無意識に触ったり撫でたりしていた。店主はレースというのだと説明しながら、あれこれ引っ張り出してポドゥルに見せてくれた。よだれが出そうなくらい素敵だった。

「アメリカ行って住むんやで、これくらいは着たらな。あんたらも旦那さんにお金送って言うて手紙書いたらええねん。ポワやったらこの程度のお金はなんでもないやろ」

ホンジュが満足気に、大きな鏡にくるくると自分の姿を映してみながら言った。

ポドゥルは結婚しますという通告を受け取っただけで、私的な手紙のやり取りは一度もしていないテワンにそんな要求はできないのだった。旅館の主《あるじ》に言われるままに書いた到着予定を知らせる手紙にも、お金の話はおくびにも出さなかった。

「着いてから買うてもろたらええわ。あたしは会うてもないのにお金が欲しいなんて、よう言わんわ」

羨ましい気持ちを、そんな言葉でごまかした。ソンファが花婿に送る手紙はポドゥルが書いてあげた。ソンファはポドゥルとホンジュがポワの話をしていても、自分には関係ないかのように、ぽかんとした顔で座っていた。

「まったく、あの子は結婚が何かわかってるんやろか」

ポドゥルは溜め息をつきながら心配を口にした。

「あんたはわかってるんか？　ポドゥル、ソンファ、このお姉さまが結婚とはなんぞやということを教えたるから、ちゃんと聞きや」

結婚初夜に新郎はこんなことをして、花嫁はあんなことせなあかんという話を、ホンジュがした。ホンジュが興に乗り、ポドゥルが顔を真っ赤にしてくすくす笑っても、ソンファはぼんやり二人を眺めていた。

ポドゥルは港の露店で柳行李《やなぎごうり》の旅行鞄を買った。ホンジュの下女になったような惨めな気持ちがしたからだ。ホンジュみたいに洋服は買えなくても、風呂敷包みを頭に載せて歩くのはもう嫌だった。お金を使うとなると恐れをなしていたポドゥルが鞄を買うと、ソンファも一緒に買った。旅館に戻ったポドゥルは、うきうきと風呂敷に包んであった衣類を鞄に移し替えた。ソンファも同じようにした。二人はホンジュに乗せられて、鞄を持って部屋の中を行ったり来たり歩いてみせた。

ポドゥルは鞄だけでも、まるで留学する新女性（朝鮮王朝末から日本統治時代に新式の教育を受けた女性）になったような気がした。

「アイゴ、ほんまにすっきりしたわ。もうこれは、放ってしまい」

ホンジュが床にひろげた風呂敷を足で押しやった。その瞬間、ポドゥルの顔に溢れていた笑みが消えた。その日、ポドゥルは残してきた家族のことを一度も思い出すことがなかった。母が縫ってくれた服を鞄に詰めたというのに。一日一日が目新しく、楽しい日々に夢中で、いつの間にか母や弟たちが霞《かす》んでしまっていた。抱きしめていた大切なものを鞄に奪われ捨てられた風呂敷が、まるで母のようだった。ポドゥルは罪悪感で崩れるように座り込み、風呂敷を抱きしめて泣きじゃくった。

＊

「船乗る前に、あたしら三人で写真撮ろうな」

身体検査に通り出発日が決まったとき、ホンジュが言った。ポドゥルも賛成した。ポワに着いたら誰かの配偶者となるのだ。その前にこの遠い道のりを共に過ごした友達と一緒にいる自分を、写真にだけでも留めておきたかった。ホンジュはこの前買った洋服を着た。ポドゥルは結婚式のために大切にしまい込んであった桃色の絹のチマチョゴリを出しながら、ソンファにもそうするように言った。ポドゥルはそれまで三つ編みに下ろしていたソンファの髪を上げ、髷にして留めた。三人は写真館に向かった。

写真師は三人のために花束と洋傘と扇子を出してきた。ポドゥルは作り物の花束や妓生《キーセン》が持つような扇子より洋傘が気に入ったが、ホンジュが先にそれを取ってしまった。どうでもよくなって順番を譲ると、ソンファは扇子を選んだ。

数日後に写真ができあがった。ポドゥルはそこに写る自分の姿のほうが、テワンに送ったものよりも綺麗に見えた。

「こっちのほうがポワに送った写真よりいいみたいやわ。あんた、どない思う？」

ポドゥルの問いにホンジュもその通りだと言った。朝鮮より技術が優れているからなのか、しばらくの間よく食べてよく遊んで表情が明るくなったせいなのかわからなかった。作り物で気に入らなかった花束も、写真では本物に見える。テワンにこの写真を送れなかったのが残念だった。この写真のような姿を見たら、テワンも感情のこもった返事をくれたかもしれない。三人は写真を一枚ずつ持っておくことにした。

旅館には、結婚するためにポワに行く女たち以外にも、様々な事情でアメリカに向かう朝鮮人が泊まっていた。その中に梨花《イファ》学堂（一八八六年、米国メソジスト教会のメアリー・Ｆ・スクラントン宣教師が創設した朝鮮初の女子の教育機関。梨花女子大学校の前身）を卒業した、キム・エステルという女性もいた。エステルは留学するためアメリカに向かう途中だが、旅券のことで問題があり長期間逗留《とうりゅう》しているという。写真結婚する女たちはエステルに英語を習った。ポワで入国審査に通るためには簡単な英語でも知っているほうがいいという。

ハングルを勉強するときに「가갸거겨《カギャコギョ》」と字母から始めたように、英語の「ＡＢＣＤ」から習った。ポドゥルは旅券と旅行証明書に書かれたアルファベットを飛ばし飛ばしながら読むことができ

るようになった。意味はわからずとも、それだけで新しい世界が開けるようだった。

「皆さんのように写真結婚する女性たちを写真花嫁といいますよね？　英語では、ピクチャーブライドと言います」

　エステルが教えてくれた。写真花嫁、ピクチャーブライド。ポドゥルは自分たちを表す単語を口の中で繰り返してみた。

「お姉さんは名前が変わっていますね。生まれてから今まで、そんな名前の人に会うのは初めてです」

　ポドゥルは偶然エステルと二人になったときに尋ねた。エステルは写真花嫁の中で一番熱心に勉強しているポドゥルが気に入っていた。

「私の朝鮮の名前は、プットゥリ《つかまえろ》というのよ。私の上にいた兄が二人も死んだあとで生まれたの。お祖父さんが、私の下に弟が生まれたら摑んでおけという意味でつけた名前で、本当に嫌だった。名前の主の私のためじゃなくて、まだ生まれてもいない弟のための名前なのよ」

「そしたら、エステルは誰がつけた名前ですか？」

「教会で洗礼名をつけるときに自分で選んだのよ。エステルは自らの同胞を救った王妃なの。私もアメリカで勉強して私の同胞たちを救うつもりよ」

　ポドゥルは堂々として自信に満ち溢れたエステルを、魅せられたように見つめた。ポドゥルは同胞を救いたいという話よりも、自分で名前を選んだことのほうがすごいと思った。プットゥリのように、オジンマルにも次に男の子を望んで、もしくは望まぬ女の子だからとつけられた名前があった。ソプソビ《残念な子》、ソウニ《寂しい子》、トソビ《また残念》、クッスニ《終わり娘》、マッスニ《止め娘》、マルスニ《末娘》、ヤムジョニ《おとなしい子》……。さらにひどいことに名前のない女の子もいた。適当に呼んでおいて嫁に行くと、アンコル宅《テク》、ヤンチョン宅のように実家のある村の名前に宅をつけた呼び名が名前の代わりになるのだった。貧しい寡婦の娘であるポドゥルも朝鮮で結婚したならオジンマル宅になっていただろう。だが、柳が花をつける頃に生まれたからポドゥル《柳》と名づけられた自分の名前が、他の女の子よりましだと思うことはできなかった。先祖代々決められてきた行列字《ハンニョルチャ》（同姓でかつ祖先の出身地を表す本貫の同じ家系の男子は、世代ごとに名前に入れる文字が決められている。五行、十干、数、五常などを用い、必ずその順番で回す）に沿ってつける男兄弟の名前には家門や両親の願いが込められているが、ポドゥルという名前にはどんな期待も願いも込められてはいないのだ。娘は「出嫁外人」、嫁げば他人になるから幼い頃から期待すらしなかったのだろうか。それなのに父はなぜ、学童たちの学ぶ後ろの席で千字文を学ばせ、学校にも入れてくれたのだろうか。

　その問いが胸の中に宿題として残っていたポドゥルは、エステルのように自分が夢見る人生にふさわしい名前を、自分でつけたいと思った。ポワに行ったら勉強してエステルのようなしっかりした女性になって、新しい名を名乗ろうと決心した。船に乗ってからも毎日英語を勉強しようと心に決めていたのに、船酔いのせいで寝ているだけの身になってしまった。

＊

「ポドゥル、ポドゥル、ポワに着いたで。また身体検査や。それに落ちたらそのまま追い返されるんやて。はよ起きて支度しよ」

　ホンジュの声でポドゥルは急に目が覚めた。こんな様を見せて重病人だと思われ追い返されたら大変だ。ポドゥルはあたふたと身体を起こして座った。まだ揺れているようだったが、海の上を進んでいたときよりははるかにましだった。下船の支度をするために戻った人々で船室内は慌ただしい。乗客の中で朝鮮人は十人あまりだった。

　ほとんどが日本人乗客で、それも写真花嫁が多かった。写真結婚は、朝鮮人よりも先にサトウキビ畑の労働者として渡航していた日本人が始めたという。ポドゥルたちは人数が少ないので萎縮してしまい用心深く行動していたが、日本人花嫁たちは自国の人ばかりなのに、静々と気後れした様子だった。

　ソンファが濡《ぬ》れ手拭いを持ってきた後ろから、ミョンオクとマクソンがポドゥルの鞄を持ってきてくれた。ポドゥルは濡れ手拭いで顔を拭いた。

「顔が半分になってしもうて」

　ホンジュが舌打ちしながら手鏡を差し出した。鏡に映るポドゥルは、頬がこけたせいで頬骨が目立ち、目も小さく見えた。神戸で撮った写真の愛らしくて福々しい姿はどこにもなかった。テワンが結婚を取り消し、下船できなかった夢を不意に思い出した。夢が現実になってしまいそうな不安が、吐き気を上回る猛烈な勢いで込み上げてきた。ポドゥルは歯を食いしばり、吐き気を堪えながら桃色の絹のチマチョゴリに着替えた。藁沓も脱ぎ捨て、鞄に大事にしまっておいた唐鞋《タンヘ》を出して履いた。ホンジュの頬紅で青白い顔色を隠し、髪ももう一度整えた。

準備を終えた写真花嫁たちは荷物を持って甲板に上がった。ホンジュとソンファが両側からポドゥルを支えた。薄暗い船室から強烈な日差しの下に出ると目が眩《くら》み、風が吹いて後れ毛がなびいた。細く開いたポドゥルの目に絵のような光景が広がった。屏風を広げたような綿雲をまとった空が、海とつながっている。船べりに隙間なく張りついた人々のせいで、港の様子はよく見えなかった。右のほうに街と山が見える。山を見ると朝鮮のそれとたたずまいは少し異なるが、ここも人の住むところなのだと思えて心が落ち着いてきた。日差しは痛いくらい強いのにじめじめしておらず、小さな日陰に入るだけで涼しかった。こんな天気が一年中続くというのが不思議だった。

「ここは年がら年中あったかいいうから、春夏秋冬ずっとこんな天気やろうな」

ホンジュも同じことを考えていたのか、わくわくした顔で言った。神戸で買った洋服を身に着けたホンジュのどこを探しても、「夫を食い物にした後家」の片鱗すら見当たらない。時間と共に山育ちの野暮ったさが抜けてだんだんと綺麗になるソンファもまた、巫堂の孫だということは何の問題にもならないように見えた。自分だけが痩せこけた姿で新郎と対面することになったのだ。ポドゥルはホンジュとソンファに支えられていた身体をまっすぐに伸ばして服を整えた。

数人の検査官が通訳と一緒にやってきて旅券や旅行証明書などを調べた。アメリカ人なので顔の白い人ばかりだろうと思っていたが、三人の検査官だけでも肌の色や顔立ちが皆違っていた。検査官が近づいてくるにしたがってポドゥルの胸は早鐘のように打ち出した。何人かが列から連れ出されると、肝が縮むようだった。

近づいてきた検査官は、神戸で見かけた人ほど色黒ではなく肉づきのよい男だ。検査官がまぶたをひっくり返して目の検査をする間、ポドゥルはまともに息ができなかった。続いて旅券と旅行証明書を確認すると、人が好《よ》さそうに微笑んで返してくれた。

幸い朝鮮人花嫁は全員が検査に通った。梯子《はしご》のような階段が船から埠頭に下ろされていた。ポドゥルは鞄を持ち、下に広がる海が丸見えの階段を必死の思いで下りた。チマチョゴリの結び紐と長い裾が風になびく。船から下りさえすれば助かると思っていたのに、いざ足が着くと地面も揺れているようだった。

港は船を下りた人々、迎えに来た人々、船員たち、そして商人たちでいっぱいだった。肌の色も顔立ちもそれぞれに異なる人々が吐き出す耳慣れない言葉のせいで、ポドゥルは目が回りそうだった。花の首飾りを籠《かご》に入れたり、腕にぶら下げて売り歩く人がたくさんいた。食べられるわけでもない花の首飾りをいったい誰が買うのだろうと訝《いぶか》しんだが、そこここで迎えに来ている人が買い、船から下りてくる人の首にかけている。この土地の歓迎の仕方のようだ。売り子や首飾りをかけた人が通ると甘い香りが漂った。ポドゥルはあとになって、その美しい花の首飾りが「レイ」であることを知った。

ポドゥルはテワンが花の首飾りを持って迎えに来てくれているかもしれないと期待し、きょろきょろ見回したが、そんなことはなかった。テワンだけでなく他の花婿たちもいないようだ。喧噪《けんそう》の中で一番よく聞こえる音は「アロハ」だった。ミョンオクがどこで聞いてきたのか、ポワでの挨拶はアロハ一つで事足りると言った。ポドゥルはその言葉を口の中でつぶやいてみた。

「アロハ、ポワ」

発音も易しく、なぜか気分もよくなった。朝鮮人写真花嫁たちは日本人写真花嫁たちと一緒に移民局の建物に向かった。昼食には移民局で出された日本式の味噌汁とご飯を食べ、棚のように段が重なったベッドのある部屋へ移動した。夫が迎えに来なければ部屋を出られないという。ホンジュが日本人花嫁たちのおしゃべりを聞いて、もう一週間も夫を待っている女がいることを教えてくれた。ポドゥルは我が事のようで恐ろしくなった。

朝鮮人花嫁たちは片隅のベッド一つに集まって腰かけ、名前が呼ばれるのを待った。日本人花嫁が続々と呼ばれて出ていくので、うっかり自分の名前を聞き逃すかもしれないとおしゃべりもできない。一番先に呼ばれたのはホンジュだった。ホンジュは部屋中の人がみんな目を向けるほどあたふたした。ポドゥルは落とした帽子を拾って渡しながら言った。

「あんた、しゃんとして旦那さんと会わなあかんよ。また、あとでな」

次はミョンオクだった。神戸ではさほど近しい仲ではなかったが、船で過ごす間に親しくなった。

「みんな旦那さんとちゃんと会うて、あとでまた会おうな」

ミョンオクが言い残して部屋を出ていった。その次に名前を呼ばれたポドゥルは、テワンが迎えに来てくれたのだと安堵《あんど》に胸を撫で下ろした。ぽつりぽつりと来る呼び出しを待っているうちに、いつしか夕刻になっていた。ポドゥルは日をまたがずに部屋を出られたことを喜び、いよいよテワンとの対面だと思うと胸が高鳴った。船に魂を置き忘れてきたようなソンファと羨むような眼差しのマクソンにろくに挨拶もできぬまま、案内人について部屋を出た。じゃらじゃらと大きなアクセサリーを身に着けた、ふくよかで感じのよい女性だった。

廊下を歩いていると、窓の外で日本人花嫁が泣いているのが見えた。その横で、花婿というには年を取りすぎた男が煙草《たばこ》を吸いながら空を見上げていた。案内人がポドゥルに何か言った。言葉はわからなくとも気の毒そうな表情は読み取れた。

「そりゃそうやろ、あんな旦那さんとは暮らされへんわ」

つぶやきながら廊下を曲がると、ミョンオクがしゃがみ込んで泣いていた。その横では皺だらけで煤《すす》けた顔の初老の男が、帽子を握りしめて途方に暮れたように突っ立っていた。ポドゥルは思わず漏らした嘆息にハッとして、掌で口をふさいだ。

神戸にいるとき、写真花嫁同士で夫の写真を見せ合った。ミョンオクの夫の顔をはっきり覚えているわけではないが、目の前に立つ男のような老人では断じてなかった。息子に何かあって父親か親戚が代わりに来たのだろうか？　ポドゥルに気づいてもっと大きな声で泣き出したミョンオクの顔は、絶望に覆われていた。写真とはまるで違うあの男が花婿なのだ。他の若い男の写真を送ったに違いない。心臓が凍りつきそうだった。ポドゥル自身も他の女の写真ではないにしろ、他の女の服を着て撮った写真を送った。自分は騙したのに、相手がそうしないという保証はない。今から写真とは違う夫に対面するような気がして、足が震えた。

扉の前に立った案内人が、急《せ》かすようにポドゥルに手招きした。ポドゥルはミョンオクに何も言えぬまま案内人に従った。開かれた扉から部屋の中が見えた。扉を背にして座った男と扉のほうを向いて立つもう一人の男、そして朝鮮人と思《おぼ》しき女が何か話していた。立っているのはこの土地の人なので、背広を着て座っている男がテワンなのだろう。心臓が止まりそうだ。幸い髪の毛は真っ白ではなかった。ポドゥルを見た女が朝鮮語で入ってくるよう言った。通訳のようだ。

男がゆっくりと振り返った。見覚えがある。思ったより色黒だが、何度も見すぎて覚えてしまった写真の中の顔と大きな違いはなかった。ポドゥルはそのことだけでも無性に嬉しくて、テワンが花嫁を迎える新郎にしてはあまりにも無愛想なことには気が回らなかった。もし調査室に来るまでに日本人花嫁やミョンオクの夫を見ていなければ、そのことで傷ついていたかもしれない。しかし今は何も問題にならなかった。ただただ写真の男の隣に、無事たどり着けたという事実に目頭が熱くなるのだった。

ポドゥルは通訳に言われた通り、テワンの隣に腰かけた。調査官が旅券と書類を見ながらポドゥルに何か言うと、通訳が名前を訊いた。

「カン・ポドゥルです」

「年齢は?」

「十八歳です」

ふと日本や西洋では母のお腹の中にいる年数は数えないのだと聞いたことを思い出して、朝鮮の年齢ですとつけ足した。学校に通ったことがあるかと訊かれ、普通学校に途中まで通っていたが辞めたと答えた。ポドゥルはがっかりされたらどうしようと思い、ちらっとテワンの顔を窺ったが彼は俯《うつむ》いて爪のささくれを剝《む》いていた。分厚い手が頼もしい。調査官はポドゥルに夫の名前を質問した。ポドゥルは「ソ・テワンです」とはっきり返答した。最後に調査官がテワンに、ポドゥルが自分の妻かどうかを訊いた。

「そうです」

ポドゥルは初めてテワンの声を聞いた。短すぎるのが惜しかったが、これからはいくらでも聞くことができるだろう。

テワンについて調査室を出ながら、扉の前で少し腰の曲がった白髪の老人に出くわした。初老に見えたミョンオクの夫よりもはるかに年上だった。ポドゥルはドキリとした。ソンファかマクソンの夫に違いない。その老人がテワンを見て喜色を浮かべ話しかけた。

「アイゴ、これはこれは。ソ班長じゃありませんか？　ソ班長も写真結婚するんですか？」

老人の目がポドゥルに向いた。ポドゥルはその顔にソンファの夫パク・ソクポの面影を見出した。どないしよう、どうしたらええの？　思わず嘆息が漏れた。写真の裏には間違いなく三十六歳と書いてあったのに、目の前のこの人は還暦をゆうに超えているように見える。テワンは喜色を黙殺したまま、身をよじり道を譲っただけだった。ポドゥルは父親よりも年上に見える人に無礼に振る舞うテワンに失望したが、ソンファが感じるだろう失望に比べれば何でもなかった。ソクポと少し離れてから、ポドゥルはテワンに確認した。

「今のあの方、パク・ソクポさんですよね？」

ポドゥルがテワンに初めてかけた言葉だった。

「どうして、知ってるんだ？」

「友達の夫になる人です。あんな老人が三十六歳やなんて、嘘にもほどがありませんか？」

ポドゥルは思わず抗議するように言った。テワンは返事の代わりに冷笑を浮かべた。

廊下を抜けるまでに、花婿が老人だったことを知って泣く日本人女性を二人も見た。夫のことで騙されたのは日本人も同じようだった。ポドゥルは写真の姿と同じ花婿と対面したことがいかに大きな幸運であったか、移民局を出る前に理解した。写真より釜山アジメの太鼓判のほうが確かだと言った母の慧眼《けいがん》に、改めて感嘆したのだった。移民局から出るとテワンはちらっと振り返り、腕を伸ばしてポドゥルの鞄を持った。

「だ、大丈夫です」

嫁入りの荷物があまりに少なくて軽いことに、テワンががっかりするのではないかと心配になった。新郎に比べて自分がはるかに劣っているように思えて、一度も返事をもらえなかった寂しさも消えてしまった。テワンは、鞄を持ってくれたように、言葉や手紙ではなく行動で思いを伝えてくれる人なのだ。ポドゥルは胸を熱くしながらテワンのあとに従った。履きなれない唐鞋が何度も脱げそうになる。

西洋人のカップルが腕を組んで歩くのが見えた。神戸港では人前で抱き合い、口づけする様子も見た。それればかりか他人同士でも頻に口づけするのが西洋式の挨拶だと聞いた。ポドゥルは誰にはばかることなく表現する様を恥ずかしくて直視できないのだが、よい姿だと思った。テワンが自分にそうしてくれればいいのにと考え、ひとり赤面した。ポドゥルの願いとは裏腹に、テワンは朝鮮にいる男たちのように花嫁の三歩前を歩いている。ポドゥルは鞄を持ってくれただけでも充分嬉しかった。

埠頭には商店が軒を連ね、馬や荷馬車や自動車の行き交う道につながっていた。賑やかな通りに出ると風が少し治まった。ポドゥルはテワンに遅れまいとせっせと足を運ぶ最中にも、商店のガラス窓に映る自分の姿を確認し服や髪を整えた。八百屋、洋服屋、靴屋、食堂といった商店には英語と漢字を並べた看板がかかっており、通りには西洋人よりも東洋人のほうが多かった。

神戸の丘の上の西洋人居住地のように立派な家が立ち並び身だしなみの整った人々が行き交う風景を想像していたポドゥルは、市場のように騒々しくごちゃごちゃしている様子に驚いた。人々の服装もくたびれて見えた。釜山アジメが話していたような楽園ではないのではないかという考えが頭をもたげた。お金を箒で集めるという話だったのに、道には馬糞とごみばかりが転がっている。ポドゥルは服と靴が木に鈴なりだという話を信じたことのほうが、かえっておかしかったのだと思った。それでもドクサムの写真に写っていた木があちこちに生えているのを見て、一縷《いちる》の望みを残しておいた。ポワで一番目につく木々のてっぺんには、瓢のような丸い物がたくさんぶら下がっているのだ。

「あの木の名前は何ですか?」

ポドゥルが小走りでテワンに追いついて訊いた。

「椰子《やし》の木だ」

テワンが木をちらっと見て答えた。

「もしかして、あの瓢みたいに丸いもんの中に服とか靴とか入ってるんでしょうか?」

テワンがポドゥルを小馬鹿にしたような目で見た。

「仲介人がそう言ったのか?　ポワさ行ったら服と食べ物は木にいっぱい生ってると?　お金は箒

でかき集めるという話は聞かなかったか?」

まるで面罵《めんば》するようなきつい口調だったが、ポドゥルは嬉しくなって声を張り上げた。

「き、聞きました。それ、ほんまやいうことですか?」

テワンは返事の代わりに、吸っていた煙草を投げ捨て踏み潰した。

*

テワンがポドゥルを連れていったのは、小川に面した旅館だった。二階建て木造家屋の入口にハングルで書かれた海星《ヘソン》旅館という看板がかかっていた。ポドゥルは扉の前で立ち止まった。書類上夫婦とはいえ婚礼も済んでいないのに、平気な顔でついて入るのははばかられた。

「こ、ここには何で入るんですか? 家に行くんと違いますの?」

ポドゥルがテワンの袖を摑んで言った。

「家には明日、結婚式が済んでから行く。道端で寝るのが嫌なら、ついてくるんだな」

テワンは命令のように言い、中に入ってしまった。ポドゥルは一度周囲を見回してから仕方なく入った。かなりの年配に見える旅館の主人夫婦がテワンを歓迎した。

「アイゴ、とうとう嫁をもらうのかい? 綺麗でいい娘さんじゃないか。お父さんが喜ぶだろうね」

旅館のおかみさんの口から舅の話題が出ると、ポドゥルはいっそう慎ましい態度で挨拶した。ポドゥルにはテワンを知るすべての人が婚家の家族のように思えた。テワンはポドゥルに接するときとは違い、旅館の主人とは笑いながら話していた。まるで自分が笑いかけられているように感じて満足気にそっとテワンを見たポドゥルは、おかみさんと目が合った。

「アイゴ、私ったら花婿さん捕まえて、悪いことしたね。花嫁さんも船乗ってきて疲れたでしょうに、早く休まないと」

棚からタオルを取り出したおかみさんは、まず一階にある食堂と便所、共同浴場などの場所を説明してから二階に上がった。三か月ほど神戸で過ごしたポドゥルは、建物の外観が違っても旅館には慣れていた。テワンが一歩さがってポドゥルを先に行かせた。ポドゥルは今から部屋でテワンと二人きりになるのだと思うと、胸の鼓動が激しくなり足も震えた。狭く急な木造の階段を上がると、廊下の両側に扉が並んでいた。ポドゥルは船に乗っている間、ろくに身体を洗っていなかったことを思い出した。

どないしよう、臭うはずやのに……。やらしいわ。あたし何考えてるん？

ポドゥルは顔から火が出そうなうえに頭の中はごちゃごちゃで眩暈がした。おかみさんが廊下の端にある扉を開けて、ポドゥルとテワンに言った。

「静かで見晴らしのいい部屋よ」

ポドゥルは神戸の大信旅館の畳の部屋にはなかったベッドを見て動揺した。かなり高くて狭そうで、ぴったりくっついて寝なければ床に落ちてしまいそうだ。テワンとくっついて寝るのも床に落ちるのも、どちらも恥ずかしい。

「ベッドは初めて見るでしょう？　先月、初めて入れたのよ。ずっと硬い床で寝ていただろうから、ベッドで寝たら、ふかふかの雲に乗ったみたいだよ。特別に用意したんだから、いい時間を過ごしてね」

おかみさんのベッド自慢のせいで、ポドゥルの顔は窓外の夕陽よりも赤く染まった。

「そ、それ見てたんと違います。お布団の色が可愛いくて見たんです」

「布団もおろしたてですよ。使うのも花嫁さんが初めてだから、いい夢見るわよ。年寄りの婿さんのせいで泣いてる花嫁ばっかり見てきたから、若い花婿見たら私も気分がいいわ。少し休んで、あとで鐘が鳴ったらご飯を食べに下りてきて」

おかみさんが部屋に入り、タオルを置いて戻ってきた。

おかみさんが一階へ行き二人きりになると、二、三歩離れていたテワンが扉に近づいた。ポドゥルは自分の鼓動が廊下に響き渡っているように感じた。テワンが鞄を部屋の中に置いてから言った。

「用事があるから出かけてくる。晩ご飯までに戻らなければ、先に食事しなさい」

テワンは返事をする間も与えずに、大股で階下へ下りていってしまった。テワンと旅館の主人が何かを話す声も聞こえなくなると初めて、ポドゥルは自由に息が吸えた。いざ一人残されてみると、それも悪くなかった。身体が臭うのではないかと気になっていたうえに、部屋で二人っきりになるのは、まだ気まずくて耐えられそうにない。

部屋に入ると窓辺に立ち、ホンジュの洋服の袖よりひらひらしたレースをめくって外を眺めた。道路側ではないのでテワンを見ることはできなかったが、洗濯物が干してある裏庭と周辺の風景、そして山が見えた。ここに来るまでに見た景色とほとんど同じだった。ポドゥルはベッドに腰を下ろしたが、マットレスが波打つと船酔いがぶり返しそうになり急いで立ち上がった。

ポドゥルはタオルを持って一階に下りていった。共同浴場は湯船がないだけで神戸の大信旅館とそっくりだった。身体を洗っていたポドゥルは、外から聞こえてきた女の泣き声に、水を止めて耳を傾けた。ホンジュだ。ポドゥルは慌てて服を着て飛び出した。ホンジュが大きな声で泣き叫びながら旅館を出ていこうとするのを、おかみさんが引き止めていた。

「ホンジュ。どうしたん？　何があったん？」

ポドゥルを見たホンジュは床にどさりと座り込み、さらに大きな声で泣いた。どれだけ泣いたのだろうか、目はパンパンに腫れて髪の毛も服もめちゃくちゃだ。

「友達なの？　連れて上がって、なだめておくれ」

おかみさんがポドゥルに小さい声で言った。

「お婿さんはどこ行ったんですか？」

「部屋にいるのよ。婿さんが近寄るともっと泣いて大変だから、私が部屋に行かせたの」

聞かなくても理由はわかった。ポドゥルはホンジュを抱え起こして自分の部屋に連れていった。ホンジュが涙で汚れた顔で部屋の中を見回して言った。

「なんであんたの部屋はベッドなん？」

ベッドに腰かけたホンジュは、ぴょんぴょんと身体を揺らしている。

「アイゴ、この子はほんまに。それが泣き叫んでたもんの言うことか？　何があったん？」

ポドゥルはわかっていて訊いた。束の間ベッドに気を取られていたホンジュがまた泣き出した。そして、横に立っているポドゥルを摑んで揺さぶりながら訴えた。

「ポドゥル、どないしたらええの？　チョ・ドクサムはじいさんや。三十九歳違うて四十九歳やいうねん。三年漬け込んだ胡瓜《きゅうり》の漬けもんみたいに皺くちゃのじいさんや」

四十九ならホンジュより三十一歳も上だ。そんな人と夫婦として暮らさなくてはならないなんて。いくら寡婦でもむごいことだ。ドクサムよりもっと年上に見えたパク・ソクポを思い出し、ポドゥルは溜め息を漏らした。

「送ってきた写真は何やったん？」

ポドゥルが訊いた。

「まったくの詐欺や。ずっと前の写真やって。そのまま帰る言うたら、あたし呼び寄せるのにいっぱいお金かかったから、返してから行け言うねん。どないしよう。あたし、あんな人と暮らされへん。あんなじいさんと、どないして寝るんな」

ポドゥルは自分でも一緒には暮らせないと思った。ベッドの上で子供のように足を投げ出して泣いているホンジュの背中を、黙ってさすった。

「あんたの婿さんは？　あんたの婿さんは大丈夫なん？」

しばらく泣いたあとでホンジュが訊いた。ポドゥルは表情に気をつけながら、首を縦に振った。

「ソ・テワンは年をごまかさへんかったん？」

ホンジュの目がまん丸になった。

「詳しいことはあたしも知らんねん。ここまで連れてきて用事ある言うて出ていって、ちゃんと話する間もなかったわ」

ポドゥルははぐらかした。

「ソンファの婿さんは見たん？」

ホンジュはポドゥルが頷《うなず》くと、どうだったか訊いた。ポドゥルは嘆息してから答えた。

「還暦も超えてそうやったわ」

「どないすんの」

ホンジュがまた泣き出した。ホンジュが、ポワで繰り広げられる新たな人生にどんな期待を抱いていたか、ポドゥルはよく知っていた。無残に崩れ落ちた夢の前で絶望するホンジュを見ていると、実物のテワンが写真の姿と同じことが申し訳ないくらいだった。

「あたしは帰るよ」

ホンジュは決然と言った。ポドゥルは心臓がさっと凍りついたようだった。

「どこに？　朝鮮にか？」

ホンジュのその一言だけで、ポワに一人残されたようで恐ろしかった。たとえ写真と実物の違いがないテワンがいるとしても、今はまだ友達のほうが大事だった。道中では助けられたけれど、ソンファは面倒を見る相手であって、頼れる友ではなかった。とはいえ帰らないでと摑まえておくこともできず、慰めの言葉も見つからない。

「帰りの船賃あるん？」

ポドゥルはやっとの思いで訊いた。

「神戸で全部使いきって、一銭もない」

ホンジュは実家で持たせてくれたお金も使い果たした。ここに来るまでにかかった金も返せと言っているドクサムが船賃をくれるはずがない。ポドゥルはホンジュには気づかれないように胸を撫で下ろした。

「そんなら、どないして帰るの？ 家にお金送って言うて頼むんか？」

ポドゥルの言葉にホンジュの顔が歪《ゆが》んだ。

「せえへん。父さんがあたしになに言うたと思う？ 夫が死んで三年も経たんうちにまた嫁に行くんは家の恥やから、二度と家には戻るなて言わはった。それが父親いうもんの言うことか？ 自分は年がら年中お妾《めかけ》さん囲っといて。あたしが誰のせいで寡婦になったと思ってるん。父さんの両班《ヤンバン》病のせいで、死にかけの男と結婚させられて寡婦になったんやないの」

ポドゥルはそれまで、ホンジュの写真結婚をアン長者も喜んで許したと思っていた。男が妾を囲うことは疵ではないが、寡婦の再嫁は疵となるのが朝鮮というところだ。そんな朝鮮をあとにしたホンジュの前に立ちはだかった不幸に、ポドゥルは胸が痛んだ。

「あんた、ちょっとお金ある？ ソンファも少しはあるやろう？」

ホンジュが訊いた。ポドゥルには五ドルほど残っていた。ソンファにもいくらかあるだろうが、帰りの旅費にはとても及ばない。いや、お金があってもホンジュを帰らせたくなかった。ポドゥルが曖昧に答えているところへ、階下から鐘の音が聞こえてきた。夕飯を食べろという合図だ。友達が苦境に陥っているというのに、ポドゥルのお腹はきゅるるるると鳴った。

「ようけ泣きすぎて、お腹がぺこぺこや。ご飯食べに行こ。知恵を出そう思うたらまずは食べなあかん」

ホンジュは自分のお腹の音だと勘違いしてベッドから下りた。夫が死んで実家に戻ったときでも逞《たくま》しく過ごしていたホンジュだから、この困難を乗り越えてポワで一緒に暮らせることをポドゥルは心から願った。

＊

貝殻をつなげた玉のれん越しに新郎四人とミョンオク、マクソンが見えた。男の中ではテワン、女の中ではソンファだけがいなかった。ミョンオクとマクソンは新郎たちと別の食卓に着いていた。新郎たちのテーブルには酒瓶が置いてある。ホンジュは男たちには目もくれぬまま、ミョンオクの横に行って座った。ポドゥルはマクソンの隣に座り、ソンファを見かけなかったか訊いた。テワンがいないことを残念に思うよりも、はるかにソンファが気になり心配だった。まぶたを赤く腫らしたマクソンとミョンオクは力なく首を横に振った。ポドゥルは移民局の事務室の前でテワンに声をかけた男に目を向けた。新郎たちの中で最も年老いたソクポは、すでに酔っている。ソンファが気にかかるが、ソクポに話しかけるのは嫌だった。

ポドゥルはホンジュをちらちら見ているのがドクサムだと気がついた。黒く煤けてがりがりに痩せた姿から、甘い手紙を書き、気前よくお金を送って寄こしていた人の面影は見当たらない。貧相でみすぼらしい様子は写真と正反対で、写真の中で足をかけていた自動車どころか荷車すらなさそうだ。ホンジュが帰ろうとするのも頷ける。そんなことを考えながらもポドゥルは、食卓に上《のぼ》った焼き魚と肉炒《いた》め、サンチュ、そして青唐辛子と味噌《テンジャン》に何度も目が行った。釜山を出てから口にしたのはほとんど日本食だった。ほの甘く頼りない味の食事にうんざりしていたところへ、たっぷり盛られた朝鮮式のおかずを目の前にし、よだれが出そうだった。

おかみさんと娘らしき女性が食べ物を載せた盆を運んできた。おかみさんは味噌の鍋《チゲ》をテーブルの真ん中に置き、娘がご飯を各自の前に置いてくれた。白米だった。朝鮮でもめったに見ることができなかった米のご飯をポワで見るなんて。ポドゥルの目はご飯に釘づけになった。そのとき、ソクポが女たちのほうに声をかけた。

「一〇三号行って、ご飯食べるようにちょっと言ってもらえんかな」

その言葉が終わる前にポドゥルとホンジュは食堂を飛び出し、一〇三号室へ向かった。勢いよく扉を開けるとソンファが部屋の隅に縮こまって座っていた。ポドゥルの部屋と違い、板の間で端には畳んだ布団が置いてある。ポドゥルとホンジュは靴を脱ぎ捨てて駆け寄った。ホンジュがソンファを抱きしめて、また泣き出した。

「なんでこんな目に遭わなあかんの。あんた、あんな年寄りとどないして暮らすの？　あたしもチヨ・ドクサムと暮らすんやったら寡婦のまま年取って死んだほうがましや。ソンファ、あんたとあたしとで海に飛び込んで死のうか？」

ホンジュがソンファを摑んで号泣した。ソンファは他人事《ひとごと》のようにぼんやりした顔で、ホンジュに揺さぶられるがままになっていた。

「どないしよう」

ポドゥルは二人を両腕で抱いて涙ぐんだ。それまで、巫堂の祖母にたがが外れたように彷徨《さまよ》っていた母親、そのうえ父親は誰とも知れず、読み書きもできないというソンファをもらう新郎が気の毒だと思っていた。しかし今はソンファが何倍も可哀想だった。ポドゥルはこんな状況にもかかわらず空腹を感じるのが恨めしかった。

「ソンファ、ご飯食べに行こ。食べてから考えよう」

ホンジュが涙を拭いながら言った。

「そうや、姉さんたちが待ってはるわ」

ポドゥルはほっとして同意した。ポドゥルとホンジュはソンファの手を引いて食堂に行った。ポドゥルの言った通り、ミョンオクとマクソンは三人を待っていた。その間ずっと酒を飲んでいた男たちは、声が大きくなっていた。ポドゥルはソンファを席に着かせ、その横に座った。でれっと笑いながらソンファを見ているソクポと目が合うと、ポドゥルは思わずソクポを睨みつけた。

女たちは落ち込んだ顔で無言のまま食べ始めた。神戸の旅館でも、ポワに向かう船上でも、集まるとおしゃべりが止まらない女たちだった。今は詐欺を働いた夫の前で、それでも食べるしかない屈辱感が顔に浮かんでいる。

ポドゥルも彼女たちの前で美味しそうに食べるのは申し訳なかった。しかしすぐ誰彼なしに、自分が肉を何切れ食べたか、魚の頭をもらっていいものか、魚の目玉は誰が食べるのか、互いに様子を窺うことに気を取られた。みんな一口のご飯も一枚の菜っ葉も残さず綺麗に平らげた。女たちが食事を終えても、男たちの酒盛りは終わらなかった。新郎たちは酒の勢いを借りて話しかけてきたが、花嫁たちの気持ちは虫けらを相手にするように遠ざかった。

ポドゥルはホンジュ、ソンファと共に部屋に戻った。マクソンとミョンオクも追ってきた。五人が座ると部屋はいっぱいになった。夕飯を食べている間はおさまっていた涙が、再び溢れ出した。ポドゥルはテワンが戻ってくるのではないかと心配したが、絶望しているみんなの前でそんな素振りは見せられなかった。余裕のある者が高みから施しを与えるようで、慰めの言葉もかけづらかった。

しばらくして、おかみさんがパイナップルという果物を持ってくると、ベッドにこぼさないよう床に座って食べなさいと言った。狭い床に固まって座った花嫁たちは、泣きながらも甘酸っぱい果汁のしたたるパイナップルを指まで舐《な》めながら食べた。

「あなたたちが年寄りの夫を見てどんなに失望したか、私にもよくわかるよ。海に飛び込んでしまいたい気持ちでしょう。新郎たちはね、実際に年も取ってるけれど、かんかん照りの中で苦労したせいで、余計に年寄りに見えるの。裸一貫で渡ってきて、どれだけ苦労したか。書類にはもう夫婦だってはっきり載ってるんだから、可哀想だと思って一緒に暮らすより他にしょうがないよ」

「おかみさんの故郷《ふるさと》はどこですか？　おかみさんも写真花嫁で来たんですか？」

マクソンが沈鬱な面持ちで、自分の故郷の言葉を話すおかみさんに尋ねた。

「私はね、仁川《インチョン》に住んでたんだけど、夫と子供たちと一緒に来たの。みんな、ポワが楽園だって、ここに来たら飢える心配はないって言われて来たんでしょう?」

おかみさんの言葉に全員が頷きながら、絶望感を少しでも減らしてくれるような次の言葉を待った。

「勉強もさせてくれる言うてました」

ポドゥルは急いでつけ足した。おかみさんは気の毒そうに言った。

「あなたたちはなんにも知らないから騙されたのよ。この世の中にそんな場所があるわけないでしょう? 私もそんな話に惑わされて、小さい子供を三人連れてきたんだけど……。テワンの家族と一緒に船に乗ってきて、農場で暮らしたんだよ。アイゴ、あの恐ろしい毎日のことは思い出したくもない」

おかみさんが首を左右に振った。花嫁たちにとって最後の砦《とりで》だった期待が水泡に帰し、虚脱感は隠しようがなかった。だが、ポドゥルだけは嬉しい気持ちを気取られまいと必死だった。同じ農場で働いていた人が立派な旅館の主となったのを目の当たりにして、テワンが地主だという話がいっそう真実味を増した。朝鮮に住む人々の暮らしが千差万別であるように、この地に住む朝鮮人の暮らしもそれぞれに違うのだろう。

「それでもおかみさんは、こんな旅館もされて成功しはりましたね」

ミョンオクが羨ましそうに言った。

「成功だなんて。来たばっかりの頃の苦労をいちいち話してたらきりがないよ。胸にしまい込んで、今が幸せだと思って生きてるの。写真花嫁が来るようになって九年目だけどね、ほとんどがうちの旅館に泊まったよ。みんな最初は親を亡くしたみたいに泣いて、帰る帰るって大騒ぎだったけど、結局はその夫と暮らすことになる。帰る旅費もないし、結婚しなければここから追い出されるのに、どうしようもないでしょう？　みんなもね、ここまで来たんだから旦那さんが気に入らなくても、腹をくくって頑張ってごらん。そのうちいい日が来るから」

その言葉で、しばらく静かに話を聞いていた花嫁たちがまた泣き始めた。自分たちには永遠に訪れることのない未来のように思えた。その横でポドゥルも一緒に涙を流した。

夜が更けても写真花嫁たちはそのままポドゥルの部屋にいた。まだ婚礼を挙げていないので新郎のいる部屋に行かないという理屈が通る。ポドゥルにしてもテワンと一つの部屋にいるのは、人目もあり恥ずかしかった。ポドゥルは様子を見に来たおかみさんに頼んだ。

「まだ式も挙げてないし、今晩は私の部屋でみんな一緒に寝ます。おばさんから新郎さんたちに言うてください」

「そうね。夫のいる部屋に行っても泣くばっかりだろうし、ここでお休み。私が新郎たちにはちゃんと話しとくから。テワンが戻ったら他の部屋で寝るように言っておくね。明日、結婚式を挙げてばらばらになったら、次はいつまた会えるかわからないし思う存分仲よく過ごすんだね」

「ばらばらになる、言いました？　どこにですか？」

ミョンオクが驚いて訊いた。右も左もわからないポワで、一番必要な人は友達だった。互いに頼り合いながら、なんとか持ちこたえているのだ。ポドゥルにしてもそうだ。まだまだテワンよりも友達に傍にいてほしいし頼りにしている。

「新郎のうち二人はこの島に住んでいるけど、三人はマウイ、カウアイ、ビッグアイランドから来たらしいよ」

発音を真似るのも難しい未知の場所だ。次から次へと質問すると、おかみさんは腹をくったように座り込んでポワについて説明し始めた。写真花嫁が来るたびに繰り返してきたからなのか、すらすらと流れるように話した。そもそもポワは「布哇」という漢字を朝鮮式に読んだもので、本当の名前はハワイだということだった。もとはハワイ王国だったが、二十数年前に西洋人たちが女王を追い出しアメリカにしてしまった。楽園だと思って来たところが、日本に国を奪われた朝鮮と同じ境遇だったなんて。みんな驚いたような表情だった。

「王宮に閉じ込められていた女王が去年死んだの。ハワイ人たちがお葬式で泣くのを見てたら、他人事に思えなくて涙が出たわよ。浅黒くてがっしりした人たち、見かけたでしょ？　あの人たちがここに住んでいた先住民よ。人がよくて人情があって、ハオレよりもよっぽどつき合いやすい」

「ハオレって何ですか？」

マクソンが訊いた。

「白人のことをここの言葉でハオレっていうの。サトウキビ農場とかパイナップル農場とか、全部ハオレのものよ。もともと先住民の土地なのに、全部奪ってハオレ同士で分けたらしい。まったく弱い国の人間はいつだって哀れだよ」

農場主たちは大規模に農作物を生産し、砂糖とパイナップルを輸出した。ハワイがアメリカ領になったのも、そのためだった。輸出時の高い関税を払わなくて済むようにしたのだ。農場主たちは当初、先住民を労働者として使ったが数がまったく足りなかった。それでヨーロッパ人を雇用するようになったが、彼らは暑い気候と重労働に耐えられなかった。農場主たちの目はアジアに向けられた。最初に呼び寄せた中国人たちは契約期間が終了するとほとんどが農場を去り、アメリカ本土に行った。次にやってきた労働者は日本人だった。彼らもまた契約が切れると本土に行ったり、賃上げと処遇の改善を求めて頻繁にストライキを行ったりした。朝鮮人労働者は一九〇三年に最初の一歩をしるした。その後、移民が禁止される一九〇五年までに七千人以上がやってきたが、二十万人を超える日本人労働者に比べると少ない数だった。

「おかみさんは、いつ来はったんですか？」

　ポドゥルが尋ねた。テワンがいつ来たのか知りたかったのだ。

「一九〇五年に来たのよ。今年で十四年目だね」

　おかみさんがハワイでは太陽暦を使うのだと言った。ポドゥルたちがハワイに到着したのは太陽暦で一九一八年五月十二日だった。ポドゥルは今日の日付よりもテワンがいつ来たかが気になり、こっそり指を折って数えた。十四歳、テワンは弟のギュシクくらいの年齢でここに来たのだ。見ず知らずの遠いところへ、せめて家族が一緒に来られてよかった。おかみさんの説明が続いていた。

　ハワイはいくつかの島でできているが、その中でオアフ島に全人口の半分以上が住んでいる。オアフ島の中でもこの旅館のあるホノルルが最も繁華な地域だった。

「私たちはホノルルをホ港《ハン》って呼ぶんだけど、朝鮮で言ったら漢城《ハンソン》（朝鮮王朝の首都。現在のソウル。日本統治時代の名は京城）みたいなところよ。ああ、みんなは京城《キョンソン》って言わなくちゃわからないかな」

国を奪った日本は王様の暮らす漢城の名前を京城に変えた。ここにいる写真花嫁のうちで京城に行ったことがあるのはマクソンだけだった。

「ここに住む二人は誰ですの？」

ずっと繁華なところに憧れてきたホンジュが訊いた。おかみさんの視線がポドゥルとソンファを指した。残り三人の顔に失望と羨望が交錯した。

「あなたたちの旦那さんは北のほうにあるカフク農場に住んでるの。他の島は船に乗らなきゃならないけど、カフクは汽車で行けるよ」

ソンファはポドゥルと同じところで暮らすという言葉を聞いて微かに笑った。ハワイに着いてから初めて感情を表した。ポドゥルはソンファとだけでも離れずに済んだことと、何より船に乗らなくていいということが嬉しかった。船酔いは思い出すだけでも耐えられないが、その姿をテワンに見せるのはもっと耐えられなかった。あまりに嬉しくて無意識にソンファの手を握って振っていたポドゥルは、ホンジュがまた涙を流し始めるとそっと手を放した。ソンファの顔からも笑みが消えた。どこかも知れぬところへ、さらに船に乗っていかねばならないという話にミョンオクとマクソンの目からも涙が溢れた。

「明日は結婚式なのに顔が浮腫んでたらみっともないから、もう泣くのはやめて寝なさい」

他の部屋から布団を運んできたおかみさんが言った。

「式はどこで挙げるんですか？」

ポドゥルが訊いた。さっきからずっと気になっていたが、結婚式には興味も期待もない友達の前で言いづらくて我慢していたのだ。

「テワンが言うには、リリハ通りにあるメソジスト教会（韓人監理教会）で合同結婚式を挙げるらしいよ。今日は日曜日だし、もう夜遅いから明日式を挙げるんでしょう」

「なんで、そこで挙げるんですか？　あたしたち三人は信者と違いますけど？　新郎がみんな教会に通うてるんですか？」

　ホンジュがつっけんどんに訊いた。

「必ずしも信者だけが教会で結婚式を挙げるわけじゃないんだよ。教会でなけりゃ式を挙げるような場所もないし、主礼（結婚式の媒酌人）を探すのも簡単じゃないから、そこでするの。それに教会に行ったら世の中の動きも聞けるし、朝鮮で何かあったらわかるし、それから色んな人とつき合いもできるから通うっていう人も多いよ」

　おかみさんの話でミョンオクが泣きやみ、神を信じなさいと勧めた。そしてマクソンと手を取り合うと、お祈りをした。ホンジュとソンファにベッドを譲ったポドゥルは、ミョンオクとマクソンと並んで床で横になった。

　友達が皆、身の上を嘆いて泣きながら眠りに落ち、また目を覚ましては涙を流すという中で、ポドゥルも眠ることができなかった。ハワイに到着してから続く幸運が、もしや夢なのではないかと怯えていた。オジンマルで暮らした頃はたとえ貧しい寡婦の娘だとしても、自分だって捨てたものではないという自信があった。比較対象が似たような境遇の村の娘たちや一度結婚したホンジュしかなかったせいかもしれないが、花嫁として、彼女たちに劣ることはないと考えていた。ハワイへの道中で多くのことを経験し、様々な人に出会うにつれて、ポドゥルの自信はしぼんでいった。学校に行ったことのないソンファの前でだけは得意気でいるが、自分より劣る人はそれほど多くはないのだった。ミョンオクとマクソンは教会が運営する女学校にまで通っていた。ミョンオクは簡単な英語も話せた。

ポドゥルの唯一の拠り所だった両班《ヤンバン》という身分も、朝鮮の外では顎紐の取れた笠子帽《カッ》(両班男性の冠帽の一種)のように役に立たなかった。朝鮮での身分など、気にする人自体がいないのだ。

今のこの状況では、学識や身分より容姿や年齢が重視される。突き詰めると、他のみんなが落胆し絶望しているのも結局はそのためではないか。写真と違ったとしても、もっと若くて美男であれば騙されたとは思わないだろう。自分の夫の人となりを知る者は、まだ誰もいない。ポドゥルはじめ全員が見てくれだけで、幸運だ、不運だなどと騒いでいる。男たちとて同じことだろう。

考えが容姿のことに至ると、ポドゥルはいっそう自信がなくなった。ホンジュはずっと顔に自信を持っているが、ポドゥルだって自分がホンジュに劣ると思ったことはない。だがホンジュは短所を隠し長所を目立たせる化粧術に長《た》けている。これまではこぢんまりしていて清楚な自分のほうが綺麗だと思っていたのに、ハワイに来ると外国人女性にも負けないホンジュの長身と華やかさに押され気味だ。そのうえ船酔いのせいで、前よりも見栄えがしない。オジンマルとは比べ物にならない大きな町、晋州《チンジュ》と水原《スウォン》で生まれ育ち女学校にまで通ったミョンオクとマクソンには、都会に慣れ親しんだ洗練された雰囲気があった。残りはソンファだが、顔だけを見るなら五人のうちで一番美人だった。尖った顎にはっきりした目鼻立ちは朝鮮にいたときと変わらないのに、不思議なことにだんだんと美しさが増しているように見えた。

ポドゥルは考えれば考えるほど、四人は夫の側に問題があるが、自分たち夫婦だけは自分の側に問題があるように思えた。ましてやテワンは地主だというのに。他の新郎たちはともかく、テワンに関しては仲介人の言葉に嘘はなさそうだ。花嫁たちが新郎に失望して自分の部屋を捨てポドゥルの部屋で寝ているように、テワンも花嫁に失望して不機嫌な顔をして出ていったのではないだろうか。彼も結婚を取り消したいのかもしれない。ポドゥルは一晩中深い穴のような想念の中でもがき続けた。

＊

夜が明けた。泣き疲れて明け方にようやく眠った花嫁たちは、旅館の娘さんがご飯の時間だと起こしに来てやっと目を覚ました。花嫁たちは何も変わっていない現実に、憂鬱な気持ちで食堂へ下りていった。一様に目を腫らしている。彼女たちとは違った理由でやはり眠れなかったポドゥルの顔も、艶《つや》がなく浮腫んでいた。

何も考えずに足を踏み入れた食堂でテワンを見たポドゥルは、はっと驚いた。テワンがいるとは思いもしなかったのだ。新郎たちの間に座っているテワンは、彼らの息子か孫のようだった。ポドゥルと目が合うと、テワンは目礼した。ポドゥルはテワンがホテルに戻っていたことに安心し、自分のみっともない顔が気にかかった。昨晩のように、花嫁たちは新郎たちと別の食卓に着いた。テワンを初めて見たホンジュの表情が、みるみる冷ややかになった。

「あんたの旦那さんは写真のまんまや。あんたは、ええなあ」

ミョンオクが、小さいけれど新郎たちには届く声で言った。ポドゥルはテワンが聞いていると思うと居たたまれず、さらに昨晩考え続けたことを思い出して憂鬱になった。

ご飯と肉のスープ、キムチと目玉焼きが出された。目玉焼きは一人に一つずつある。朝鮮では誕生日にさえ食べさせてもらえないご馳走だ。夜通し寝つかれず空腹だった花嫁たちは、砂を噛むようで喉につかえそうでもせっせと食べ、夜は酒の勢いで騒いでいた新郎たちは静かだった。

花嫁たちは仕方なく現実を受け入れ始めていた。結婚しないなら朝鮮に帰らねばならない。船賃があったとしても朝鮮に帰りたい者は誰もいなかった。帰れば、ポワに行き出戻ったという烙印《らくいん》を押されたまま生きなければならない。それは年老いた男と暮らすよりも悲惨な奈落の底に落とされることだった。ハワイに至る道中で新しい世界を経験し自由を味わったその記憶を噛みしめながら、花嫁たちは苦しみに耐えた。何がなんでもここで生きなくてはならない。

花嫁たちは各自の部屋から荷物を持ち出し、ポドゥルの部屋にまた集まった。結婚式に行く支度をするためだ。

ホンジュは結婚式で着ると言って買った西洋式の服ではなく、母が持たせてくれた緑のチョゴリに紅のチマ（緑の上衣に紅のスカートの組み合わせは、伝統的な花嫁衣装）を着た。西洋式の服は、昨日地べたに座り込んで泣いたときに汚れて着られなくなった。ポドゥルも桃色のチマチョゴリに着替えた。髪を梳かし、化粧をするために白粉に手を伸ばした途端、ホンジュがさっと取り上げた。驚いたポドゥルは手のやり場をなくし動揺した。ホンジュはこれまで化粧品を持っていないポドゥルとソンファに、自分のものを惜しげもなく使わせてきた。化粧はしないと断っても、半ば無理矢理に自分の手で描いたり塗ったりしてあげることを大いに楽しんでいた。

「釜山《プサン》アジメ、人が悪いんと違う？　なんであんたにはいい人仲介して、あたしとソンファにはぁんなじいさんを紹介したん？　うちの母さんから余計にふんだくっといて」

白粉を握りしめたホンジュがポドゥルを責め立てた。ポドゥルは居たたまれないのと悔しいのとで顔が紅潮した。ホンジュの言っていることはおかしい。ソンファはともかく、ホンジュは夫を自分で選んだのだ。チョ・ドクサムを夫に選んだのはホンジュ自身だと言ってやりたかったが、言葉の代わりに涙が溢れ出した。新郎よりはるかに劣る自分が感じている惨めさは、新郎のせいで絶望している彼女たちの惨めさとなんら変わらない。それでもポドゥルは、それすら贅沢な悩みだと思い自分のためには一度も泣かなかった。自分の辛さも確かに交ざってはいたが、ポドゥルが涙を流したのは他の花嫁たちを心配してのことだった。それなのに一番仲のよい友達に非難されると、押し殺してきた感情が込み上げてきた。ポドゥルが掌で顔を覆ってすすり泣くと、部屋の中は再び涙の海と化した。

ホンジュが謝りながら白粉を差し出したが、ポドゥルは最後まで受け取らなかった。

教会は三十分あまり歩いたところにあるという。主人夫婦に見送られ、旅館をあとにした新郎と花嫁たちは、かなりの距離を置いて歩いた。明け方に雨が降ったのか、地面は濡れていた。どぶの臭いのする黒く濁った小川に沿って歩く花嫁たちは、結婚式ではなく葬式に向かうように一様に暗い顔をしていた。一緒に号泣したことでわだかまりは解けたが、ポドゥルは花嫁たちとの間に微妙な距離を感じていた。テワンを見てからのホンジュは、ポドゥルよりもミョンオクとマクソンに親しげに接していた。魂が抜けて腑抜《ふぬ》けのようになってしまったソンファでは、まったく慰めにならなかった。他の新郎たちの少し後ろを一度も振り返らずに歩くテワンもまた、ポドゥルの疎外感や寂しさをなだめてはくれなかった。

建物の陰を抜けると、お灸《きゆう》のように熱い日差しが降り注いだ。海から吹く風は暑さを和らげることはなく、髪を乱しチマをはためかせるのだった。花嫁たちは泣き腫らした顔を思いきりしかめながら、チマの裾を押さえてとぼとぼ歩いた。色とりどりのチマチョゴリで着飾った女が連なって歩くのを、行き交う人々がちらちらと見た。露店で果物を売っているハワイの女性が「アロハ」と挨拶したが、誰も反応しなかった。

小川に架かった小さな橋を渡ると、旅館街のように木造の平屋や二階建ての建物がずらりと続いていた。肌の色も姿形も言葉もそれぞれに異なる人でごった返す通りは、薄汚く雑然としていた。濡れた道端は馬糞や果物の皮といった汚物のせいでぬかるんでいる。旅館のおかみさんがハワイの京城みたいな場所と自慢げに話した街がこの程度なら、自分たちが住むのはいったいどんなところなのか、花嫁たちは溜め息をつくばかりだった。

新郎たちが大通りの教会の前で立ち止まった。小さな庭のある二階建ての建物だ。花嫁たちは新郎たちについて建物に入った。ポドゥルは教会が初めてだった。巫堂《ムーダン》の祖母に育てられたソンファに至っては、呆気《あつけ》に取られ周りをきょろきょろと見回した。牧師の妻と教会の執事だという二人の婦人が新郎新婦を迎えた。

ベールとブーケはお金を払って借りるという。ブーケは持ち帰れるが、ベールは結婚式が終われば返さなくてはならない。マクソンは、夫が高すぎると文句を言うとまた泣きそうになった。ホンジュは夫を虫けらのように扱いながらも、ベールとブーケは一番美しいものを選んだ。キム執事という女性が素顔のままのポドゥルに白粉を塗り、眉を描き、口紅を塗ってくれた。

「ソ幹事の奥さんだもの、このくらいの気は使わせて。独身男《チョンガー》おばけのまま年取るのかと思ったら、とうとう結婚するのね。結婚したら旦那さん上手に口説《くど》いて、教会に通わせてね。花嫁さんも一緒に」

パク・ソクポはテワンをソ班長と呼んだが、今度は幹事だった。それが何なのかも、夫をどうやって口説けというのかもわからないが、化粧もせずに結婚式に来たことで、テワンの知り合いだというキム執事に、結婚を軽く考えていると思われたのではないかと心配になった。化粧をして、ひらひらした布が床まで届くベールを被ると、結婚するのだという実感が湧いた。他の花嫁たちもベールとブーケが醸す雰囲気に呑まれて、新郎のことは束の間忘れているようだった。ポドゥルはテワンを盗み見た。テワンはもともと着ていた背広に蝶《ちょう》ネクタイを着けられ、まったくもって気詰まりな様子で立っている。結婚に対する期待やときめきは、粟一粒ほども見当たらない。

「なんて綺麗なんでしょう」

牧師夫人が支度を終えたソンファを見て言った。油を塗り後ろに梳《す》き上げた髪のせいで、顔の皺がさらに強調されたパク・ソクポが、歯抜けの口の中が見えるほどでれっと笑いながらソンファを見た。他の花嫁が選び終えて残ったベールを被りブーケを持ったソンファは、知らない人の結婚式に紛れ込んでしまったかのようにきょとんとしていた。普通の家の娘と同じように生きさせてやりたいと孫娘を引き離してハワイへ送り出したクムファがパク・ソクポを見たら、どれほど嘆き絶望するだろう。ポドゥルは泣いて騒ぐホンジュより、ソンファのほうが気がかりだった。

支度が終わると、牧師が夫婦で並んで立つように言った。ポドゥルは我に返った。他人の心配をしている場合ではない。新郎たちのうち自分の花嫁に対して、牛が鶏を眺めるように無関心なのはテワンだけだった。チョ・ドクサムは露骨に無視されながらもホンジュの周りでうろうろしているし、ミョンオクとマクソンの夫もにこにこと嬉しそうに着飾った花嫁をちらちら見ている。テワンだけがソンファに劣らぬきょとんとした顔で立っている。

ミョンオクとマクソン夫婦が前列に、あとの三組が後列に立った。ポドゥルは初めて見る色々な花を束ねたブーケを握ったまま、テワンと少し離れて立っていた。キム執事が近づいてきて、ポドゥルをテワンのすぐ隣に立たせた。牧師が主礼を務め、参列者は牧師夫人と執事二人だけだった。参列者はともかく、母も家族もいない結婚式を挙げるなんて。ポドゥルは涙が出そうだった。

牧師が結婚の意思を問うと、ホンジュは泣き出した。前列のミョンオクとマクソンも泣き始めた。その泣き声は新郎たちの返事より大きかった。牧師はこういう状況には慣れているのか、慌てる様子もなく式を進めた。

ミョンオクとマクソンは泣きながらも、他の人たちと一緒に讃美歌を歌った。聖書の一行すら見たことがなく、讃美歌の一小節すら聞いたことのないポドゥルは、誰か他の人の結婚式につき添いで来たみたいだった。テワンも同じように感じているだろうから、それでもかまわないだろう。

花嫁たちの泣き声は、牧師が夫婦間の愛と睦まじい家庭、その中で生まれる子供など、希望に溢れる未来について話すにつれて大きくなるのだった。ミョンオクとマクソンは泣いていても「アーメン」と牧師の言葉をありがたがったが、ホンジュはまるで身内の葬式のように「アイゴ、アイゴ」と哭声《こくせい》を上げた。いつまた会えるかわからない母と弟たちを思ってポドゥルの目からも涙が流れた。

結婚の誓いのあと、新郎が花嫁に指輪をはめる段になった。牧師の指示に従って新郎たちはポケットから指輪を取り出した。テワンの手にも銀の指輪がある。ポドゥルは数か月間仕事をしなかったため、少しは柔らかくなった手を差し伸べた。胸がどきどきした。

指輪が綺麗なせいやわ。

ポドゥルは自分に向かって言った。テワンが手を取ると心臓はもっと強く波打った。テワンは銀の指輪をポドゥルの薬指にはめた。ところが節に引っかかって奥まで入らない。慌てたテワンの顔が赤くなり、ポドゥルはもっと赤くなった。

「あとで直してから、渡すよ」

テワンが指輪を抜こうとした。結婚を取り消そうという言葉に聞こえた。

「け、けっこうです」

ポドゥルはテワンの手を押しのけると、指輪を無理矢理に押し込んだ。指輪は指の皮を傷つけてからやっとあるべき場所へ落ち着いた。ポドゥルはようやく安堵の息をついた。ベールは返さなくてはならず、ブーケの花は枯れるだろうが、指輪は永遠に指に残るだろう。勉強もして、実家も助けられるという証《あかし》のようだった。

新郎新婦たちは牧師夫妻と執事たちと共に、教会のそばの中華料理店で披露宴を兼ねて昼ご飯を食べた。旅館のときとは違い、花嫁たちはろくに食べられなかった。料理があまりに油っこく口に合わなかったし、いよいよ離れ離れになるという思いが食欲を奪った。

「マウイがどこかは知らんけど、チョ・ドクサムに借りを返したらすぐ逃げるつもりや。あんたの住所、教えて」

一緒に手洗いに立ったとき、ホンジュがポドゥルに言った。白粉のことでホンジュに抱いていた気まずさはいつの間にか消え、ポドゥルはただただ別れることだけが辛かった。

「友達に、住所を教えてください」

ポドゥルの頼みに、テワンは持っていた新聞の端を千切って住所を書いた。それをきっかけに住所の交換が続いた。他の新郎たちは、英語の住所を書くことができなかった。ホンジュの顔が疑いに満ちた表情に変わっていった。それならドクサムは、歯の浮くような手紙も、誰かに書いてもらったのだろうか？　まさか、字が書けないことはないだろう。しかし今のあのざまと、以前の青い波がどうだとかいう手紙が釣り合うだろうか？　ポドゥルはホンジュの表情から自分と同じ考えを読み取ったが、すぐに偽りの手紙でももらえたホンジュのほうが自分よりもましだと思った。少なくともドクサムはホンジュの気を引こうと努力したのだから。

＊

ポドゥルの一行がカフクに向けて発つ時刻だった。ミョンオクとマクソンたちは新婚旅行を兼ねてホノルルに一日二日留まると言い、マウイへ行くホンジュたちは夜の船に乗るという。

「ポドゥル、ソンファ、身体に気いつけて、元気に暮らすんやで。手紙書くから」

ホンジュがまたも涙に濡れる顔でポドゥルとソンファを抱きしめた。ホンジュは寡婦となっても、腹を立てることはあれど泣きはしなかった。そんなホンジュがハワイに来てから、目の周りがぼろぼろになるほど泣いている。ポドゥルはホンジュを力いっぱい抱きしめた。

「ホンジュ、あんたも元気でおりや。あたしも落ち着いたらすぐ手紙書くわ」

港の近くにあるホノルル駅は人や荷物、馬と荷車で混雑し騒々しかった。ハワイに暮らすハオレの大半が地位の高い人か金持ちだと言った旅館のおかみさんの言葉通り、服装や荷物から違っていた。ポドゥルには、彼らの間隙《かんげき》を縫って地主になったテワンが立派に思えた。そして、そんな人がなぜ自分を花嫁に選んだのか知りたくなった。万が一、釜山アジメや仲介人が自分のことで嘘をついていたらどうしようと心配になった。テワンに愛されないことより、嘘つきだと思われることのほうが嫌だった。

テワンが切符を買いに行き、ポドゥルとソンファ、ソクポは照りつける日差しの中に立っていた。狭い待合室や建物の陰、木陰のような場所はすでに他の人々に占められていた。長いチマチョゴリの下に下着のチマとコジェンイ（もんぺのような形をした女性の肌着）まで着込んだポドゥルとソンファは、汗をだらだら流していた。足袋《ポソン》と唐鞋《タンヘ》を履いた足も燃えてしまいそうだ。はじめは腕や足を出した女性の服装を見てとんでもないと思ったが、今は羨ましかった。ポドゥルも足袋を脱ぎ捨てて裸足に藁沓を履きたかった。熟柿みたいに真っ赤なソンファの顔を見ておろおろしていたソクポが、背広の上着を脱いで両手で庇《ひさし》のように掲げてくれた。ソンファが人心地ついた顔をしてポドゥルを引き寄せた。ポドゥルは焼け死んでしまいそうだったのに、日陰に入るといっぺんに涼しくなるのが改めて不思議だった。ソンファとポドゥルが涼しそうにすると、ソクポはにこにこした。ポドゥルはふと、遅くにできた息子に何でもしてあげようと頑張っていたオジンマル村のチャンスのお父さんを思い出した。新郎ソクポは、チャンスのお父さんよりもっと年を取って見える。

テワンが戻ってきて切符を配った。ポドゥルは切符をじっと見た。四角くて長い紙に英語が書いてある。神戸でエステルに習ったアルファベットの最初の一文字Aが読めるだけで、残りは怪しかった。中央に大きな文字で「MAY 13/18」という文字が押されている。

駅員が改札を始めた。汽車に乗った四人は、空席がなく立っているしかなかった。荷物と人が入り乱れた汽車の中は混雑していた。ポドゥルは胸に抱いたブーケが傷んでしまいそうで神経質になっていた。すでに萎《しお》れてしまった花もある。ソンファは移動するたびにブーケを置き忘れ、ソクポが取りに行っては渡していたが、結局汽車に乗る前に手洗いに忘れてきた。ソクポが気づいたのは、すでに汽車が出発したあとだった。

「アイゴ、なんでやの、もったいない」

ポドゥルが残念がってもソンファは花すらも面倒だという顔をしている。

ポドゥル一行と同じ車両に乗っているのは東洋人ばかりだった。汽車はかなりガタガタと揺れた。激しく揺れたとき、テワンは転びそうになったポドゥルをそっと摑んだ。テワンの胸板に鼻を打ちつけたポドゥルは、すぐに身体を起こし真っ赤になった顔を隠すために窓の外を見た。汽車が駅に停車するたびに人々が降り、降りた人よりも少ない人が乗り込んだ。

踏切を通ると、そこに立っている人々が手を振っていた。手を振り返していたポドゥルはテワンの視線に気づいて、慌てて手を下ろした。

席が空くとソクポはまずソンファを座らせたあと、ポドゥルを呼んだ。お祖父さんのような人を立たせておいて自分が座るのも気が進まず、夫の傍を離れるのも嫌で断ったが、テワンに行くように言われ、仕方なくソンファの隣に座った。

「大丈夫?」

ポドゥルの問いにソンファがえへへと笑いながら頷いた。ソンファはさっきよりずっと生き生きとした顔で、窓に張りつくようにして外を眺めた。ごみごみした都会を抜け出したのが嬉しいようだ。ポドゥルはソンファと交わす話題がなかった。ホンジュとなら休みなくおしゃべりが続いただろう。ポドゥルはもうすでにホンジュが恋しかった。

汽車は海の横を走り始めた。停車する駅ごとに高くそびえる煙突と建物が見えた。

「あの煙突は、なんの煙突ですか?」

ポドゥルは向かいの席に座ったソクポに訊いた。年が離れすぎていて、朝鮮で身内でもない男女は顔もまともに見てはいけないと厳しく言われてきた、その「男」だという感覚がなかった。

「砂糖を作る工場だな」

ソクポも同じようで、気安く返事をした。そして身体ごとこちらを向いたまま、訊きもしないことまで語った。

オアフ島の東南にあるホノルルを出発し西側の海岸線に沿って北東のカフクまで続く鉄道は、サトウキビを運搬するためにできた。人を乗せる汽車が停車するのは、主に大きな農場と製糖工場のあるところだという。工場で作られた砂糖は船に積まれ、アメリカ本土やヨーロッパに送られる。ポドゥルは、ろくに聞いてもいなさそうなソンファから目を離さず話し続けるソクポを見ていた。彼の顔は満足気な笑みで溢れていた。

数列後ろの席に座って新聞を読んでいるテワンを振り返って見た。彼は新聞がなくても、ポドゥルを見ることはなさそうだった。結婚式を挙げてから昨晩感じた不安は消えたが、相変わらず他人のように振る舞うテワンに対する寂しく恨めしい気持ちはもっと大きくなった。ポドゥルは気持ちをなだめた。自分がテワンを選んだようにテワンも自分を選んだのだ。ポドゥルが気に入らなかったのなら、いくらでも他の女を選ぶことはできたのだ。嫌ならばどうして百五十ドルものお金をかけてハワイに呼び寄せ、結婚式を挙げ、家まで連れて帰るだろうか。結婚すると決まったのは何か月も前だが、実際に会うのは昨日が初めてだった。結婚したからといって、すぐに情が湧いて優しくするというのは簡単なことではない。物静かな性格なら、なおのことだ。今はまだよそよそしく気まずいのが普通だろう。ポドゥルは、テワンの行動の一つひとつにシーソーのように激しく浮き沈みする心を落ち着かせた。

こんなに心がふらふらして、どうするつもりや。死ぬまで一緒に暮らす人やんか。ゆったり構えよう。

ポドゥルはだいぶ気持ちが軽くなって窓の外を眺めた。左側の手前には海が、右側の遠くには屏風のように連なる山が見えた。チマにできる襞《ひだ》のような谷と尾根に連なる平地は、見渡す限りのサトウキビ畑だった。畑で働く人々と刈り取られたサトウキビの山があちこちに見えた。

工場に送るために集めてるんやろうな。どうしたらあんなキビガラから砂糖の粉が出てくるんやろう。ほんまに不思議やなあ。

ポドゥルはこんなに土地が果てしなく広がっているのも、一つの作物だけを植えている畑も初めて目にする。唐辛子を一畝《うね》、胡麻《ごま》を一畝、綿花を一畝というふうに植えるオジンマルの小さな畑を、畑と呼ぶのも恥ずかしいほどだった。テワンの土地はどれくらい大きいのだろう。働き手は何人いるのだろう。ここでも働く人のご飯は、畑に運ぶのだろうか。あれやこれやと考えていたポドゥルは、規則的な揺れのせいで眠気に襲われた。

「着きました」

傍に寄ってきたテワンがポドゥルの肩に軽く触れた。目を覚ましたポドゥルはよだれを垂らしていたことに気づき、さっと拭って立ち上がった。膝の上に置いていたブーケが足元に落ちた。ポドゥルは萎れてもなお強く香るブーケを慌てて拾い、抱えた。

カフクは終着駅だった。暮れる夕陽が風景を穏やかに見せている。汽車を降りる人はほとんどがサトウキビ農場の労働者のようで、一様にくたびれた身なりをしていた。テワンはポドゥルの鞄を持って先を歩いた。ポドゥルとソンファは手をつないで、そのあとについていった。ソクポはソンファの横を歩いた。カフク駅の周辺にも、通り過ぎてきたいくつもの駅と同じように郵便局と食料品店、酒場などがあった。煙突がすっくとそびえる製糖工場の庭にサトウキビが山のように積んであり、人々が忙しそうに働いているのが見えた。ポドゥルは工場や商店のある通りよりも、オジンマルの妹峰山《メボンサン》のように高くそびえて連なっている山に目を引かれた。ソクポがコオラウ山脈だと教えてくれた。ポドゥルはその名前を繰り返しつぶやいた。走る汽車から見た山は遠くに広がる風景に過ぎなかったが、コオラウ山脈はすぐ近くで清々しい精気を発散させていた。ポドゥルは力強く仁王立ちしているような山が気に入った。

＊

麦わら帽子を被った男がテワンを嬉しそうに迎えた。男の隣に二頭の馬が引く馬車があった。ポドゥルは目がまん丸になった。貴重な馬が二頭もいるなんて。自動車じゃなくても充分だ。麦わら帽子の男はソクポを見て驚いた。

「パク氏のおじさんじゃあないか？　おじさんも結婚したんですか？」

麦わら帽子の男は、いったいどんな女がソクポのような男と結婚したのか興味津々といった目でポドゥルとソンファを交互に見た。ポドゥルはさりげなくテワンに近寄った。

「まあ、そういうことだ。ちょっと世話になるよ」

ソクポがにこにこしながらソンファの鞄を馬車に積んだ。麦わら帽子の男が木製の踏み台を馬車の下に置いてくれた。ポドゥルとソンファは踏み台に上がって馬車に乗り込み、両側の端にある長い椅子に腰かけた。ソクポが乗ったあと、最後にテワンが男に何事か伝えてから馬車に乗った。

麦わら帽子の男はサトウキビ畑の間の道へ馬を走らせた。赤土の道だった。畑の間に入ると、背の高いサトウキビに遮られ空しか見えなかった。夕陽が大地を染めている。がたごとと揺れる道でポドゥルは酔い始めた。ポドゥルはテワンの前で嘔吐《おうと》するという醜態をさらす前に、早く家に着くことを祈った。

しばらく走った先に家々が見えてきた。小さな集落のように家が集まったところを通るたび肌の色と顔かたちの違う人々が見えたが、あばら家みたいに小さく粗末な作りは同じだった。ごく稀《まれ》に神戸で見たような邸宅が現れると、ポドゥルは酔いながらもテワンの家ではないかと胸がどきどきした。しかし馬車はその家々を素通りして走り続けた。

吐き気が限界に達した瞬間、麦わら帽子の男が馬車を停めた。ポドゥルは転げ落ちるように馬車から降り、サトウキビ畑の縁へ走った。テワンからできるだけ離れたかったが、それが精いっぱいだった。ソンファが追いかけてきて、しゃがみ込んだポドゥルの背中をさすってくれた。苦い汁まで吐ききって、やっと吐き気が収まった。男たちは煙草を吸いながらポドゥルを眺めている。

「ソンファ、あたしちゃんとしてる？」

ポドゥルが服装を整えながら訊いた。テワンに会ってから今まで、まともな姿を見せたことがないような気がした。ソンファが首を縦に振った。ポドゥルとソンファが馬車のところに戻ると、テワンが煙草を揉み消して言った。

「大丈夫ですか?」

「はい、もう大丈夫です。迷惑かけてしもうて……。もう行きましょう」

ポドゥルが言い、ソンファと一緒に馬車に乗ろうとすると、ソクポがソンファの鞄を下ろした。

うろたえるソンファにソクポが言った。

「うちはここから歩かなきゃなんねえ。たいして遠かない」

ソクポがサトウキビ畑のほうを指さした。

「同じ村で暮らすんと違うんですか?」

ポドゥルが驚いて訊くと麦わら帽子の男が答えた。

「僕らの農場はここから三マイルほど先ですよ」

「さ、三マイルですか?」

テワンが十里(日本の一里。約四キロメートル)ほどの距離だと言った。十里ならさほど遠くはないが、同じ村とは言い難い。ソンファは今にも泣き出しそうだった。ポドゥルはホンジュほど近い関係ではなくても、これまでに情が移ったソンファと別れることがひたすら寂しく心細かった。ポドゥルも泣きたい気持ちを抑え、ソンファを引き寄せて小声で言った。

「ソンファ、様子見て会いに行くから、元気にしてるんやで。それから、あんたの旦那さん、そんなに悪い人と違うみたいや。どうしようもないやろ。自分の祖父ちゃんやと思うて暮らすしかないで」

ソンファが口をぎゅっと結んだまま頷いた。ポドゥルは妹を置いていくようで心配だった。

「パク氏のおじさん、結婚もしたんですから、もうよそ見しないで真面目に暮らしなさいよ」

麦わら帽子の男が出発する前にソクポにそう言った。

ポドゥルは馬車に乗った。吐き気のせいで飛び降りたときに投げ出したブーケが、床に落ちている。ポドゥルは花を拾い上げて席に座った。ソンファが手を振っている。涙が込み上げてきた。ポドゥルはやっとのことで涙を堪えながら、早く行けと手振りで伝えた。ソンファと並んで座っていた席に一人で座ると、世界にたった一人で取り残されたような気になった。ポドゥルはあとから乗ってきたテワンが横に座ってくれることを望んだが、彼はさっきと同じ向かいの席に座った。二人きりで向かい合っていると、移民局で初めて会ったとき以上に気まずかった。

馬が走り出した。ポドゥルはソンファを見た。ソンファはポドゥルと別れた場所に立ったまま、小さな点のようになるまで身じろぎもしなかった。その間にテワンは麦わら帽子の男の近くに移り、二人は話し始めた。急ぎとは思えない、農場に関することだった。

生きるよすが

麦わら帽子の男が、大勢の人が集まる広場の前に馬車を停めた。小屋がいくつかと集会場のような大きな建物が二つほどあった。人々が馬車に向かって歓声を上げた。彼らの前にある長いテーブルには酒と料理が並んでいる。新郎新婦のための祝宴に違いない。テワンがひょいと飛び降りたあとも、ポドゥルは目の前の光景に目を奪われたまま動けなかった。焚き火の上では豚が丸ごと焼かれている。オジンマル村で祝い事のために豚を潰すことができるのはホンジュの家だけだった。地主の家にお嫁に来たのだという実感が湧いた。テワンが馬車の横に立っているのを見たポドゥルは、手をついて立ち上がった。

「花嫁の手も摑んであげないで何してるの」

女性の声が聞こえた。ポドゥルは、テワンがきまり悪そうな顔で差し出した手を取って、馬車を降りた。

姉妹と思しき二人の子供が、テワンとポドゥルに花の首飾りをかけてくれた。港で売っていたのと同じ首飾りだった。教会で挙げた式と中華料理店での食事で結婚式の行事は終わったものだと思っていたポドゥルは、思ってもみなかった歓迎に胸が温かくなった。人々が拍手し、ポドゥルは彼らに向かっておじぎを返した。

「ありがとう」

テワンが子供たちに言った。ポドゥルは自分に花の首飾りをかけてくれた子供の頭を撫でた。二人は無事に役目を終えたとばかりに「父ちゃん」と言って、麦わら帽子の男の横にくっついた。男が娘たちの肩に腕を回しながらテワンに言った。

「奥さんの鞄は俺が運んどくから、お父さんに挨拶しな」

お父さんという言葉を聞いてポドゥルは緊張した。初めて舅に会うのだ。

「行きましょう」

テワンに言われてポドゥルは身だしなみを整えた。

ポドゥルはテワンについて、背もたれのない長椅子に腰かけた人々の間を歩いた。ホンジュやミヨンオク、マクソンの夫たちのように黒く日焼けし皺だらけの男たちだった。ここでもテワンは若いほうだった。

ポドゥルは長いテーブルの先の肘掛け椅子に座り、満面の笑みを浮かべた老人がテワンの父であり自分の舅であるということに気がついた。

一目見ただけでも身体が不自由なことがわかった。周りの人が敷いてくれた茣蓙《ござ》に上がったポドゥルとテワンは、跪いて深いお辞儀をした。ぶるぶる震えながら伸ばした老人の手は、ポドゥルには届かず膝の上に落ちた。身体が不自由な様子は、中風を患ったオジンマルのヨンボギのお祖母ちゃんと似ている。お辞儀をしてから立ち上がったポドゥルは、老人の傍に行き手を握った。

「……よく、来たね……遠い道のりをご苦労さん」

とつとつとした話しぶりだが、優しく心がこもっていた。ポドゥルは目頭が熱くなった。舅の温かい言葉で、ここに来るまで身も心も苦しかった辛さがすべて消えたようだった。ソ老人に続いて、たくさんの人が我も我もと一言ずつ話した。朝鮮八道あちこちの訛《なま》りが交ざっている。

「じいさん、やっと嫁をもらって願いが叶ったわけだ」

「まだ早いで。まるまるした玉のような男の子を抱かんと」

「テワン、今晩からせっせと頑張って早く息子作れよ」

「昨日から頑張ってるかどうかは、誰も知らんけど」

「それもそうだ。新郎新婦がやつれてるしな」

誰かの言葉でどっと笑いが起こった。ポドゥルは赤くなった顔を隠そうと、チマのほこりを払うふりをした。

「挨拶が遅れたな。ファン・ジェソンだ」

麦わら帽子の男が正式に挨拶をした。帽子を脱ぐと、思っていたより年を取って見える。ポドゥルも正面を向いて頭を下げた。

テワンとポドゥルが主役の席に座ると祝宴が始まった。テーブルにはキムチと塩辛、大根のチャンアチ（漬物の一種）、チヂミなどの朝鮮の料理が並んでいた。男たちがよく焼けた豚の丸焼きをテーブルに運び、切り分け始めた。女たちは広場に据えられた大きな釜でククス（うどんなどの麺類）を茹《ゆ》でている。

ポドゥルは周りの人の会話から、舅がこの宴《うたげ》を振る舞ったということを知った。

夕陽がコオラウ山脈の向こう側に沈むと、眉毛のような三日月が姿を現した。あちらこちらにランタンがかけられ、子供たちは犬と一緒に飛んだり跳ねたりしている。鶏たちはテーブルの下をうろうろしては人々に追い払われ、虫たちもランタンの周りで踊っている。ポドゥルの視線は、これから自分がつき合っていかなくてはならない女たちを追っていた。五、六人しかいない女たちは、ポドゥルよりもかなり年上に見えた。幼い子供をおぶっている人が、その中では一番若かった。

「年上の人にはとにかく、わたしはよくわかりません、教えてくださいさい言うて甘えるんやで。あんたは母さんに似てしっかりしすぎなんが心配や」

家を離れる前に、母は何度も念を押して言った。

子供をおぶった女性がククスの盆を持って近づいてきた。ポドゥルがさっと立ち上がって受け取ろうとすると、彼女がそれを止めた。

「花嫁さんはじっと座っとき。もてなされるのは今日一日だけやで。ちょっと、ジュリーの父ちゃん(韓国では本人の名前ではなく、子供の名前に父さん、母さんをつけて呼ぶ習慣がある)、トニー連れてって」

その言葉でジェソンが女の背中から、男の子を抱きとった。朝鮮の両親に朝鮮の子供なのに名前が変だ。ポドゥルは懐かしい訛りが嬉しく、テワンと親しそうなジェソンの妻だということも嬉しかった。ジュリーの母さんが卵とかぼちゃの具を載せたククスをテワンとポドゥルの前に置いてから言った。

「ククス、召し上がれ。お祝いの日にククスを食べたら、ククスの麺みたいに長いこと幸せに暮らせる言うんよ」

「ありがとうございます。おばさんの故郷はどこですか？　わたしは金海《キメ》なんです」

　ポドゥルはジュリーの母さんに話しかけた。

「旦那同士が兄さん、弟言うてるのに、おばさんて何やの？　姉さんて呼び。うちは馬山《マサン》や」

　ポドゥルにはジュリーの母さんの叱責《しっせき》すら心地よく聞こえた。

　ククスと豚肉がそれぞれに配られると、トニーを片腕に抱いたジェソンが乾杯を呼びかけた。周りに囃《はや》し立てられて、ポドゥルとテワンは互いの杯に酒を注いだ。今日のためにわざわざ仕込んだ椰子の実の醸造酒だという。

　酒と言われても、酒粕しか食べたことのないポドゥルは困った顔で夫を見た。テワンがさっきより解《ほぐ》れた表情で頭を縦に振った。ソ老人も震える手を振って、飲めと勧める。横を向いて一口飲んだ（目上の人の前では酒を飲む姿を見せないように横を向いて手で覆うのが礼儀とされている）ポドゥルは、むせてしまった。喉が焼けるようだった。胸を通って流れる酒のせいで下腹のほうまでひりひりした。最初の杯は飲み干すものだという周りのしつこい声に押されて、ポドゥルは酒を飲み干した。酒気が全身に広がると、心配事はすべて消え笑いが込み上げてきた。

　朝鮮だったら、結婚したての花嫁が男たちと同じ席に着いて杯を交わすなど想像すらできなかっただろう。ポドゥルは、あちこちに交ざり合って座る他の女たちも、気兼ねなく男たちに接している姿を見て、新しい世界へやってきたのだと実感した。昼に食べたものをすっかり戻してしまい空腹だったポドゥルは、ククスと豚肉を美味しく食べた。舅が食べるのを手伝おうとしたが、それさえもジュリーの母さんが止めた。

「これからは昼も夜もずっとやらなあかんのや。今日までは、うちがするわ」

ポドゥルは、ジュリーの母さんが豚肉を小さく切って舅の前にある皿に置くのを注意深く見た。

「故郷の人に会うのはええなあ、嬉しいわ。妹や思うてもかまへんな？」

「もちろんです。これから色々教えてください」

長女のポドゥルは姉ができたようで心強かった。朝鮮にいるときは金海、馬山、晋州《チンジュ》、釜山《プサン》はすべて別々のところだと思っていたし言葉も違うと思っていた。しかし他国で出会うと、同じ慶尚道《キョンサンド》出身というだけで親戚のようだった。ポドゥルは一番気になっていた子供の名前について聞いてみた。

「ここで暮らすんやから、アメリカ式につけたらな。朝鮮式につけたら、ここの人らはまともに呼ばれへんのよ。ジュリーの父ちゃんは反対やったけど、うちが意地張ってそうしたんや。ポドゥルも、赤ちゃん産んだらアメリカの名前にしとき」

船で会った検査官や移民局の調査官も、ポドゥルの名前をきちんと発音することができなかった。テワンと一緒に子供の名前をつけるところを想像すると、耳までかあっと熱くなった。ポドゥルは他の女たちとも挨拶を交わした。年齢も訛りもまちまちな女たちは、これからの生活に役に立つことを、我先にと話してくれた。

サトウキビ農場の労働者たちが集まって暮らす村をキャンプと言った。キャンプには数字を割り振って区分するのだが、同じ民族の者だけで暮らすところもあれば色々な民族が一緒に暮らすところもあった。ポドゥルが暮らすことになったキャンプ・セブンは朝鮮人だけが暮らしている。ポドゥルは目の前に広がる畑がテワンのものなのか、聞いてみたいのを我慢していた。

「朝鮮は、最近どない？」

誰かがポドゥルに訊いた。どう答えていいかわからず、ポドゥルの目が泳いだ。

「東拓《とうたく》（東洋拓殖株式会社。一九〇八年、植民地経営の拓殖事業を目的として朝鮮に設立された日本の国策会社。一九四五年の戦争終結時、朝鮮で最大の土地所有者だった）が百姓たちの土地を全部奪ってると聞きましたが、本当ですか？」

オジンマル村のおじさんたちが村の老樹の下に寄り合い、青筋を立てて話しているのを小耳に挟んだことはあるが、奪われる土地すらない貧しい家の娘であるポドゥルには関心のないことだった。

「わ、わたしは、よく……」

ポドゥルはチマの襞に汗まみれの手を擦《こす》りつけた。

「朝鮮でも日本の奴らの金を使わなくちゃならんというのは本当かね？」

「王様が日本に連れていかれて、侮辱されたらしいが、朝鮮の同胞たちはじっと黙ってるんかい？」

「わ、わたしは国がどうなってるのかは、ようわかりませんので」

ポドゥルは消え入りそうな声で答えた。本当だった。母は子供たちが外で聞いてきた日本の話をしようものなら、烈火《れっか》のごとく叱《しか》りつけた。

「田舎の面長（日本の村に相当する区分の長）にも、日本の奴らが居座ってるっていうじゃないか」

「ハワイにいるのに、そんなことをどうして知ってるんですか？　うちの酒泉《ジュチョン》面でも中村《なかむら》さんが面長になりました」

ポドゥルは驚いて言った。遠く離れた朝鮮のことを、なぜ自分よりもよく知っているのか不思議だった。

「完全に朝鮮の首根っこ摑むつもりに違いねえ」

誰かが興奮して大きな声を出した。

「日本の天下を離れて、よく来たね」

ジェソンが酒を一杯注いでくれた。ポドゥルはオジンマル村を離れて初めてそこが小さな井戸の底だったと気がついたように、朝鮮をあとにしてようやく、そこがどんなところだったのかを知り得たのだった。人々は声高に、朝鮮ではまともに暮らせないと口々に言った。母と弟たちを火中に置き去りにし、自分だけが逃れてきた格好になってしまった。ポドゥルはジェソンが注いでくれた酒を一息に飲み干した。胸の中で火が燃えているように熱かった。

ほどよく酔いが回ると人々は歌を歌った。

空に向かい切り立つコオラウ山の頂《いただき》越えて
雨風は草葉を舞い上げ濡れた背を乾かし
万里蒼波《ばんりそうは》の波は浜辺にころころと戯れ
サトウキビの茎はサルプリ（業厄を祓うこと）の舞をゆらゆら踊る
夕陽は赤く花開き晴天の空に星屑《ほしくず》昇れば
くわえ煙草に火をつけて北の海原遠く眺める

ハワイに労働者としてやってきて、この地に暮らしている人々の心情が込められた歌だった。三、四人の人々が興に乗り、歌の節に合わせて踊りを踊った。食べ物と高揚感が溢れかえっている。飢えと日本に責め立てられ苦しむ朝鮮では見たことのない光景だった。ポドゥルは母にこの光景を見せてあげられないのが残念だった。弟たちに美味しいものを食べさせてやれないことが、あまりにもどかしく胸がつかえた。

皆が新郎に向かって歌を歌えとしつこく囃し立てると、テワンは観念して立ち上がった。酒に酔って気の大きくなったポドゥルは、テワンを穴の開くほど見つめた。すぐに、腹の底から出すような堂々たる声が響き渡った。月明かりの下で見るテワンは、さらに逞しくかっこよかった。あんな人が自分の夫なのだ。ポドゥルは他の花嫁たちと一緒にいるときには表に出せなかった、誇らしさと満足感でいっぱいの表情でテワンを見つめた。

美しく気高し　山高く水清い我が国
山々に独立の気概　水には自由の思想
自由　独立　高潔なる土　おお我が愛よ

東の半島　大朝鮮　その名よ億万年不変なれ
国土は擦り減り　太陽が老いてしまっても

続く歌の中で朝鮮と自由と独立という言葉がポドゥルの耳にとまった。ポドゥルはびっくりして周囲を見回した。どこからか日本の巡査が飛び出してきて、テワンを捕らえてしまうのではないか。テワンはますます声を張り上げたが、日本の巡査が現れることはなかった。それでもポドゥルの激しい鼓動は鎮まることがなかった。

「母さんには朝鮮が敵や。力のない国のせいで、夫も死んで息子も亡くしてしもうた。ポワは朝鮮と違うから、守る国もないいんちゃうやろか。向こう行ったら、ただただ自分のことだけ考えて、子供産んで旦那さんと仲よう暮らすんやで。それだけが母さんの願いや」

母の声は、たった今完成したばかりの刺繍のように鮮明だった。それなのに、夫のテワンが朝鮮の自由と独立を歌っている。ポドゥルははらはらしながら、周りの様子を窺った。皆、穏やかな表情で余興を楽しんでいる。ここはアメリカのポワ、いや、ハワイだった。思いきり朝鮮独立を叫んでも、捕らえようとする日本の巡査はいないのだ。だからハワイを楽園というのか。それだけではなく、女たちも夫と同じテーブルについて堂々と食べ、酒を飲むところだ。ポドゥルの心は落ち着きを取り戻した。あとはこの楽園で、夫と仲よく楽しく暮らしながら勉強すればいい。道の向こうに隙間なく生えそろった、テワンのものであろうサトウキビ畑が、幸せを守る頑丈な柵のように見えた。

＊

ポドゥルが喉の渇きで目を覚ますと、蚊帳《かや》を張った床に一人で横になっていた。誰かが注いでくれる酒をさらに三、四杯飲んだあとで、女性たちが部屋に連れてきて寝かせてくれたことを思い出した。結婚初夜にへべれけになったことを母が知ったら、何と言うだろう。背筋を冷や汗がつたった。外では引き続き人々の騒ぐ声が聞こえていた。一人か二人の声だけが聞こえるところをみると、そろそろ終わるのだろう。窓から入る光で、部屋の中がぼんやりと見渡せた。

ポドゥルは蚊帳越しに部屋の中を見回した。これまで想像してきた家とは比べるのも気の毒なほど小さくて粗末だが、衣装箱のような家具とガラス窓があり、オジンマル村の家よりはるかに上等だった。寝床がベッドではなく莫蓙であることも気に入った。酒に酔って、支えられて部屋に連れてこられる最中にも、花は持っていくと駄々をこねたことを思い出した。子供たちがかけてくれた花の首飾りは枕元に置かれていた。初日から、あとで小言を言われそうなことばかりしでかしてしまった。

窓の外から女たちの話し声が聞こえた。炊事場で後片づけをしているようだ。ポドゥルは今からでも手伝いをして失敗を挽回《ばんかい》せねばと考え、寝床から起き上がった。蚊帳をめくり外へ出て部屋の戸を開けようとしたポドゥルは、新郎という単語を聞いてはたと立ち止まった。思わず窓辺にぴたりと寄って、耳をすました。新郎の話には花嫁の話が続くに違いない。女たちが自分をどう思っているのか、とても気になった。

「テワンはへべれけになっちまったね。初夜のお勤めがちゃんとできるかわからんね」

キャンプの夫人たちの中で最年長の開城《ケソン》おばさんの声だった。開城に住んでいたことがあるのでそう呼ばれているが、故郷は黄海道《ファンヘド》の黄州《ファンジュ》だという。ポドゥルは初夜という言葉に、他に誰もいないのに顔が火照った。

「しかし、テワンが言われた通りにおとなしく結婚するとは思わなかったよ。写真結婚は絶対しないって言ってたじゃない」

ポドゥルはジュリーの母さんと同年代のジェームスの母さんが口にした言葉に息を呑んだ。

「中風患った父ちゃんが段取りつけた結婚やのに、どないして断るの？　わたしは途中でテワンの耳に入るか思って、ジュリーの父ちゃんにも黙ってたんやで」

テワンに内緒で進められた結婚だったなんて。ポドゥルはジュリーの母さんの言葉に足の力が抜けてしまった。

「じゃあテワンはいつ知ったの？」

開城おばさんの次に年かさのドゥスンの母さんが訊いた。

「花嫁が来る三日前に知らせたんですわ。せえへん言うてカンカンに怒って嫌がるのを、お父さんが泣きながら頼んだんです。死ぬ前に孫の顔を見るのが望みや言うて。ジュリーの父ちゃんもなだめて、わたしも仲介したうちの立場はどないしてくれるんや言うて、ほんまに難儀しました」

ポドゥルは床にへたり込んだ。蚊帳の裾をお尻で踏んでいることにも気がつかなかった。朝鮮では親に言われた通りに結婚するのは普通のことだ。自己主張が強く好き勝手にしていたホンジュでさえ、新郎の顔を一度も見ることなく父親の決めた家に嫁いだのだった。その朝鮮であっても、自分の結婚を三日前に知るということはないだろう。ポドゥルがテワンを夫と思い気持ちを育んでいる間、テワンはポドゥルが存在するという事実すら知らずにいたということだ。テワンがポドゥルに対してよそよそしく無愛想だったのは、会って間もないからだとか性格のせいだとかいうことではなく、鼻輪をつけられた牛のように無理矢理引っ張り出されたためだった。

ポドゥルはそんな人を相手に、ありとあらゆる感情で心を浮き沈みさせてきたのだ。

「ジュリーの母ちゃん、ご苦労だったたね。しっかりしたいい嫁を選んだよ」

開城おばさんの言葉も褒め言葉に聞こえなかった。

「いい娘さん紹介してくれるようにて、お金も上乗せしたんですわ。仲介人が実家の兄さんに特別に頼んで探してもろた嫁です」

ジュリーの母さんの口調は得意気だった。ポドゥルは自分がお金を余計に払って選ばれた嫁だという話を聞いて、闇市で値切られる商品になった気がした。

「でも、器量はダリにはまったく敵わないわよね？」

ドゥスンの母さんと同じ年頃の元山宅《ウォンサンテク》の声だった。ダリって誰？　ポドゥルの関心はすべて、次に続く会話に向けられた。

「誰があの子に敵うっていうの。ダリがいなくなって死んだように過ごしてたテワンのこと考えたら、今ああしてしゃんとしてるのが嘘みたいだよ」

ポドゥルは床に座り込んだままで、ぼんやり話を聞いていた。

「そやから、時の流れに勝てる豪傑はおらんて言いますやん」

「胸の内はわからないよ。初恋を忘れるのがそんなに易しいもんか。今でも絵に描いたように美しかった二人の姿が目に浮かぶよ」

「ぜんぶ過ぎたことだよ。花嫁の前では口に気をつけなよ」

開城おばさんが注意した。ポドゥルは、耳の中で蜂の群れがぶんぶん飛び回っているような気がした。初恋、絵のように美しかった二人、恋人を失って生きる屍《しかばね》のようだったテワン……。まるでホンジュの部屋で読んだ恋愛小説だ。けれども主人公が自分の夫だと思うと、研ぎ澄まされた切っ先で胸の真ん中を容赦なく切りつけられたようだった。テワンが自分に他人行儀なのは、無理にさせられた結婚だからではなく、すでに他の人が胸の中を占領しているからなのだ。そのほうがはるかに絶望的だ。ポドゥルはそんな人と暮らすために母と弟たちを捨てて、遠い道のりをやってきたのだ。遠足の宝探しで、苦労して見つけた宝箱の中身がはずれだった思い出が蘇った。今、人生のはずれを摑んだのだと思った。

ポドゥルは薬指の指輪を見下ろした。指輪が合わないと、テワンはいとも簡単に諦《あきら》めようとした。指輪を無理矢理はめたのは自分自身で、そのときに剝けてしまった指の傷は今もそのままだ。指輪は永遠に残ると思ったのに、今思えば無理矢理させられた結婚の証なのだった。テワンの目にそんな自分はどれほど愚かしく映っただろう。あの時間、あの場所にもう一度戻り、あとで指輪を直してから渡すと言ったテワンの前で、これ見よがしに指輪を投げ捨ててしまいたかった。ポドゥルは今からでも指輪を外そうとしたが、飛び出した指の節が大きな山のように立ちはだかっている。その女の指は綺麗だったのだろうか？　ポドゥルは無意識に浮かんだ考えを叩き潰すように、拳で胸をどんどんと叩いた。

　ポドゥルは、なぜこんなにもブーケに執着してここまで持ってきたのかがわかった気がした。自分がテワンの花嫁だということを、ブーケでわからせようとしていたのだ。テワンの感情を感知した本能がそうさせたのだ。そのブーケはポドゥルのように、二人の結婚のように、傷《いた》んで萎れたまま壺に挿してある。これからどうやって生きていけばいいのだろう。誰を信じ、何を頼りに生きていけばいいのか。果てしのない絶望が押し寄せた。結婚初夜の花嫁ポドゥルは、この世界でひとりぼっちになったみたいに身を丸めて座っていた。そこへ扉が開き、テワンがよろめきながら入ってきた。

＊

　鶏が鳴いた。オジンマルでは一番働き者のチャンスの家の鶏が夜明けを告げると、村の鶏たちが次々に鳴き始めた。

　最後の鶏が鳴く前に起きなくてはいけないのに、身体は鉛のように重く少しも動くことができない。今日は母が先に炊事場へ行ってくれるといいのにと思ったところで、ポドゥルははたと気がついた。眠気は一瞬で吹き飛んだ。

　ここはオジンマルではなく、ハワイのカフクだ。テワンとの初夜を済ませて初めて迎えた朝なのだ。ポドゥルはそっと目を開けた。板と木の枝で支えて、開けられた窓が見えた。その窓から明けの明星が覗いている。星はオジンマルで見ていた星と変わらないが、ポドゥルは一人の人の配偶者に変わっていた。背後からテワンの寝息が聞こえる。

ポドゥルはそっと寝返りを打った。幸いベッドではないので落ちることはなかった。くっついて寝る必要はないとばかりに、テワンは布団の代わりに蚊帳を巻きつけて反対側の壁を向いて眠り込んでいた。

まるでポドゥルと過ごした初夜を、いや結婚を後悔しているように感じられた。

ポドゥルは母の作ったおしどりの刺繍を入れた枕当てを、そのときやっと思い出した。吸っては吐く息に合わせて、横向きに寝たテワンの肩が上下に動いた。肩口にミミズが這ったみたいな傷痕がある。これほどの傷痕なら大きな怪我だったに違いない。

ふたたび鶏が鳴いた。声の限りに鳴く鶏は新しい日が始まったのだと叫んでいるようだった。ポドゥルはがばっと起き上がった。開城おばさんの言う通りすべては過ぎたことであり、ジュリーの母さんの言う通り時の流れを相手に豪傑でいることはできない。そうだ。どんな傷も時の流れには勝てない。父と兄を亡くしたポドゥルは、そのことを知っている。テワンの初恋も時の流れには勝てないだろう。いつかは肩口の傷のように微かな痕跡に変わるだろう。

ポドゥルは床の上に抜け殻みたいに脱ぎ捨てられたままの桃色のチマチョゴリを畳んで鞄にしまうと、木綿のチマチョゴリを出して着た。宴は昨日の晩に、幕を下ろした。

あたしは今から農場の主や。中風にかかった舅と初恋を胸に秘めた夫の面倒見ながら、庭を子供

たちの笑い声でいっぱいにできるのは、あたしの他におらんのや。

母が早朝にいつもしていたのを真似して髪を結い上げようとした瞬間、ポドゥルは世界を引き裂かんばかりに鳴り渡る鋭い音に驚いて簪《かんざし》を落とした。ジュリーの母さんが話していたサイレンの音だった。

起床のサイレンは明け方の四時半に鳴った。農場の仕事は朝六時に始まり午後四時半に終わる。サトウキビ農場ならどこでも同じだという。ポドゥルはすでに起きていたソ老人に教えてもらいながら、初めての食事をこしらえた。朝食だけではなく、テワンが農場に持っていく弁当も作らねばならない。初めて使う台所だったが、幸い宴会の残り物があったのでおかずの心配はせずに済んだ。

「父さんによくしてあげてほしい。俺の望みはそれだけだ」

ポドゥルが初めて用意した食事を前にして、テワンが言った。ポドゥルをこの家の嫁以上に思うつもりはないと線引きするようだった。ポドゥルは寂しく憂鬱な気持ちから、ぎゅっと口を噤んだ。

「これが一週間の生活費だ。ここの生活に慣れたら、ひと月ずつ渡すことにしよう。ジュリーの母さんに聞いたら色々教えてくれるはずだ」

テワンが五ドルをくれた。毎日次の食事の心配をしていた母の傍で一緒に気を揉んでいたポドゥルは、生活費を受け取ると寂しさが少し紛れた。十分もかからずに朝食を食べ終えたテワンは、作業着を着て家を出た。枝折戸まで送りに出たポドゥルに、テワンが言った。

「父さんの飯を頼んだ」

「はい。心配せんと行ってらっしゃい」

ポドゥルの声がぶっきらぼうになった。家の中に戻ったポドゥルは、戸を開けたまま座っているソ老人に訊いた。

「仕事は六時からだというのに、なんでこんなに早くに出ますの？　畑が遠いんですか？」

農場まで三十分以上かかるうえに、先に行って労働者たちの状況と作業を確かめなくてはならないそうだ。アン長者は下男に命じて仕事をさせていたのに、テワンは自分で直接するようだ。若いうちから、地主だからとふんぞりかえっているよりはいい。

キャンプ・セブンから五十里（約二十キロメートル）離れた日本人のキャンプに食料品と日用品を売る店があった。また、数日おきに中国人夫婦が商品を積んで車で売りにも来た。ポドゥルは最初の一週間、テワンのくれたお金を使うのが怖かった。物価もよくわからないし、渡されるままに使いきるとだらしないと思われるのではないかと、庭の畑で採れた野菜と家の鶏が産んだ卵だけでおかずを作った。実は料理をするどころか、料理するのをまともに見たこともないほど貧しい暮らしをしてきたポドゥルには、作れる料理がほとんどないのだった。

「あんた、家にじっとしてる年寄りはともかく、毎日畑に出てしんどい仕事してる人に、そない草ばっかり食べさしてどないするの？　旦那さんが倒れるのん見たいんか？」

ジュリーの母さんに皮肉交じりに言われ、ポドゥルは初めて買い物をした。豚肉炒めを晩ご飯に出すと、テワンはあっという間に茶碗を空けて、おかわりと言った。舅もいつもより一匙二匙多めに食べた。これまで口に合うようなものを出せずにいたのだ。ポドゥルはジュリーの母さんに、テワン親子が好きな食べ物が何か訊き、折を見ては料理の仕方を教わった。テワンは父親によくしてくれること以外は何も望まないと言った通りに、何かを求めたり文句を言ったりすることもなく、ポドゥルに出されるままに食べて服を着るのだった。

生活費をきちんきちんとくれる家長に、これくらいはせなあかんやろう。

テワンが好きだと聞いて豚骨を買い一日中煮込みながら、何も言われていないのに言い訳のようにつぶやいた。テワンが月曜日ごとにくれる生活費は、ポドゥルが二週間、肩が抜け、腰が折れそうになるくらい洗濯をしてようやく稼げる額と同じだった。

キャンプには共同の食堂と洗濯場があった。ほとんどが独身の労働者たちは、合宿所で寝起きし、キャンプ内の既婚女性たちにお金を払って食事と洗濯をまかなった。食堂の仕事は開城おばさんとジェームスの母さんが受け持ち、洗濯はドゥスンの母さんと元山宅、ジュリーの母さんが受け持っていた。元山宅夫婦は、ポドゥルが来て何日も経たないうちにキャンプを去った。労働者が出たり入ったりするのは日常茶飯事だという。ポドゥルは元山宅のしていた仕事をさせてほしいと申し出た。

結婚すれば、学校が目の前で扉を開いて待っていると思っていた。それは木に服や靴がたわわに実っているという話を信じたのと同じくらい、荒唐無稽《こうとうむけい》な期待だった。ジュリーやジェームスでさえ近くに学校がなくて、まだ幼いのに親元を離れてホノルルの寄宿学校で勉強していた。カフクの韓人（朝鮮半島出身者とその子孫）教会で日曜日にはハングル学校が開かれるというが、幼い子供たちが対象だった。ポドゥルの通えそうな学校はなく、仲介人の話と違うじゃないかと問い質《ただ》す相手もいなかった。キャンプの奥さん連中に、なぜ遠くまで嫁に来たのかと訊かれたときにもその話はできなかった。夫と楽しく暮らすこともできず、勉強することも叶わないが、実家を助けるという夢だけは守りたかった。

「手が足りないのは足りないんだけど、大変な仕事だよ。大丈夫？」

ドゥスンの母さんが拳で自分の肩を叩きながら言った。ポドゥルは、農場の女主人にこんな仕事ができるのだろうかという意味に受け取った。

「もちろんです。できますよ。教えてくれたら、頑張ります」

ポドゥルは、ともすれば農場主だからって偉そうだと思われそうで、意識的に愛想よく話した。

「ええ心がけや。子供できる前に一銭でも稼いどかな。洗濯の仕事は身体はしんどいけど、時間は融通利くんやで。食堂は朝晩のご飯を作るうえに弁当も作らなあかんけど、洗濯は午前中に洗って干して、晩ご飯を用意する前に取り込んで畳んだらしまいや。ひと月に全部で三十ドルほど入るんやけど、端数は共同の経費に使うて三人で十ドルずつ分けるんや。わたしらは、古参やから多くもろうて、新米は少ないいうことはせえへんから」

ジュリーの母さんが説明した。人々はアメリカのお金を朝鮮式に呼んでいた。ドルは圓《ウォン》、セントは銭《チョン》で、百銭は一圓だった。男たちが農場で一日十時間びっしり働いて得るお金は一ドル二十セントで、一週間に六日働くので一か月の給料は三十ドル程度だった。移民初期に比べるとかなり上がったらしい。舅が送ってくれた百五十ドルが、いくら地主だとしてもどれほど大金だったのかを今になって知った。

ポドゥルは、嫁を迎えるためにすでに大金を使った舅に実家を助けてほしいと頼むのが申し訳なく、テワンに言うのは自尊心が許さなかった。自分の力で稼いで実家に送ろうと決心した。ポドゥルが洗濯場で働くと伝えると、舅もテワンも止めはしなかった。キャンプで遊んでいるのは、トニーのような幼児しかいなかった。ジュリーとジェームスの下の子たちも、自分より幼い子の面倒を見たり家事をしたりしていた。

洗濯の仕事は本当に骨が折れた。特に真っ赤な泥水の染み込んだ作業着のズボンは、水に浸けるとごわごわして重くなった。下洗いだけでも、たわしで擦り、太い木の棒でしばらく叩き続けなければならなかった。それから石鹸をつけて洗い、繰り返しすすぐと腕はぶるぶると震え腰は砕けそうなくらい痛かった。オジンマル村でしていた針仕事などは苦労と言えなかった。初めて洗濯をした晩に、ポドゥルはあちこちが痛くてうなされた。その声で目を覚ましたテワンが、がさごそとどこかから軟膏《なんこう》を出してきてくれた。そして、辛いなら辞めろと言った。不機嫌そうなもの言いに、ポドゥルは歯を食いしばって呻《うめ》き声を堪えた。

洗濯場の仕事は苦しいことばかりではなかった。洗濯していると、途中で開城おばさんとジェームスの母さんがおやつを持ってきてくれることもあった。しばし休憩しながらおばさんたちの話を聞くのは大きな楽しみだった。ポドゥルは先にハワイに来た彼女たちの経験談に耳を傾けた。彼女たちはお昼も一緒に食べていた。舅のために一人で家に戻るポドゥルに、開城おばさんはよくおかずを持たせてくれた。開城おじさんと舅は、互いを兄さん、弟と呼び合う仲だった。

ある日、洗濯物を棒で叩いていると作業着の上に赤い水がぽたぽたと落ちた。泥水よりももっと赤い。自分の鼻から流れ落ちる血だと気づいたポドゥルは、棒を置いて頭を後ろに反らした。入道雲の浮いた空が見える。故郷の家の床に座って見た雲と同じだった。喉の奥を生臭い血が流れ落ちる。

「鼻血出たん？　どないしよう、仕事がしんどいんやわ。ここに座ってちょっと休み」

ジュリーの母さんがポドゥルを脇に寄らせ座らせた。ドゥスンの母さんは綿を探してきてくれた。

「もう大丈夫です。心配せんといてください」

ポドゥルは綿で鼻の穴をふさいで、つとめて明るい声で言った。

「最初だからよ。だんだん、慣れてくるよ。それでもサトウキビ畑の仕事に比べたら、洗濯なんてなんでもないよ」

「この姉さんの言う通りや。畑で働いてるときは、ばたばた倒れる人が一人や二人ちゃうかったんやで」

ジュリーの母さんがドゥスンの母さんの言葉を聞いて、昔の話を引き合いに出した。

「わたしはね、こっちに来てから末っ子のドゥスンを産んだんだけど、見てくれる人がいなくて畑に連れていってたんだよ。籠に入れて日陰に寝かしておいて仕事するんだけど、お昼頃になると乳がぱんぱんに張って服がびしょびしょに濡れたよ。子供の具合が悪くても、現場監督の鞭《むち》が恐ろしくてちょっと覗くこともできなくてね。子供の泣き声聞きながら、こっちも涙をぼろぼろ流して仕事したもんだ。朝鮮では食べるものも出るものもないような貧乏な暮らしだったけど、ああいう辛い思いはこっちに来て初めてしたよ」

ポドゥルは、洗濯石鹸のせいでぱんぱんに腫れたドゥスンの母さんの手を見た。一緒に渡ってきた夫は五年前に、この世を去ったという。その後、一人で六人の子供を育てたドゥスンの母さんの一番の自慢は、ホノルルの長女の家から中学校に通う末息子のドゥスンだった。痛くないところがないというドゥスンの母さんは、口癖みたいに、息子が大学を卒業するまで仕事を続けねばならないと言った。夫なしに苦労しているドゥスンの母さんが、ポドゥルには故郷の母のように感じられた。

「うちはこっちに来たばかりの頃、家がなくて、スペイン人たちに交じって暮らしたんよ。結婚するいうのにジュリーの父ちゃんは家の一軒も用意できひんかったんや。慣れへんことばっかりやろ、言葉は通じひんやろ、朝鮮人キャンプに移るまでは毎晩泣いたわ。あんたは、ほんまに夫に恵まれたんやで。あんな人おらんよ。農場の運営も上手にするから、農場の主が次も契約する言うてるらしいし」

ジュリーの母さんが言った。

「主？　なんの主のことですか？」

ポドゥルが戸惑った顔で訊いた。

「農場の主やろ、他になんの主がおるの」

「の、農場に別の主がいるんですか？　釜山アジメは、テワンさんが地主や言わはったのに？」

「何やて？　釜山アジメって誰やの？　うちは仲介人に、こっちの事情もあっちの事情も足したり引いたりせんようにって何度も言うたのに。どこの誰がそんなほら吹いたんや？」

ジュリーの母さんが、かっとなって言った。ポドゥルは親戚同然の釜山アジメを悪く言うようで、それ以上は黙っていたが身体から力が抜けていくのを感じた。

「それやったら、テワンさんも雇われてるんですか?」

全身赤い土と汗にまみれて帰ってくるテワンは、ホンジュの家の下男よりもみすぼらしかった。

ポドゥルがその姿にがっかりしなかったのは、テワンが地主だと信じていたからだ。

「言うたら小作やな。ジュリーの父ちゃんとテワンさんとが、農場主と直接契約して運営してるんよ。収穫しただけお金をもろうて、労働者に月給あげて、経費をよけて残りを二人で分ける。農場主に干渉されへんし、労働者よりは稼ぎもええんや」

ジュリーの母さんが説明してくれた。どの程度多いのか知らないが、座った場所がふっと消えてしまったような感覚に囚われた。ポドゥルが黙っていると、ジュリーの母さんは顔色を窺いながらつけ加えた。

「どうやら、仲介人に花婿候補が耕してる土地が二十エーカー(一エーカー=約四千四十七平米=約千二百二十四坪)や言うたのを地主やと勘違いしたみたいやな」

「それは何マジギ(朝鮮における田畑の面積単位。地方によって広さが異なる)なんですか?」

ポドゥルは溜め息交じりに訊いた。オジンマル村での一マジギは田なら二百坪、畑なら三百坪だ。

「畑としたら、八十マジギはちょっと超えるやろうな」

ポドゥルは仰天した。オジンマル村で一番金持ちのホンジュの家の畑でも、全部合わせて三十マジギにしかならない。自作農といえども、たいていは三、四マジギ程度だった。ジェソンと二人で運営するというから半分に割っても四十マジギだ。小作も、その程度なら豪農ではないか。

「ポドゥル、他人の土地を耕してるいうて馬鹿にしたらあかんよ。労働者はただ言われた通りに働いたらしまいやけど、テワンさんやジュリーの父ちゃんはそういうわけにはいかんのや。この世に人を使うより難しい仕事はないんやで。ほんまに色んな人が集まったんが、ここの労働者や。なんかあったら酒浸りになって朝も起きひん人、博打《ばくち》して前借りしては逃げ出す人、怪我する人。ハオレの現場監督の前では縮こまってるくせに、テワンさんとかジュリーの父ちゃんのこと甘く見てさぼる人間も多いんよ。おそらく畑でもテワンさんとジュリーの父ちゃんが、仕事も一番ようけしてるはずや。もうポドゥルが嫁に来たんやから、テワンさんにようしてあげてや。男は嫁さん次第やで」

ジュリーの母さんが優しい声で言った。最後の言葉がポドゥルの胸を締めつけた。どうしたらテワンの心を開くことができるのか尋ねてみたかった。父を大切にしてくれさえすればいいと突き放すように言ったときから、テワンは少しも変わっていない。その頼みほど簡単なことはない。ハワイに来る前に母に言われた。

「やもめの舅と同居するか、高い壁を這い上がるか、どちらか選べと言われたら壁のほうを選ぶいう言葉があるんや。それくらい独り身の舅は大変やということや。嫁に行ったら、父さんが戻ってきた思うて尽くしなさい。自分の親にようしてくれる女を邪険にできる男はおらんから」

母やテワンに言われなくとも、ポドゥルは初めて会った瞬間から舅に実の父のような情を感じていた。ソ老人もまた、ポドゥルを朝鮮に残してきた実の娘のように大切にしてくれた。舅の愛情を受けながらも、ポドゥルは胸の片隅に穴が空いているようだった。それでもキャンプの奥さん連中に、夫婦の内情を細々と話すのははばかられた。ポドゥルは、何でも話せる年の近い友達同士のジュリーの母さんとジェームスの母さんが羨ましかった。二人はちょっとしたことで喧嘩もするが、一番近しい仲だった。スペイン人に交じって暮らしていたジュリーの母さんほどではないにしろ、ポドゥルも言葉の通じない場所で暮らしているくらいの息苦しさと心細さを感じていた。

ポドゥルはホンジュが恋しかった。オジンマル村にいた頃みたいに、ホンジュと向かい合って人に言えないようなことも吐き出すことができれば、胸がすっとするだろうに。自分よりも経験豊かなホンジュに夫との関係も正直に話し、どうすればよいのか助言してほしかった。それに、ホンジュがあんなに嫌っている夫とどう暮らしているのかも気になった。ホンジュの夫が、写真に写っていた家や車を持っていないことは明らかだった。ホンジュにしても、ポドゥルより苦労することはあっても、楽なことはないだろう。ソ老人より一歳年上の夫と暮らしているソンファは、気になるというより心配だった。

「ジュリーの父ちゃんが、ポドゥルの友達とソクポじいさんが結婚した言うとったけど、ほんま?」

洗濯場に通い始めた頃、ジュリーの母さんに訊かれた。

「そうなんです。お姉さんもあのおじいさん知ってはりますの?」

「知ってるも何も。どないするの、あのじいさん、ここから追い出された奴やで」

ジュリーの母さんが、ソクポじいさんは怠け者なうえに博打に手を出し、酒を飲んでは暴れて追い出されたのだと言った。テワンが見下すように接し、ジェソンが別れ際に真面目に暮らせとまで言ったのは、彼のそんな前歴のせいだったのだ。心配しながらも、ポドゥルはソンファを訪ねることができずにいた。遠くないところに住んではいるが、平日は洗濯場に通い、日曜日はテワンが家にいるので時間を作ることができなかった。もしかするとないのは時間ではなく、気持ちかもしれなかった。ポドゥルは自分が生きることだけで精いっぱいだった。

故郷を離れた人々

ハワイに来て三か月が過ぎた。ポドゥルは庭の畑で晩ご飯のためにサンチュを摘んだ。サンチュだけではなく白菜、唐辛子、茄子《なす》、ねぎ……。朝鮮で食べていた野菜が一年中育つのが、見るたびに不思議だった。

ポドゥルは焼けつくような日差しに顔を上げて空を見た。コオラウ山脈の稜線に雲がかかっている。夕立ちでもひとしきり降ってくれれば涼しくなるだろうに、雲は山の端を離れるつもりはないみたいだ。住んでみると、農場の男たちがなぜ実際の年齢よりも年老いて、くたびれて見えるのかわかる気がした。サトウキビ農場に降り注ぐ日差しのせいだ。

「ポドゥルや、陰に入ってやりなさい」

パパイアの木陰に腰掛けたソ老人が呼びかけた。木陰に置いた椅子はソ老人の指定席だ。ポドゥルはねぎをさらに数本抜き、籠に入れてから、ソ老人の傍に寄った。あっという間に涼しくなる。ポドゥルは洗濯場で働き始めたとき、思いきってソ老人に話した。

「洗濯してお金をもらったら、実家に送りたいんです。そないしても、いいですか?」

舅は、嫁に行っても娘は娘なのだからそうしなさいと快く言った。初月給を受け取ると、最初くらいは舅に自分の稼いだお金でご馳走を食べさせてあげたいと考えた。口では舅にご馳走すると言いながら、辛いものが好きなテワンの好みに合わせて豚肉を辛く炒めた。そして夫が汗をかきかき美味しそうに食べる姿を見て、満足した。それからもポドゥルは、給料をもらうといつもより多めに買い物した。誰に言われたわけでもなく、誰が褒めてくれるわけでもないけれど、ポドゥルにはささやかな喜びだった。

ポドゥルはキャンプ・セブンでの暮らしに慣れていった。気候にも慣れ、洗濯の仕事にも身体が馴染《なじ》んでいった。それなのにテワンとの距離は縮まらない。テワンに変化はなかった。敬語で話すのをやめたのも、まだ独身同士のつもりで他人行儀なのかと周囲に難癖つけられたからで、距離が縮まったからではなかった。移民局で初めて会ったときには袖が触れ合うだけでも近づいたように感じたが、今は肌を重ね気安い言葉で話してもかえって距離を感じるのだった。

ポドゥルがテワンと同じ気持ちなら問題はない。ポドゥルの記憶では、父と母も仲睦まじい夫婦ではなかった。夫婦であっても男女の礼節を守る両班《ヤンバン》のしきたりに従い、お互いに客人のように接していた。ポドゥルが育つ過程で見てきたオジンマルの夫婦たちも似たようなものだった。しかしポドゥルは、温かく見つめ合い、愛情を表現しながら暮らす夫婦になりたかった。

いったいテワンさんのどこがいいんや？　勉強させてもくれん、実家を助けてくれるわけでもない、地主でもないし、他の女を想い続ける男を、なんで好いてるんや？

ポドゥルは自問してみたが、はっきりした理由は自分でもわからなかった。朝鮮にいるときから写真に写った姿が気に入っていた。ハワイに着いてからは写真の通りだったので、もっと気に入った。テワンに初恋があったことを知ると、切なくて余計に好きになった。

「あほちゃうか。さっさとやめてしまい」

ホンジュの声が聞こえてくるようだった。ポドゥルは自分からテワンの気を引こうとはするまいと決心し、意地を張ってみたが続かなかった。ダリという存在が胸に居座り、ポドゥルの気持ちを揺さぶった。ダリがどんな人なのか、テワンとはどういうふうに知り合い、そして別れたのか知りたかった。けれどテワンには訊けない。その名前を出した瞬間、二人の距離は永遠に縮まることがなくなるだろう。その代わり、舅にソ家のこれまでの話を聞くことにした。

身体の自由が利かなくなってから昔のことをよく思い出すというソ老人にとって、自分の昔話をすることほど元気が出ることはなかった。話に夢中になるソ老人は、中風を患い言葉も身体も覚束ないまま死期を待つだけの老人ではなく、新天地を目指し家族を導いて移民船に乗り込んだ勇敢な男だった。

*

一九〇五年三月中旬、ソ・ギチュンは四十六歳という決して若くはない年齢で、ハワイ行きの蒸気船に乗り込んだ。妻と二人の息子を連れていた。夫婦は子供を八人も持ったが、数え十四歳と十二歳になるテワンとテソクだけが残った。三人は幼い頃に伝染病で死に、大きくなってあちこちに嫁にやった娘たちとは連絡が途絶えた。

平安道《ピョンアンド》の龍岡《ヨンガン》で生まれたギチュンは、ずっと他家の下男や小作人として生きてきた。国の名前は朝鮮から大韓帝国に変わったが、貧しい庶民のすさんだ苦しい生活に変わりはなかった。ギチュンは腰を伸ばす間もないほど働き続けたが、借りた米の利息ばかりが膨らんだ。小作地さえ取り上げられると、ギチュンは仕事を探して済物浦《チェムルポ》（現在の韓国・仁川の旧称。十九世紀後半に開港）に行った。そこでハワイへの移民募集の話を聞いた。先行きが真っ暗なところへ、天から蜘蛛《くも》の糸が下りてきたようだった。

募集広告によれば、アメリカ領のハワイ群島は年中温暖で、週六日、一日に十時間働けば十七ドルもらえるが、それは朝鮮の七十圓《ウォン》にあたるという。七十銭《チョン》すら手にしたことがないギチュンにとって七十圓は大金だった。ギチュンは小作地を奪われる心配なしに、心置きなく田畑を耕すことが夢だった。稲作でないのがちょっと惜しいが、サトウキビが米より難しいこともないだろうと考えた。それに向こうでは、家に、薪《たきぎ》に、病気になれば治療費まで農場主が出してくれるというので、あっという間に金持ちになれるはずだと思った。朝鮮では生まれ変わったとしても夢のまた夢だ。何より島ごとに学校があり、無料で英語が習えるらしい。子供たちに勉強させてやれるのだ。

「食べていけるうえに子供に勉強までさせられると言われたら、そりゃあその気になるさ。わしは一生無学だが、子供たちには違った世界で生きてほしいと思って決心したんじゃ」

話し方はぎこちないが力がこもり、ソ老人の目も生き生きと輝いた。ポドゥルは舅の気持ちが理解できた。勉強できるという希望が消えてしまったポドゥルは、まだできてもいない子供の未来を夢見ることで未練に耐えていた。子供ができたら、自分ができなかった分も勉強させてやるつもりだ。たとえ女の子でも大学まで行かせようと決めていた。

　済物浦を発ったモンゴリア号は神戸港を経て、ホノルルに到着した。船には二百人を超す朝鮮人移民が乗っていた。年齢にかかわらず独身男性がほとんどで、家族連れはさほど多くなかった。ごく稀に、夫なしで女性が子供だけを連れていることもあった。

　先に来ていた移民たちが埠頭に集まり、アメリカ国旗と太極旗（朝鮮末期からの国旗。現在も大韓民国国旗）を振って歓迎してくれた。ポドゥルのときとは違い、移民たちは港の前の小島にある移民局で検疫を終えていた。ギチュン一家は、ホノルルから遠くないエワ農場に割り振られた。独身者は共同宿舎に入らねばならないが、家族のいる労働者には小さな庭のついた家が与えられた。ギチュンの家は部屋一つに台所一つの、古い木造家屋だった。期待とは違っていたが、それよりましな家で暮らしたこともないギチュンは満足した。ポドゥルは舅の話がよくわかるのだった。ポドゥルもまた、仲介人の話とは違うことに失望しつつ耐えられたのは、それでも朝鮮よりはましだったからだ。

「最初は家族四人みんなが農場で働いたんじゃ。ここの事情がさっぱりわからんから、どうしようもなかった。朝六時から午後四時半まで、一度も息つく暇なく働いた。昼休みはぴったり三十分、弁当を食べる時間だけだった。大人の男はここの金で一日六十五セント、女子供は五十セントだったな。わしは生まれながらの百姓だからなんとかなったが、都会もんや勉強ばっかりしてたもんは苦労してた」

　人間より背の高いサトウキビは、その葉が丈夫で鋭いため、手や顔はもちろん厚手の服さえ切れることがよくあった。鎌を持つ手に水ぶくれができ、日照りの下で倒れる人も数え切れなかった。

ハワイ先住民の言葉で「上」を意味する「ルナ」と呼ばれる現場監督は、冷酷だった。名前の通り馬の上から労働者を監視し、少しでも休もうものなら駆けつけて鞭で打った。女だろうが子供だろうが容赦なかった。

「労働者を犬や豚みたいに扱ってな。よその国に来てこんな目に遭うなんて、悔しくて情けなかったが他にどうしようもない。テワンは我慢できずに歯向かって、鞭でひどく打たれたんじゃ。傷の痛みが何度もぶり返して大変だった。今も傷痕が残ってるだろう」

ポドゥルも当然、その傷痕を知っていた。いつの傷かと問うと、テワンは「まあ……」と答えた。朝鮮にいた時分、山に薪を集めに行った弟たちが日本の巡査にこっぴどく叩かれ、背負子《しょいこ》まで奪われて帰ってきたことがある。ポドゥルは、血の涙を流す母と一緒に泣いた。しかし不思議なことに、弟のことより十三年前にテワンが鞭で打たれたことのほうがよほど辛く感じられた。

サトウキビ農場の仕事は雑草取り、収穫、運搬、水やりに分けられるが、女たちはたいてい雑草取りをした。長時間、冷たい水に腰までつかる水やりが、最も重労働で報酬も高かった。ギチュンはエワ農場を離れるまでその仕事を続けた。中風にやられたのもそのせいだろうと言った。

「日曜日には農場の教会で礼拝に出てなあ、色んな話を聞きながら徐々にものがわかってきた。子供たちも教会の学校に通って字を習ったんじゃ」

姑のオンニョンはしばらくして同じ船で来た二人の夫人と、独身者の食事を作る仕事を始めた。オンニョンはギチュンが下男をしていた家の下女だった。姓はもちろん名もないまま、幼い女という意味のオンニョンと呼ばれていた。ハワイに来るための旅券を作る段になって、オンニョンが名となり、結婚すると夫の姓を名乗るアメリカの風習にならいソ・オンニョンとなった。

ポドゥルは母ユン氏の下の名前を思い出そうとしたが、できなかった。一度も聞いたことがなかったし、母に名前があるのか考えたこともなかった。母は両班の身分にもかかわらず、ユン氏や実家の地名で南室《ナムシル》夫人としか呼ばれていなかった。ポドゥルには気に入らなくても自分のためにつけられた名前があるが、母にはそれすらないのだった。母のことをこれ以上考えると泣いてしまいそうで、ポドゥルは話題を変えた。

「海星《ヘソン》旅館のおばさんも、一緒の船で来た言うてはりましたけど」

「そうじゃ。海星旅館のおばさんとダリの母さんと三人で食堂の仕事をしたんじゃ」

ポドゥルはいきなり飛び出した名前にどきっとした。ダリのことが知りたくて舅に水を向けてはみたものの、その名前がこんなにすぐ出るとは思っていなかった。一方では知りたくないとも思っていた。いつかテワンがダリの話をする時が来るにしても、それはもっとあとで年を取ってからと思っていたポドゥルは、震える声で訊いた。

「ダ、ダリのお母さんって、誰ですの？」

ソ老人はしばらく返事をしなかった。このときばかりは身体が不自由なせいではなく、話しにくい何かがあるようだった。ポドゥルは怯えながら、舅の言葉を待った。

「同じ船で来た人じゃ。若い夫人が娘一人連れておって、船の中で親しくなった」

ソ老人は杖をついて立ち上がった。

「久しぶりにしゃべりすぎて、疲れたわい。家で休むとしよう」

テワンと同じ船に乗ってきたと知って、ポドゥルの胸の内にダリという名前がより鮮明に刻まれた。そしてテワンはダリにはどう接したのか、ダリとはどんな話をしたのかという疑問が唐突に浮かんだ。ありとあらゆる推測と想像ばかりか、夜空に浮かぶ月《ダル》までがポドゥルを苦しめた（ダリを月＝ダル「달」の終声音にイ「이」をつけた呼び名だと思ってのこと）。毎日毎日、海から昇り、サトウキビ畑を照らしてコオラウ山脈の向こうに沈む月がなくならない限り、テワンは永遠にダリを忘れられないだろう。

＊

数日後、またソ老人の話を聞いた。ハワイに来た翌年の九月、韓人寄宿学校がホノルルに開校した。韓人たちの要請を受けメソジスト教会の財団が建てた学校で、労働者たちも二千ドルを集めて寄付した。ギチュンのように子供がいる人はもちろん、いない人々も同じ気持ちでお金を出した。

「二千ドルも？」

ポドゥルは金額の大きさに驚いて問い返した。

「みんな、国が弱いのは自分たちが勉強したこともなくて、無知なせいだと考えた。それで他人の子でも勉強をさせることができるならばと、誰彼ともなく協力したんじゃ。あの頃は子供もたいしていなかったから、自分の子も他人の子もなかった。学校では靴作りと写真の技術も教えておって、学生たちが農場に靴を売りに来たら先を争って買ったもんじゃ」

テワンは十五歳の年に入学した。韓人学校とメソジスト教会のある場所は韓人基地と呼ばれた。

学校では午前中に英語で正規の授業を受け、午後は朝鮮語と朝鮮の歴史、そして聖書を学んだ。学校の話になるとソ老人の覚束ない身振りが大きくなった。ダリはそのとき、何歳だったのだろう。二人はいつから、そういう仲になったのだろう。学校に行く前？　行ってから？　もしかしたら船で？　想像の一つひとつが、鋤《すき》の刃のように胸を抉《えぐ》った。

テワンの弟が事故で死んだという話で、ポドゥルは我に返った。子を亡くした親の気持ちはポドゥルにもよくわかる。兄が亡くなってから死んだように暮らしていた母のことを、はっきり思い出した。ポドゥルは舅の手を握った。荒れて染みの浮いた老人の手が震えていた。テワンも弟を亡くしてどんなに悲しかっただろう。ダリが慰めたのだろうか？　テワンが辛いとき、傍にいたのは自分ではなくてダリだったのだ。

一、二年経つと、多くの労働者が他の仕事を探してサトウキビ農場をあとにしたが、ギチュンはそのまま仕事を続けた。辛くても仕事に慣れていたし、オンニョンの稼ぎも悪くなかったからだ。

一九一〇年になるとアメリカは朝鮮人労働者の写真結婚を許可した。一人で渡ってきた多くの男たちは、女がいないため結婚できずにいた。それもそのはずで、女といえば家族で来た妻たちや子供だけで、結婚するような若い女はほとんどいなかった。ごく稀に他民族の女と結婚する者もいたが、国際結婚を望まない大多数の男たちは、辛く寂しい暮らしの中で空しく年を取っていった。長い独身生活のせいで酒や賭博に手を出して仕事に支障が出るようになると、政府は写真結婚を認めるに至った。年老いた男たちは花嫁を得るために、若い頃の写真や、他人の自動車の横で撮った写真を仲介人に渡した。ポドゥルはチョ・ドクサムの写真を思い出した。

「それだけじゃないぞ。文字なんか一つも読めやしない奴が、銀行員だの、事業家だの、韓人協会で働いてるだの、職業も嘘ばっかりじゃ。新聞に大問題だと載るぐらいひどいもんだった。ジュリーの母ちゃんも来たばかりのときは、毎日泣いておった」

　そのときの話はジュリーの母さんに聞いて、ポドゥルも知っていた。

「うちは十九やのに、旦那は三十五歳や。何かの団体で事務の仕事してる言うてたのに、真っ黒に焼けた労働者やんか。どこから見ても、どん百姓や。好きでもない旦那と暮らすだけで死にそうやのに、スペイン人に囲まれた生活やから堪らんの、わかるやろ？　朝鮮人キャンプに移ってからも旦那は嫌やし、仕事はきついしで毎日泣いてたんを、あんたの姑さんが自分の娘みたいに気遣ってくれたんや。うちは、あの人のおかげで死なんと生きてるんよ」

　ジュリーの母さんは、そんな夫との間に子供を四人ももうけて幸せに暮らしている。ポドゥルはテワンと自分にもそんな日が来るのだろうかと考えると、思わず苦笑が漏れた。

「テワンに嘘はなかろう。写真も山向こうの兵学校に入るときので、たいして昔の写真でもない」

　ポドゥルの苦笑を勘違いしたソ老人は、震える手を振った。

「はい、そうですね。ところで、山向こうの兵学校は何の学校ですか？」

　今考えると、騙されてでも家からは、いや朝鮮からは離れたかったかもしれない。ポドゥルは話の流れを変えたかった。

「パク・ヨンマン（朴容萬。一八八一～一九二八。民族主義者で独立運動家。一九〇五年に渡米、一二年にハワイへ。韓人軍事学校を設立するなど武力による独立を主張）団長が作った『大朝鮮国民軍団』の軍事学校じゃ。日本の奴らに取られた国を取り戻すには、力をつけなくちゃならんだろう」

「はい？　そしたら、ここにいる日本人と戦うんですか？　テワンさんがそんな学校に通ったいうことですか？」

　ポドゥルは驚いた顔で訊いた。

「ここの日本人は、わしらと同じ力もない貧しい労働者だ。ユン・チホ（尹致昊。一八六五〜一九四五。大韓帝国時代の開化派の政治家）先生もエワ農場に来なさって日本人と仲よくしろとおっしゃった。山向こうの兵学校の生徒が戦おうとしていたのは、日本の親玉の奴らじゃ」

　ソ老人の言葉に、ポドゥルの不安は増幅した。義兵となって死んだ父が思い出されて、ダリのことなどどうでもよくなり、話が数年分飛んだことにも気がつかなかった。

「生徒の募集があったとき、韓人寄宿学校の先生がテワンを推薦してくれたんじゃ。パク・ヨンマン団長もテワンをとても気に入っておった」

　ソ老人の顔に誇らしさが溢れた。

　ギチュンは、二十三歳で軍事学校に入学する息子のために、貯めていたお金のほとんどを寄付した。生徒たちは農場で寝起きしながら昼間はパイナップル農場で働き、夕方から軍事訓練を受けた。

「コオラウ山脈の向こうのカハルウにあるから、山向こうの兵学校と呼んだんじゃ。生徒たちのことは、山向こうの子たちと言った。八月三十日に観兵式と開校式をしたんだが、家族と客人たちは前の日に乗り込んだ。ホノルルから五十里もあるから、パク団長がトラックとバスを十二台も貸し切りにしてのう。行きたいという者が何百人もおった。大韓人国民会の総会館を出発したんだが、通りがかりの人はみんな、何事かと目をまん丸にして見ておった。車がずらっと並んで走って、どんなにすごかったか、すでに朝鮮が独立したみたいじゃった。山道をくねくね走って学校に着いたら、団員が数十人並んで拍手しながら大声で歓迎してくれたよ。太鼓も盛大に鳴っておった。わしの目には、その中でテワンしか見えなんだ。息子のあんな姿も見ずに苦労だけして死んだ、おまえの義母《かあ》さんのことをどれだけ思い出したか」

　最近の出来事のように、生き生きと話し続けていたソ老人が涙ぐんだ。姑はテワンが軍事学校に入学する二年前に亡くなった。エワ農場の近くにあるという姑の墓には、まだ行ったことがない。ポドゥルは一度それとなく話してみたが、テワンは「また今度」と言って話を終えてしまった。ソ老人の話は続く。

「その日の晩、落成式で愛国歌を歌ったときは、みんな胸がいっぱいだった。次の日の開校式は、またどんなにすごかったか」

　木銃を担いだ訓練生が練兵場を行進し、パク・ヨンマンの作詞した「国民軍歌」を山が震えるほどの声量で歌った。そして固い決意を持って宣誓した。

「大朝鮮国民軍団、軍団員たちは朝鮮民族の独立が成し遂げられるまで、全力を尽くして軍事訓練に励みます。大同団結し、個人はいかなる犠牲にも耐えることを神の前で誓います」

「イ・スンマン（李承晩。一八七五～一九六五。政治家。一九一二年、アメリカに亡命。一三年、朴容萬の要請でハワイへ。外交による独立を主張。四八年、大韓民国大統領。六〇年、四・一九革命でハワイへ亡命）博士も演説した。もとはアメリカ本土にいたイ博士をここに呼んだのは、パク団長だった。はじめは同じ気持ちだった人たちが、今はなぜあんなふうに争っているのか、本当に胸の痛いこった」

ソ老人が溜め息をついた。

ポドゥルはパク・ヨンマンの作った軍事学校に通ったテワンが、どちら側なのか聞かなくてもわかった。結婚式の夜、テワンが歌ったのは「国民軍団」で歌われていた「朝鮮国歌」で、パク・ヨンマンが作詞したものだった。テワンは労働者たちの前で、強く主張することはなかったが、ジェソンと酒を飲むときは別だった。「国民軍団」が解散したのはイ・スンマンと追従者たちが同胞社会を分裂させたからだ、また軍事訓練をしなくてはならないと声を大にして言った。ポドゥルは命を落とすかもしれない武装闘争派のパク・ヨンマンより、教育と外交で独立を成し遂げるべきだというイ・スンマンの路線に心が傾いていた。もっと正直に言うと、ジェソンの主張が一番気に入っている。

「くそったれ。朝鮮が俺らに何をしてくれたって言うんだ。国なんてもんは、自分があって家族があって、その次だろう。パク・ヨンマンだろうがイ・スンマンだろうが指導者だという人間が同胞の手本になるどころか、けなし合って喧嘩するざまったら。どいつもこいつも。俺はどっちも嫌だね。一生懸命金稼いで、子供に勉強させて出世させるぞ」

「国民軍団」の解散には様々な理由があった。全世界が敵味方に分かれて戦争をしているうえに、日本が同盟関係にあるアメリカに圧力をかけ、ハワイで行う朝鮮の軍事訓練を中止させた。泣きっ面に蜂で、パイナップル農場の収入が不景気と凶作のせいで大きく減り、軍団を維持することが難しくなった。テワンの主張するように同胞社会が分裂し、「国民軍団」に対する同胞の支持と支援が減少したことも理由の一つだった。

カハルウの「国民軍団」は解散したが、生徒が残る軍団学校はワイアルアのサトウキビ農場に移り命脈をつなぐも、一年ほど前にカフク農場で廃校となった。誰よりも熱心な生徒だったテワンは、軍団学校に最後まで留まった。ソ老人が中風を患ったのはその頃で、テワンは生涯農民だった父のためにカフクに残ったのだ。テワンは軍団学校が契約していた農場主と、契約を継続することで合意した。そしてホノルルで雑貨店を営んでいたジェソンを訪ね、一緒に働こうと提案したのだった。朝鮮人移民が農場の仕事を辞めたあと、技術や資本もないままに事業を始めて失敗するケースは多かった。いくらもない資本金までなくしていたジェソンは、店を畳んでキャンプに合流することに決めた。

「労働者の飯と洗濯をしてくれる人が要るから、義姉さんはおばさんたちを当たってくれませんか?」

テワンに頼まれてジュリーの母さんは、エワ農場時代から知り合いの女たちを集めた。今このキャンプにいる人々だ。

「あんたの旦那は、身を粉にして働いても、パク団長を支援する言うてお金も貯めてへんはずや。これからは、あんたが財布の紐を握ってお金貯めや。子供も生まれるやろうから、いつまでもここでは暮らされへんよ。うちも悩みが多いねん。ずっとここで暮らすとなると、子供らみんな寄宿学校に送らなあかんし、学費はどないして払うの」

ジュリーの母さんにそう言われたが、ポドゥルは家計を握るどころか、テワンがいくら稼いでいるのかも知らなかった。生活費をもらって満足していたポドゥルは、テワンが支援金に費やしてしまってお金を貯めていないに違いないという話に、不安が押し寄せてきた。けれども一日に二言三言しか話さないテワンに何を言っていいかもわからないうえに、家計を握る方法はもっとわからなかった。

＊

「父さん、今度の日曜日に母さんの墓に行ってきますだ」

秋夕《チュソク》（陰暦の八月十五日。その年の収穫を供え祭祀を行い、墓参りをする風習がある）を数日後に控えたある晩、テワンがご飯を食べながら言った。

父親と会話するときのテワンは、故郷の訛りがいつもより強い。舅のご飯の上にほぐした魚を載せていたポドゥルは、驚いて夫を見た。嫁に来て四か月が過ぎても、姑の墓参りをしていないのがずっと気にかかっていた。秋夕は木曜日だが、独身者がほとんどの農場では日曜日に教会で秋夕の礼拝を捧げて済ませるという。家族で暮らす家も似たようなものだった。

「そうか。それはいい。嫁を見たらおまえの母さんは、どんなに嬉しかろう。テソクもまたどれだけ嬉しいか。空の上でも喜ぶに違いねえ」

ソ老人は涙がこぼれるほど喜んでいた。テソクの墓にも一緒に参ることを知らずにいたポドゥルは、義弟《おとうと》のことをダリほどにも考えていなかったのが申し訳なかった。

夕食のあとで、テワンはいつも通りランタンの明かりで新聞を読んでいた。テワンは大韓人国民会ハワイ地方総会の機関紙『国民報』とハワイで発行されている英字新聞を購読していた。夫がくねくねした文字でいっぱいの新聞を読む姿をすごいと思うと同時に羨ましくもあった。自分もそうなるはずだと夢見ていたのが、はるか昔のようだった。ポドゥルは針箱を開いてテワンの作業着を繕い始めた。毎日のようにあちこち裂かれてくる作業着を見るたびに、テワンが怪我をしたみたいに胸が痛んだ。就寝前にテワンと一緒に過ごす一、二時間が一日のうちで一番好きで、心待ちにしている時間だった。

舅が昔着ていた作業着から取った端切れを裂けた箇所の裏に当て、目立たぬように縫いつけた。ボタンつけやほつれを縫う程度ではなく、本格的に修繕しているうちに、ポドゥルにぽつぽつ仕事として依頼が入るようになった。テワンがパク団長を支援するために貯金もしていないのではと不安だったので、新しく入ってきた針仕事がありがたかった。

新婚の二人がいる部屋は、新聞のがさがさ鳴る音しかしなかった。テワンは、日曜日に姑の墓参りに行くと通告するように言ったきり、他には何も言わなかった。ポドゥルは一番好きで楽しみにしている時間に、一番失望し傷つくのだった。一緒にいるその時間に、昼間あったことをゆったりと話したかった。しかしテワンは、外であったことをまったく話さないのだ。いや、どんな話もしなかった。ポドゥルは農場での出来事を、あとからジュリーの母さんを通して聞いたりした。

「あんたたちいったい、晩には何の話をしてるの?」

ジュリーの母さんに訊かれて、ポドゥルはテワンとのよそよそしい関係がばれたようで恥ずかしかった。

「本当に知らなくて聞いてるのかい?　新婚さんに話す暇なんてないんだよ」

ドゥスンの母さんが言うので、ポドゥルは顔から火が出そうだった。

テワンと話したくて、ポドゥルは自分から洗濯場や女たちの間であったことを話してもみた。

「今日、ジュリーの母さんとジェームスの母さんが喧嘩したんよ。最初はジュリーのほうが勉強ができる、いやジェームスのほうができる言うてふざけてたのが、ジェームスの母さんが、娘っ子が頭良くても何の役にも立たん言うたもんやから、本当の喧嘩になってしもうて」

テワンが「ふむ」と言って新聞をめくると、それが自分の話への反応か、新聞記事への反応か、ポドゥルにはわからなかった。そして、おしゃべりな奴だ、人の陰口を言うのかと責められたようできまり悪かった。しかし今日ばかりは、テワンが先に言い出した墓参りという共通の話題があった。テワンが別の新聞を読み始めようとしたタイミングで口を開いた。

「お義母さんのお墓に行くとき、お供えはどないします？　朝鮮式でいいのかしら」

秋夕が近づくとポドゥルの母は、簡単なお供えを作って子供たちと一緒に父の墓に行った。草刈りのためだった。草を刈らなければ鬼神が頭に雑草を被って祭祀《チェサ》に現れるという話を、母は信じていた。ポドゥルはそれを思い出し、数日前にソ老人に草刈りの話をしてみた。舅は、アメリカの墓は朝鮮のとは違い草を刈る必要はないのだと言った。

「任せる」

新聞から目も離さずにテワンが答えた。夫婦の対話は、またもテワンの無愛想な返事で打ち切られた。部屋には再び沈黙だけが残った。ポドゥルは、話すことがないなら新聞の内容を話題にしてでも対話したかったが、テワンの沈黙はどんな扉より重くて簡単には開かない。

ポドゥルは、ずっとテワンの読む新聞が気になっていた。いったい何が書いてあって、夜ごと肌身離さず持っているのか知りたかった。英字新聞はともかく、『国民報』は題字こそ漢字だが中身はほとんどハングルだ。漢字もハングルも読めるが、内容が理解できなかった。ある日、ソ老人がジュリーの妹ナンシーに、ちゃんと勉強してるかと声をかけ、『国民報』を読んでくれと言った。教会のハングル学校に通うナンシーは、新聞はまだ無理だと言って逃げた。ポドゥルは色んなことを知っている舅が、文字を読めないことに驚いた。

「お義父《とう》さん、わたしが読みましょうか？」

ソ老人のほうは、嫁が新聞を読めるということに驚いていた。ポドゥルは舅に新聞を読んであげながら、舅と一緒にその内容を徐々に理解できるようになるのが嬉しかった。新聞は座ったままで千里先を見せてくれるという舅の言葉の通り、一人用のお膳大の紙に様々な話題が詰まっていた。一週間に一度届く新聞のおかげで、ホノルルの誰かの小事、大事から、世界のあちこちで活動する独立運動家たちのことまで知ることができた。また新聞は、暮らしに必要な知識や常識や、世界がどういうふうに動いているのかも教えてくれた。

ポドゥルはそれまでヨーロッパで起きている戦争について、まったく関心がなかった。自分とは関係がないと思っていたのだ。ところが新聞を読むと、そうではなかった。アメリカは軍需品を作っては戦争中の国に売り、多くの利益を上げて強大国になったという。しかし三年前、イギリス商船がドイツの潜水艦に攻撃され、商船に乗っていたアメリカ人が百人以上も死亡するという事件があった。さらに昨年、ドイツが潜水艦による無制限攻撃を宣言したことからついにアメリカ政府が参戦すると、米軍基地のあるハワイの景気が上向き、労働者の賃金も上がり朝鮮人も得をした。新聞は同胞たちが商店を開業したことや、事業で成功し寄付金をたくさん出した人についても報じていた。戦争で人々が死んでゆく一方で、戦争のおかげで稼ぎが増え暮らし向きがよくなるのだ。それに比べると朝鮮については悪い知らせばかりだった。

「だから弱い国の民は惨めなんじゃ。アメリカを見てごらん。自分の国の人間が死んだとなったら、すぐに戦争を始めたじゃないか。そんな国が後ろに控えておれば、どんなに心強いことか」

ソ老人の言う通り、朝鮮の民は日本の弾圧でどんどん生きづらくなり、それに加えて凶作と伝染病まで追い打ちをかけている。この前のギュシクからの手紙では変わりないということだったが、それから家族に何か起こっていても知る術《すべ》がないのだ。朝鮮の情報を知ると、何日も胸が疼《うず》いた。知らぬが仏と思って新聞を避けたりもしてみたが、時にはいい話もあるのだった。アメリカをはじめ中国、ロシアなど海外での独立運動の話題だ。寄付金を惜しみなく出しているであろうテワンも、独立運動を支えているということになる。実家を助けてくれているようで胸が温かくなる一方で、夫が支持しているのが武装闘争を進めるパク・ヨンマンだと思い出して不安にかられた。

ポドゥルは、昼間の出来事や生活に必要なことだけでなく、お互いの考えも夫と話し合いたかった。新聞で読んだ戦争や独立運動のこと、子供の頃の思い出や傷痕……。枕を並べて、あんなことこんなことを話しながら眠りに就きたい。それなのに口を噤んだまま新聞や帳簿を見ているテワンを前にすると、話しかける気力が失せてしまう。そして寝る段になると、テワンは明かりを消すなりポドゥルに被さったあと、すぐに眠りに落ちた。

テワンが優しく、温かく、甘い気持ちを、すべて初恋のダリにやってしまい、自分のことは欲求を解消する相手としか思っていないようで恨めしく、腹立たしかった。他の夫婦がどうしているのか知りたかったが、ジュリーの母さんにさえ、訊くことができない。他の奥さんたちに、「どんどん綺麗になるところをみると、旦那さんが毎晩よくしてくれるんだね」と冗談を言われると余計に寂しくなるのだった。

「若い二人やから、すぐに子供ができるわ」

ポドゥルも早く子供が欲しかった。子供ができなければ、二人の距離は縮まらないと思った。孫を心待ちにしている舅の胸に、赤ん坊を抱かせてあげたいとも思ったが、妊娠の兆しはないのだった。

エワ墓地

日曜日が近づくにつれてポドゥルは、お墓参りよりテワンと二人で外出するということにうきうきしてきた。結婚してからの外出は、ジュリーたちとカフクビーチに行ったことがあるだけだった。夏休みに入ったジュリーが家に戻ると、ジュリーの家族はピクニックを計画した。ところが当日、農場で問題が起きジェソンが行けなくなってしまったので、子守りを兼ねて一緒に行くことになったのだ。ポドゥルはビーチで遊ぶ人々の中でも、仲がよさそうな若い夫婦にばかり目が行った。

テワンは時々ホノルルに出かけるが、ポドゥルは洗濯場と商店に行く以外は外出しなかった。ジュリーの母さんが、何度も教会に誘ってくれたが、舅や夫が通わないのに、一人では行きづらかった。子供たちが幸せに暮らせますようにと、母が仏様に手を合わせているのを知っているからでもあった。ソ老人が、教会に行かなくなった理由を話してくれた。

「あの頃も今と同じで信者が多かったから、なんでも教会を中心に回っておった。うちの家族もはじめは熱心に通っておった。子供たちも教会のハングル学校で文字を習ったんだからな。じゃがな、おまえの義弟と義母さんが死んでからは、こんなことが神の意思なのかと恨めしくなるばっかりで、行きたいと思わんようになった。はじめから信仰心があったわけでもないからか、もう行こうとは思わん。テワンも同じだろう」

たとえ墓参りであっても、夫と二人きりで一日を過ごすことになったポドゥルは、遠足に行くように浮かれていた。日本人商店と車で来る中国人の行商から、買い物は前もって済ませておいた。日曜日は一番鶏の鳴く頃に起き出し、墓参りのための料理を作った。気温が高いので、作り置きはできないのだ。ポドゥルは母と祭祀《チェサ》のお供えを作ったことを思い出しながら、薄く溶いた小麦粉の上に青ねぎと白菜の若い葉を載せて焼いた。そして薄切りの魚に小麦粉をはたいて溶き卵にくぐらせて焼き、醬油で煮た牛肉を串に刺した。油を使ったり醬油で煮たりした料理は、少しは持ちがよい。

ポドゥルは舅の分を取り分け、あとはジュリーの母さんに借りたピクニック用のバスケットに詰めた。墓の前に供えるための風呂敷と皿、箸、そして中国酒一本とゆで卵も入れた。最後にテワンが農場に行くときの弁当箱にご飯を詰め、水筒に水を入れた。バスケットがいっぱいになると、墓参りを終えてから木陰に座り二人でお昼を食べることを想像してわくわくした。

朝食の後片づけを終えて、ポドゥルは桃色のチマチョゴリを出した。暑いに違いないが、姑と義弟に初めて挨拶するのに、木綿の服で行くわけにはいかなかった。ソ老人は杖をついて家の外まで見送りに出た。彼がそこまででも歩けるようになったのは、毎日ポドゥルが支えながら、歩く練習をさせたおかげだった。

「お義父さん、行ってきます。早くようなって、次は必ず一緒に行きましょうね。お昼は用意してありますからね」

ソ老人の手を握って話していたポドゥルは、テワンの視線を感じて振り向いた。目が合ったテワンは、慌てて目を逸らした。舅と一緒にいるとき、テワンの視線を感じることがたびたびあった。ちゃんと嫁の役目を果たしているか見張っているようだ。

ポドゥル夫婦は、ジェソン一家や教会に行く人々でいっぱいの馬車に乗った。早朝から強烈な日差しが降り注いだ。

「暑いのに大丈夫か？　旦那さんに、日傘買うてって言いや」

ジュリーの母さんが自分の日傘をポドゥルのほうに傾けながら、向かいに座るテワンに聞こえる大きな声で言った。

ポドゥルは焦って言い返した。

「あたしが日傘持って、どこに使うんですか」

馬車は結婚して初めて通った道をさかのぼって走った。この道で別れたきり一度も会っていないソンファのことが、ふいに思い出された。ジュリーの母さんに頼めば、様子を聞いてもらえるだろう。だがソンファに何かあったとしても助ける余裕のないポドゥルは、知ろうとしなかった。ソンファのことを思うたび、どこか後ろめたい気持ちで、ソクポ老人が心を入れ替えていることだけを祈っていた。

ポドゥルは教会のほうへ曲がる角のところで、テワンについて降りた。駅までは二、三十分歩かねばならない。馬車が遠ざかると、テワンがポドゥルの手からバスケットを持っていった。

「何をこんなにたくさん……」

持ってみて、バスケットの重さを知ったテワンがひとりごちた。ポドゥルは手ぶらになっても、ついて歩くのがやっとだった。絹のチマチョゴリが足に絡みつき、足袋《ポソン》を履いた足は火を吹きそうだった。駅に着くとテワンは、バスケットをポドゥルの隣に下ろし切符を買いに行った。ポドゥルはバスケットの横に立ったまま、四か月ぶりに来たカフク駅を感慨深げに眺めた。四か月はとても長くもあり、また短くもあり、この間に自分が別の人間になってしまったような気がしたり、あの頃のままのような気がしたりした。

駅は汽車から降りる人や、汽車に乗る人、迎えや見送りに来た人々で騒々しく、ごった返していた。ほとんどサトウキビ農場の労働者とその家族だということは、一目見てわかった。少数の白人は農場の管理者とその家族か、風光明媚《ふうこうめいび》なビーチに遊びに来た旅行客で、一等車の乗客たちだった。一等車の料金は、労働者が三日間働いて稼ぐ金額と同じだった。ポドゥルが十日間、肩が抜け、腰が砕けるほど洗濯をして、やっともらえる金額でもあった。

どんだけお金が余っとったら、高いお金出してあそこに乗ろうと思うんやろう。

一等車のほうを見ながら突っ立っていたポドゥルは、背後から怒鳴られ驚いて振り返った。鞄を山のように載せた手押し車が通る。ポドゥルは急いでバスケットを持つと、脇へ避けた。先住民が手押し車を押し、その横で主人と思しきハオレの男が何か指示を出しながら歩いていた。その後ろから女の子の手を引いた夫人と、赤ん坊を抱いた乳母が続いた。行く手で人の流れが滞り、彼らはポドゥルの隣で立ち止まった。夫人が赤ん坊を覗き込みながら乳母と何か話していた。

ポドゥルの目は、真横に立つ女の子に釘づけになった。ハオレの子供を、こんなに間近に見るのは初めてだった。くるくる巻いた金色の髪の子供が、緑色の瞳でポドゥルをじっと見ている。生きた人間だという感じがしなかった。ポドゥルと目が合うと、女の子は「べー」と舌を出した。ふざける姿を見てやっと、人間らしさや子供らしさを感じた。ポドゥルもいたずらっぽく、舌を出してみせた。すると女の子は、今度は手で両目を吊り上げながら舌を出した。それが可愛らしくてポドゥルはバスケットからゆで卵を出して、女の子に差し出した。女の子は受け取らずに黙って見ているので、ポドゥルは女の子の手に卵を握らせてあげた。女の子は母親のスカートを引っ張って卵を見せると、ポドゥルのほうを指さした。ポドゥルをちらっと見た夫人は顔をしかめ、卵を取り上げると地面に投げ捨てた。ポドゥルはびっくりした。

「な、なにするの。もったいない」

ポドゥルはあたふたと地面に落ちた卵を拾おうとしたが、その前に見慣れた靴が卵をぎゅっと踏み潰してしまった。

テワンは、ひどく腹を立てていた。

「なんて、もったいないことを……」

バスケットを持ったテワンは、泣き出しそうな顔のポドゥルを残して、汽車のほうへ大股で歩いていった。ポドゥルはあれこれ考える間もないまま、テワンを追いかけた。人も荷物も一緒に乗る三等車でも、一ドルを超える。始発駅なので空席があった。テワンはポドゥルが窓際の席に着くと、隣に座った。テワンがバスケットを足元に置こうとするのを、ポドゥルは取り上げるようにして膝の上に置いた。料理がこぼれそうで心配だった。

「さっき、あのハオレの夫人は、なんで卵を捨てたんやろう。あの人たち、卵は食べへんのかしら?」

ポドゥルはテワンが卵を踏みつけたことを問い質したかったが、代わりにそう言った。テワンはポドゥルをしばらく見つめてから言った。

「おまえさんがあげたから、捨てられたんだ」

「はい? それはどういう意味? あたしが毒でも盛ったと思うたんやろうか」

テワンが、冷ややかな笑みを浮かべながら遮った。

「あの人らは、俺らをおんなじ人間だと思っちゃいねえ。だから、余計なことはするな」

ポドゥルの脳裏にテワンの傷が浮かんだ。ハオレのルナが振り下ろした鞭に打たれた傷痕だった。

「アイゴ、呆れた。どれだけ偉いか知らんけど、あたしかて朝鮮では両班《ヤンバン》やったわ。訓長の父さんについて歩いて、お嬢さま言われながら暮らしたわ」

テワンがぎゅっと口を結んだ。ポドゥルは、「しまった!」と思った。舅はともかく姑は最下層の身分だったという。朝鮮なら、テワンはポドゥルと結婚などできない身分だ。

汽車が動き出した。開いた窓から海風が吹いて、汗を拭ってくれる。初めてここを通ったときには寝てしまって見逃した景色を窓外に眺めた。果てしなく広がる海の上に船が浮かび、朝鮮の松に似たアイアンウッドが並ぶ浜辺に朝から泳ぐ人々が見えた。ぼんやりと霞んだ水平線を見ながら、ジュリーの言ったことを思い出した。そのときまでポドゥルは、カフクビーチの海を自分が渡ってきた海だと思い込んでいた。

「ここをずっと行ったら、朝鮮に着くんやね。魚にでもなって泳いでいけたらええのに」

溜め息をつきながら言った。

「何言うてるの。海は全部一緒や思うてるんやな？　その海やったら西に行かな。この海はアメリカ本土に行く海や」

たとえ見えなくとも水平線の向こうに朝鮮があると思っていたポドゥルは、ジュリーの母さんにそう言われて胸にぽっかり穴が空いたみたいだった。ところがジュリーが母親に反論した。

「ママ、違うわ。地球は丸いから、このまままっすぐ行っても朝鮮にたどり着ける。それからポドゥルお姉さん、朝鮮まで泳ぐなら魚より鯨《くじら》みたいに大きい動物にならなくちゃ。鯨は魚じゃなくて、赤ちゃんにおっぱいを飲ませる哺乳《ほにゅう》類なの知ってますよね？」

長期休暇を終えると初等学校二年生に上がるジュリーが、はきはきと言った。ジュリーの母さんは口答えされても、しっかり者の娘の姿に満足げだった。

「ジュリーの母さんは、学費払うのがちっとも惜しくないですね」

ポドゥルは学校に通い、朝鮮語より英語が上手な幼いジュリーが心底羨ましかった。自分も娘を産んだら、ジュリーのような賢くてしっかりした子に育てたいと思った。それなのに相変わらず、赤ちゃんは来てくれそうにない。このまま子供ができなければ、ポドゥルはテワンの傍にいる気力が萎えてしまいそうだった。気持ちが沈みそうなところへ、テワンの身体がポドゥルに寄りかかってきた。テワンが楽にもたれられるよう、じっとしていた。しかしテワンはすぐに身体を起こし、腕を組んだ。似た景色が続き、しばらくしてポドゥルもうとうとし始めた。料理をするために、いつもより早起きしたせいだった。それも寝坊するのが心配で、寝ているのか起きているのかわからない浅い眠りだったので、海風に吹かれると睡魔に襲われた。

今回もまたテワンに起こされて目が覚めた。エワ駅だった。製糖工場の高い煙突はカフク駅と変わらないが、ポドゥルには特別に感じられた。テワンがハワイで初めて暮らした場所であり、姑と義弟の墓があるのだ。結婚式を挙げてカフクに向かうときにも通ったが、あのときはそんな事情を知らなかった。駅舎を出るとカフク駅の周辺より栄えているように見えた。何かを考えている様子だったテワンが言った。

「ちょっとここで待ってろ」

ポドゥルが返事をする前に、テワンは人ごみに消えてしまった。ポドゥルはショックを受けた。ここはダリが暮らした場所でもある。もしかしたら、今もここに住んでいるのだろうか。ダリに会いに行ったのだろうか？　これまでも月に一度くらい、テワンはホノルルに出かけていた。ホノルルではなく、エワで降りてダリに会っていたのかもしれない。想像しただけで、暗い穴に落ちていくようだった。その先は奈落の底だった。地べたにしゃがみ込んだポドゥルの腹の底から嫉妬と怒りが込み上げてきた。

「そういうことやったら、我慢せんわ。もう許さへん」

歯を食いしばっていると、地面に影が差した。顔を上げると、走ってきたのか息を弾ませたテワンが日傘を差し出した。ポドゥルはおずおずと立ち上がった。花柄で縁にレースのついた、空色の日傘だった。ジュリーの母さんに日傘の話をされても、まさかテワンが買ってくれるとは思ってもみなかったポドゥルは、立ち上がった勢いのまま受け取った。日傘を買いに走ってくれた人に、とんちんかんな濡れ衣を着せていたことに赤面した。駅から共同墓地まで歩いて三十分の道のりだ。繁華街の反対側にある道には、目を開くのが辛いほどの強い日差しが降り注いでいる。日差しを遮る木や建物もなかった。ポドゥルは意気揚々と日傘を開いた。すると木陰に入ったように涼しかった。テワンはポドゥルが一緒に入ろうと寄せた日傘を断って、前を歩き始めた。ポドゥルはまるで身体に日傘の羽が生えたような軽い足取りで、ふわふわと歩いた。

共同墓地の入り口でテワンが立ち止まった。晴れやかな笑顔だったポドゥルも、テワンにつられて顔をひきしめた。姑と義弟に初めて挨拶をしに来たのに、日傘に気を取られていた。ポドゥルは、そっと日傘を畳んだ。共同墓地に土を盛った墓はなく、平らな地面のあちこちに墓碑が建てられていた。舅の言った通り草刈りをする必要はなさそうだ。ところどころに立つ木が、日陰を作っている。テワンはわき目もふらずに進み、墓地の中央あたりの墓の前で立ち止まった。並んで立ったポドゥルは、墓碑に英語と共にハングルで彫られた名前を見た。

ソ・オンニョン（一八六一～一九一二）

姑と実際に対面したように墓碑の前に立ちすくんでいたポドゥルは、テワンの咳払いで我に返り風呂敷を敷いてお供えの料理を並べた。テワンが杯に酒を注いだ。ポドゥルは、テワンの次に礼をするつもりで立っていた。ところがテワンは、立ったままポドゥルのほうを見ている。

「あ、あたしも一緒にするんですか？」

ポドゥルはテワンと並んで手をついて礼をした。

お義母さん、あたしがお義母さんの嫁です。今まで来られへんかったんが、恥ずかしいです。テワンさんは、あたしのこと気に入らんみたいですけど、あたし、もっと頑張ります。娘も息子も産んでちゃんと暮らしていけるよう、見守ってください。

ポドゥルは実家の母が仏様に手を合わせる姿を思い出して、心を込めて姑にお願いした。姑の墓前に挨拶を終えると、本物のソ家の一員になったようだった。姑の墓に供えた酒を飲み干したテワンは、もう一杯注いで飲んだ。そして、ポドゥルが差し出した魚のジョン（薄切りの肉や魚に粉をふり、溶き卵をくぐらせて焼く料理）を口に入れた。味の感想を聞きたかったが、テワンは何も言わなかった。ポドゥルはきまり悪さをごまかすように訊いた。

「テソクさんのお墓はどこですか？」

テソクの墓は、姑の墓から少し離れていた。

ソ・テソク（一八九四～一九一〇）

義弟は姑より二年早く亡くなった。テソクもポドゥルの兄と同じく、人生を全うすることなく逝《い》った。ポドゥルは兄の墓参りをする気持ちで礼をした。ここでも酒を二杯ほど飲んだテワンは、ポドゥルがお供えを片づけるのも待たずに酒の残った瓶を持って墓前を離れた。昼ご飯が食べられそうな木陰を探しているのだろう。ポドゥルは念仏よりお供え物が気になる僧のように、大慌てでテソクの墓に向かって言った。

「テソクさん、一度も会えなくて寂しいです。早くに亡くなって、本当にお気の毒です。この世の心残りは綺麗に忘れて、安らかに過ごしてください。また来ますから」

急いでバスケットを抱え、テワンのほうに向かっていたポドゥルは急に立ち止まった。テワンは木陰を探していたのではなく、隅のほうの墓碑の前に座っていた。他の表情は持ち合わせていないかのようないつもの硬い表情とは違い、ぼうっとした顔つきだった。ポドゥルは理由のわからぬ震えを感じながら、近づいていった。テワンはポドゥルが来たことにも気づかぬまま、ぼんやりと墓碑を見つめている。墓碑の名前を見たポドゥルは、しばらく凍りついたように立ち尽くし、やがてテワンの横で頽《くずお》れ、座り込んだ。

チェ・ダルヒ（一八九〇〜一九一一）

ダルヒと書いてダリと読み、月《ダリ》という名ではなかった。そしてすでに死んでしまった人だった。ポドゥルを見たテワンは何も言わずに酒を呷《あお》った。ダリが生きていると思っていたときよりも暗澹《あんたん》たる気持ちだった。死んでなお男の胸に眠る女は、男が死ぬまで忘れられることはないだろう。テワンは永遠にダリを忘れることができないだろう。昇っては沈む月を恨めしく見つめた日々を上回る絶望感だった。ポドゥルの目から涙が流れた。

「どうしたんだ？」

ポドゥルの涙を見たテワンが驚いて訊いた。その拍子に、堰《せき》を切ったように涙が溢れた。

「あたし、この人が誰か知ってる。全部知ってます」

ポドゥルは泣きじゃくりながら、墓碑を指さした。テワンの瞳が揺らいだ。

「もう帰ろう」

テワンは空になった酒瓶を草むらに投げ捨て、さっと立ち上がった。ポドゥルはテワンに従う代わりに、これまで抑えてきた本心を吐き出した。

「この人のこと忘れられへんから、あたしと結婚したくなかったん、知ってます。結婚してからも、あたしに無愛想なんは、この女のせいや。それでも時間が経ったら、なんとかなる思って、信じて待つつもりやったのに。でもそれは、あたしの勘違いやった。あなたの心にはこの人しかおらんのでしょう？　どうしたらいいの？　あたしは、どないしたらいいんですか？」

明らかに動揺したテワンは、うろたえながら座りなおした。

「仲介人が最初にあなたのことを地主やと言いました。ここに来たら勉強できるとも言いました。だけど、それだけ考えて来たんと違います。そっちのことが嫌やったら来ませんでした。学校辞めてからは村から一歩も出んと生きてきたあたしが、母さんも弟も捨てて、海をいくつも越えてここまで来たんです。勉強できひんでも、贅沢できひんでも、あなたが地主じゃなくても大丈夫です。せっかく夫婦になったんやから、お互い大事にして力を合わせて暮らしたかった。それなのに、あなたはこんなして死んだ女を胸に置いといて、あたしには爪の先ほどの気持ちも持ってないのに、あたしはどないしたらいいんですか？　教えてください。あたしのこと、いっぺんでも妻やと思ったことがありますか？」

　言葉を吐き出すほどに感情が溢れて、ポドゥルは両足を投げ出し声を上げて泣いた。周りの草を手あたり次第引きちぎって投げながら、幼い子供のように泣いた。テワンの顔はどんどん赤くなり、俯いたまま黙っていた。ポドゥルはしゃっくりが出るまで泣き続け、言いたいことを言ってしまうとすっきりして、今以上に嫌われたとしても仕方ないと腹がすわってきた。チマの裾を摑んで鼻をかむと、テワンを問い詰めた。

「他の人が好きなんやったら、移民局で結婚しない言うて帰らせたらよかったのに、なんで式を挙げて家に連れて帰ったんですか？　ご飯作らせて、夜だけ相手させたらええと思ってたんですか？」

　ポドゥルは声を荒らげた。別れようと言われたら、さっさと潔く別れてしまおうと思った。テワンの表情は硬かった。しばらくして、煙草を取り出しマッチを擦りながら決心したように口を開いた。テワンが何かを言いかけた瞬間、怖くなったポドゥルは言った。

「ご飯食べてから聞きます。暑くて料理が腐りそうやから」

　さっと立ち上がったポドゥルは、バスケットを持って木陰に移動した。風呂敷を広げ、食べ物を並べるのを眺めていたテワンが、呆れたようにくすっと笑い立ち上がった。弁当箱を出して、蓋を開けたポドゥルは泣きそうになった。蟻が真っ黒にたかっている。

「どないしよう、どないしたらいいの？」

近づいてきたテワンがどかっと腰を下ろし、弁当箱を奪い取ると水筒の水をかけた。水が溢れると、浮き上がった蟻も一緒に流れ落ちた。テワンは、ご飯を蓋に取り分け、ポドゥルに差し出した。そして弁当箱に残った蟻を息で吹き飛ばすと、ご飯を口に入れてもぐもぐ食べ始めた。いつものことだというような、慣れた様子だった。暑く静まり返った墓地に座り込んで蟻のたかったご飯を食べるテワンを見ていると、何かが込み上げてきて目頭が熱くなった。胸の内を吐き出した少し前とは、また別の感情だった。テワンが故郷を離れて生きてきた時間のすべてを、瞬時に見た気がした。ここで暮らし始めたからこそ理解できるようになった、テワンの時間だった。

ポドゥルは慌ててご飯と涙を一緒に飲み込んだ。二人は無言で、せっせとご飯を食べた。ポドゥルは心に決めていた。テワンの話を聞く前に自分の話をしよう。バスケットを片づけてから話し始めた。

「あたしの話から聞いてください」

テワンは膝を抱えて煙草に火をつけた。

「あたしは、先に生まれた姉さんが二人も死んだから、五人きょうだいの中でたった一人の娘です。父さんは村の訓長やったんですけど、あたしを学童たちの後ろに座らせて千字文を教えてくれました。普通学校にも通わせて新しい勉強もさせてくれた。金持ちではないけど、なに不自由なく暮らしてたんです」

ポドゥルは忘れていたその頃が蘇り、懐かしさに胸が締めつけられた。テワンは黙って話を聞いていた。

「それやのに、九歳のときに父さんが義兵になって、若くして亡くなりました。二年後には兄さんも、日本の巡査の馬に蹴られて死んでしもて。飢え死にせんかったんは奇跡みたいなもんです。母さんは、残った子供を食べさせることだけが生きる目的やったんです。あたしもジュリーくらいの頃に学校辞めて、毎日ご飯作って弟たちの面倒見て。ちょっと大きなってからは、母さんと一緒に指がぼろぼろになるまで針仕事もしました。母さんがあたしらを置いて逃げるんちゃうか、裏山の龍沼にはまって死んでしまうんちゃうかって毎晩震えてました。だから、母さんに死ね言われたら死ぬくらいの孝行娘として生きてきたんです。もしかしたら母さんから逃げ出したくて、あの家飛び出して幸せになりたくてここを選んだんかもしれません。あなたじゃなくて、ポワを」

テワンは何も言わなかった。しばらく二人の間に、沈黙と風に揺れる木の葉の影だけがたたずんでいた。

「あなたは、なぜあたしと結婚したんですか？」

ポドゥルはテワンをまっすぐに見つめた。

「そんなに嫌なら、三日前ちゃうと当日わかったとしても、したらあかんかった。それでも、したんやったら男らしく責任取ってください。ご飯食べさせるだけが、夫の仕事と違います」

テワンは深い溜め息をつきながら、下を向いていた。しばらく黙っていたテワンが口を開いた。

「向こうの、あの海で死んだんだ。あの娘《こ》は」

いくつもの障碍《しょうがい》物を取り除いて絞り出したようなテワンの声は、かすれていた。ポドゥルは息が止まりそうになりながら、テワンの視線の先を目で追った。サトウキビ農場しか見えないが、その向こう、雲が湧き上がっているところに海があるに違いない。

「あんなに元気だった人が、俺のせいで命を絶った」

自分から死んだ? ポドゥルは膝を立て、両腕で抱きかかえた。テワンは自分を奮い立たせるように、はっきりした声で話を続けた。

「ポワに来る船で初めて会った。あの娘が十六で俺は十四だったよ。同じ農場に割り当てられて、近所に住んだ。だけどな、おふくろは最初からダリが気に入らなかった。ダリの母さんが妓生《キーセン》だったのが嫌だったんだろう。俺たちも似たようなものなのにな」

ポドゥルはついさっき「あたしも両班だった」と息まいたことを思い出し、顔が熱くなった。

「俺の背中の傷はどうしたのかと聞いただろう?」

ルナの鞭に打たれてできた傷だと知っていたが、黙って聞き続けた。

「ダリに悪さしようとしたルナに食ってかかって、こうなったんだ。それからおふくろは、ダリが息子の人生を台なしにすると言って、もっと嫌うようになってな。自分の目の黒いうちは絶対に許さんから、諦めろと言われたよ。俺はおふくろを説得する代わりに寄宿学校に逃げて、農場に残ったダリが一人で苦しんだ。そんなときに農場で事故が起こったんだが、テソクがダリを助けて大怪我をしてしまった」

一日にせいぜい一言二言しか話さない夫の口から出てくる話は、夫とは別の「テワン」という小説の主人公の話のように感じられた。

「その事故がもとでテソクが死んでからは、ますますダリを憎むようになってな。あの娘のせいで末っ子が死んだと思ってたから。そのときも俺はどっちの手も取らなかったし、どっちかの手を離すこともできなかったんだ。おふくろとあの娘の間でおろおろして逃げ出しちまった。結局ダリが、自分が死ぬという決断をしたんだ。次の年におふくろも死んだ。三年の間に三人を逝かせてしまった。そんな俺が自分を許せると思うか？」

テワンの口から、彼自身の話を聞くのは初めてだった。愛する人を失くした傷がどういうものか、ポドゥルにもよくわかっていた。それがすべて自分のせいだと思っているのなら、耐えがたいことだろう。テワンが閉ざしていたのはポドゥルのほうを向いた扉ではなく、自分自身の過去の扉だったのかもしれない。痛々しくて、可哀想だった。

ポドゥルが渇望していたのは、こんな関係だった。よいこと、悪いこと、そして悲しいことも包み隠さず話し、お互いの傷をいたわり合うような。ポドゥルはぱっと立ち上がった。

「あたし、行きます」

テワンが驚いたように、ポドゥルを見上げた。

「心は他の女に全部やってしまった男やけど、あなたとこのまま行ってみます。そしたら、あなたの心が戻るときが来るかもしらんし。そやからあなたも、努力します言うて、お義母さんの前で約束してください」

テワンの顔にうっすらと笑みが広がった。

「さあ、早よう立って。あたしの手も摑まんつもりですか？」

ポドゥルはテワンに向かって手を差し出した。

たより

十一月になると、雨季が始まった。一年中温暖なハワイは、四季ではなく乾季と雨季に分かれている。雨季といっても朝鮮の梅雨《つゆ》のように長雨が続くわけではない。スコールというにわか雨が激しく降ったあと、ふたたび輝く日差しが世界を照らす。そして空に昇る橋のような虹が立つのだった。ポドゥルはその光景を見るたびに胸が高鳴った。

特別大きく鮮明な虹が立った日に、ホンジュからの手紙が届いた。ポドゥルはまるでホンジュが訪ねてきたように嬉しくて、胸がいっぱいになった。これまで何度もホンジュに手紙を書こうとしては投げ出していた。実家に送る手紙には母や弟に心配かけないようによいことばかり書いておけば済むが、親友にそれはできなかった。世界中の誰か一人に秘密を持ってはいけないと言われたら、それは間違いなくホンジュだ。ただ、テワンについて何を言っても、泣いて夫を嫌がっていたホンジュには自慢にしか聞こえないだろうと思うと、ずるずる後回しになり、先に手紙を受け取ることになってしまった。

部屋に駆け込んだポドゥルは、急いで封を切った。便箋《びんせん》三枚を埋めつくす不揃いの文字はホンジュの話し声のようだ。

「ポドゥル、読んで」から始まる手紙は、耳からも入ってきた。

「あたしは、マウイ島のカフルイ農場の食堂で働いてる。畑に出て働く女たちよりましだって言われるけど、あたしがこんなところで暮らしてること自体が苦行やいうこと、あんたにはわかるやろ？　朝鮮に行くことがあったら、仲介人のことしばいたる。なんぼ寡婦やいうても、こんなとこ紹介するなんて。そうや、チョ・ドクサムの手紙を代筆したやつにも文句言うた。同じキャンプの人やけど、字を知らん人らの代わりに手紙を書いて小遣い稼ぎしてるんや。チョ・ドクサムはびっくりするほどケチや。オレンジ一つ買うてほしい言うても、大騒ぎや。あんなにお金が大事やのに、あたしを呼び寄せるための大金はどないして出したんやろう。そやけど誠実で善人やで。キャンプには博打打って奥さん叩くような男もおるらしいし。まあ、そんな奴やったら待ってました言うて、別れてるやろうけど……」

ポドゥルは、ホンジュが目の前で話しているように感じながら読み進め、笑ったり涙ぐんだりした。ホンジュの嘆きは二枚半続き、そのあとでやっとポドゥルとソンファの安否を尋ねた。ホンジュは二人が同じキャンプにいると思っている。

「ポドゥル、ソンファ。会いたくて死にそうや。あんたらは毎日会うて、二人で助け合えて、ほんまに羨ましい。そっちで一緒に旦那の悪口でも思いっきり言えたらすっきりするやろうけど、ここにはそんなこと言える相手がおらんし」

ポドゥルはソンファを訪ねていないことが恥ずかしくなった。ソンファの夫がどんな人間か知りながら、頭の痛いことが起こるかもしれないと思って避けていたのだ。そんな言い訳は通らないことも知っている。近いうちに必ず行こうと決心しながら読み進めていると、ある箇所で目が釘づけになった。

「それから、ポドゥル、あたし子供ができた。四か月や。悪阻《つわり》がひどくて何も食べられへん。あんたの船酔いみたいに食べたら戻してしまう。お腹の子もここがアメリカやって知ってるんかオレンジしか受けつけへんのに、ケチの旦那はそれもしぶるんやで。でも自分の子は心配みたいで仕事は休め言うから、ぶらぶらしながら手紙書いてるんよ。ポドゥル、どないしよう。子供ができてしもて、もう逃げられへんようになった。こんな田舎でチョ・ドクサムみたいな田舎者の嫁さんとして年取っていく思うたら、鼻も胸も詰まって溜め息ばっかりや。旦那を脅すか、暴れるかしてでも、いっぺん会いに行くから、それまで元気で」

ポドゥルは手紙を膝に落としたまま、しばらくぼうっと座っていた。妊娠したホンジュがどんなに不平を言っても、ポドゥルには自慢のようにしか聞こえなかった。

姑の墓参りに行ったあと、ポドゥルとテワンの仲は初めて会ったときよりもよそよそしくなった。そこから先に変わったのはポドゥルだった。テワンの顔色を窺いながら遠慮し続けていたポドゥルが、自分から話しかけたりふざけてみたりと心を開いていった。テワンもやがて二人のときには口数も多くなり、笑うようにもなった。二人はやっと新婚らしく、照れくさいじゃれ合いのあとで愛を分かち合い、語り合いながら眠りに落ちた。子供ができればこれ以上望むものはないのだが、その気配はやってこない。ポドゥルは月のものが不規則な自分のせいだと考えて気に病んでいた。

幼い頃、虹に願いをかければ叶うと母に聞いた。ポドゥルはきちんと願いをかけられたことがなかった。虹が架かることがめったにないうえに、予告もなしに現れるからだ。それに幼いポドゥルは願い事が多すぎて、選んでいる間に虹は消えてしまった。父と兄が亡くなったあとからは、いつ虹が出てもいいように願い事を決めていた。父さんと兄さんが生き返って戻ってくるよう一生懸命に願ったが、奇跡は起こらなかった。そして成長と共に、すぐに消えてしまう儚《はかな》い虹に願いをかけることをやめてしまった。

ホンジュの手紙を受け取ってから、ポドゥルはまた虹に願いをかけるようになった。新しい命が虹の橋を渡って自分のもとへ来てくれることを、ひたすら願っていた。そして子供のことと同じくらい、ソンファのことが頭から離れなかった。ポドゥルはホンジュ宛てに、妊娠のお祝いと必ずソンファに会いに行くということを書き送った。そしてすぐにジュリーの母さんに、ソクポ老人の様子を聞いてみてほしいと頼んだ。

日曜日にはテワンも家で昼食をとる。ポドゥルは、肉の少しついた牛骨を買い、長い時間ことこと煮たところへ、サクサクと刻んだねぎを入れて食卓に出した。美味しいものを見ると、今でもまだ母と弟のことを思い出す。ポドゥルは洗濯場で稼いだお金をこつこつ貯めていた。少ないお金だと送る費用だけかさんでどこに使ったかわからないままなくなりそうで、百ドル貯まるまで待っているところだ。

スープをどんぶり一杯平らげたテワンは、新聞を読んだあと、昼寝をしていた。ポドゥルはパパイアの木陰にいる舅の隣で縫い物をしながら、教会へ行ったジュリーの母さんの帰りを待っていた。

ジュリーの家の前に馬車が止まるより早く、ポドゥルはぱっと立ち上がり駆け出した。ジュリーの母さんだけがトニーを抱いて降り、ナンシーとアリスは父親について事務室の隣にある廄舎《きゆうしや》に行った。子供たちは馬に餌をやるのが好きだった。

ポドゥルはジュリーの母さんがよそ行きのチマチョゴリから着替える間、ぐずるトニーを抱いてあやしていた。今まではどうしていたのか不思議なくらい、この短い時間にも気が急いた。着替え終わったジュリーの母さんがトニーを抱き取り、おっぱいを含ませた。

「ソンファのこと、聞いてくれました？」

ポドゥルが訊いた。

「ソクポじいさんの嫁さんはキャンプの人らとつき合わんらしくて、知ってる人探すのに難儀したわ。運よく隣の隣に住んでる人に会えて、話を聞けたんや。ソクポじいさんとこの暮らしはひどいらしい。だけどソクポじいさんより、あんたの友達を悪く言う人のほうが多い言うてたわ」

「え？　なんでソンファが悪く言われるんです？」

ポドゥルが驚いて訊き返した。

「嫁さんが家のことをまったくやらんらしい。部屋に取り憑《つ》かれたみたいに一歩も出えへんから、ソクポじいさんが嫁の面倒も見ながら仕事してる言うて。最近は楽しみがなくて、また博打打って酒飲んでるいう話やったわ」

ポドゥルは、釜山《プサン》アジメの家で台所を取り仕切っていたソンファを思い浮かべた。人の多いところでは魂が抜けたようになっていたが、カフクに来る途中に生気が戻ったことも思い出した。山奥のスリジェ峠からそのままここへ来たのならともかく、釜山や神戸を通ってくる間に、人々がどう暮らしているのかある程度理解したはずの子が部屋から出ないなんて、何があったのだろう。ソンファに会うまでは、安心して眠れそうにない。もっと早く会いに行かなかった自分が恨めしかった。家に戻ってソ老人に簡単に説明し、出かけたいと言った。

「テワンを起こして、一緒に行くといい」

ソ老人が言った。

「いいえ。せっかくぐっすり眠っているので、わたし一人でさっと行ってきます。晩ご飯の用意は戻ってしますから」

服を着替えに部屋へ戻ると、眠っていると思ったテワンが訊いてきた。

「どこ行くんだ?」

外で話すのが聞こえたようだった。

「起こしてしまいましたか? あなたもソクポじいさんと結婚したソンファァ、知ってますよね? あの子に何か問題が起こったらしいんです。ちょっと行ってこなあきません」

「この炎天下に道もわからんくせに、どうやって一人で行くつもりだ? 一緒に行こう」

テワンが壁にかけてあったシャツを取って着ながら言った。

「用意できたら出てこい。厩舎に行って馬を引いてくるから」

テワンは、ポドゥルが止める間もなく外へ出た。遠慮している場合ではないので、とにかく服だけ着替えると外へ出た。家の前で待っているのももどかしく、厩舎に向かった。馬車で行くと思っていたのに、テワンは一頭の馬に鞍《くら》をつけていた。

「馬車で行くん違いますの？」

馬に乗ったことがないポドゥルは戸惑った。

「二人のときは、このほうが早い。俺が一緒に乗るんだから心配するな」

テワンは、ポドゥルが鐙《あぶみ》に足をかけ、馬の背に乗れるよう手を貸した。馬の上は想像以上に高くて、ポドゥルは怖気《おじけ》づいてしまった。後ろに乗ったテワンが手綱を握ると、テワンの胸にすっぽり収まる形になった。馬が動き始めるとあまりにも怖くて悲鳴を上げそうになったが、夫に包み込まれているおかげで徐々に楽になっていった。香《こう》の木の下で将棋を指していた人たちが、一緒に馬に乗った二人を見て口笛を吹いた。

夫婦を乗せた馬は、サトウキビ畑の間を走り抜けた。風にはためく服の音が、上機嫌な歌声みたいだった。ポドゥルは束の間、ソンファの家ではなくどこかへ遊びに行くような気分に浸った。

＊

ソンファの家を囲む柵はあちこち壊れ、小さな庭には雑草が生い茂っていた。朝顔の蔓《つる》が扉に向かう階段にまで巻きつき、まるで空き家のようだ。

「誰かいますか？　ソンファ、ソンファおらんの？」

馬から降りたポドゥルは不安な気持ちで扉を叩いた。しばらくして、窓から顔が覗いた。小さくなってしまった顔は、幽霊のようにやつれている。

「ソンファ」

ポドゥルは慌てて扉を開け放った。台所と居室の間に壁のない、一間の家だった。台所に一歩踏み込むと、床に置いた膳から蠅《はえ》の群れが飛び広がった。ポドゥルは吐き気を堪えながら、奥へ進んだ。台所より一段高い部屋にハラの木の葉で編んだ茣蓙が敷いてあり、そこにソンファがぼうっと立ちすくんでいる。ポドゥルを見ても無表情のままだ。

「アイゴ、なんてこと。ソンファ！」

部屋に上がりソンファを力いっぱい抱きしめた。串のように痩せたソンファがふらついた。

「なんでこんなに、がりがりやの？」

引き離してソンファの顔を確認したポドゥルは、飛び上がりそうになった。顔に痣《あざ》がある。突っ立ったままのソンファのチョゴリの袖をまくったり、チマをめくったりしながら確かめてみた。肌のところどころに青や紫の染みがある。

「なんで、こんなんなったん？ パク・ソクポがしたん？ あんた、ずっとこんな暮らしやったの？ ごめん。ごめんな。あんたがこんな目に遭《お》うてるのも知らんと。どないしたらええの？」

ポドゥルはソンファを抱きしめて号泣した。今までソンファがひとりぼっちでこんな苦しみにさらされていたのかと思うと、胸が張り裂けそうだった。唇をひくひくさせていたソンファも声を出して泣き始めた。近づいてきたテワンを見たソンファの顔には恐怖の色が浮かび、震えながらポドゥルにしがみついた。夫に殴《なぐ》られ続けたせいで、男が怖いのだろう。

「なんで？　あんた、テワンさん知ってるやろ？　結婚式の日に見たやろ？　あたしの旦那やで」

ポドゥルはソンファを抱いて落ち着かせた。しばらく二人を見つめていたテワンがソンファに尋ねた。

「ソクポじいさんは、どこに行った？」

ソンファが真っ青になり首を横に振った。ポドゥルは目の前が真っ暗になり、怒りが込み上げてきた。

「早く行って、捕まえてきて！　パク・ソクポ、あたしがこてんぱんにしてやるから。自分の嫁さんをこんな目に遭わせて、これが人間のやることですか？」

ポドゥルは叫んでいた。

テワンが外に出ると、ポドゥルにしがみついていたソンファの手から力が抜けた。激しいスコールが来て、窓から雨が吹き込んでいた。

ポドゥルは、ソンファを床に座らせ、力を込めて抱きしめた。ソンファの震えを全身で感じていた。幼い頃、ソンファに石を投げつけたことが思い出された。傷だらけになった顔と怯える表情も一緒に思い出した。あのときは、オクファ母娘が通れば、石を投げるのは当たり前だと思っていた。叩いても、悪いことをしたとさえ思わなかった。でもそれは間違いだった。誰にも、彼女たちを痛めつける権利はなかったのだ。ポドゥルはソンファの身体の傷が、自分の投げた石のせいだと感じた。

台所の棚の上に置かれた、ソンファの鞄が目に入った。神戸港でポドゥルにつられて買った鞄だ。

ホンジュに言われるがまま鞄を持って行ったり来たりしてみせて、えへへと笑っていたソンファの顔が浮かんだ。ポドゥルは、がばっと立ち上がって言った。

「荷造りして。あたしの家に行こう」

ソンファの顔に安堵が広がった。開城《ケソン》おばさんが、人手が足りないと言っていたから、食堂で働かせてほしいと頼もう。ドゥスンの母さんは一人暮らしだから、一緒に寝かせてもらえばいい。それがだめなら、他の方法が見つかるまでテワンに舅の部屋へ行ってもらうつもりだった。ポドゥルは棚から鞄を下ろして開けた。中にはソンファが結婚式で着たチマチョゴリが入っていた。花嫁たちの中で一番美しかったソンファの姿を思い出し、また涙が溢れた。ポドゥルが泣いている間に、ソンファはあちこちから自分の服を持ってきては鞄に詰めた。

荷物を持ってソンファの手を引き、表へ出た。いつの間にかスコールは去り、まばゆい日が差している。ポドゥルは、眩しさでふらつくソンファの腰に手を回して、身体を支えた。木の葉から、雫《しずく》がポトリポトリと落ちている。コオラウ山脈の山の端に虹が架かっていた。

＊

ポドゥルが妊娠に気づいたのは、年が明け二か月が過ぎてからだった。月のものが不規則なうえに悪阻が始まるのが早すぎて、妊娠だとは思わなかった。吐き気が続き何か悪い病気かもしれないと思ったポドゥルは、テワンやソ老人に心配かけまいと、こっそり日本人キャンプの診療所に行った。医者が漢字で書いた「妊娠」という文字を見た瞬間、目の前に数十本の虹が現れたようだった。

医者は図を見せながら、胎児は三か月になると教えてくれた。子宮の中にいる胎児の絵を見た途端、テワン、ソ老人、そして母の顔が皆いっぺんに浮かんできた。一刻も早く知らせたい気持ちと、ほんの少しの間でも一人でこの喜びを噛みしめたいという気持ちが同時に湧いてきた。ポドゥルは黄色いゴールドツリーの花がキラキラ咲き乱れる道を、お腹の子供と一緒にゆっくり歩いて家に帰った。夕食の後片づけを終えたあとにやっと、テワンとソ老人に妊娠を知らせた。ソ老人の皺だらけの顔を涙が伝った。

「ありがとう、ありがとう。おまえさんはうちの福の神じゃ」

ソ老人の涙声を聞くと、ポドゥルの目にも涙が溢れた。父親の前では淡々としていたテワンだが、二人の部屋に入った途端にポドゥルを力強く抱きしめた。

「何するの。息が吸われへん」

ポドゥルは、こぼれる笑みを隠すことができなかった。テワンはポドゥルの頭を両手で包み、顔中にキスし続けた。テワンがどんなに喜んでいるかを全身で感じた。ポドゥルもこれ以上ないくらい幸せだった。

「もうおおげさな。子供おる人はいっぱいおるのに」

照れ隠しを言いかけたポドゥルが、テワンを押しのけて嘔吐した。ソンファは食事のたびに工夫を重ね、ポドゥルに何か食べさせようと苦心していた。今日は松の実を入れた粥《かゆ》だった。ポドゥルは匂いを嗅いだだけでも内臓がしびれるようだったが、お腹の子を考えて一匙口に入れると、薬を飲むように飲み下した。ソンファが心配そうに見守っている。やっとのことで三口食べて椀を下げると、ソンファがそっと溜め息をついた。

「今考えたら、自分のためにあんたを連れてきたんやな。今は、あんたのおかげでなんとか生きていられてるわ」

ポドゥルがやつれた顔で言った。ソンファ以外に、悪阻で苦しむ自分の面倒をこんなふうに見てくれる人はいない。テワンは当然のこと、ジュリーの母さんでもソンファほど気を許して頼ることはできなかっただろう。ソンファが、ふふふと笑った。

ソンファを連れてきた三日後に、ソクポ老人が訪ねてきた。ソンファの代わりにポドゥル夫婦とジェソン夫婦がソクポ老人と対面した。ソンファは猛獣から身を隠す小鹿のように震え、ポドゥルの部屋から出ようとしなかった。

「わしもはじめは、悪い癖は直して真面目に暮らそうと思ったんだ。だけど、どんなに尽くしても心を開かんのだ。家のことはほったらかしで、夜になったら外をふらふら歩き回って……」

ソクポ老人の弁明を聞いて、ポドゥルは頭に血が上った。

「お祖父さんみたいな年の人に、すぐに情が湧くと思いますか？　それやったら、もっともっと優しくせなあかんのに、手を上げるなんて。あの子の姿、まるで幽霊みたいじゃないですか」

ポドゥルは、テワンやジェソンの前だということも忘れ、声を荒らげて責め立てた。

「死んでも家には帰らんと言うのに、戻らせるわけにはいかんだろう」

テワンがポドゥルの袖を軽く引っ張りながら言った。ソクポ老人は皆の顔色を窺いながら、ソンファがここにいたいなら自分もこのキャンプで働きたいと言い出した。テワンとジェソンは、ソンファに手を上げない、そして酒と博打をやめて農場で真面目に働くという念書を書かせ、受け入れることにした。二人が暮らす家も用意してやった。

「ソンファはうちの故郷の妹です。あといっぺんでも手を上げたら、すぐに離婚させますから」

ジュリーの母さんが、脅すようにつけ加えた。

そばにポドゥルがいて、キャンプの女性たちが皆で見守り世話を焼いてくれたおかげで、ソンファは徐々に落ち着きを取り戻した。胸焼けや頭痛がするようなときに、ソンファに鍼《はり》を打ってもらった人々は、診療所よりもよく効くと喜んだ。ソンファは、開城おばさんとジェームスの母さんの指示に従って食堂の仕事にも励んだ。また、ソクポより一歳下のソ老人を大事にしているポドゥルを見ているうちに、夫に接する態度にも変化が現れた。ソクポを夫としてではなく、一人の老人として憐《あわ》れむようになったのだ。ソクポも問題を起こすことなく、農場で働いた。

一九一九年

三月中旬、ハワイの韓人社会がざわついていた。朝鮮で起きた「独立万歳運動」の知らせが、ハワイにも伝わってきたのだ。京城《キョンソン》をはじめとする大都市で始まった万歳運動は、朝鮮の全国津々浦々に広がっていた。男、女、老人、子供、学生、労働者、妓生《キーセン》までもが心を一つにして「万歳《マンセ》」を叫んだ。朝鮮八道にこだました叫びが、海を越えハワイに届いたのだった。アメリカの新聞も、朝鮮の独立宣言を大きく取り上げた。

ホノルルで開かれた集会に参加したキャンプの人々は、集まれば万歳運動の話ばかりしていた。日本の警察の銃剣による弾圧で死者や怪我人は数千人に上り、捕らえられた人が監獄に溢れているにもかかわらず、万歳運動はさらに燃え上がっているという。警察の刀で片腕を切り落とされた女学生が、もう一方の手で太極旗を拾って掲げ「独立万歳」を叫んだという話を聞いて、人々は拳を強く握りしめた。

悪阻が収まり少し楽になったポドゥルは、デモに繰り出した人々の中に弟たちがいるような気がして居ても立ってもも居られなかった。

オジンマル村にいるグァンシクとチュンシクはともかく、金海《キメ》にいるギュシクは他の誰より日本に対する恨みが深いだろう。ポドゥルは兄を葬ったその日に、ホンジュの母さんに話していた母の言葉が何を意味するのか理解できた。

「王様でも敵わん日本の奴らに、どないして勝つんですか。子供らの父親があんな死に方して、息子まで殺した奴らやけど、わたしは憎みも恨みもしません。残った子らに敵を取れとも言いませんｋ」

隣の国の皇后を殺し、国も奪い、皇帝を毒殺さえしたといわれる日本は、世界大戦が終わるとさらに強い国になっていた。ポドゥルは弟たちだけでなく、一緒に暮らすテワンのことも心配だった。

三・一独立宣言を前もって知っていたパク・ヨンマンは、三月三日、ハワイ各島から集まった三百五十余名と共に「大朝鮮独立団」の結団式を行った。オアフ北部地域の代表となったテワンは、日曜日はもちろん仕事をしなければならない平日にも、農場を留守にすることが多くなった。中国の上海《シャンハイ》に大韓民国臨時政府が樹立され、のちにイ・スンマンは大統領に、パク・ヨンマンは外務総長に推戴《すいたい》される。これで朝鮮の人々は王の臣下でも亡国の民でもない、新しい大韓民国の国民となったのだ。皆、先を争って臨時政府のための募金に参加した。

しかし、パク・ヨンマン、イ・スンマン両指導者の路線の違いは相変わらずだった。支持する指導者によってハワイの韓人たちが分裂して久しく、感情的な溝も日に日に深まっていた。アメリカのウィルソン大統領に朝鮮の委任統治を請願したイ・スンマンが臨時政府の最高位に就いたことに、テワンは憤慨していた。

テワンと口論になったイ・スンマン支持の労働者が、幾人か農場を去ってしまった。ポドゥルは仕事そっちのけのテワンのせいで、気が気ではなかった。

「朝鮮の独立も大事やけど、毎日食べていくことも大事と違いますか？　すぐに赤ん坊も生まれるいうのに。ジェソンお義兄《にい》さんにも申し訳ないし」

めったなことでは農場のことに口出ししないポドゥルが、たまりかねて言った。

「朝鮮の独立は子供のためじゃないか。俺が自分のことだけ考えてると思ってるのか？　子供に胸を張れる父親になろうとしてるんじゃないか」

テワンの目は燃えるようだった。ポドゥルはテワンが今にもパク・ヨンマンのいる中国へ行ってしまうのではないかと、心配で夜も眠れなかった。

「鯨同士が喧嘩して、巻き込まれたエビだけ潰されるいう言葉があるでしょう？　テワンさんは、なんか言うたらパク・ヨンマンの肩を持つけど、両手が合わな拍手しても音は鳴りません。どっちも悪いと思いませんか？　指導者言うたら親みたいなものやのに、よい手本を見せてくれなあかんのと違います？」

イ・スンマン支持者がまた三人も農場を辞めてしまい、ジュリーの母さんまでが地団太を踏む事態に至ると、ポドゥルはソ老人に訴えた。

「まったくだ。指導者だという連中よりうちの嫁のほうが立派じゃな。しかしなあ、先に仲違いさせたのはイ博士のほうだ。新聞の主筆を任せてハワイに足場を作ってやったのはパク団長だというのに、そのイ博士があれではいかんじゃろう」

ソ老人までがパク・ヨンマンの肩を持つので、ポドゥルの焦燥は募るばかりだった。そんなさなか、女たちも動き始めていた。以前からあった大韓婦人会の会員たちが、三・一運動（独立万歳運動に同じ）をきっかけに大韓婦人救済会を新たに設立した。独立運動を積極的に支援し、万歳運動で負傷したり拘束されたり、困っている人々を助けるためだった。

新聞に載った各地域代表団の名前を見ていたポドゥルの目が、大きく見開かれた。ビッグアイランド地域の役員にチャン・ミョンオクの名があった。ビッグアイランドに同姓同名の人がいるのでなければ、神戸の大信旅館から一緒だった、あのミョンオクだ。ポドゥルは移民局の廊下で、写真とは別人のような年老いた夫に失望して泣いていたミョンオクを思い浮かべた。そんな彼女が祖国のために立ち上がったということを知り、なんとも言えない気持ちが湧いてきた。カフクでは、ジュリーの母さんが、活動に消極的な夫のジェソンとは対照的に積極的だった。

「うちは、言うても朝鮮に帰る気はないねん。ここで子供たちに思いっきり勉強させながら、自由に暮らすわ。朝鮮には何もしてもらってへんけど、うちが頑張ってるんは、故郷を離れたうちらにとって朝鮮が実家やからや。実家がちゃんとしてたら、他人に馬鹿にされることもないやろ。ここの日本人がちょっとしたことでもストライキするんは、なんでや思う？　自分らの強い国が後ろに控えてるから、ハオレと喧嘩もできるんや」

ジュリーの母さんの言うように、日本人労働者は賃上げや処遇の改善を求めて度々ストライキを起こした。そして白人農場主たちは日本人の要求を受け入れるどころか、朝鮮人やフィリピン人労働者を集めてストライキを潰しにかかった。一時的に高い賃金がもらえるだけでなく、普段から日本をよく思っていないこともあって朝鮮人労働者は喜んでストライキ潰しに参加していた。

朝鮮が実家だというジュリーの母さんの言葉は、ポドゥルの胸に刺さった。ホンジュがどこへ行っても勝手気ままに生きられたのは、寡婦となった娘を婚家から救い出せるほど力のある実家のおかげなのかもしれない。母には朝鮮のことは忘れて楽しく暮らせと言われたが、遠く離れていても実家が忘れられないように、祖国とて同じことではないだろうか。

ポドゥルは誰よりも朝鮮の独立を願っている。祖国が独立しさえすれば、弟たちが痛い目に遭うんじゃないかとか、テワンに何かあったらどうしようとか、心配する必要もなくなる。けれども父と兄を亡くした経験と母の願いが、ポドゥルの意識の深いところに根を下ろしていた。国のために、もうこれ以上家族や自分を犠牲にしたくない。自分が婦人救済会に加入すれば、テワンをさらに煽《あお》ることになるだろう。夫のしていることに無関心なふりをして距離を置くことだけが、複雑な心の内を表現する唯一の方法だった。

ポドゥルはジュリーの母さんに、救済会に入会しなくてもできることがあれば手伝いたいと伝えた。ジュリーの母さんたちは、枕カバーやハンカチに太極旗の刺繡を入れてホノルルの本部に送るという。

「そしたらホノルルの会員たちがそれ売って、資金を作るらしいわ」

女たちは日課が終わると、ドゥスンの母さんの部屋に集まり刺繡に勤しんだ。ポドゥルは他の人が二つ作る間に三つを仕上げた。刺繡は初めてだというソンファも、徐々に腕を上げていた。針仕事の時間はおしゃべりの時間でもあった。ハワイに来て間もない頃の苦労話で一緒に泣き、とんでもない失敗談で笑い合っていると、あっという間に時間が過ぎた。

「こんな時間まで何してるんだ。父さんが心配してるぞ」

テワンが舅を口実に迎えに来ると、女たちは初めて夜が更けていることに気がつき解散した。

「アイゴ、独り身には堪えるね。いいさ、みんな旦那のところに帰りな。わたしは今日も自分の太もも針で刺しながら、独り寝に耐えるしかないね」

ドゥスンの母さんの悪ふざけに、ジェームスの母さんが調子を合わせる。

「あっちもこっちも男ばっかりなのに、なんで太もも刺す必要があるんです？　わたしが一人見繕ってあげましょうか？」

ポドゥルとソンファが顔を赤らめたタイミングで、開城《ケソン》おばさんが締めくくった。

「まったく、恥じらいってものはないのかい。ドゥスンの母さん、きちんと戸締りしておやすみ」

ポドゥルはサトウキビの葉がカサカサと風に揺れる音を聞きながら、夜道を歩くのが好きだった。足元が暗いことにかこつけてテワンの腕にしがみついて歩いていると、幸せという言葉が自然と浮かんでくるのだった。けれども、不幸がどこかでつけ入る隙を窺っている気がして、周囲をきょろきょろと見回さずにはいられなかった。

*

七月。五月に男の子を産んだという、ホンジュからの手紙が届いた。診療所で言われたポドゥルの出産予定日は九月の下旬だった。

「オレンジ一つで血相変えていた人間が、息子が生まれたいうてキャンプの人らに大盤振る舞いしたんやで。苦労はあたしがしたのに、なんであの人が盛り上がってるのかわからんわ。子供の名前はソンギルにした。成すという成《ソン》にめでたい吉《ギル》という字や。あとから学校行って使うアメリカ名はドナルドにした。赤ん坊は父親に似ず男前や。あんたも知ってるやろうけど、あたしがなかなかのもんやからな。本領発揮するまで色々苦労したけど、息子が私に似ててほんまによかったわ。こんなん言うてるけど、最近はチョ・ドクサムに優しくしてるんよ。ほんまにおかしなことやけど、前も今もおんなじ人やのにソンギルの父ちゃんって呼んだら、ちょっと情が湧くんやな。残る心配はただ一つ。ソンギルが大きなるまで父ちゃんが元気でおらなあかんのに、今でも皺くちゃのじいさんやからどないしたらいいのか」

ホンジュの性格は子供を産んでもそのままだった。ポドゥルはくすくす笑いながらソンファに手紙を読んで聞かせていて、ふと申し訳ないような気持ちになった。もし自分が今も妊娠していなければ、こんなふうに笑ってホンジュの手紙を読むことはできなかっただろう。ポドゥルが笑いを引っ込めてソンファに聞いた。

「ソンファ、あんたも早よ子供が欲しいやろ?」

「嫌や」

ソンファは首を横に振った。それでは足りないように言葉ではっきりと言った。

「なんでやの?」

「母親になる自信がない」

ポドゥルはオクファを思い出した。ポドゥルが物心ついたときから普通ではなかったオクファは、いつもソンファを連れ回していた。石を投げられてもへらへらと笑っていた母の姿を、ソンファも覚えているだろう。母の人生と死をすべて記憶しているはずだ。ポドゥルは暗い気持ちになった。

「このまま今みたいに暮らして、じいちゃんが死んだらあたしもどこかに行くわ」

ソンファが低い声で言った。

「どこに行くん？　そんなん言わんと、今みたいに一緒に暮らそう。そのうちホンジュもオアフ島に来る言うてたし。昔話しながら暮らすの、ええと思わん？　それからじいちゃん死んだら、あんたの好みの男と一緒に新しい人生始めたらいいやんか。ポワにあり余ってるんが独身男や。あたしが仲人するし」

ポドゥルが強く言った。本気だった。

キャンプの女たちはポドゥルの悪阻やお腹の形を見ながら、子供は男の子だ、女の子だと思い思いに予想している。根拠は一緒なのに、男の子だと言われたり、女の子だと言われたりした。ポドゥルは産み月が近づくにつれて息子でも娘でもかまわないと考えるようになったが、舅やテワンが息子を望んでいるのではないかと思い、ひそかに不安になってもいた。

「息子は息子だからいいし、娘は娘だからいいというのが子供というもんじゃ。何も心配せずに元気な子を産みなさい」

ソ老人はそう言った。テワンも同じ気持ちだという。

ポドゥルはキャンプの女性たちに教えてもらいながら出産の準備をした。ホノルルで布を買ってきておむつと布団を縫い、母が持たせてくれた産着を真似て新たに二枚作っておいた。赤ん坊のための手拭いを作るのに周りをまつる糸の色に迷っていると、ソンファが青い糸を手に取って渡してくれた。

「これにしとき。息子や」

ソンファの目がきらりと光を放った。

「ほんまに？　あんた、何か見えたん？」

驚いて訊いた。ポドゥルが問い質すと、ソンファは何事もなかったように別の話をするのだった。

ポドゥルだけでなく、テワンとソ老人も赤ん坊を迎える支度をしていた。テワンは乾燥させたコアの木を手に入れ、暇を見てはベビーベッドを作り、ソ老人は孫の面倒を見るためには体力が必要だからと杖をついて庭をせっせと歩き回った。そして、男の子ならジョンホ、女の子ならジョンファと名前も決めていた。

「ここで暮らすからには英語の名前もあったほうがいいでしょう？　娘の名前はあたしがつけるし、息子の名前はあなたがつけて」

寝床に入ってから、ポドゥルがテワンに言った。

「考えたことなかったけど……リチャードかデイビッドがいいな」

「あたしは、デイビッドがいいです」

「娘の名前は考えてあるのか？」

「ええ。娘を産んだらパールにします」

「パール？　真珠のことか？」

「はい」

「そんな名前は聞いたことがないぞ……。メリーとかエリザベスみたいな名前がいいんじゃないか？　パールハーバーって言われてからかわれたら、どうするんだ」

テワンは気に入らないようだった。ホノルルの西にあるパールハーバーの元の名は、ハワイ語で「ワイモミ」といい「真珠の水」という意味だ。それだけ真珠の多く採れる場所だったが、今はアメリカの海軍基地と造船所で名を馳《は》せている。

「小さいときからちゃんと意味を教えてあげたら、大丈夫ですって」

ポドゥルは神戸でキム・エステルに会ってから、自分を名づけた父の気持ちを考えることがあった。春の訪れをいち早く知らせる綿毛のような柳《ポドゥル》の種、どんな場所でも根を張り丈夫に育つ柳の木……。周りの人々を喜ばせ、どこでも生きていけるように、という意味だろうか？　自分で解釈してみた意味も悪くはないが、父に直接聞けていたら、どんなに励みになっただろう。妊娠してみると、子供が一人前になるまで、そしてその過程で抱く疑問に答えてあげられるまで、生き続けることも親のつとめだという気がした。ポドゥルは別の命を育んでいる自分自身が大切な存在に思えた。

「なぜ、その名前にしたいんだ？」

テワンが大きく盛り上がったポドゥルのお腹に手を置いて言った。

「ホノルル行ったとき、あなたは別の用事しに行って、あたしはおむつの布買いに行ったでしょう？　そのとき、宝石屋の前で真珠を見たんです。控えめやけど気高い感じで、金やらダイヤモンドよりも綺麗やった。あたしらの娘もそんなふうに育ってほしいと思って」

ポドゥルはお腹の上のテワンの手に、自分の手を重ねた。エステルのように自分の名前をつけることができるなら、自分のものにしたい名前だった。

「そうか、そう言われるといい名前だな。娘だったら、それにしよう。おっ、蹴る力が強いのを見ると息子だな。デイビッド、母ちゃんの腹の中でのんびりしてから元気に出ておいでや」

テワンがポドゥルの方言を真似て息子に呼びかけたので、名前の話は笑いと共に打ち切られた。

名前を考え、洗濯して干してある産着やおむつを見ては涙ぐみ、一歩また一歩と庭を歩いていたソ老人だが、孫の誕生を見ることはできなかった。明け方、台所に入ったポドゥルは、人の気配がないのを不審に思い舅に呼びかけた。返事がないので扉を少し開けて覗くと、まだ眠っている。そっと扉を閉めようとした瞬間、はっとして足の力が抜けた。食器がガチャンと鳴るのを聞いたテワンは、部屋の扉を開け、床にへたり込んだポドゥルを見つけると驚いて駆け寄った。ポドゥルはぶるぶる震えながら、ソ老人の部屋を指さした。

「お、お義父さん、お義父さんが……」

部屋に飛び込んだテワンは何度も大声で父親に呼びかけていたが、やがてその声は獣の吠えるような声に変わっていた。ソ老人は、還暦まで一年を残してこの世を去った。八月のはじめだった。

「ほんまに嫁が大事やったんやな。赤ん坊の面倒見ながら自分の世話までするのは大変やろう思って、生まれる前に逝かはったんやわ」

ソ老人を実の叔父のように慕っていたジュリーの母さんが、涙ながらに言った。

「嫁に大切にしてもらって、孫ができるのもわかって、眠るように逝ったんだから幸せだったはずだ。気をしっかり持って、ちゃんと送ってあげよう」

農場のことで争うことが多くなっていたジェソンも、以前の兄のような調子に戻りテワンを慰めた。ソ老人はカフク農場の共同墓地に埋葬された。妻と息子のいるエワ墓地に埋葬するのは、暑さや距離、移送手段などの問題で諦めざるを得なかった。キャンプの人々の手を借りて土をかけ、墓碑が建てられた。

ソ・ギチュン（一八六〇〜一九一九）

「お義父さん、あとから必ずお義母さんとテソクさんと一緒におられるようにしますからね。今は、ゆっくり休んでください」

ポドゥルがソ老人の墓前で、涙を流しながら言った。ソ老人は、父から受けることが叶わなかった愛を感じさせてくれる存在だった。舅が歓迎してくれて優しくしてくれなければ、これまでの苦しい時間を耐え忍ぶことはできなかっただろう。村を守護する大木のごとく心をしっかりと支えてくれていた存在が、根こそぎ引き抜かれてしまったようだった。ポドゥルは喪失感と大きすぎる悲しみに、身体が押し潰されそうだった。ハワイに一緒に渡ってきた家族を皆失ったテワンもまた、深い悲しみに沈んでいた。ソンファが影のように寄り添い、ポドゥルの世話をした。

ポドゥルは、パパイアの木陰にあるソ老人の椅子を見ただけでも涙が溢れた。産着や部屋に置かれた赤ちゃんのベッドを見ていても、涙で視界が曇った。もう使うことのないソ老人の茶碗や匙に気づいては、嗚咽が漏れる。目に入るものすべてが舅の不在を感じさせるので、外に出るのも嫌になっていた。気力がなく、洗濯場の仕事にも行けなかった。

テワンは仕事を終えて帰ると、ソンファが用意した夕食を運んできてポドゥルの前に座った。匙を握らせ、魚の身をほぐしてご飯の上に載せてくれるテワンのことを思い、ポドゥルは無理にでも数口食べるようにしていた。食べながらテワンが言った。

「今度の土曜日、プエルトリコ人が、自分たちのキャンプの祭りに招待してくれたんだ。一緒に行こう」

プエルトリコ人キャンプはキャンプ・セブンに一番近いキャンプだが、農場主が違うのでほとんど交流がなかった。プエルトリコ人労働者と同じキャンプで暮らしたことのあるドゥスンの母さんによると、総じて陽気な人々だということだった。

「キャンプの人全員が招待されたんですか?」

「そうじゃなくて、俺の考えでは俺たちとジェソン兄さん夫婦とジェームスのところと、あとは若い衆が何人かで行くのがいいんじゃないかと思ってる。気分転換のつもりで、一緒に行こう」

心配してくれるテワンはもちろんのこと、自分の存在を思い出させるように動き回るお腹の子を感じるたびに、いい加減に元気を出さないとと思ってはいた。それでも喪中に祭りに行くということとが引っかかった。朝鮮でなら、最低でも一年は喪に服すところだ。

「朝鮮式にできたら、そりゃいいだろう。でもな、ここでは親きょうだいを葬った次の日には仕事をするんだ。父さんだっておまえが一日も早く元気になって、健康な子供を産むことを望んでるんじゃないか？」

ポドゥルはプエルトリコ人キャンプに出かけることにした。テワンが開城おばさんに料理を頼んだ。共同食堂に姿を現したポドゥルを、皆は嬉しそうに迎えてくれた。

「よく来たね。亡くなった人は亡くなった人、生きてる者はこれからも生きなきゃならないんだから」

開城おばさんが、ポドゥルの背中をとんとんと優しく叩いた。

「こんなにやつれちまって。ソさんは幸せ者だね、嫁に恵まれて。実家の父親が死んでも、あんなに悲しそうに泣きはしないよ。見てるこっちが、堪らなかったよ」

ドゥスンの母さんが言った。

「おかげさんで、うちもお父ちゃんを思い出しながら、おいおい泣いてしもうた。ソさんの葬式で、うちはお父ちゃんを弔《とむら》ったみたいやったわ」

実家の父が亡くなったとき、あとになってそれを知ったというジュリーの母さんが言った。

「自分の悲しみがあってこそ、よその葬式で涙の一つも流せるって言うからね。わたしも実家の母さんを思い出して泣いたよ」

ジェームスの母さんが相槌を打った。

「ソンファもポドゥルの世話、ご苦労さん。やっぱり友達はいいもんだね。さあ、料理を始めようか」

開城おばさんが食材を取り出した。数種類の野菜と細切りにした豚肉を炒めて味つけをしたチャプチェと、ニラと細切りにしたかぼちゃを溶いた小麦粉で薄焼きにしたチヂミを作った。プエルトリコ人キャンプへ行かない人たちに配る分も作ったため、かなりの量になった。父親の葬式を手伝ってくれたキャンプの人々に、テワンがご馳走するのだった。

プエルトリコ人キャンプに行くのは、ポドゥル夫婦、ソンファ、ジェソン夫婦、ジェームスの父さん、ドゥスンの母さんの七人だった。開城おばさんとジェームスの母さんは残って、キャンプの人々の食事の世話をすることになった。言葉も通じないところへ出かけていって座っているよりは、キャンプで気楽に飲み食いしたいと思う人のほうが多かった。

＊

コオラウ山脈の周りが赤く染まっている。日没と共に暑さが和らいでいた。三人の男が前を歩き、四人の女たちが後ろに続いた。ジュリーの母さんがプエルトリコ人の挨拶を教えてくれた。

「オラ！　簡単やろ？　いっぺん言うてみ」

ポドゥルとソンファは恥ずかしがりながら言ってみた。ドゥスンの母さんが頬と頬をくっつける、彼らの挨拶の仕方を教えてくれた。道端で大げさな身振りをしてみせるドゥスンの母さんを見たポドゥルは思わず声を上げて笑ってしまい、はっとして口を押さえた。舅が亡くなって日も浅いのに、笑い声を上げるなんて。誰かに見咎《みとが》められるのではないかと心配になった。ふと見ると、テワンもドゥスンの母さんを見て笑っていた。

ポドゥルは、ハオレのルナがいる農場で働いていれば、自然に英語がわかるようになると思っていた。しかしポドゥルよりはるかに早い時期に来た人々も、英語ができないのだった。

「英語使うことがないやんか。どんなに長いこと住んどっても、あんたの旦那さんみたいに学校行って正式に習わんかったらできひんよ。農場では英語ちゃうとピジン語を使うんやで」

ピジン語とは農場主や現場監督のルナと労働者の間、または多様な国からやってきた労働者同士が意思疎通するためにできた言葉だった。英語、日本語、ハワイ語、ヨーロッパの言語と、ばらばらの言語でも農場の作業に問題はなかった。農場ではピジン語を使い、キャンプでは朝鮮人同士で暮らしているので、英語ができなくても不便はないのだった。

プエルトリコ人キャンプに到着すると、家々に祭りを祝う花が飾ってあり、庭に長いテーブルが置かれているのが見えた。手持ちの服の中で一番いい服を着込んだと思われる大人たちはパーティーの準備で忙しく、子供たちは忙しく走り回りながら遊んでいる。一行が庭に足を踏み入れると、まず子供たちが駆け寄ってきた。あとから数人の大人が来て迎えてくれた。テワンと握手を交わした男が、ポドゥルの頬に自分の頬をつけた。さっき聞いていなければ、悲鳴を上げるところだった。

英語が話せるテワンが代表で話をした。相手のほうも英語が話せる人は少ないようだった。プエルトリコ人キャンプの代表はホセという男で、夫人はディエナといった。見た目で年齢はわからなかったが、二人とも穏やかな印象だった。

「オラ」

ジュリーの母さんが挨拶をし、持参した料理をディエナに渡した。それからはピジン語と自分の国の言葉を交ぜながら会話したが、それなりに意味は通じるのだった。

ポドゥル一行は、中央に花瓶を飾ったテーブルに案内された。二つのテーブルを並べた長い食卓には、皿とガラスコップ、フォークとナイフだけが置かれ料理はなかった。上座にテワンとホセが並んで座り、L字型の角をはさんでポドゥルとソンファ、ジェソン夫婦、ドゥスンの母さん、ジェームスの父さんの順に座り、向かい側にホセの家族や友人たちが座った。ポドゥルの正面のディエナは、台所に行ったり来たりして座る暇がなかった。

料理をいっぺんに並べておいて食べる朝鮮式とは違い、プエルトリコでは順序に従って料理を出すのが食事の作法だった。普段は忙しく疲れてもいるのでその通りにできなくても、休日や特別な日には形式を守っているという。数人の男女がワインとパンの入った籠をところどころに置いていった。ポドゥルは芳ばしいパンの香りに、生唾を飲み込んだ。男の一人が、テーブルの上のガラスコップに一つひとつワインを注いでくれた。ホセが何か言い、テワンが朝鮮語に訳してくれた。

「この人たちも、わが国で起こった独立宣言や三・一運動を知っています。ホノルルで子供をおぶった婦人たちが手作りの料理とハンカチを売るのを見かけて、それが祖国を助けるためだと知って感銘を受けたそうです」

ポドゥルは女同士で目を合わせ、微笑み合った。手作り品の中には、自分が刺繍したものもあっただろう。誰かに見てもらおうと思ってしたことではないが、感銘を受けたという言葉に嬉しくなった。ドゥスンの母さんも同じようで、胸をどんと叩きながら言った。

「わたしたちも、刺繍をしたって言ってちょうだい」

その姿を見て、朝鮮人もホセの家族や友人たちも揃って笑った。テワンも笑いながら、その言葉を通訳した。

「プエルトリコは四百年もスペインの植民地だったそうです。ところがスペインとアメリカが戦争してスペインが負けた拍子にアメリカ自治領になって、それから二十年経ったといいます」

四百年という言葉に目を見張った。それなのに、またもや国を奪われてしまったなんて、とても他人事とは思えなかった。

「プエルトリコにも独立運動をする人はいるけど、アメリカに編入されることのほうを望む声が勝っていて、二年前に市民権を得たそうです。だけどそれは、本土の選挙に参加することはできない中途半端な市民権だそうです。ホセは、全国民が団結して万歳運動をしている、僕らの国が羨ましいし尊敬すると言っています。それで自分たちの成人の祝いの祭りに招待してくれたそうです」

テワンは通訳のあとで、英語で何か一言つけ加えた。招待してくれたことに感謝する言葉のようだった。ホセが乾杯を呼びかけ、皆がワインを高く掲げた。妊娠中なので口だけつけ、コップを置こうとしたポドゥルはびっくりしてソンファの顔を見た。一気に飲み干したのか、コップが空だった。目が合うとソンファは、えへへと笑った。キャンプ・セブンに移ってからも紙で作った造花みたいに生気のなかったソンファの顔が、薄紅色に輝いている。ソクポ老人がいないから、伸び伸びと自分が出せるのだと思うとポドゥルは胸が痛んだ。

主菜が運ばれてきた。プエルトリコでも米を食べるという。油とトマトソースと肉を入れて炊いたご飯だった。野菜とトマトソースを入れて調理した豚肉も添えてある。揚げたバナナもあった。一人一人に出されるのではなく、大皿に盛られた料理を取り分けて食べるようだ。

「この人らにはトマトソースがうちらのコチュジャンとか味噌《テンジャン》みたいなもんや。これが入らん料理はないらしいわ。食べてごらん。いけるはずや」

ジュリーの母さんがご飯をよそいながらポドゥルに声をかけた。ポドゥルは、初めて見る食材や馴染みのない香辛料を使った料理に手が伸びないのだった。悪阻がおさまって、人の見ている前でえずかずに済むだけましだった。ソンファは揚げたバナナをフォークで刺した。ポドゥルもこれまで一度だけバナナを食べたことがある。よい香りがして口の中で溶けてなくなる蜜のような美味しさだったが、お金を出してまで食べようとは思わなかった。ドゥスンの母さんが、バナナにも色んな種類があって、揚げバナナには前に食べたものとは別の種類を使うと教えてくれた。出された料理を美味しそうに食べていたテワンが、口に合わないのかと訊いた。ディエナも手振りで食べるよう勧めている。妊娠中で注目されること自体が恥ずかしいのに、皆の視線が集中すると堪らなくなって、急いでフォークを摑んだ。一緒に来た人々は朝鮮を離れて長いせいか、よく食べている。

向かい側の人たちも、チャプチェとチヂミを、先を争うように食べてはこちらに親指を突き出してみせた。ポドゥルは嫌々食べる姿を見せては招待してくれた人に失礼だし、テワンの顔を潰してしまうと思った。

「これ、美味しいで。食べてみ」

ソンファが揚げバナナを数切れ、皿に取ってくれた。一口食べてみると生のバナナより甘く、不思議な味がした。バナナが口に合うと、他の料理を食べてみる勇気が出た。舅の葬式以来、お腹の子のために無理矢理食べていたポドゥルは、ここへ来て久しぶりに味わいながら食べることができた。

ご飯を食べながらしゃべると福が逃げると言って黙って食べる朝鮮人とは違い、プエルトリコ人は賑やかに食事を楽しんだ。しばらくすると、満月に近い月がサトウキビ畑の上にぽっかりと顔を出した。月光に照らされたサトウキビ畑は、辛い労働の現場ではなく神秘の森のように見えた。人々は月の光とワインに酔いしれた。

パーティーはこれからだとばかりに、誰かが太鼓を打ち始めた。他の誰かは太鼓に合わせて歌を歌った。一番陽気に見える男が、待ってましたと言わんばかりに踊り出した。男も女も子供たちも入り乱れて、楽しげに身体を揺らしている。ディエナがジュリーの母さんの手を引っ張った。ジュリーの母さんが、ドゥスンの母さんを道連れに前に出て場を盛り上げた。キャンプ・セブンの人々は足を踏み鳴らし、手を叩いて楽しんでいた。ポドゥルも舅のことを忘れ、手拍子を打っていた。

産み月が近づくにつれてどんどんおしっこが近くなっているポドゥルは、便所に行くために席を立った。口をぽかんと開けて、踊る人々を眺めていたソンファが慌てて立ち上がった。

「ええってば。灯りがいっぱいあるし一人でも大丈夫やから、座っとき」

ポドゥルはソンファの肩を押さえて座らせてから、便所に向かった。ソンファの顔が明るいのが嬉しかった。

便所の小窓から月が見えた。故郷の母と弟たちも見る月だ。マウイ島のホンジュも見ているだろう。いつになったら、一緒に月を眺められるのだろう。そんな日が来るのだろうか。ポドゥルはふと舅のことを思い出して泣きそうになって、便所から出た。踊りの輪はますます熱を帯び、口笛と歓声が聞こえた。

群れ踊る人々を見ながら歩いていたポドゥルは、驚いて足を止めた。真ん中で狂ったように身体を揺らしているのは、間違いなくソンファだった。太鼓の音はソンファの激しい動きに合わせ、周りの人々はまるで見物人のようだった。プエルトリコ人はもちろん、一緒に来たキャンプの人々もソンファの踊りに拍手を送り、かけ声まで送っている。ソンファは我を忘れて別世界にいるかに見えた。

あの子、自分の母さんみたいになってしもうたん?

オクファがおかしくなったのは、巫病《ふびょう》のせいだという噂があった。続いて浮かんだ考えに、胸が締めつけられた。あれはクムファが祈禱する姿だ。祈禱のときのクムファは、今のソンファのように無我の境地で激しく身体を揺らしていた。ポドゥルはこれまで、キリスト教を信じる人にはもちろんテワンにさえ、ソンファが巫堂《ムーダン》の孫だということを言わなかった。万が一にも避けられたり蔑まれたりしてはいけないと思ってのことだ。ポドゥルは踊りの輪に飛び込んでいって、ソンファの腕を摑んだ。

「あんた、何してるの⁉」

汗に濡れたソンファが、ぎらつく目でポドゥルを睨みつけた。

＊

ポドゥルはお腹を押さえながら、台所に座り込んだ。

「うんちが出るときとそっくりや。下っ腹が捻《ね》じれるみたいに痛くなったり、ましになったりするんや。それが時間通りに繰り返すようになったら、陣痛の始まりやで」

ジュリーの母さんの言った通りだ。一番鶏が鳴く頃から、徐々に痛み出した。農場に来た幼い花嫁たちの出産を助けながら経験を積んだ開城おばさんが、産婆を務めてくれることになった。初期の写真花嫁たちは、幼いうえに世話のできる大人がいないばかりに、出産中に命を落とすことが多々あったという。周りの人たちも、言葉の通じない診療所の医者より開城おばさんのほうがいいと口を揃えた。

「初産のときはね、産道がゆっくり開くから、陣痛が来たからって、すぐにぽろんと赤ん坊が出てくるわけじゃないよ」

産み月に入ると、開城おばさんがそう言った。

「空がこう、黄色くなって、もう自然に旦那に悪態つくようになったくらいで、ようやっと出てくるんだよ」

ドゥスンの母さんが横から口を挟んだ。

「その通り。出産のときに傍にいたら、旦那の頭の毛、一本残らず抜いちまうよ」

ジェームスの母さんも、笑いながら調子を合わせる。

ポドゥルは経験者たちの言葉を思い出しながら、痛みに耐えた。テワンを起こさないように声を押し殺しながら夜を明かし、なんとか起き出して弁当を作り朝食の支度をしようとしていた。ところが、いよいよ悲鳴が漏れるほど耐えられなくなったのだ。顔を洗ってきたテワンは、床にうずくまりお腹を押さえるポドゥルを見ると動転してしまい、おろおろした。

「赤ちゃん出てくるみたい。開城おばさんを……」

「わ、わかった。すぐ行ってくるから」

テワンがどたばた飛び出していった。ポドゥルは這いつくばるように部屋へ移った。

開城おばさんは、仕事に行けと言ってテワンを追い出した。

「生まれるまで、まだだいぶかかるよ。父ちゃんがいるからって赤ん坊が簡単に出てくるわけじゃないんだから、行って仕事しなさい」

テワンはポドゥルの手をぎゅっと一回握ってから、農場に向かった。男たちを送り出したジュリーの母さんとソンファも、あとからやってきた。ジュリーの母さんは開城おばさんと一緒にお産の支度をし、ソンファは細々と雑用をこなしながら待機していた。仕事を終えたテワンが戻っても、赤ん坊はまだ出てきていなかった。ポドゥルは一日中続いた陣痛のせいでぐったりしていて、テワンに声をかける気力もなかった。こんな苦痛を経て自分やきょうだいを産んだ母のことを、ただひたすらに考えていた。ポドゥルには大人になって亡くなった兄以外にも、生まれてすぐに死んでしまった姉と一歳を迎える前に流行《はや》り病で亡くなった姉がいた。子供を三人も亡くした母の悲しみと痛みが、全身と胸の中に染みわたるようだった。ポドゥルは叫びながら母を呼び、力が抜けた。

「しっかりしなさい！　もっといきんで、ほら！」

開城おばさんに言われ、ポドゥルは泣き叫びながら最後の力を振り絞った。

「アイゴ、よく頑張った。出てきたよ。息子だね。鋏《はさみ》、おくれ」

開城おばさんの言葉を聞いた瞬間、ポドゥルはほっとして天地神明に感謝した。

「はい、鋏どうぞ。アイゴ、これ見てみい。一人前に髪が黒々してるわ」

ジュリーの母さんに手渡された鋏でへその緒を切った開城おばさんが、赤ん坊を逆さにして尻を叩いた。赤ん坊は産声を上げた。ポドゥルは手足をばたつかせながら泣く我が子を見つめた。髪は真っ黒で身体は真っ赤だった。自分が産んだのだ。

「うちの子、ちゃんと元気なんですよね？」

地獄に連れていかれて戻ったように満身創痍《まんしんそうい》のポドゥルが、やっとのことで開城おばさんに訊いた。

「心配いらないよ。丈夫そうだ」

開城おばさんが、木綿でくるんだ赤ん坊をポドゥルの胸に抱かせてくれた。ポドゥルは全世界が自分のものになったようだった。

「ありがとうございます。ありがとうございます」

ポドゥルの目から涙が流れた。

死力を尽くして狭い産道を抜けてこの世にやってきた息子と同じく、ポドゥル自身の人生も新しい章が始まったようだった。ポドゥルは、苦しい時間を共に耐え抜いた新しい命に、得も言われぬ深い同志愛を感じた。

「テワンさん、息子ですよ、息子！」

ジュリーの母さんが扉を開けて叫んだ。

*

その年の十二月、農場の契約期間が終了した。ジェソン一家は、子供たちの教育のためホノルルに引っ越すことになった。テワンも決断しなければならなかった。

「パク団長が、独立団の仕事をしてみないかと言ってくれてるんだ。そのためにホノルルに行こうと思う」

機関紙の『太平洋時事』の仕事を兼務し、少額だが月給も出るという。ポドゥルは、テワンが土にまみれて農場で働くよりも、市内でペンを握って働くほうがジョンホにとってもよいのではないかと考えた。ポドゥル自身も幼い頃、父が訓長だということが何よりの自慢だった。また、独立運動をするにしても直接に武装闘争をするよりは後方で働くほうがはるかにいいと思った。

農場はジェームスの父さんが引き継いだ。開城おばさん夫婦は、ワヒアワで洗濯屋を営む娘の家に行くことになっていた。独り身のドゥスンの母さんと独身労働者のほとんど、そして貯金もなければ他の仕事をする技術もないソクポじいさんがキャンプに残ることになった。カフクを離れるポドゥルにとって唯一心配なのは、ソンファと離れることだった。ソンファのためだと言って連れてきて、逆に世話になりっぱなしだったのに置き去りにするようで申し訳なかった。プエルトリコ人キャンプから戻って以来、ソンファはまたぼうっとして過ごす時間が長くなっていた。

「ソンファ、ホノルル行ったら、ソクポじいさんでもあんたでもできそうな仕事探して、すぐ連絡するから。それまで、元気でおるんやで」

ポドゥルはジェームスの母さんとドゥスンの母さんに、ソンファのことをよろしくと何度も何度も頼み込んだ。

一九一九年十二月末、ポドゥル夫婦は生後百日を過ぎたジョンホを連れて、カフクをあとにした。

独立団の仕事に専念するのだとばかり思っていたのに、テワンはホノルルのリリハ通りに小さな部屋と台所のついた店舗を用意していた。日本人の仕立屋とポルトガル人のパン屋に挟まれた小さな店舗だ。テワンは靴屋を始める計画を立てていた。韓人寄宿学校時代に習得した製靴技術を活かせると考えたのだ。

「俺は、腕がいいって先生によく褒められたんだ。農場に売りに行ったら、俺の靴が一番先に売り切れたもんだよ」

ポドゥルは自信満々のテワンを見て安心した。

「ホノルルでは、夫一人の稼ぎでは食べていかれへんで」

ジュリーの母さんにそう言われ、テワンが出勤し始めたら裁縫の仕事でも探そうと思っていたポドゥルには、願ってもない話だった。テワンはあつらえの靴は自分が作るから、既成品の販売や店の運営はポドゥルに任せたいと言った。ポドゥルは靴型の取り方を習い、テワンが仕入れてきた靴の陳列も工夫した。テワンは靴に値札をつけ、英語の数の数え方をポドゥルに教えた。ポドゥルは客を迎え、靴を売るための基本的な英語も覚えた。

ポドゥルは一日中テワンと顔を突き合わせて開店準備をしている瞬間瞬間が、とても幸せだった。サトウキビ畑しかないカフクを離れ、ハワイの京城《キョンソン》と言われるホノルルに来ただけでも、半分は成功したようなものだと思った。テワンが中古の自転車を買ってくると、ポドゥルはまるで自家用車ができたみたいに誇らしく、あっという間にお金持ちになれる気がして希望に胸が膨らんだ。あとは明日、招待した人たちの前で「ソ氏製靴」という看板をかけるだけだ。「SEO'S SHOES」という英文も添えた看板だ。晩ご飯を食べ終わると、テワンが自転車に乗せてあげると言った。

「ジョンホはどないするの？」

部屋の隅に寝かされたジョンホは、自分の拳を見つめてむにゃむにゃ言いながら一人遊びをしていた。

「寝かしといて行こう。一度寝たら、なかなか起きないじゃないか」

テワンの言う通りジョンホは育てやすい子のようで、よく食べよく眠った。まだ寝返りも打たないので、事故の心配もなさそうではある。ジョンホを置いて出かけるのは気が引けたが、テワンと二人きりで自転車に乗りたいという気持ちも大きかった。開店して、テワンも本格的に独立団の事務所に出勤するようになれば、二人だけの時間は取れなくなるだろう。ポドゥルは夕食の洗い物もせずに、まずジョンホを寝かしつけた。おっぱいをたらふく飲んだジョンホは、揺すっても起きなかった。これで数時間は心配ない。

外から店の鍵をかけ、テワンはサドルに腰かけてバランスを確かめた。ポドゥルが後ろに乗ると、テワンは漕《こ》ぎ出した。ポドゥルはテワンの腰に腕を回し、背中に顔をつけた。夫の息遣いとペダルを踏む動きが、そのまま伝わってくる。しばらくすると、テワンの息が荒くなり背中が汗ばんできた。

「しんどくない？」

ポドゥルが声をかけた。

「何のこれしき。ジョンホが大きくなったら、二人一緒に乗せてやるよ」

テワンはこれ見よがしに立ち漕ぎでスピードを上げたが、しんどくないはずはなかった。家族の重みを喜んで引き受けて走る夫が、ポドゥルには頼もしく誇らしかった。海辺を走りワイキキビーチで自転車を停め、一休みすることにした。ポドゥルは浜辺で夕涼みがてら遊ぶ人々を見ても、まったく羨ましいとは思わなかった。

その夜、ポドゥルはテワンの眠る隣で母に手紙を書いた。ジョンホが生まれたこと、舅が亡くなったことを伝えた。ホノルルに引っ越し、テワンは事務所に通うこと、一緒に靴屋を始めたこと、そして自転車を買ったこともつけ加えた。ポドゥルはカフクを離れる前に、それまで洗濯場で働いて稼いだお金から五十ドルを実家に送った。この一年の間にいくらか使ってしまったうえに非常時に備えて少し手元に残しておきたかった。

今はもうポドゥルにとって親と呼べるのは、実家の母だけだ。後回しにしていたら、足袋《ポソン》一足買ってあげられずに永遠の別れを迎えることだってあり得るのだ。そうなったときの悲しみと後悔は、舅を送ったときとは比べ物にならないだろう。ポドゥルは手紙に、これからはちょくちょくお金を送るようにすると書いた。テワンが毎月の収入から必ず支援金を寄付しているように、ポドゥルも決まった金額を貯めて実家に送る決心をした。

テワンの給料で生活し、靴屋の収入は経費と実家に送る分以外はすべて貯蓄する計画だった。お金を貯めて店を広げることができれば、それだけ収入も増えるだろう。ホノルル中の人々が「ソ氏製靴」の靴を履く日が来るのを夢見ていたポドゥルだが、しばらくして母に手紙を書いたことを悔やんだ。靴屋には期待していたほど客が来なかった。注文品はおろか既成品を一日に一、二足売るのも難しいほどだった。テワンは店よりも独立団の活動に熱心で、月給も全額を支援金として寄付してしまった。そもそも店を構えたこと自体が、より多くの支援金を出したいと思ってのことだったようだ。心待ちにしていた独立団の給料を支援金として渡してしまったと聞いたポドゥルは、失望を通り越して腹が立った。

「月給を支援金として出すのは、店が軌道に乗るまで待てませんか？」

夕飯の食卓でポドゥルが言った。我知らず声が尖っていた。

「それは、いい暮らしができるようになるまで、祖国の独立を後回しにしようっていうことじゃないか。ジョンホが大きくなる前に、祖国の独立は成し遂げなくちゃならんだろう？　飯を食わせるだけが夫の役目じゃないって、おまえが言ったのを覚えてるか？　俺はそのとき、本当に目が覚めたんだ。父親の役割も同じことだ。おまえの言う通り、おまんま食べさせるだけの父親じゃなくて、独立した祖国を与えてやれる父親になりたいんだよ」

テワンの言葉を聞いて、ポドゥルは自分の首を自分で絞めたような気持ちになった。

「だけど、まずは生きていかれへんかったら独立も何もないんと違いますか？」

ポドゥルは勢いを削《そ》がれた声で抗議した。

「そんな気持ちじゃあ、千年経っても、万年経っても国は取り戻せないぞ。今まさに、実家の家族たちは日本の奴らのせいでまともに息もできないじゃないか。朝鮮にいる俺の姉さんたちもそうだ。中国で武器を持って戦ってる同志たちに比べたら、俺がしてることなんて何でもないんだ。財産を全部差し出したって、命を捧げた人には敵わんよ」

テワンはゆるぎなかった。ハワイからも多くの人が独立運動のために上海や北京へ向かった。テワンの目にはその道に進みたいという熱意が漲《みなぎ》っている。そしてその目は、ポドゥルとジョンホが足手まといだと言っているようだった。ポドゥルは、それ以上は何も言わなかった。傍にいてくれるだけでもありがたいことなのかもしれない。そう思ってはみても、ハイハイするようになったジヨンホが狭い部屋であちこちぶつかったり、部屋から店の床に転げ落ちたりするたびにやきもきする。テワンと二人だけならともかく、ご飯を食べさせ、服を着せ、教育を受けさせなくてはならないジョンホがいるのだ。幼い頃から食べることにも苦労してきたポドゥルは、息子には絶対にそんな思いをさせたくなかった。庭の畑で採れる野菜や家の鶏が産む卵をふんだんに食べられたカフクとは違い、ホノルルではお金がすべてだった。生活はカフクにいた頃より困窮し、新生活に期待があった分、欠乏感が大きかった。

経済的な苦労だけでは済まなかった。テワンは休みも取らず事務所に出勤し、晩は人に会うため帰宅が遅くなり、店はポドゥルが一人で閉めることが多かった。ポドゥルは、テワンが夕方五時には必ず帰ってきていたカフク時代が懐かしかった。あの頃は、テワンだけでなくソンファやおばさんたちがいたので、寂しくはなかった。ジェソン一家の家は遠くはないが、お互い忙しくてなかなか会えなかった。実のところ忙しくてというより、ちょっと前からジュリーの母さんとの関係がぎくしゃくしていた。

ポドゥルは先々週の日曜日の夕方、思いきってヌウアヌ通りにあるジェソンの家に遊びに行った。ホノルルはさほど大きな街ではないので、中心街はたいてい徒歩で事足りた。たとえ遠くてもお金が惜しくて歩いただろうけれど。テワンも夜には合流することになっていた。ホノルルに移ってからジェソンは工事現場で働き、ジュリーの母さんはアラモアナビーチにあるハオレの屋敷で掃除と洗濯の仕事をしていた。時給四十五セントのジェソンに比べるとジュリーの母さんの賃金は少ないが、パーティーがちょくちょく開かれるので食べ物をもらえることがよくあるという。

「トニーは連れていくんですか?」

ポドゥルは晩ご飯の用意を手伝ってジャガイモの皮を剝きながら訊いた。ポドゥルは商売あがったりの店に座っているより、むしろそういう仕事に出たかった。

「はじめは連れていっとったけど、先週からアリスと一緒に幼稚園行かしてるんや」

「それやったら、ジュリーとナンシーは学校通って、アリスとトニーは幼稚園に行ってるんや。お金ようけかかってますよね」

「子供の教育のために、これだけ頑張ってるんやないの。言うても公立学校に変わったし、四人行かしても前にジュリー一人が寄宿学校通っとったときよりちょっと増えただけやで。いつも子供抱えてたんを、置いていったら羽が生えたみたいや。ジョンホもさっさと幼稚園入れてしまい。一人っ子は何でも遅いやろ」

ポドゥルは苦い思いでジョンホを見た。いつも二人きりでいるせいか人見知りの激しいジョンホだが、やはり子供同士がいいのか珍しくポドゥルから離れていた。つかまり立ちを始めたジョンホが子供たちに交ざって遊ぶ姿は微笑ましく、同時に不憫《ふびん》だった。

「ポドゥル、ホノルルで商売しよう思ったら人脈から作らな。婦人救済会にも入って、教会にもおいでや」

カフクにいる頃は特別どちら側の肩を持つということのなかったジュリーの母さんは、ホノルルに引っ越してから熱烈なイ・スンマン支持者となった。教会もメソジスト教会からイ・スンマンの建てた基督《キリスト》教会に移ったのだった。

「ジョンホの父ちゃんがパク・ヨンマン団長の下で働いてるのに、あたしがイ博士の教会にどないして通えますの」

そのときでもポドゥルは、ジュリーの母さんと政治的な問題で仲違《なかたが》いするとは夢にも思っていなかった。

「よう考えてみぃ。中年のおっちゃんたちが銃持って訓練したからって、日本に勝てるか？　皆で力を合わせても足りひんのに、こんなにばらばらで独立なんかできるかいな。あんたもイ博士が臨時政府の大統領になったんは知ってるやろ？　それやったら、どこに力を集めたらいいと思う？テワンさんにも考え直すように、うまいこと話し。イ博士が作った中央学院（一九〇六年にメソジスト教団が創設した韓人寄宿学校。一九一三年イ・スンマンが校長として就任し、韓人中央学院に改名）に通った人間が、あれではあかんわ」

　ジュリーの母さんは、スープの味見をしたお玉を振り回しながら言った。壁にはイ・スンマンの肖像画がかかっていた。イ・スンマンが臨時政府の大統領になると、ハワイのすべての同胞家庭に肖像画が配られた。テワンはそれを小さく折り畳んで、がたがたしていた小箪笥の足に噛ませた。

「大統領の写真でそんなことして大丈夫ですか？」

　ポドゥルの言葉を、テワンは鼻で笑った。

「何が大統領だ、あんな奴……」

　パク・ヨンマンは上海臨時政府の外務総長の座を断り、北京に向かった。朝鮮と陸路でつながる中国とロシアでは、抗日武装闘争が盛んになっていた。パク・ヨンマンはイ・スンマンの外交による独立路線に反対するシン・チェホ（申采浩。一八八〇～一九三六。朝鮮の独立運動家、ジャーナリスト、歴史家）らと共に軍事統一促成会を結成した。あちこちに散らばって日本軍と戦っている独立軍部隊を統合する計画だった。パク・ヨンマンの中国行きの後、ハワイの大朝鮮独立団の主要任務は東アジア地域における独立運動を支援することとなった。ポドゥルは内心イ・スンマンの路線を支持していたが、ジュリーの母さんにテワンが恩知らずのように言われてむっとした。

「それはあとからイ博士が校長になって名前を変えたいう話で、テワンさんが通った時期はイ博士とは関係なかったんやて聞いてますけど」

　以前ジュリーの母さんに同じことを言われたときにテワンに確認したので、ポドゥルはっきりさせておきたかった。

「それから、あたしはどっち側でもありません。ご飯炊くときに少しずつお米を取っておいて救済会に渡してるんも、あの二人のためちゃうと朝鮮のためです。それやのにイ博士は同胞たちに仲違いさせたり、同胞たちの支援金を勝手に使うたりした言いますやん。指導者やいう人が、お金のことできちんとしてないのはあかんと思います」

「テワンさんがそう言うたんか？　パク・ヨンマンはそれでも人間か？　尊敬するイ博士のこと嵌《は》めるなんて。よう見たらろくな人間ちゃうな」

口喧嘩はしばらく続き、ポドゥルはテワンが来る前にジョンホを抱いてジェソンの家を飛び出した。テワンとポドゥルを結びつけ、実の姉のように傍にいてくれたジュリーの母さんとの仲がこんな形で終わるのかと思うと涙が止まらなかった。

＊

激しい通り雨が過ぎていった。ポドゥルはジョンホを寝かしつけると、店の前を掃き清めた。風に飛ばされた木の葉や、飼葉《かいば》の藁のようなゴミが店の前に吹き溜まっている。

「家の前を綺麗にしといたら、通りすがりの福も足を止めるもんや」

母は弟たちが朝起きると、まず中庭と家の前の掃除をさせた。ポドゥルは母の言葉を嚙みしめながら、店の中や外をいつも綺麗にしていた。自分の店の前だけ掃除するのも不人情なことだと思い、両隣のポルトガル人のパン屋と日本人の仕立屋の店の前まで箒を持って掃除した。そんなつもりでしたわけではないのに、パン屋は売れ残ったパンを分けてくれた。仕立屋の日本人のおばあさんは、ジョンホをおぶって表に出ると和菓子らしきものをくれた。仕立屋の嫁はあからさまにポドゥルを見下していたが、おばあさんは優しい笑顔で接してくれた。ポドゥルは箒を動かしながら、時折仕立屋のショーウィンドウを覗いた。仕立屋には着物や浴衣のような日本人の服の他に、日本の文様を刺繍したハンカチや下駄や扇子などの小物も売っていた。店の客は、日本人に負けず劣らず、旅行者と思しき西洋人も多かった。針仕事には自信のあるポドゥルは、靴屋ではなく仕立屋を開くべきだったと後悔した。腰を曲げ、下を向いたまま地面を掃いていたポドゥルは、女の靴先に行き当たり手を止めた。白いソックスと茶色の靴には見覚えがある。靴屋を始めてから、人に会うとまず靴に目が行った。顔を上げるより早く、聞き慣れた声が聞こえた。

「ポドゥル、あんたポドゥルやろ？」

ホンジュだった。神戸で買った靴を履いたホンジュが、赤ん坊をおんぶして釜山《プサン》で買った鞄を持って立っている。結婚式を挙げて別れたきり、二年ぶりだった。ホンジュは二年の間にふくよかになり、一目でお母さんとわかる風貌になっていた。ポドゥルは目の前に友達が立っていることが信じられず、目をぱちくりさせた。引っ越したあと、一度だけ手紙のやり取りをしたが、ホノルルに来るという話は聞いていなかった。

「ポドゥル、おばけとちゃうで、あたしやんか。ホンジュやで」

通りがかりの人が振り返るほど大きな声で、ホンジュが叫んだ。

「ほんまにホンジュや。アイゴ、どういうこと？」

箒を放り出したポドゥルと鞄を投げ出したホンジュは、手を取り合ってぴょんぴょん飛び跳ねた。跳ねるたびにホンジュの背中で眠る赤ん坊が揺れた。

「大変、赤ちゃん起きるわ。どれどれ。ソンギルやったね。大きなって。暑い暑い、中入ろう」

ポドゥルはホンジュの鞄と箒を拾って店に入った。

「はよ、赤ん坊、下ろし」

「そうやな。寝たら重くて死にそうや」

ホンジュがおんぶ帯を解き、ポドゥルが赤ん坊を抱きとった。ジョンホより四か月早いソンギルは大きな子供のようにずっしり重かった。ホンジュは自分に似ていると自慢していたが、父親の面影の濃い顔だった。ポドゥルはくすりと笑いながら、ソンギルをジョンホの隣に寝かせた。ホンジュが近寄って、ジョンホを覗き込んだ。

「ジョンホは誰似や？　あんたには、ちっとも似てへんな」

「テワンさん瓜《うり》二つや」

ポドゥルは胸がいっぱいだった。大の字に眠る二人の赤ん坊で、部屋はいっぱいになった。

赤ん坊をおぶって汗だくになったホンジュは店の椅子に腰かけ、せわしなく団扇《うちわ》を動かしていた。

ポドゥルは台所に行って水を一杯持ってきた。ごくごくと水を飲んでから、ワイパフ農場に行くドクサムについてきたのだとホンジュが説明した。ワイパフはエワの近くで、ホノルルからも遠くない。

「ほな、そこに引っ越すん？」

ポドゥルが嬉しそうに訊いた。

「ずっと住むん違うねん。日本人労働者のストライキ潰しで来たんや」

その話はポドゥルも知っていた。

「あたしはホノルル来るんは嬉しいで、そやけどちょっと引っかかるわ。おんなじ労働者やのに、ストライキやったら一緒にやらな。お金くれるからいうて、潰すほうの先頭に立つってどう思う？」

実はポドゥルも同じ疑問をテワンにぶつけたことがある。一緒にストライキをして成果を得るべきで、ストライキ潰しで一時的に高い賃金を受け取るのは、長い目で見ると朝鮮人労働者にもよくないのではないか。ポドゥルは、そのときのテワンの答えをホンジュにそのまま話した。

「ストライキ潰しはお金のためだけと違うで。国を奪った日本人の邪魔するために頑張るんちゃうかな。独立運動する気持ちで」

ホンジュは、その通りだというように首を縦に振りながら言った。

「たしかに。どケチのチョ・ドクサムも、月給出たらちょっとずつやけど毎回寄付してるわ。そうや、ポドゥル。あたしも婦人救済会入ったで」

「ほんまに？　なんでそんな気持ちになったん？」

世の中の動きにまったく関心がないばかりか、新しいからという理由で日本のものばかり好んで選ぶホンジュだった。

「ここに来るまでは、何もしてくれへん朝鮮なんかなくなってもええと思うとったよ。だけど子供産んでみたら、ちゃうねん。国が日本に食われたままでおったら、子供も居候みたいに一生肩身の狭い思いせなあかんやろ。今食べるもんがちょっと減っても、独立に協力せなあかん。どんな間抜けかて朝鮮人なら、そう思うやろ？」

ホンジュの言う通り、朝鮮人労働者たちは稼いだお金を自分で使わず、競うように祖国のために使った。学校を建て、独立運動団体に支援金を出すために懸命に働くのだった。自分だけいい暮らしができたとしても、国を失った朝鮮民族としての悲しみからは逃れられないのだ。

「とにかく今回は日本のおかげっちゅうことや。ソンギルの父ちゃんはそのまま農場行ったけど、あたしはあんたにも会うて、鼻の穴広げて都会の風をいっぱい吸い込んだろう思って。次の日曜日にソンギルの父ちゃんが迎えに来るまで、泊まってもええかな？」

ホンジュがさりげなく部屋を見回して言った。今日は水曜だから、たったの四泊だ。ポドゥルは狭くて家財道具もろくにない部屋が恥ずかしくて、かえって大きな声が出た。

「当たり前やん。テワンさんは独立団の事務所で寝たらええから、ずっとおってもええで」

「そうか、テワンさんは団体で事務してはる言うてたな。あんたもイ博士、会うたことあるん？」

期待に満ちたホンジュの表情を見て、不安が込み上げてきた。まごまごしている間に、ホンジュが話し始めた。

「去年、イ博士がマウイにいらしたんよ。あたし、イ博士の講演に感動して教会も行くようになったし、婦人会も入ったんや。あんなに賢くて立派な人、他におらんわ。旦那さんがそんな人の下で働いてるなんて、羨ましいわ」

ホンジュの口からそんな話が出るとは思ってもみなかったポドゥルは、坂道を転がりながらどんどん大きくなる雪玉が自分に向かってきているように感じた。本当のことを言ったら、ジュリーの母さんのときみたいに喧嘩になるのではと怖くなった。ホノルルではパク・ヨンマン支持者とイ・スンマン支持者は互いに敵同士だと思っている。ホンジュとはそんなふうになりたくない。

「そこまで真面目な信者と違うけど、教会行ったらつき合いもできるしいい話も聞けて、行かんよりええみたいや。ポドゥル、テワンさんに頼んでイ博士にうちの人、紹介してもらわれへんかな?」

　転げ落ちてくる雪玉がスピードを上げた。

「そ、それは……」

「あのな、あんたの旦那は学があって団体の仕事してるしわからんと思うけど、あたしはソンギルが大きなってから、字も読まれへん父ちゃんのせいで気後れする思うと心配なんや。肩書きでもあれば、ちょっとましやんか」

　巨大になった雪玉がゴロゴロ転がってポドゥルに突進してきた。

「あ、あのな、テワンさんはパ、パク団長、パク・ヨンマン派や」

　ポドゥルはぎゅっと目をつむって言った。ホンジュが目をまん丸に見開いて何かを言おうとした瞬間、ジョンホが泣き出した。ポドゥルはほっと息をついた。部屋に駆け込んでおむつを替え、ジョンホを抱き店に戻った。ホンジュは何か考え込んでいたが、表情を取り繕ってジョンホに向かって両手を広げた。

「ジョンホ、こっちおいで。あたしが姨母《イモ》（母の姉妹に対する呼称。叔母さん、伯母さん）やで、イモ」

　人見知りの激しいジョンホは、ぐずぐず言いながらポドゥルの胸にへばりついていた。ポドゥルは、ホンジュの口から出た「イモ」という言葉に胸が熱くなった。両親以外に身内がいないジョンホが不憫だったが、イモができたのだ。子供のおかげでテワンとの結びつきが強くなったように、子供のおかげで友達との関係も深まった気がした。ポドゥルは、そんな友達を失いたくないと思った。

「よしよし、ジョンホお腹すいたやろ」

ポドゥルは、胸の紐を解いておっぱいを含ませた。その姿を見ていたホンジュが言った。

「アイゴ、あんたもあたしも、すっかりおばちゃんやね。そのへんで、おっぱい出したりして。それはそうと、ソンファは子供はまだなん？」

ポドゥルが顔を曇らせて頷いた。ソンファもやはり、ジョンホのもう一人のイモだ。ポドゥルは、ソンファがプエルトリコ人キャンプで狂ったように踊っていたことや、不意に放つ予言めいた言葉が当たるのだということを話そうとして踏み留まった。

「どんなときも口には気をつけなさい。言葉が種になって災いを招くんや」

幼い頃から脳裏に刻まれた、母の言葉だった。ポドゥルは口にした言葉が種となり災いを呼ぶかもしれないと考え、悪いことほど胸の奥底にしまい込むようにしていた。ソンファのこともそうだった。

「まあ、じいちゃんに赤ちゃんは無理かもしらんな」

ホンジュが笑いながら言った。ポドゥルは、テワンがパク・ヨンマンの側近だということがわかってからも、イ博士の話はなかったように振る舞うホンジュがありがたかった。

「そんなん言わんとき。オジンマル村のチャンスは、お父ちゃんが何歳のときの子か知ってる？還暦も古希も過ぎてからできたんやで」

心が軽くなったポドゥルは、笑いながら言った。二人の話題はオジンマル村のことに移っていった。故郷を離れて三年も経っていないのに、三十年は過ぎたような気がしていた。お互い実家からの手紙で知った内容を話し合った。ホンジュの下の兄の末娘がスペイン風邪で亡くなったという。

「朝鮮でスペイン風邪にかかるなんてな。文明開化いうことやな」

ホンジュが淡々と言った。

二人は次の週末、ソンファに会いにカフクへ行くことに決めた。それでなくてもポドゥルは行きたいと思っていた。カフクはテワンと暮らし始めた場所であり、ジョンホを妊娠し産んだ場所でもあった。そして、多くの思い出と共に舅の墓がある。

＊

土曜日、早めに昼食を済ませ家を出たポドゥルとホンジュは、ホノルル駅で汽車に乗った。ソンファのいるカフクで一晩泊まる予定だった。ポドゥルはまるで故郷に帰るかのように心が躍った。

席に着いた二人は、おんぶ帯を解き、赤ん坊を前に抱いた。片時もじっとしていないソンギルには、用意してきたお菓子を持たせ、ジョンホはおっぱいを飲ませながら眠らせた。二人のおしゃべりは途切れることがなかった。三日間、昼も夜もしゃべり続けているのに話すことはまだまだ残っていた。

「ポドゥル、ストライキ潰しが終わっても、あたしマウイには帰らんとく。ソンギルの父ちゃん言いくるめて、あんたの近くで住むわ。そやけどあんたら夫婦は熱々やから、見るたびに羨ましいで我慢できるやろか？」

ホンジュが嫉妬や妬みのまったく感じられぬ口ぶりで言うので、ポドゥルは言えずにいた事情を打ち明けた。

「あたしも最初からよかったわけちゃうねんで。キャンプのおばさんたちが、テワンさんに命がけで好いてた人がおったいう話してるんを結婚初夜に聞いてしもて。結婚かて本人が望んだんちゃうと、お義父さんが無理矢理させたんやて」

「アイゴ、そんなことがあったん？　それは辛かったな」

ホンジュは驚いた。

「ほんまに。あの人が心を開いたんは、結婚して四か月も経ってからや。辛すぎて、あんたに手紙も書かれへんかったし、ソンファに会いにも行かれへんかったんや」

「それで、どないして旦那の心を摑んだんや？　あんたは夜の相手が上手いいうことはなさそうやし」

ホンジュが笑いながら訊いた。

「ようそんなこと口に出せるなあ」

誰かに聞かれたのではないかと真っ赤になって周りを見回し、ポドゥルは姑の墓参りに行ったときの話をした。ホンジュは小説のストーリーを聞くように面白がった。

「そやけど、そのあとに初恋よりも強敵が待ち構えてたんや」

ポドゥルは溜め息をついた。

「何やの？」

「朝鮮の独立。テワンさんはあたしと結婚する前に、軍事学校で独立のために身も心も捧げる言うて宣誓したんやて」

「アイゴ、自分の旦那やったら嫌やけど、よその旦那やからそれもかっこええわ」

ポドゥルとホンジュは、オジンマル村のホンジュの部屋でしていたように、しゃべり続け笑った。通路を挟んだ隣席の日本人の女が眉をひそめてチラチラ見るのも、まったく気にならなかった。

カフク駅で降りた二人はまず、教会の近くにある共同墓地へ向かった。あんなに待ち望んだ孫にも会えずにこの世を去った舅を思うと、新たな悲しみに鼻の奥がつんとした。

「お義父さん、ジョンホですよ。お義父さんの初孫。ジョンホ、おじいちゃんに挨拶しよか」

ポドゥルはジョンホを舅の墓碑の前に下ろした。おんぶ帯を解くと、裸になったように軽く涼しかった。墓碑につかまり立ちしたジョンホは、よちよちと墓碑の周りを回った。お尻を上下に振り、踊っているみたいな姿がまるで祖父と遊んでいるように見えた。舅が生きていたら、どんなにジョンホを可愛がってくれただろう。ポドゥルは涙を拭った。

墓地から出た二人は、運良く通りかかった馬車に乗せてもらい、ソンファが以前暮らしていた集落に行った。そこから十里の距離を歩いてキャンプ・セブンまでたどり着いた。ちょうど農場の仕事を終えた人々が家に帰る時間になっていた。ポドゥルは道でドゥスンの母さんに会った。ドゥスンの母さんは実の姪が来たように喜び、成長したジョンホを見て驚いた。ドゥスンの母さんと近況を話し合ってから、ポドゥルはソンファのことを尋ねた。

「ソクポじいさんは、手を上げたりしてませんか？」

一番心配なことだった。

「じいさん、もうそんな元気もないよ。若い嫁さんが、年寄りの世話して洗濯の仕事して、苦労してるよ」

「うちが住んでた家には誰が住んでます？」

ポドゥルは、次に気になっていたことを訊いた。

「チャンさんって、ちょっと前に写真結婚したんだけど、お嫁さんと住んでるよ。まあ逞しい嫁さんでね、来るなり農場で働いてるよ。食堂だの洗濯だのは、稼ぎが少ないから嫌だってさ」

ソンファの家に行くには、ポドゥルが住んでいた家を通らねばならない。ポドゥルはしばし立ち止まり、柵の向こうを眺めた。家もパパイアの木もそのままだった。家の主の性格を物語るように、庭には雑草一本生えておらず、鶏も小屋に入れられていた。ポドゥルは、嫁いできたときに舅とテワンがそれまでしていたやり方で、暮らしを切り盛りした。庭には野の花が色とりどりに咲き乱れ、鶏は庭や野菜畑を我が物顔で歩き回っていた。しかし今は、パパイアの木の下にも草一本生えていなかった。ポドゥルは自分が住んでいた家がきちんと手入れされている様子が嬉しくもあり、思い出が綺麗に消されてしまったようで悲しくもあった。

ソンファの家にたどり着くと、ソンファは庭にいて、仕事を終えたソクポじいさんは風呂から出たばかりだった。ソンファは、ポドゥルとホンジュをぽかんと眺めていた。別れたときに比べて、状況が悪くなったようには見えなかった。

「ソンファ、会いに来たで。アイゴ、あの綺麗な顔はどこに消えたん？」

ホンジュがソンファを抱きしめて滂沱《ぼうだ》の涙を流した。

「ソンファ、元気やった？　ホンジュがうちに来て、一緒に会いに来ることにしたんやで。あたしら、一晩泊まっていくわ。ええやんな？」

ポドゥルが言うと、ソンファが二人を家に招き入れた。ソンファは這い回るジョンホと、あちこち走り回るソンギルに気を取られ、友達には興味がないようだった。

「ちょっと、ご飯出してえな。お昼早よ食べたから、お腹ペコペコで死にそうや」

ホンジュに言われて台所に行ったソンファが、晩ご飯を出してくれた。ちょうどご飯時で、ご飯もおかずもできあがっていた。数か月の間にさらに老いたソクポじいさんは、友達同士で楽しく過ごすよう言いおいてご飯も食べずに出ていった。お腹いっぱいご飯を食べたホンジュが言った。

「実家に帰ってきたみたいや。ソンファ、あんたが一番上の姉さんやね」

三人の中でソンファの誕生日が一番早かった。次がホンジュ、そしてポドゥルの順だ。ソンファはもちろん、ホンジュのことさえ妹のように思っていたポドゥルは、本来の位置に収まった気がしてホッとした。

「あたしら、将来ホノルルに集まって暮らそうな。人が死ぬ順番はわからん言うけど、年で言うたらソンファとこが一番先やんか。そしたら、若い婿さんもろうて楽しく暮らしや」

ホンジュが真剣な顔で言った。ポドゥルも三人で一緒に暮らしたいと、切実に思っていた。

「それで、その次はソンギルの父ちゃんやけど、あんたも再婚するつもり？」

ポドゥルが笑いながら訊いた。

「当たり前やん。人生は三回勝負やいうから、せなあかんやろ」

豪快に言い放ったホンジュが、ソンギルを見て言った。

「あ、しもうた。ソンギル、ごめん。聞かんかったことにしてや」

三人の笑い声が、空っぽだった家を満たした。

＊

カフクから戻った日の夕方、迎えに来た夫と共にホンジュはワイパフ農場へ向かった。ホンジュを見送るポドゥルは、結婚式のあとで別れたときよりはるかに寂しく、心が空っぽになりそうだった。

ホンジュは自分で言ったことを実行した。日本人労働者のストライキが終わってもマウイには戻らず、ワイパフの北にあるワヒアワのパイナップル農場に移ったのだ。ホノルルから汽車で二時間あれば行ける距離だった。

彷徨える暮らし

　年が明けても店の状況がよくなることはなかった。あつらえの注文も入らず、開業時に仕入れた既製品の上にもほこりが溜まっていった。新しい商品に替えたくとも、それができる状況ではなかった。そのうえテワンが独立団の仕事をしているので、イ・スンマン支持者は店に近寄りさえしなかった。初めの頃は、パク・ヨンマン支持者が来てくれていたが、朝鮮と違い、季節によって変える必要のない靴をハワイではそうそう買い替えはしないのだった。米櫃《こめびつ》の底が見え始め、ポドゥルの胸の内も荒《すさ》んでいった。テワンは事務所で独立団の機関紙を作るよりも、外を歩き回りながら支援金を集める仕事のほうを好んだ。

「俺は机の前に座ってペンをいじくって、口ばっかり使うのは性に合わん」

　オアフ島内のあちこちだけでなく近くの島を忙しく回るテワンは、滅多にないあつらえ品の注文が入っても作ることができなかった。たまりかねたポドゥルが状況を話すと、なんとかお金を作り家賃を払ってくれたが生活が苦しいことに変わりはなかった。ジョンホが両隣のパン屋や仕立屋を覗き込んでいるのを見ると、日照りが続いた田んぼのように心にひびが入った。実家の母と変わらぬ、食べることにすら困窮する状態だった。ポドゥルは、ジョンホが父親に対して人見知りをして、自分の後ろに隠れるのが一番辛かった。

「あんたが最初に手綱を締めへんかったからやで。大黒柱らしくせえって、責め立てなあかんよ」

この前、ジュリーの母さんには、こちらに非があるようなことを言われた。

ホンジュが来たとき、ジュリーの母さんと揉めたことを知らないテワンが、ジュリーの家に遊びに行ってこいと勧めるので、仕方なく行ったのだ。ポドゥルは、ジュリーの母さんが親身になってくれた忠告に腹を立て、子供を抱いて飛び出してしまった自分の心の狭さを後悔していた。ジュリーの母さんと二、三度視線を交わすと、わだかまりは溶けてなくなった。最初の結婚でしばらく馬山《マサン》に暮らしたホンジュは、ジュリーの母さんとすぐに打ち解けて昔からの知り合いのようにしゃべり続けた。

ポドゥルはジュリーの母さんに言われた通り責め立ててやろうと決心するも、いざ髭《ひげ》は伸び放題で目は落ちくぼんだ姿で帰宅するテワンを見ると、言葉が出なかった。

遊び歩いて忙しいのと違うて、大事な仕事で忙しい人やんか。

テワンが中国やロシアに行くと言い出さないだけでもありがたいし、よしとしようと思った。ポドゥルは朝鮮が独立を成し遂げるまで、暮らしは自分でなんとかしようと考え直した。そのためには、今の靴屋に甘んじるわけにはいかない。ポドゥルはさっそく計画を実行に移した。生地屋で、リネンを一ヤードと色とりどりの刺繍糸を買った。そして、日本人の仕立屋を訪れる西洋人旅行客を思い浮かべながら、鶴や梅、牡丹や松といった朝鮮の伝統文様を刺繍したハンカチとランチョンマットを作った。

ジョンホが一人遊びをしていたり寝ていたりする間に少しずつ針を動かしていると、母と二人で針仕事をしていた頃が思い出された。あの頃は指先にたこができるほど続く仕事にうんざりしていたが、今はとにかくお金を稼ぎたい一心だった。刺繍に集中していると、他の雑多な考えが消えてしまうのはよかった。しかも母の指示通り作るのとは違い、自分で色や文様を決めて刺繍することには新鮮な楽しみがあった。一ヤードの布で、ハンカチ五枚とランチョンマット四枚を作ることができた。様々な色の文様を入れたハンカチと、縁をかがる糸の色は同じだがそれぞれ違う花の刺繍を入れたランチョンマットを陳列棚の片隅に置いた。

ジョンホをおぶって店の前に出ていたポドゥルは、ハオレの老夫婦がショーウィンドウのハンカチとランチョンマットに見入っているのに気づいて、胸が高鳴った。ポドゥルと目が合うと、妻のほうがにっこり微笑んだ。ポドゥルは慌てて店に入ると、二人を手招きした。それだけでも、かなりの勇気を要した。店に入ってきた夫婦がハンカチとランチョンマットを指さしながら何か言ったが、一言も聞き取れなかった。ポドゥルは夫人にハンカチとランチョンマットを一枚ずつ手渡しながら、拙《つたな》い英語で金額を伝えた。

「サーティーセント。フォーティーセント。オールイズスリーダラー」

ハンカチとランチョンマットの合計で三ドル十セントだが、商売には駆け引きが必要だ。夫人は刺繍の細かいところまで確認しているようだった。ポドゥルは、小さなテーブルに置いた裁縫箱と自分を交互に指さしながら、刺繍する身振りをしてみせた。夫婦の会話の中にジャパンという言葉が聞こえ、ポドゥルは手を振りながら言った。

「ノージャパン。コリアです、コリア」

夫人は夫と何か話し合ってから、ハンカチとランチョンマットを全部買うと言った。

「ぜ、全部ですか？」

ポドゥルは我を忘れて朝鮮語で訊き返した。夫人はなんとなく意味がわかったようで、首を縦に振った。老紳士が「ワンダフル」を連発すると、ポドゥルの心臓は爆発寸前だった。ハンカチとランチョンマットを渡して三ドルをもらうポドゥルの手は、ぷるぷる震えていた。生地と糸で一ドル少しだったから、初めての商売で半分以上の利益が出たのだ。ポドゥルは老夫婦が帰ると、すぐに店を閉めて生地を買いに走った。

「ジョンホ、母ちゃんがお金いっぱい稼いで、美味しいもんもおもちゃも買うたるからな。ちょっとだけ待っときや」

ポドゥルが走ると、背中のジョンホは一緒に揺れながらキャッキャッと笑った。

手作りの品は、靴よりもよく売れた。時には、ハンカチやマットを買いに来たついでに靴を買う人もいた。また、テーブルクロスを注文したり、ハンカチに名前を刺繍してほしがったりする客も来るようになった。ポドゥルは、ますます刺繍に精を出した。よだれかけやエプロンなど、品数も増やした。棚には靴の代わりに刺繍を入れた商品が並ぶようになった。昼間はジョンホのせいで落ち着いて刺繍に集中することができず、寝る時間を削るしかなかった。テワンはポドゥルの身体を気遣いながらも、日本人の仕立屋の隣で朝鮮の文様を刺繍した商品を売ることに意味を見出していた。

「たいしたもんだ。どうせやるなら、日本人の鼻をへし折ってくれ」

「そんなこと言わんといて。あの人たちは、ジョンホのことも可愛がってお菓子もくれるし、ええ人たちです。向こうに寄ったお客が、うちにも寄っていくんですよ」

ホノルルに知り合いがほとんどいないポドゥルにとって、親しく挨拶を交わせる隣人は本当に大切な存在だった。ところがポドゥルの刺繍が売れ始めると、仕立屋のおばあさんの態度が目に見えて冷たくなった。ポドゥルが挨拶をしても返してくれないばかりか、ジョンホのことも知らんふりをした。ポドゥルは客を奪ってしまったことが申し訳なくて、仕立屋の前もいっそう気を使って掃き清めた。しばらくして仕立屋は最新のミシンを入れ、多様な商品を作るようになった。西洋人には日本も朝鮮も見分けがつかないので、ぱっとしない靴屋より見栄えのよい仕立屋の商品に人気が集まるのは自然な流れだった。ポドゥルの作った商品を買う人が明らかに減り、ジョンホはジョンホで起きるとすぐに外に出たがるようになってきたので、刺繍の時間を確保するのが難しくなっていた。夜にうとうとして、指から血を流すくらいなら、もうやらないほうがましだった。

その日もポドゥルは、家でじっとしていられないジョンホと一緒に表に出た。

ジョンホは仕立屋のほうへよちよち歩いていった。ポドゥルが後をついて歩いているところへ、仕立屋の嫁がバケツの水をざっと撒《ま》いた。頭から水を被ってしまったジョンホは泣き出した。ポドゥルは驚いて駆け寄り、ジョンホを抱き上げた。仕立屋の嫁は、そんなところにいるほうが悪いのだとばかりに謝りもせず店に入ってしまった。

「ジョンホ、びっくりしたやろ?」

ジョンホをあやしつつ家に戻りながら、悔し涙がこぼれた。けれども言葉が通じないうえに、毎日のように顔を突き合わせて暮らす人を相手に喧嘩する自信はなかった。ジョンホを着替えさせながら、我知らずきつい言葉を吐き出していた。

「掃いて捨てるほどあるんが仕立屋ちゃうんか。お互いさまで食べていけたらそれでええのに、不人情なことや。あんな人やと思わんかったわ。人の国奪った自分とこの国とそっくりや」

ジョンホをおぶって外に出たポドゥルは、店に鍵をかけた。客の来ない店にじっと座っていたら、悔しさと寂しさでおかしくなりそうだったが、行く当てもなかった。ジュリーの母さんは仕事中だろうし、テワンは事務所に行けば会えるが、こんなことで押しかけるわけにはいかない。ジョンホをおぶったまま、ポドゥルはあてどなく歩いた。

ポドゥルの家があるリリハ通りは、様々な国から来た多様な民族の人々が、ありとあらゆる商売をしながら暮らす場所だ。朝鮮人もそれなりに住んではいるが、教会にも行かず婦人会にも入っていないポドゥルに仲のよい人はいなかった。実際、真っ二つに割れた同胞社会の中では、どちら側と会っても居心地が悪いのだった。これまでのつき合いがあるのでお互い気を使ってはいるが、ジュリーの母さんとの関係にしてもいつまた壊れるかわからない。

気兼ねなく訪ねて何でも話せる友達が、心の底から恋しかった。近くなったから簡単に会えると思っていたホンジュとも、あのあとで手紙を一度やり取りしたきりだった。ホンジュは二人目を流産し、パイナップルの缶詰工場で働いていた。ミョンオクとマクソンもワヒアワにいるから引っ越してこいと、手紙に書いてあった。ジュリーの母さんに聞いた話では、ソンファにはまだ子供がいなかった。

ポドゥルはホンジュとソンファだけでなく、ミョンオクとマクソンにも会いたかった。神戸で同じ旅館に泊まって、新生活に対する期待に胸膨らませ笑ってはしゃいだことが夢のようだった。初めて夫を見て絶望した皆と、旅館の部屋で泣いたことすら懐かしかった。自動車や馬や馬車が溢れ、行き交う人々でごった返す通りの真ん中で、ポドゥル一人が孤独だった。

歩き続けていると、ノースキング通りを通ってイオラニ宮殿の前に出た。王位を追われ、宮殿に幽閉されていたというハワイ王国最後の女王のことを考えた。部屋に閉じ込められていた女王の情念に全身を呑み込まれたように、ポドゥルは今にも嗚咽が漏れそうだった。女王の涙みたいなスコールが突然降り始めた。雨季の気候に慣れている人々は、別段慌てるふうでもなく仕事を続けたり軒下に移ったりしていた。

ポドゥルは、枝から垂れ下がった根がまるで森のように見えるバニヤンの木の下に入った。生い茂った葉が傘となり、大粒の雨には当たらずに済んだ。スコールを浴びた大木は、生気を漲らせている。枝から思い思いに垂れ下がった幹のような根が寄り添う姿を、ポドゥルは羨ましいと思った。母の気持ちなど知る由《よし》もないジョンホは、葉の間から落ちる雨粒に当たるのが面白いらしくポドゥルの背中で身体を揺すっている。雨が上がり虹が立つと、ポドゥルはいつも通り反射的によいことがありますようにと祈った。

そして、ジュリーの家に向かった。ジュリーの母さんか、子供たちの誰かが帰っている時間だった。おんぶ帯を巻いたポドゥルとジョンホの服は、汗と雨とでぐっしょり濡れていた。家を出てからずっとおんぶしたまま歩き続けたポドゥルの足は、鉛をぶら下げたように重かった。

ジュリーの家は、中国人の営む八百屋の上階だった。最後の力を振り絞って階段を上がり家にたどり着いたが、扉は閉まっていて留守だった。ポドゥルは泣きたかった。一度おっぱいを飲んだきりのジョンホは、お腹をすかせてぐずっている。ポドゥルはジョンホを下ろし、扉の前に座り込んで乳首を口に含ませた。何も食べずに二回も授乳したポドゥルは、お腹がぺこぺこで喉も渇いていた。おっぱいの出が悪いのかぐずっていたジョンホが、ぱっと口を離して顔を上げた。階段を上がる子供たちの声が聞こえる。ポドゥルの顔が明るくなった。

「ジョンホ!」

トニーの手をつないで上がってきたジュリーが叫んだ。後ろからナンシーとアリス、そしてジュリーの母さんが現れた。ポドゥルはジョンホを下ろして立ち上がった。ジョンホは子供たちを見ると喜んで身体を揺すった。

「こんな時間にどないしたん?」

ジュリーの母さんが驚いた顔で訊いた。

「ちょっとついでがあって寄りました。どこか行ってはったんですか?」

「暑いから、とにかく入り。ちょうど話したいこともあるし」

家に入ると、ジョンホは子供たちと遊ぶことに夢中でポドゥルに近寄りもしなかった。

「子供らの学校と幼稚園の転校申請してきたところや」

ジュリーの母さんが水を一杯こちらに手渡し、自分もごくごくと飲み干してから言った。

「転校？　なんでまた？」

ポドゥルが驚いて訊いた。

「うちらワヒアワに引っ越すことになったんや」

ポドゥルは力が抜けてコップを落としそうになった。ジュリーの母さんまでいなくなったら、どうやって生きていけばよいのだろう。

「パイナップル農場に行くんですか？」

もうすでに、ホノルルが空っぽになったような気がした。

「ちゃうちゃう。洗濯屋するんや。開城《ケソン》おばさんが、米軍部隊のほうに空きが出た言うて連絡くれてな。ジュリーの父ちゃんが見てきたんやけど、近くに公立学校もある言うから行くことに決めたんや」

懐かしい人たちのいるところへ移るジュリーの母さんが羨ましかった。

ポドゥルはオジンマル村で生まれ、十八歳になるまでそこで暮らした。朝鮮では、あちこち渡り歩く流れ者はよく思われないのだ。よそから移り住む人があっても、よそ者扱いして距離を置いた。しかしハワイに労働者として渡ってきた人々の厳しく不安定な暮らしは、ひとところに根を下ろすことを許さなかった。学もなく特別な技術も持たない大多数の人々は、食べていくための仕事と少しでもましな条件を求めて、島から島、街から街を渡り歩いた。今は、軍人だけでも七千人いるというスコフィールド基地と大規模パイナップル農場のあるワヒアワに人が集まっている。ポドゥルもそこに行きたかった。寄り添って並ぶバニヤンの木の根のように、好きな人たちと集まって暮らせればいいのに。

「それは、いい話ですね。あたしも商売にならん店なんか畳んでしまいたい。向こうに、あたしらができる仕事ありませんか?」

ポドゥルはテワンが独立団の仕事を辞めるはずがないと思いながらも、苦し紛れに訊いてみた。

「アイゴ、テワンさんが行くわけないやろ。それにあんたも、旦那と離れて暮らせるんか?」

テワンは事務所で寝泊まりすることにして自分とジョンホだけで行くのはどうだろうかと考えてみたが、子供のためにも夫と離れたくはなかった。たとえ毎日会えなくても、父親の存在が傍にあるのとないのとでは大違いだ。父親なしで育つということがどういうことなのか、誰よりもよく知っていた。ポドゥルは返事の代わりに、重い溜め息をついた。

「そういうわけなんやけどポドゥル、あんた、うちがしてる仕事、したらどうやろ?」

ポドゥルは耳をそばだてた。けれどもジョンホを預けるところがない。幼稚園に入れるには幼すぎる。

「子供はどないするんです?」

ポドゥルはしょんぼりした。

「実はもう言うてあるんよ。子連れでもいい言うてくれたわ。庭が広いから、ジョンホは遊ばしといて仕事したらええ。針仕事が上手や言うたら、気に入ったみたいで、とにかく連れてくるように言われたんや」

月曜日から土曜日の、朝九時から夕方五時まで働いて週給六ドルだという。一か月で二十四ドルだ。サトウキビ農場の男性労働者の月給が三十ドルだから、時間や仕事内容をみても決して少ない額ではなかった。

「ありがとう、お姉さん。本当にありがとうございます」

ポドゥルは、すでに仕事が決まったかのように喜んで礼を言った。

「礼は決まってから言うて。うちが紹介しよう思うたんはな、何より人がいいからや。そこの家は子供が四人いてるんやけど、時々おさがりをくれたりパーティーで残った食べ物を持たせてくれたりするねん」

「ほんまに、ありがとうございます。もし決まったら、紹介してくれた姉さんの顔つぶさんように頑張ります」

さっそく翌日の訪問を決め、ジョンホと家に帰るポドゥルの足取りは軽かった。気の早いことに二十四ドルを手に入れた気になったポドゥルは、久しぶりに肉屋に寄り豚肉を買った。肉屋はラードをひと塊、おまけにつけてくれた。幸運はすでに始まっているようだった。

＊

テワンが出勤すると、ポドゥルは支度をしてジョンホと共に家を出た。靴屋を畳んでパンチボウル通りに引っ越してからは、家賃も安くなり職場も近くなった。十七か月になったジョンホはしっかり歩けるようになっていたが、時間がかかるのでおぶって通勤することにしていた。

アラモアナビーチにある邸宅は、庭が公園のように広々としていた。邸宅の主、ミスター・ロブソンは大型漁船を何隻《なんせき》も所有する富豪だった。もとはアメリカ本土のポートランドに住んでいたが、商用で寄ったハワイの風光に魅せられ家族で移住したのだという。ロブソン夫妻には小学生の姉妹と五歳になる双子の男の子がいた。離れで働くポドゥルは、子供たちが学校や幼稚園に行くために自家用車に乗り込む姿を遠目に見たことがあるだけだった。ミスター・ロブソンはもちろん、家にいるはずのロブソン夫人すらほとんど見かけることがなかった。

部屋と浴室が二十近くもあり、頻繁にパーティーが催される邸宅には、料理人と庭師、乳母の他にも住み込みや通いで働く使用人がいた。使用人たちを統括するのは、メリカというハワイ先住民の女性だった。ジュリーの母さんが「人がいい」と言ったのは、メリカのことだった。多くの使用人の中で朝鮮人はポドゥル一人だ。ハワイに来てもほとんど朝鮮人の中だけで暮らしてきたポドゥルは、言葉の通じない人々と一緒に働かなくてはならないということが少し怖かった。それでもメリカがにこやかに接してくれるし、ジュリーの母さんもやり遂げた仕事なのだと考え勇気を出した。一方でパク・ヨンマン派だのイ・スンマン派だのと気を使わずに、仕事だけすればいいのは、かえって気が楽だった。

ポドゥルには洗濯の仕事が割り当てられた。ジュリーの母さんはフィリピン人女性二人と共に、邸宅の掃除と洗濯をしていた。ポドゥルは子連れなので、使用人宿舎の隣にある洗濯室で洗濯を全部、一人ですることになった。その代わり、裏庭で遊ぶジョンホを見守ることができた。たかだか六人家族の洗濯物と甘く見ていたポドゥルは、その六人が一日に何度も着替えることを知ってびっくりした。

朝鮮では季節ごとに一着の服で通すことも多かった。気温の高いハワイでも、泥だらけになる作業着は毎日洗濯するが、他の服は数日着るのが普通だった。ところがお金持ちのハオレたちは食事やパーティー、スポーツなど、何かするたびに服を着替えるのだ。服だけではなく、ベッドカバーや布団やカーテンまで毎日のように取り替えた。ロブソン一家が出す洗濯物だけで、すべての朝鮮人が着るものや寝床をまかなえるのではないかと思うほどだった。以前、カフク駅でハオレの子供にあげたゆで卵が、彼らにとってどんなに粗末なものだったのか、今更ながら理解できたのだった。

ポドゥルが洗濯し、アイロンをかけ、取れたボタンをつけたり破れたところを補修したりする間、ジョンホは宿舎の裏にある小さな庭で遊んでいた。プルメリアの白い花が甘い香りを漂わせている。ジョンホが木から落ちた花や実を拾いながら一人でもよく遊ぶ姿を見ていると、微笑ましいが可哀想でもあった。ジョンホが大きくなる前に、早くお金を貯めて幼稚園に入れてあげようと心に決めた。

ある日メリカが、ロブソン家の子供たちが使っていた木馬のおもちゃを持ってきてくれた。片方の持ち手と足を置く部分が壊れていたが、ジョンホは大喜びで乗ると、一日中降りようとしなかった。退勤のときも家に持って帰ると言って聞かず、なだめるのに苦労した。他の使用人たちがかまってくれたり、時には食べ物をくれたりするので、ジョンホの人見知りも少しよくなっていた。ポドゥルは仕事に満足していた。大きなものを洗濯すると、身体中のあちこちが痛み辛かったが、ジヨンホを連れて安心して働けるこんな職場が、他にあるとは思えなかった。ジュリーの母さんが言ったように、時には双子のお下がりの服やおもちゃがもらえ、パーティーで残った食べ物も持って帰れるこの職場を失いたくなかった。

＊

ポドゥルがロブソン家で働き始めて三か月半が過ぎようとしていた。使用人たちは、いつも裏庭で昼食を作って食べた。茹でたタロイモを潰し粥のように煮たポイや、ティーという大きな木の葉に盛った魚のフライを食べていた。メリカが一緒に食べてもいいと言ってくれたが、ポドゥルは口に合わず弁当を持参していた。

ハワイの料理に先に慣れたのはジョンホだった。豚肉をティーの葉で包んで蒸し焼きにしたラウラウを口にしてから、彼らの作る料理は何でも食べるようになった。お昼にポドゥルがご飯と大根の漬け物だけの弁当を広げると、ジョンホはするりと逃げ出して、他の使用人たちの食卓を覗きに行ったりしていた。だんだんと弁当を作る回数が減り、今ではポドゥルも他の使用人たちと一緒に昼食を取るようになっていた。

ポドゥルは洗濯以外の仕事もするようになった。働き始めて間もない頃、娘のワンピースの裾に付いた染みが落ちないので、刺繍で隠してもかまわないかと訊いてみた。花模様の刺繍を入れたワンピースを見て、ロブソン夫人はポドゥルを母屋のほうに呼んだ。メリカについて初めて邸宅の庭に足を踏み入れた。ハワイの木や花をすべて集めたような庭園には、鳥まで飛び交っている。宮殿より立派に見える庭園の片隅に、ブランコと滑り台、自転車と小さな丸太小屋と砂場まで揃った遊び場が見えた。ポドゥルは、羨ましくて羨ましくて、堪らなかった。壊れた木馬であんなに喜んでいるジョンホに、一度だけでも遊ばせてやりたかった。

ポドゥルが靴を脱いで部屋に入ろうとすると、メリカが笑いながら靴を履くように言った。ポドゥルは汗で床についた足跡が恥ずかしくて赤面した。邸宅の内部は、ポドゥルが神戸の洋館を見て想像したよりも百倍は広く、見たこともない高級家具が所狭しと並んでいた。天井では大きな扇風機が回って風を起こし、ガラス窓の向こうには白波の立つ海が広がっている。その海は、ポドゥルの知っている海とは別物だった。

ポドゥルは、ソファにお尻をちょこんと乗せてロブソン夫人を待った。しばらくして裾の長いドレスを着たロブソン夫人が現れた。ロブソン夫人は紙に描かれた花の文様を見せながら、リビングとダイニングのテーブルマットに刺繍してほしいと言った。ロブソン家の紋章だという。ロブソン夫人の英語をメリカがハワイ語に訳すという調子だったが、ポドゥルは目ざとく意味を理解した。後日ポドゥルが見本として刺繍したマットを見て、ロブソン夫人は満足げだった。夫人が刺繍代を別でくれると、ポドゥルは予想外の収入に心が躍った。

一九二一年六月二十九日。上海臨時政府に行っていたイ・スンマンがハワイに戻った。臨時政府大統領の帰還で、韓人社会はざわめいていたが、ポドゥルは興味がなかった。朝鮮人とつき合いがないので耳に入る話もないのだが、そのほうが楽だった。テワンは相変わらず忙しい。一日の仕事で力尽きてしまい、ポドゥルはテワンの帰りを待てずに寝てしまう。テワンにしても外で神経を擦り減らして帰るので、一言も言葉を交わさずに倒れ込んで眠ってしまうのだった。やっと三年一緒に暮らしただけなのに三十年目の夫婦みたいだということを時折寂しく思ったが、それを深く考える気力がなかった。二人目ができないのが、心配どころかありがたいぐらいだった。

ポドゥルは多くを望んではいなかった。特別な幸運も望まない。手がぼろぼろになり身体中が痛くても、自分の稼ぎで生活ができていることに満足していた。ジョンホの未来を夢見ることができる現実が、幸せだった。

安定した職場を提供してくれるロブソン夫婦には、いつも感謝の気持ちを抱いていた。あの事件までは、そう思っていた。

ポドゥルは仕事をしながら、ちょくちょく裏庭にいるジョンホを確認した。もうしばらくすると満二歳になるジョンホは、裏庭に飽きて他の場所に行きたがった。人見知りが直り、その分だけ増えた好奇心を抑えられないのだ。ポドゥルはジョンホが歩き回って、庭園の花や木を傷つけやしないか心配だった。庭師を三人も雇い、手入れの行き届いた庭園は、ロブソン氏の自慢だった。

アイロンがけをしながら、裏庭を覗いたポドゥルは心臓が止まりそうになった。ジョンホがいない。アイロンを立てて置いて、飛び出した。庭園のほうからジョンホの泣き声が聞こえる。夢中で駆けつけたポドゥルが見たのは、遊び場で怒ったように息まくロブソン家の双子、地面に倒れたまま泣くジョンホ、その横に転がっている子供用の自転車だった。庭園に入り込んだジョンホが、自転車に乗ろうとして双子と喧嘩になったのだろう。ポドゥルは泣いているジョンホよりも、自転車のことが心配になった。その辺の自動車よりも高そうに見える自転車を壊しでもしたら、大変なことだった。

「ジョンホ」

母の声に振り返ったジョンホは、さらに悲しげに泣いた。こめかみから血が流れている。

「怪我したん⁉」

ポドゥルは駆け寄り、ジョンホを抱き上げた。目じりの真横に傷があった。ジョンホは泣きながら双子を指さした。一人の手からコマが落ちた。ジョンホは切れ切れに、あのコマで叩かれたと訴えた。少しでもずれていたら目に怪我をしていたと思うと、ぞっとして腹が立った。

「あんた、ほんまにそれで、この子叩いたん？　口で言わなあかんやろ、目に刺さったらどないするの⁉」

ポドゥルは我を忘れて双子を怒鳴りつけた。一人が泣き出すと、もう一人もつられて泣き出した。騒ぎを聞きつけたロブソン夫人とメリカがやってきた。ポドゥルは、ジョンホに怪我をさせた双子を夫人が叱ると思っていた。血を流して泣くジョンホを見たのだから、形だけでも謝ると思っていた。だが、ロブソン夫人は、ジョンホが柵を越えて庭園に入り込んだことを責めた。ポドゥルの刺繍に満足し、優しく微笑んでいた表情は欠片《かけら》も見当たらぬ冷たい顔だった。双子は母親の隣で、ジョンホに向かってべーっと舌を出してみせた。それを見て怒りが爆発したポドゥルは、夫人の前にジョンホを突き出して言った。

「この子の顔から血が出てるのが見えませんか？　いくら子供が庭園に入ったんが悪いいうても、

人間より庭のほうが大事なんですか？」

　母に押されてハオレの夫人の前に立ったジョンホは、大声を上げて泣いた。ポドゥルを蔑むような目で見ていたロブソン夫人は、メリカに何か言うと踵《きびす》を返し、双子を連れていってしまった。メリカが複雑な表情でポドゥルを見ていた。ポドゥルはかっかしながら、ジョンホを抱いて洗濯室に戻った。水で流してみると、ジョンホの傷は小さいが深かった。ポドゥルの胸の片隅が、その傷よりも深く抉られた。テワンの背中の傷痕を見るときの数十倍、胸が痛んだ。

「どないしよう。痕が残りそうや」

　ひどい目に遭ったジョンホを抱いていたかったが、仕事がまだ山のように残っていた。

「ジョンホ、母ちゃんがあとでお菓子買うたるからな。母ちゃんは仕事せなあかんし、あっち行って遊んどき。絶対向こうの庭に行ったらあかんよ。わかった？」

　ジョンホをなだめて裏庭にやると、ポドゥルはまたアイロンを手にした。ところが、退勤時間になる前に、その日までの給料と解雇通知を渡された。

　何も言わずに邸宅を出てきたポドゥルは、ジョンホをおぶってとぼとぼ歩いた。帰る道すがら、今回だけは大目に見てほしいと訴えなかったことを後悔していた。あれだけの職場を、また他で得ることはできないだろう。同時に、どうせならロブソン夫人に言いたいことを全部ぶちまければよかったと臍《ほぞ》を噛む思いだった。

＊

ロブソン家をくびになってしまったポドゥルだが、その後、新しい職を得ることができた。ハワイに来て初めて泊まった「海星旅館《ヘソン》」だ。旅館を手伝っていた娘が嫁に行ったうえにおかみさんが腰を痛めてしまい、すぐに働ける人を探していたのだ。客室の清掃、寝具とタオルの洗濯が仕事だった。独立団の会員でもある旅館の主人を訪ねたテワンが話を聞いてきて、ポドゥルに伝えたのだ。

ポドゥルは今が夜なのがもどかしいくらいに気が急いた。

そして翌日、出勤するテワンと一緒に家を出た。ノースクイ通りの独立団事務所に行く道の途中に海星旅館があるので、自転車に乗せてやるとテワンが言ったのだ。旅館から事務所までも徒歩で十数分の距離だった。

ポドゥルはジョンホを抱えて、自転車の後ろに腰かけた。風を切って走り出すと、家族で遠足にでも出かけるような気持ちになった。ホノルルに来て靴屋を開いたとき、自転車でテワンと一緒にワイキキまで行ったことを思い出した。あのときのように、胸の内に希望が生まれた。ジョンホは大喜びで叫んでいる。ポドゥルは、旅館まで近すぎるのが残念だった。

「二人も乗せて、ご苦労さん」

旅館の前で、自転車から降りながらポドゥルが言った。

「一日中苦労してる人もいるのに、何のこれしき」

テワンの顔は汗だくだった。

「そんなら、明日も乗せてくださいって、お父ちゃんって言うてごらん、ジョンホ」

ジョンホを口実に、ポドゥルは本音を覗かせた。ジョンホが舌っ足らずのしゃべり方で、真似をした。

「ようし。これからは、いっぱい乗せてやるから心配するな。じゃ、また夕方にな」

そう言って、テワンはまた自転車にまたがった。ジョンホと二人でテワンを見送りながら、ポドゥルはしばらく忘れていた日常の幸せを取り戻したように感じていた。

旅館の主人夫婦がポドゥルを歓迎してくれた。

「子供を預けるところがなくて、連れてこなあかんのです。それでもよければ、一生懸命働きます。独り身の人より、お給料少なくてもかまいません」

しばらく外国人の中で働いていたポドゥルは、朝鮮語で話ができるだけでも元気が出た。

「同胞同士で、そんな不人情なことできると思う？　ジョンホの父ちゃんとはハワイに来る船からのつき合いなのに」

一時は朝鮮人とつき合うのが辛かったが、同胞という言葉を聞いて鼻の奥がつんとした。ロブソン家で傷ついた心が癒やされるようだった。ポドゥルは、ジョンホに裏庭で遊ぶように言い置き、さっそく客が帰った部屋の片づけに取り掛かった。ジョンホは、初めて見る庭のあちこちを探検し始めた。旅館の前を流れる小川が心配だったが、おかみさんが自分が見ているから心配するなと言ってくれた。

海星旅館は、相変わらず写真花嫁たちで込み合っていた。ポドゥルが来たときと同じく、写真とは別人のような夫を見て絶望した花嫁たちの慟哭《どうこく》が響き渡っていた。ポドゥルは先に来た写真花嫁の先輩として、一緒に涙ぐみながら彼女たちを励ました。給料はロブソン家でもらっていた額より少ないが、気持ちは楽だった。

八月になった。仕事を終えたポドゥルは、ジョンホの手をつないで旅館を出た。どこからか救急車の音が聞こえている。ジョンホが家ではなくノースククイ通りのほうへ、ポドゥルの手を引っ張った。何度か出勤のついでに自転車に乗せてもらったジョンホは、父親の職場がそっちにあることを知っていた。ポドゥルは、ジョンホがテワンに懐くようになり嬉しかった。

「ジョンホ、父ちゃんと一緒に晩ご飯食べて帰ろうか？」

その日、ポドゥルはハオレの客にチップをもらったのだ。臨時収入があったのだし、久しぶりに三人で外食したくなった。飛び跳ねて喜ぶジョンホの手をつなぎ、小川に沿ってノースククイ通りに向かった。独立団の建物が見える場所で、ポドゥルは驚いて立ちすくんだ。救急車が独立団の建物の前に停まり、人だかりもできている。ジョンホは救急車とパトカーを見て興奮していたが、ポドゥルは鼓動が早くなり、足が震えた。ジョンホがポドゥルの手を引っ張りながら先を歩いた。事務所の前に着いたポドゥルは、人ごみをかき分けて前のほうに進んだ。何人かの人が警察に連行され、怪我人が数人、救急車に乗せられている。すべて韓人だった。

「アイゴ！　あなた、いったい何があったの？」

ポドゥルが叫びながら駆け寄った。ハンカチで眉の上を押さえたまま救急車に乗ろうとしていたテワンが、びっくりして振り向いた。

「なぜ、ここにいるんだ?」

テワンの表情はこれ以上ないほど硬く、ジョンホには目もくれなかった。

「怪我はひどいの? 誰にやられたんですか?」

テワンはポドゥルの手をぎゅっと摑み、声を落として言った。

「何でもないから、心配しないで早く帰るんだ。家に帰ったら、しっかり鍵をかけるんだぞ」

ポドゥルは帰らないと駄々をこねるジョンホをおんぶし、急いでその場から抜け出した。どこをどうやって歩いているのか足元が頼りなかったが、ジョンホのことだけを考えて歯を食いしばり家を目指した。日本がハワイにまで追ってきたに違いない。アメリカは、朝鮮ではなく日本の味方なのだ。テワンの身に大変なことが起きたに違いないと思うと、息も吸えなかった。

テワンは十一時を過ぎてやっと帰宅した。ポドゥルはそれまで息を殺して待っていたが、眉毛と頭に絆創膏《ばんそうこう》を貼ったテワンを見ると涙がどっと溢れた。テワンの怪我は、イ・スンマン支持派によるものだった。上海から戻ったイ・スンマンは、ハワイに同志会という団体を設立した。臨時政府を支えるための団体で、臨時政府大統領のイ・スンマンを終身総裁とした。ところが独立団の機関紙『太平洋時事』が、「イ・スンマン、行方不明」という記事を載せたのだ。イ・スンマンは臨時政府の内部分裂を引き起こし、収拾がつかなくなったので逃亡したという内容だった。

その記事に憤慨したイ・スンマン支持派の女たちが事務所に乗り込み、大統領に対する不敬極まりない記事を訂正しろと迫った。担当者は、上海臨時政府の韓人赤十字支社で勤務する実務者の手紙を見せながら、これが根拠だと説明して追い返した。ポドゥルが夕方に目撃したのは、追い返された女たちの夫が乗り込んできて暴れたあとだったのだ。襲撃した人々は警察に連行され、負傷者は病院に運ばれた。怪我の軽かったテワンは、治療を受け、片づけるために事務所に戻った。午後八時頃、再び現れた襲撃者たちによって、居合わせた人々は殴られ、活版機械は叩き壊されてしまった。そのときに、彼らが振り回した木材でテワンも頭を殴られたのだった。

「日本の奴らに連れていかれて殴られたんちゃうと、おんなじ同胞にこんな目に遭わされるなんて、なんでこんなことになったんですか？　独立も何も、もう嫌です。あたしは独立よりもあなたが、ジョンホの父さんが大事です。今すぐ、やめて！　あたしらもジュリーの母さんたちみたいに、ここを離れてワヒアワに行きましょう。そこ行って朝鮮も独立も全部忘れて、平和に暮らしましょう」

ポドゥルは泣きながら訴えた。テワンは事件の説明をしてからは、口が利けなくなったように黙っていた。

韓人同士の争いはハワイの新聞にも載り、いい恥さらしだった。韓人同士の溝も深くなった。しばらくの間、テワンは怒ったように固く口を結んだまま、事務所と家を往復する生活を送っていた。ポドゥルは薄氷を踏む思いで、テワンを見つめていることしかできなかった。

数日後、テワンは豚肉とジョンホのおもちゃを買って、早い時間に帰宅した。ポドゥルは豚肉よりもジョンホのおもちゃが嬉しかった。ジョンホは自動車のおもちゃを買ってくれた父親から離れようとしなかった。夫が買ってきた豚肉で急いで夕食の用意をしながら、ポドゥルの心は期待と悪い予感の間で激しく揺れ動いた。

　三人家族が揃って食卓に着いた。ジョンホは、ご飯の用意ができるまで一緒におもちゃで遊んでくれた父親にべったりで、食事中も膝から下りようとしなかった。その姿にポドゥルは涙ぐんだ。家族三人で仲よく食卓を囲み、おかずは少なくても一緒に食べること。それがポドゥルの夢見る日常の姿だった。けれどもいつもと違うテワンの様子は、ポドゥルの心の中の天秤《てんびん》を悪い予感のほうに傾かせた。

「開城おじさんから、連絡が来てな。洗濯屋に人手が足りないらしい。娘一家がアメリカ本土に移ることになって、おばさんと二人だけでするのは無理があるからって」

　ご飯を食べ終えて白湯《さゆ》をすすりながら、テワンが話し始めた。心の中の天秤は、期待のほうに一気に傾いた。

「何て返事したの？」

　ポドゥルは期待に満ちた顔で訊いた。

「おまえと相談してみるって言ったよ」

「相談することなんて、何もないでしょう？　すぐ行きましょう。もう、ここにいたくないから」

　興奮するポドゥルをじっと見ていたテワンは、言いにくそうに続けた。

「ワヒアワには、おまえとジョンホだけで行ってくれ。開城おばさんのところだったら、よその家よりはましだろう。おまえも知ってる通り、おじさんもおばさんも穏やかな人で、うちの両親とも兄弟みたいに仲がよかったし」

ポドゥルは、心臓を鷲摑《わしづか》みにされたようだった。

「あ、あなたは?」

テワンは目を逸らした。

「俺は、やっぱり中国へ行かねばならん。事務仕事はまったく性に合わんし、ここで同志会と争うのはもう嫌だ。俺が戦う相手は同胞じゃなくて、日本の奴らだ。パク団長が、朝鮮共和政府を設立しようとしているから、俺はそこに行くべきなんだ」

パク・ヨンマンが作るのなら、それは武装闘争をする政府に違いない。ポドゥルは目の前が真っ暗になった。ずっと怖れていた事態が、とうとう起きてしまった。

「ジョンホの父ちゃん、駄目です。あたしは行かせません。うちの父さんがどないして死んだか知ってるでしょう? 父さんが亡くなってから、母さんとあたしたちがどんなに惨めな思いをしたか、あなたにはわからんのです。行かないでください。あなたまで、死ぬかもしれない。怖いんです」

言葉が種となり災いを招くかもしれないからと胸に閉じ込めてきた言葉が、涙と共にほとばしった。ポドゥルのすすり泣きが部屋を埋め尽くした。ジョンホがもみじのような手で、ポドゥルの涙を拭いていた。その姿を見つめるテワンの表情は、かえって迷いが吹っ切れたように見えた。

「お義父さんやジョンホの伯父さんの命を無駄にしないために、何が何でも戦わなければならんな。俺は子供にとって恥ずかしくない父親になりたいんだ。あとでジョンホに、父ちゃんはあのとき、どこで何をしてたんですかと訊かれたら、ちゃんと答えられるようにしたいんだよ。今行かなければ、一生後悔しながら生きることになる。そういうわけにはいかんだろう? ジョンホ、父ちゃんは日本の奴らをやっつけて国を取り戻したら帰ってくるから、母ちゃんと一緒に元気に待てるだろう？」

テワンに問われ、ジョンホは意味もわからぬまま強く頷いた。

＊

テワンは荷物持ちを兼ねて、ワヒアワまで一緒に行くことになった。両親と一緒に汽車に乗り、ジョンホは大はしゃぎで片時も黙っていなかった。テワンとの別れの時が迫っていると思うと、ポドゥルは一瞬が過ぎるのも恨めしく何度も涙がこぼれそうになった。ワヒアワにホンジュがいるということも、慰めにならなかった。

汽車を降りると、軍服姿の兵士たちが目についた。ワヒアワに住む韓人たちはパイナップル農場や缶詰工場で働く人もいたが、ほとんどがスコフィールド部隊の軍人を客とする店を営んでいた。中でも、洗濯屋が多かった。軍人以外に、ハオレは見当たらない。洗濯屋、理髪店、食堂、仕立屋、雑貨屋、家具屋、靴の修繕屋と店が並ぶ通りは、ホノルルのように大きく立派な建物こそないが、また違った活気が感じられた。荷物を持ったテワンが開城おじさんの家を探しながら前を歩き、ジョンホをおぶったポドゥルは涙を堪えながらあとを追った。

開城おばさんの洗濯屋はパーム通りにあった。ポドゥル一家を心待ちにしていたおばさんとおじさんが、温かく迎えてくれた。道に面したほうが洗濯屋で、内側に二部屋とほとんどをテーブルに占められた居間兼台所のある、青いトタン屋根の建物だった。物干し台のある裏庭の隅に、洗濯場と便所があった。

テワンと開城おじさんが何かこそこそと話している間、ポドゥルはおばさんを手伝って夕食の用意をした。世界の果てに取り残されたように沈鬱な様子のポドゥルに、開城おばさんはほうれん草を和える手を休めずに言った。

「仕方ないよ。国を取り戻すためには、誰彼なしにできることをやらなくちゃ。鉄砲持って戦うだけが独立運動じゃないよ。そこに行こうとしているジョンホの父ちゃんが、心置きなく出発できるようにしてあげるのだって、愛国の道じゃないかね」

開城おばさんにとっては他人事だからそんなふうに言えるのだと、ポドゥルは思った。それでもその言葉は、大きな慰めと支えになった。

テワンの出発が決まってから、ずっと母のことが頭に浮かんでいた。これを知ったら母は、「娘の運命は母親に似るっていうから」と言って自分を責めるに違いない。義兵だった父の前歴のせいで、残された子供たちに災いが降りかかるのではないかと怖れていたこと以外、母の気持ちはわからない。タブーだったので、話題にすらできなかった。

そもそも夫が何をしているのかわかっていたのか、嫌がりながらも夫のすることだからと止められなかったのか、それとも立派な夫のすることだからと誇らしく思っていたのか……。何よりも、父が家を出て連絡もつかない時間をどうやって耐えたのか、知りたかった。ひたすら子供のことだけを考えていたのだろうか？　ジョンホを愛しているが、それだけではテワンのいない人生を耐えられるとは思えない。日本と戦うつもりで夫の分まで家庭を守り、子供を育てることもまた独立運動の一つだという、開城おばさんが言ったような、それらしい大義名分ですら今は必要だった。ポドゥルはテワンの茶碗に、ご飯をぎゅうぎゅう押さえつけて多めによそった。

ジョンホを含む五人で食卓を囲んだ。ジョンホは慣れない場所に来たためか、引っ込み思案な性格が顔を出しおとなしかった。おばさんが洗濯屋の事情を説明してくれた。ロサンゼルスで食料品店を営む娘婿の兄が、開城おばさんと一緒に洗濯屋をしていた自分の弟に、一緒に店を大きくしようという誘いの連絡を寄こした。サトウキビ農場の労働者として兄弟でハワイに来たあと、兄はいち早くアメリカ本土に渡ったが、開城おばさんの長女と結婚した弟はハワイに残った。娘婿は兄の傍に行きたいという思いで、おばさんの娘は子供をアメリカ本土で育てたいという思いで、それぞれ移住を決心した。

「一緒に行こうって言われたんだけどね、向こうですることもないのに行ってどうするの。ホノルルにいる子供たちを残していくのも気がかりだし。末の息子が洗濯屋は辞めてホノルルに来いって言うんだけど、せっかく客がついてるのにもったいなくて行けやしないよ。そういうわけで、あんたを呼んだんだよ」

兵士一人を受け持ち軍服からタオルや靴下まで全部を洗濯して月に四ドルもらうというのが、条件的に最も良く安定した契約形式だった。それだけ競争も激しく、他で誰かが値段を下げると客が移っていってしまうこともある。開城おばさんが信用を得てきたので、常連客はかなりの数だという。

「働き手が一人減ったから、仕事も減らそうと思ってるのよ」

月給は二十五ドルから、徐々に上げていくことにしようと言った。テワンなしで生活しなければならないポドゥルにとって、食事ができて眠るところがあるだけでもありがたかった。

「おばさん、僕が留守の間、二人のことよろしくお願いします」

テワンが開城おばさんに言った。

「心配しなくていいよ。仕事は大変かもしれないけどね、寂しい思いだけはさせないから。エワ農場であんたの母さんは、私を妹みたいに世話してくれたんだよ。お義姉さんのこと思ってでも、家族のことはちゃんと面倒見るから、ジョンホの父ちゃんはとにかく身体に気をつけて、行って帰っておいで」

すでにテワンとの話は済ませたおじさんも、その通りだというふうに頷いていた。

テワンは、一晩泊まっていくことにした。ポドゥルとジョンホが使う部屋は、パンチボウル通りの部屋に比べても小さくはなかった。家族だけになると、ジョンホが元気を取り戻した。テワンにへばりつき、なんだかんだとおしゃべりを続けるジョンホを見て、ポドゥルはまた泣けてきた。珍しくぐずり続けたジョンホがやっとのことで眠りにつき、ようやく二人の時間が来た。テワンは下を向いたまま話し出した。

「今までだって夫らしいことも父親らしいこともできなかったのに、遠くへ行くことになって、本当に面目ない。俺がいない間、ジョンホのことは頼んだ。おまえも達者でな。そしたら、いつか昔の話をしながら笑える日がきっと来るはずだ。手紙はあまり書けないだろうが、心配はするな。便りのないのはよい便りだから」

中国行きを決めてから、つとめて明るく振る舞っていたテワンだったが、重苦しい溜め息を一つついた。唇を噛みながら黙っていたポドゥルが、口を開いた。開城おばさんの言葉を思い浮かべながら、やっとの思いで一言、また一言と口に出した。

「もう決まったことやから、気持ちよく行けるよう見送ります。でも、一つだけ約束して、ジョンホの父ちゃん」

テワンが顔を上げて、ポドゥルを見た。

「絶対に死なんといて。どんなことがあっても、生きて帰ってきてください。ジョンホと、ずっと待ってます」

ポドゥルの声は震えていたが、涙は最後まで一粒もこぼれなかった。

上町と下町

明け方、開城《ケソン》おばさん夫婦がまだ眠っている時間に、ポドゥルは洗濯屋の前でテワンを見送った。テワンの鞄の中には、ポドゥルが一針ごとに夫の無事と幸運を祈りながら刺繍した太極旗が入っている。ポドゥルは知らなかったが、テワンはワヒアワの同胞たちが集めた寄付金も懐にしまっていた。

道向こうに並んだ商店が見えないほどの濃い霧が、世界を覆っていた。ポドゥルを一度ぎゅっと抱きしめ、テワンはさっと霧の中に去っていった。霧に呑み込まれた夫は、永遠に戻らないかもしれない。ポドゥルは夫の名を呼びながら一歩、二歩とあとを追ったが、そこで崩れるようにしゃがみ込んだ。夜の間、何度も何度もしっかりしろと自分に言い聞かせたのに、いとも簡単に心は折れてしまった。身体は抜け殻のようになり、立ち上がることも、何かを考えることもできなかった。一寸先も見えない霧に閉じ込められたみたいだった。霧の向こうからジョンホの泣き声がする。どこからか、母の声も聞こえてきた。

ポドゥル、しっかりしなさい。あんたはジョンホの母親なんやで。

それは内部から聞こえるポドゥル自身の声でもあった。子供を育てることは、どんな大義名分よりも待ったなしの優先事項だ。なんとか立ち上がったポドゥルは、息子の泣き声のするほうへよろよろと歩き出した。見慣れない部屋にひとりぼっちにされた恐怖で、泣き叫ぶ声だった。ポドゥルは部屋に入り、ジョンホを抱きしめた。母の胸に抱かれると、ジョンホは安心してまた眠りに落ちた。穏やかな子供の寝息が、空っぽになったポドゥルの身体に流れ込んだ。テワンが戻るまで、この幼い命を一人で預からねばならない。父親の役割まで果たすためには感傷に浸っている暇などなかった。

ジョンホを布団に寝かせ洗濯場に行くと、ポドゥルはランプを点し新しい仕事場を確認した。洗濯もアイロンも繕いも、多少の違いはあれどロブソン家でしていた仕事だ。ポドゥルは裁縫道具とアイロンを点検した。最後にミシンの前に座ると、慣れた手つきでミシンを操る自分の姿を想像してみた。ホンジュとジュリーの母さんに会い、ミョンオクとマクソンとも仲よくしている姿を頭に描いた。息子が吹き込んでくれた息で再び動き始めたポドゥルに、新たな希望が芽生えていた。

ホンジュはポドゥルがワヒアワに来たことをまだ知らない。テワンは静かに旅立つことを望んだ。開城おじさんも昨晩、こう言っていた。

「狭い世界だからそのうち知れるだろうけどな、自分から言って回ることはないぞ」

ポドゥルは、まず洗濯屋の仕事を覚えてからホンジュに連絡しようと思った。とにかくミシンが使えるようになるのが急務だ。仕事は、初日からすぐに始まった。

「うちの人が毎朝、部隊に配達行って、帰りに洗濯物をまた預かってくるんだよ」

洗濯物が届くと開城おばさんとポドゥルが二人がかりで洗濯し、アイロンと修繕はポドゥルが一人で担当する。できあがった洗濯物を、顧客ごとに分けて整理するのはおじさんの仕事だった。

「ご飯は、わたしが作るから心配しなくていいよ」

「座って待っていればおばさんが作ってくれたご飯が出てくるなんて幸せやわぁ」

ポドゥルは笑顔で答えた。ジョンホは母が仕事を始めると、自ら離れていった。テワンが買ってくれた自動車や開城おばさんの孫たちが置いていったおもちゃのおかげだ。そのおもちゃに飽きるまで、母を困らせることはないだろう。ポドゥルは、開城おばさんにミシンを習い始めた。一針一針、手で縫うと時間がかかるのに、ドドドと一気に縫えてしまうのが不思議で、しかも楽だった。まだ縫い目が綺麗に揃わないが、練習すればすぐに上手くなりそうだ。

「勘がいいから、あっという間だね。わたしなんか、糸のかけ方覚えるだけでも長いことかかったのに。だけど今は目がかすんじゃってね、ミシン自体がもう無理なんだよ」

開城おばさんは満足そうだ。

ポドゥルは、開城おばさんにホンジュの住所を見せて大体の場所を訊いてみた。ワヒアワ市街ではなく、パイナップル農場のある北のほうで、歩いて一時間くらいの場所だという。二人とも仕事をしているので平日に会うのは難しいだろう。以前ホンジュがしたように、連絡せずに突然訪ねたらどんなに喜ぶだろう。大袈裟に騒ぐホンジュの声が聞こえるようだ。ミョンオクやマクソンがどこに住んでいるのかも知りたかったが、ホンジュより先に会うわけにはいかない。けれど、ジュリーの母さんなら、先に会っても大丈夫だろう。

「ジュリーの母さんとこの洗濯屋はここから遠いんですか？　見かけませんけど」

ここへ来ればすぐにジュリーの母さんに会えると思っていたので、開城おばさんに訊いてみた。

「うちの人が配達に行くときにジュリーの父ちゃんと会うことがあるけど、わたしも長いこと会ってないね」

ポドゥルはジュリーの母さんの忙しさが想像できた。ポドゥル自身も朝の九時から夜の九時まで働き、休憩は昼食のあとのほんのひと時だった。ジュリーの母さんは、子供が四人いるうえに夫婦二人で仕事をしているから、もっと大変だろう。

ワヒアワに来て二回目の日曜日、開城おばさんが教会へ行っている間にホンジュの家を訪ねようとしたが、思い直した。テワンの不在を忘れようとがむしゃらに働いたせいか、身体がとにかくだるい。休まなければ病気になりそうだ。寝込んでしまって、仕事に支障を来《きた》すことになったら大変だ。ポドゥルは、一日ゆっくり休むことにして、また普段着に着替えた。

「ジョンホ、母さんしんどくてちょっと横になるから、庭で遊んどきや」

枕を出して部屋で横になったポドゥルに、ジョンホは出かけたいと駄々をこねた。開城おばさんたちが祖父母のように可愛がってくれるからか、ワヒアワに来てから少しわがままになった。

「言うこと聞かんかったら、おじいちゃんに自転車乗せんといてくださいって言うで。父ちゃんにもおもちゃは買わんといてって手紙書くし」

ポドゥルの剣幕にジョンホは唇を突き出したまま、裏庭に出ていった。ジョンホが可哀想だと思いやる間もなく深い眠りに落ちたポドゥルは、外から聞こえる声ではっと目を覚ました。

「ポドゥル、中におらんの？　あたしや、ホンジュやで」

ポドゥルはがばっと起き上がると、裸足《はだし》のまま飛んでいった。ホンジュとジュリーの母さんが店の前に立っていた。あたふた鍵を外すと、ホンジュが飛び込んできてポドゥルを抱きしめた。

「ポドゥル、あんたがここにおるって、さっき知ったんやで。なんで言わへんの？」

「色々あってん。ごめんな。そやけど、なんでジュリーの母さんと一緒なん？」

ポドゥルは興奮が収まらず、二人の顔を繰り返し交互に見た。ホンジュとジュリーの母さんは、目を合わせて親しげな微笑みを浮かべた。

「サムウォル姉さんと、一緒の教会通ってるんよ」

ホンジュが答えた。

「サムウォル姉さん？」

ポドゥルがきょとんとして訊き返すと、ジュリーの母さんが「うちのことや。うちの名前、サムウォルやねん」と言った。ポドゥルのほうがつき合いは長いのに、ジュリーの母さんの名前を知らなかった。声を聞きつけてジョンホが駆けてきた。

「ジョンホ、姨母《イモ》のこと覚えてる？　大きなったなぁ」

ホンジュが両腕を広げた。ジョンホは、ホンジュはともかくジュリーの母さんまで忘れてしまったのか、ポドゥルの後ろに隠れてしまった。

「会うたときは赤ちゃんやったから、そら覚えてへんわ。ところで、ソンギルはどうしたん？」

ポドゥルは、二人を部屋に招き入れながら訊いた。

「日曜学校に置いてきたわ。ミョンオク姉さんが教会のハングル学校で先生してはるんやで。マクソン姉さんも同じ教会行ってるし」

ホンジュはバニヤンの木のように、たくさんの人と寄り添いながら暮らしているのだった。ポドゥルが焦がれる暮らしだ。

「テワンさんは、どこ行ったん？　ホノルルか？」

テーブルに占領されている居室の中を見回しながら、ホンジュが訊いた。お茶の準備をしながら、開城おじさんの言ったことを思い出して、躊躇《ちゅうちょ》した。けれどホンジュにまで秘密にしたくはなかった。ジュリーの母さんにもそうだ。

「テワンさん、中国に行ったんや。他の人には言わんといて」

二人の前にお茶を置いて、自分も向かいに座った。

「あんたがずっと教会通ってるなんて知らんかったわ。知っとったら開城おばさんに訊いてみたのに」

「訊いてもわからんかったと思うわ。開城おばさんとあたしらは、別の教会行ってるから」

ジュリーの母さんが説明してくれた。ワヒアワには韓人教会が二つある。もともとあったメソジスト教会と、イ・スンマンの建てた基督教会だ。メソジスト教団との葛藤の末にホノルルに韓人基督教会を開いたイ・スンマンは、韓人の多いワヒアワにも教会を建てたのだ。ワヒアワという地域は、同志会の団結力にしてもイ・スンマンに対する忠誠心にしても、ホノルルよりはるかに強いという。

洗濯屋に近いパーム通りの韓人基督教会は上町教会、オリーブ通りにあるメソジスト教会は下町教会と呼ばれた。朝鮮にいた頃からのメソジスト教会信者である開城おばさん夫婦は、そのまま下町教会に通っている。カフク農場を離れたあとに熱烈なイ・スンマン支持者となったジュリーの母さんは、韓人基督教会に移り、ワヒアワでも上町教会に通っている。ジェソン一家の話になると開城おばさんの口が重くなるわけが、ポドゥルはやっと理解できた。自分もテワンも教会に通っていないので、その辺の事情がまったくわからなかったのだ。

「教会も分かれて通うん？」

ポドゥルは呆れたように言ってしまってから、ジュリーの母さんの顔色を窺った。一度、気まずくなったことがあるのだ。これまで散々助けられ、頼りにしてきた姉のような人と疎遠になるのは、もう嫌だった。

「独立団がとにかく喧嘩売ってくるやんか。イ博士が臨時政府で問題起こして逃げてきた言うて、嘘の記事書いたんはどこの誰や？」

声を荒らげたのはジュリーの母さんではなく、ホンジュだった。驚いたポドゥルが何か言おうとしたが、すぐにジュリーの母さんがつけ足した。

「ほんまやで。昼も夜も、寝る間も惜しんで国のことだけ考えて、国民のために飛び回って苦労してはる人を陥れるなんて、考えられへんわ。前にも、うちが言うたんやで。テワンさんも目ぇ覚まさなあかんて。もしかして記事のことで逃げたんか？　それやったら、逃げてよかったわ。独立団の新聞社には痛い目遭わしたらなあかん言うてるもんが一人や二人ちゃうからな」

ポドゥルは怒りに震えた。

「ジョンホの父ちゃんは、そんなことで行ったんと違います。逃げたん違います。同胞同士で喧嘩するのが嫌で行ったんです。同胞ちゃうと、日本と戦う言うて妻子を置いていったんです」

これも独立運動の一環だと自分を慰めながらテワンの留守を耐え忍んでいるポドゥルは、胸が詰まり涙がこぼれた。ホンジュがしまったというように、ポドゥルの隣に座り背中をさすった。

「泣かんといて。あたしが悪かったわ。あたしらの仲でこんなことでムキになるなんて、おかしいな。姉さん、あたしらはほんまのきょうだいみたいなもんです。ポドゥルと敵味方に分かれるんは嫌です」

ホンジュがそう言うと、ポドゥルの目から堤防が決壊するように涙がとめどなく流れた。

「ポドゥル、もう泣かんとき。うちも義弟みたいなテワンさんが心配で言うただけや。ホンジュの言うた通り、うちらの仲やんか。うちら同士は、ややこしいこと言わんと仲よくしよう」

ジュリーの母さんもポドゥルの手を握った。ポドゥルの心はようやく落ち着き、二人に対して抱いた寂しさともどかしさが消えた。

数日後、ポドゥルはジョンホの散髪をしにマクソンの理髪店を訪ねた。家の隣にも理髪店はあるが、どうせならマクソンにも会いたいと思った。少し離れたミョンオクの家具店には、またの機会に行ってみることにした。

二人もまた上町の教会に通っているが、一緒にハワイに渡ってきた者同士の情があるからホンジュとジュリーの母さんのように、大丈夫だろうと思った。マクソンは年子で娘を二人産み、今はまた妊娠中だという。

「旦那が嫌や言うて泣いて大騒ぎやったのに、子供は次々できはるな」

ホンジュの口ぶりを思い出して笑みを浮かべながら、理髪店に入った。小さな理髪店には、大きな鏡と客用の椅子が二つあった。マクソンの夫は客の髪を切り、マクソンは子供をおぶったまま客の頭を洗っていた。待ち合いの椅子に座り棒つきキャンディを舐めているのは、上の娘のようだ。声をかけると夫のほうが振り返った。マクソンの頑張りのおかげだろうか、海星旅館《ヘソン》で初めて見たときよりもすっきりとした風貌だった。あのときは言葉を交わすこともなかったが、三年ぶりに会うと少し嬉しかった。

「こんにちは。あたしのこと、覚えてますか?」

挨拶すると、マクソンの夫はぎこちなく微笑んで会釈した。客の頭を流しタオルを取りながら、マクソンがポドゥルを見た。前で結んだおんぶ帯の間に、大きなお腹が突き出ている。顔中細かい染みだらけのマクソンは、夫とそんなに年齢差があるようには見えなかった。

「姉さん、あたし、ポドゥルやで。元気やった?」

これまでの苦労が察せられるマクソンの姿を見ると胸がいっぱいになり、大きな声で言った。

「引っ越してきたんだってね。何の用?」

期待を裏切るそっけない対応に動揺したポドゥルは、そっとジョンホの背を押して前に立たせた。

「あ、散髪を……」

マクソンはジョンホをちらっと見ると、無言で椅子に子供用の座布団を載せた。久しぶりに会った者同士が交わすような儀礼的な挨拶もなく、子供にもまったく関心を示さない。ポドゥルのほうも、マクソンの娘たちに声をかけにくくなってしまった。気まずく寂しい思いをなんとか押し殺して、ジョンホを抱き上げ座布団に座らせた。怯えた顔できょろきょろしていたジョンホは、マクソンが布を広げて首に巻くと、たまらず泣き出した。お腹が大きいうえに下の子までおんぶしているマクソンは、動くたびに息が切れた。

「大丈夫や。おじさんが、綺麗にしてくれるんやで。ジョンホ、かしこくしとかな、おじいちゃんが自転車乗せてくれへんよ」

ポドゥルが懸命にあやしても、ジョンホは下ろしてくれと泣いてじたばたした。

「そんなんやったら、もうおもちゃは買ったらあかんって、父ちゃんに手紙で言うで」

ジョンホには鬼に取って食われるという脅しより、おじいちゃんの自転車とお父ちゃんのおもちゃのほうが効果がある。けれど、今日はそれでも泣きやまない。

「お父ちゃん、どこかに行ったのかい？」

洗髪を終えて、身体を起こした客の男が訊いた。同志会の人たちがテワンを狙っているというジユリーの母さんの言葉を思い出し、ポドゥルは口を噤んだ。マクソン夫婦がよそよそしい理由も理解した。マクソンが上町教会に通い、同志会の会員だとしても、自分にこんな態度を取るとは思ってもみなかった。すぐにでも出ていきたかったが、それをしてしまえば相手と同じになると思い、辛抱強くジョンホをなだめた。隣の客の髪を切り終えたマクソンの夫が鋏を持って近づいてくると、ジョンホは真っ青になって声を張り上げて泣いた。ポドゥルが自分も泣きたい気持ちでいるところへ、マクソンの娘が自分の舐めていたキャンディをジョンホに差し出した。ジョンホは、ポドゥルが止める間もなくさっと受け取ると、ぴたっと泣きやんだ。ポドゥルの目に涙が浮かんだ。

「お姉ちゃんに、ありがとうは？」

大人より子供のほうがよっぽど偉いと思った。散髪を終えた客の顔そり用に石鹸を泡立てていたマクソンも、きまり悪そうにそっと目を逸らした。マクソンの夫は、ジョンホが泣きやんだ隙に鋏を動かし始めた。マクソンの娘は、ずっとジョンホの隣に立って遊んでくれた。たった一つしか変わらないのに、ずいぶんしっかりしている。おかげで無事に散髪を終えられた。マクソンは視線を合わせぬままポドゥルから料金を受け取り、前掛けのポケットにしまった。次に会う約束を、誰も口にしなかった。ジョンホの手を引いて理髪店を出ようとしていたポドゥルは、振り返ってマクソンの娘に訊いた。

「名前は、なんて言うの？」

マクソンの娘は、透き通った声で「ベティ」と、はきはき答えた。

「これでお菓子買いや。ベティが可愛くていい子やから、おばちゃん、何かあげたいねん」

ポドゥルは、一セントを小さな手に握らせて理髪店をあとにした。もうミョンオクを訪ねようとは、これっぽっちも思わなかった。ポドゥルはとぼとぼと、まっすぐに家を目指した。行きより何倍も遠く感じられる道のりだった。

＊

テワンが中国に発ち一か月ほど経ってから、ポドゥルは二人目を妊娠したことに気がついた。身体がだるく、ジョンホが甘えて駄々をこねることが多かったのもそのせいだったのだ。テワンからはまだ、便りがなかった。開城おばさんは一人で二人の子供を育てなくてはならないことを心配したが、ポドゥルは喜びのほうが大きかった。子供たちの存在がテワンを守るお守りのように感じられ、一人より二人のほうが、威力があると思えた。お腹の子供がポドゥルの状況を慮《おもんぱか》ってか、悪阻はジョンホのときよりも軽かった。ポドゥルは、テワンはもちろん、子供たちのためにもたくさん食べて元気に過ごすよう心掛けた。

ワヒアワには、ハオレやハワイの先住民より韓人をはじめとするアジア人が多かった。アメリカやハワイ当局は、勢力を強める中国人や日本人を排斥し、牽制《けんせい》した。スコフィールド部隊でも韓人が歓迎されたため、続々と人が集まり、ワヒアワの韓人社会はホノルルやアメリカ本土より賑わっていた。中国人が集まって暮らすチャイナタウンのように韓人だけで集まって暮らせるほどだった。しかし内実は教会や団体、指導者をめぐりいくつものグループに分かれ、蜘蛛の巣のように複雑だった。ホノルルは広いうえにポドゥルには韓人とのつき合いがなかったので、肌で感じることはなかったが、狭くて人間関係が入り組んだワヒアワではひしひしと感じるのだった。

韓人基督教会に通う人は、ほとんどイ・スンマンが設立した同志会の会員だ。彼らの中には臨時政府大統領のイ・スンマンに対して支持を通り越し崇拝する人も多くいた。

「イ博士が同胞のために学校も建てて、独立のために頑張ってるのは皆わかってるよ。だけどね、イ博士はキリストじゃないだろう。いくら私と同じ黄海道《ファンヘド》の人間でも、違うもんは違うんだよ」

開城おばさん夫婦は大韓人国民会の会員だった。あちこちに散在していた団体を統合し、一九一〇年に設立された大韓人国民会は海外の韓人をすべて取りまとめる団体だ。自分が支持する指導者に従って多くの人が教会や団体を乗り換えたが、開城おばさんたちは所属を変えなかった。

「うちら同士は仲よく」と言ったジュリーの母さんに、ポドゥルはその後一度も会えなかった。イ・スンマンはちょくちょくワヒアワを訪問したが、そのたびに支持者たちは競って彼を自宅に招こうと躍起になった。夕食に招待することに成功したジュリーの母さんは、イ・スンマンと一緒に撮った家族写真をこれ見よがしに洗濯屋の店先に飾っているそうだ。

「完全にイ博士に覚えてもらえたんやで。あたしは招待したくても家が狭苦しいし来てくださいとは、よう言わんわ」

ホンジュはジュリーの母さんを羨ましがった。ホンジュは毎週日曜日の午後にポドゥルのいる洗濯屋に来て、ソンギルの日曜学校とドクサムの同志会の役員会議が終わるのを待っていた。ホンジュはありとあらゆる愚痴を並べ立てた。ポドゥルと違ってつき合いが多いので、揉めることも傷つくことも多かった。ドクサムが同志会のワヒアワ支部で役員になったが、ホンジュはもっと高い地位に就くことを望んでいた。ポドゥルは、同志会の人が独立団の会員と会ったり交流したりすると罰金を取られるという話を聞いて、腰を抜かしそうになった。会っただけならいくら、深くつき合ったらいくらと罰金の額が決められているそうだ。

「なんやのそれは？　あんた、こんなして、ここに来とったら給料もろうても罰金で全部飛んでいくで」

ポドゥルが冗談半分、心配半分で言うと、ホンジュは鼻で笑った。

「あんたは下町教会にも行かへんし、独立団の会員でもないのに、なんで罰金払わなあかんの」

ワヒアワのすべての人に遠ざけられても、ホンジュと開城おばさん夫婦さえいればいいと思えた。

その日もポドゥルは、外で遊ぶジョンホを見守りながらホンジュを待っていた。最近ジョンホは隣のフィリピン人の子供と遊ぶのに夢中だった。同じ年頃の二人は、それぞれ別の言葉を話しながらもよく遊んだ。大人は民族や人種、宗教などによって分かれ、内輪のつき合いばかりしているが、子供たちには境界がない。開城おばさん夫婦が教会から帰ってきた。

「おかえりなさい」

おじさんは、一休みすると言って部屋に入った。

「ソンギルの母ちゃん待ってるのかい？　白家《ベクカ》商店にいたよ」

開城おばさんが言った。白家商店は大通りの角にある雑貨店で、ポドゥルと年の近い嫁も写真花嫁だった。

「ホンジュ、一人でした？」

ポドゥルは怪訝な顔をした。

「ソンギルの母ちゃんの他にジュリーの母ちゃん、理髪店の嫁と家具屋の嫁と、あとは靴修繕屋の嫁……。十人近くいたから、頼母子《たのもし》じゃないかね」

ホンジュとジュリーの母さん、マクソンにミョンオクまで皆いたのだ。ポドゥルはホンジュが頼母子をしていることを知らなかった。相互扶助を目的とする契《ケ》（日本の講に似た集まり）は、朝鮮に古くからある伝統だ。朝鮮では冠婚葬祭のために集まる契が多かったが、元手の少ないハワイの韓人女性たちは、主に金銭的な相互扶助のための契である頼母子を通して生活の向上を図った。また、頼母子は親睦を深める手段でもあった。下町教会に通う人々と頼母子をしている開城おばさんも、集まる日には一緒に食事をしたり、年に一度は浜辺に遊びに出かけたりしていた。稀に、頼母子の親になった人が集めたお金を使い込んで揉める事態も起こったが、利点のほうがはるかに多いので、ポドゥルも頼母子に入りたいと思ってはいた。

「あたしは一緒にしよう言われても、やりません。女だけで集まって他人の悪口言うて噂広げて、ええことなんか何もないです」

誰に誘われたわけでもないのに、そう話すポドゥルの心には隙間風が吹き込んでいた。

「その通りだ。上町教会通う子たちだから、入れてもくれないだろうけど、入ったってどうせ仲間外れにするだろうよ。うちの頼母子に入れるか、今度の会で聞いてみるよ」

開城おばさんの言葉は、少しも慰めにならなかった。ポドゥルは、ホンジュ、ミョンオク、マクソンと一緒にやりたかった。仲間になりたかった。休日だけれど洗濯屋に出て、ポドゥルはミシンを動かし始めた。むかむかと腹が立ち、じっとしていられなかったのだ。

ホンジュは夕方にソンギルを連れて立ち寄った。ポドゥルはミシンを動かしながら、ソンギルに目もくれなかった。ホンジュもドクサムが待ってるからすぐに帰らなければならないと言った。

「ちょっと用事があって遅なったわ。そのまま帰ろうか思うたんやけど、待ってるんちゃうか思て寄ったんや」

「待ってへん。あたしも忙しいねん」

ポドゥルはそっけなく返した。ホンジュは、少しポドゥルの顔色を窺ってから口を開いた。

「アイゴ、ほんまにもう黙ってられへんわ。あたし、頼母子することにしたんや。あんたとも一緒にしたいって言うたんやけど、あんたが一緒やったらやらへんってみんな言うねん」

マークを縫いつけていた軍服を放り出して立ち上がり、ポドゥルは怒鳴った。

「そんなこと言う人間と、あんたは一緒にする言うんやな？　義理もないんか、あたしやったらせえへんわ」

「アイゴ、あんたは、あたしにそんなこと言うたらあかんわ。あたしはいっつも、あっちでもこっちでもあんたのことかばって、どんだけ大変か知らんやろ？」

ホンジュも顔を真っ赤にして声を荒らげた。

「誰もそんなこと頼んでないやろ？　自分らと同じ教会通えへんから言うて村八分にするような人間なんて、こっちからお断りや」

ポドゥルは軍服を拾い上げ、またミシンの前に座った。その様子をじっと見ていたホンジュが、穏やかに言った。

「そやから、あんたも一緒に上町教会行こう。それか婦人救済会にでも入るか。そんなして意地張っとったら誰かが立派やって褒めてくれるんか？」

「もう帰って。それから、二度と来んといて。上町教会の人らと千年でも万年でも仲ようしたらええねん」

ポドゥルはそう言い捨てて家に入った。

＊

一九二二年が明けた。ジョンホは数えで四歳になり、お腹の子は五か月に入った。よくしゃべるようになったジョンホは、目が覚めると写真の中の父ちゃんに朝の挨拶をした。テワンが出発前に家族写真を撮ろうと言ったとき、ポドゥルはこれが最後になるのではないかという不吉な予感がして躊躇《ためら》った。今は、写真を撮ろうと最後まで言い張ったテワンに感謝している。写真のおかげで毎日テワンの顔を見ることができ、家族三人で過ごした時間を思い出すことができた。北京に到着しパク・ヨンマン団長に会えたという手紙が届いたきり、便りはなかった。移動するという話だったので返事も送れなかった。

ホンジュとは、あの喧嘩以来連絡を取っていない。ホノルルにいた頃と変わらず、ポドゥルは孤独だった。簡単に会えない距離にいたときより、近くにいるのに離れてしまった今感じている寂しさや侘しさのほうがはるかに大きかった。外で遊んでいたジョンホが来て、父ちゃんはどこにいるのかと訊いた。近所の子供たちが父親と一緒にいるのを見たようだ。

「写真見なさい」

ポドゥルにそう言われたジョンホは、写真の額を叩き落とした。

「父ちゃんじゃない。偽物じゃなくて、本物の父ちゃん！」

ジョンホは怒って、落とした写真を足で蹴った。

「何してんの！　母ちゃんは、こんなことする子に育ててへんで！」

ただでさえむしゃくしゃしていたポドゥルは、ジョンホの背中を思いきり叩いた。

「ごめんなさい言うて、写真をもとに戻しなさい！」

それでもジョンホはじっとして動かない。泣きもしない。ポドゥルが叩き続け、たまらなくなって抱き寄せて泣くと、ようやくジョンホも泣き出した。

あたしは独立運動も嫌、愛国も嫌です。この子には国じゃなくて父親が必要なんです。今すぐ帰ってきて。

恋しさと恨みが、ポドゥルの胸の内でぶつかり合いながらぐるぐる駆け巡った。

ある日、開城おばさんが言った。

「ポドゥル、今度の日曜日一緒に教会に行こう。礼拝の後で独立団のノ先生が演説するんだよ。中国に行ってきたってことだから、ジョンホの父ちゃんのことも聞けるはずだよ」

テワンと一緒に独立団事務所で働いていたノ先生には、ポドゥルも何度か会ったことがある。テワンに会いに行くような気持ちで、ジョンホを風呂に入れ一番よい服を着せてから、自分も桃色のチマチョゴリを着た。顔色が悪かったので白粉も叩いた。

教会の人々がポドゥルとジョンホを喜んで迎えてくれた。孤独が身に染みていたポドゥルは、開城おばさんと一緒に、この教会に通いたくなった。人とのつき合いを欲してもいたし、神様にも頼りたい。神様に取りすがりテワンが無事に戻ることを祈りながら、自分の身に起きることを神のご意思として受け入れてしまいたかった。けれど、下町教会に通えば、ホンジュとは永遠に離れてしまうかもしれない。テワンの配偶者として、上町教会に行くこともできなかった。

　ポドゥルは礼拝が終わるのを、じりじりしながら待っていた。やっとノ先生が演壇に登った。ポドゥルは心臓が飛び出しそうで、息を吸うのもやっとだった。ノ先生は、パク・ヨンマン団長が中国の渾河《こんが》（東北部の河川）地域に屯田兵《とんでんへい》制を基本にした独立軍の基地を作ることになったと報告した。巨額の資金が必要となるので、資金調達のために銀行を作る計画だという。ポドゥルの知らない名前がたくさん登場したが、テワンの名前は出なかった。

「満州一帯で活動する独立軍部隊を集めて、山向こうの兵学校のような軍隊を作る計画です。食料は自給自足し、武器購入のための財源を作り、兵士を募集して訓練すれば強力な軍隊になるでしょう。祖国の光復を実現する独立軍基地を建設するために、同胞の皆さんの支援が切実に求められるときです。パク団長も中国人の支援を得るために、昼夜休むことなく奔走していらっしゃいます」

　演説のところどころで、会場から拍手が湧いた。演説が終わると先を争って寄付をしている。最後までテワンの話が聞けなかったポドゥルは、ぐったりしてしまった。ノ先生は大勢の人に囲まれていて、近づく勇気が出なかった。だからといってそのまま帰ることもできず座っていると、ノ先生がこちらに向かってきた。ポドゥルはあたふたと立ち上がり頭を下げた。一通りの挨拶を済ませると、ようやくノ先生が、待ち望んでいたテワンの話をした。

「ソ同志が独立軍基地の開拓団として出発するのを見送りましたよ。本格的に建設が始まれば、ソ同志は重大な任務を任されることになります。奥さんも苦労が多いと思いますが、祖国の光復のために耐えてください」

さっきはテワンの名前が出ないことが少し寂しかったのに、重大な任務を担うだろうと言われると心配が先立つ。任務が大きいほど、帰りも遅くなるのではないか。

「そこの住所はわかりますか？」

「すぐには拠点が定まらないだろうから、連絡を取り合うのは難しいでしょう。ソ同志から連絡が来るまでは、便りのないのはよい便りだと思って、待っていてください」

ノ先生に会ってから、ポドゥルは月給から一ドルずつを開城おばさんに託して、寄付することにした。そして毎晩、ジョンホと自分自身に言い聞かせた。

「ジョンホ、父ちゃんがどんなに立派な人かわかるやろ？　父ちゃんは、おっきな仕事しに行ってるんやで。ジョンホと母ちゃんも、いらんこと考えんとしっかりしよね。父ちゃん帰ってくるまで、元気に待っとこう」

＊

産み月が、一か月先に迫っていた。ポドゥルは、テワンのいない出産が不安なうえに、数日だとしても仕事ができないことが申し訳なく、心配でもあった。

「そんなこと言わないの。一週間くらい人を雇えばいいんだから、ゆったり構えてたらいいよ」

開城おばさんは、そう言ってくれる。ジョンホを産んだときは、しきたり通り二十一日してから床上げしたが、今度は一週間でも贅沢だった。ポドゥルは出産までに少しでも多く仕事をしておこうと、頑張った。長時間座りっぱなしでいると赤ちゃんが下りてきて押されるような感じがし、腰が砕けそうなほど痛かった。その日も、今日中に仕上げねばならない仕事があった。

ポドゥルはミシンに集中していて、店に人が入ってきたことにも気がつかなかった。作業台に影ができて初めて顔を上げたポドゥルは、おばけでも見たように驚いた。ホンジュが大きな鞄を持って立っていた。数か月前にひどい言い合いをして以来、会うのは初めてだった。ソンギルとドクサムの姿が見えないので、ホンジュの後ろを確めたが一人だった。魂が抜けたように突っ立っている様子にドキリとした。

「何があったん？　こんな時間にどうしたん？　こ、ここに座り」

ポドゥルはばたばた立ち上がり、ホンジュを引っ張って椅子に座らせようとした。ホンジュはされるがままに、ふらふらついてきて座った。ポドゥルは震える手で水を一杯汲《く》んできた。ホンジュは、水を飲み込むことさえ辛そうだった。

「もしかして、逃げてきたんか？」

ポドゥルが顔を覗き込んで、おそるおそる訊いた。

「逃げたんはあたしちゃうと、チョ・ドクサムや」

ホンジュはまるで自棄《やけ》になったように、ふふんと笑った。

「何て？　どこに？　ソンギルはどうしたん？」

ポドゥルがたたみかけるように訊くと、ホンジュは溜め息をついて言った。

「ソンギル連れて朝鮮に行った。あたしにも一緒に行こう言うたけど、行かんかったわ」

「朝鮮行ってくるんか。実家にも寄れるやろうに、なんで行かんかったん？」

夫と子供を前に立たせてオジンマル村の実家を訪ねるのは、写真結婚を決心した瞬間から抱いているポドゥルの夢だった。

「行ってくるんちゃうと、行きっぱなしや。それから、あたしは朝鮮行ったら妾として生きなあかん」

ホンジュの言葉に、ポドゥルはミシンの前でへたり込んだ。ドクサムの妻は死んだのではなく、朝鮮で子供を育て、親の面倒を見ながら厳然と生きているのだ。娘ばかり五人の子を持つドクサムは、これ以上年を取る前に男の子を作ろうと写真結婚に踏み切ったのだった。そして、息子ができたので朝鮮に戻る決心をした。「どケチ」と文句を言われながら貯めたお金で、朝鮮に土地を買うという。

「あのずる賢い男、あたしに黙ってあちこちで金貸しみたいなことして増やしたお金もけっこうあるらしいわ」

ホンジュは寡婦となって離れた朝鮮に、妾となって戻りたくはなかった。息子を産んだホンジュが一番だ、帰ったら本妻とは離婚するとドクサムは言ったらしいが、夫と父親を十数年間待ち続けた人たちをそんな目に遭わせるわけにはいかなかった。なにより、ホンジュはそこまでドクサムを愛していなかった。

「とんでもない悪党がいたもんや。あんた、ようやった。行かんでよかったわ。そやけど、あんたソンギルなしで生きていけるんか？」

勇ましく話し始めたポドゥルの声は、子供のことに至るとしぼんでしまった。返事を聞くまでもなく、ホンジュは今にも死んでしまいそうに見える。

「ソンギルに会えなくなって五日目やけど、ほら、死んでへんやろ？」

ホンジュはカサカサに乾いた唇をひくつかせながら、やっとのことで答えた。

「ポドゥル、ごめん。あたし、他に行くとこがないねん」

「なに言うてるの？　当たり前や、あたしのとこちゃうかったら、どこ行くん？　よう来たな」

ポドゥルは後先考える間もなく、ホンジュを家のほうへ連れていった。ホンジュの事情を聞いた開城おばさんは、温かく迎え入れてくれた。

「子供と引き離されたら母親はどんなに辛いか。気持ちが落ち着くまで、友達の傍でゆっくりしなさい」

その晩、ジョンホを端で寝かしつけたポドゥルは、ホンジュの隣で横になった。会えば片時も止まらなかったおしゃべりの代わりに、二人の溜め息が部屋を埋め尽くした。その隙間に、すやすやと眠るジョンホの寝息が入り込む。もし、ジョンホがいなくなったら。ポドゥルは考え込んだ。子供の存在は、夫とはまた違う。テワンがいなくてもなんとか生きているが、ジョンホがいなければ生きている理由が消えてしまうだろう。子供と引き離されたホンジュは、心臓をもぎ取られたように苦しいに違いない。暗闇の中で、ポドゥルはホンジュの手を探り、そっと握った。

ワヒアワの虹

ホンジュはまるで洞窟にこもるように、狭い部屋に引きこもっていた。食事のたびにポドゥルが大騒ぎしてやっと、死なない程度に最低限を口にするだけだった。三日間黙って見守っていた開城《ケソン》おばさんが、部屋の隅でうずくまるホンジュに声をかけた。

「天が定めた縁が簡単に切れると思うかい？　お腹を痛めて産んだ子は、死んでもあんたの子だよ。子供は必ず母親を求めるようになってるんだ」

ホンジュが泣き出した。自分の胸を叩き悶《もだ》えながら慟哭した。

「ソンギルは、あたしが捨てたんです。それやのに、あたしを母ちゃんだと思ってくれますか？」

ホンジュは泣きながら開城おばさんにすがるように訴えた。

「子供が傍にいなくても、あんたは母親だよ。子供は離れていても母親の気をもらって生きるんだから。ソンギルのこと考えて、しっかりしなさい」

開城おばさんがホンジュを励ました。ホンジュは五日間寝込んだあとで、自分から切りだした。

「おばさん、あたし心を入れ替えてお金稼ぎます。なんでもやります。しばらくここに置いてください」

「ずっといてもいいんだよ。とりあえず洗濯屋の仕事をしてみるかい？　ポドゥルが出産したら誰か雇わなくちゃならないんだけど、ソンギルの母ちゃんが働いてくれると助かるよ」

ホンジュは感謝し、すぐに仕事を始めた。手がパンパンに腫れるまで洗濯し、その手に火傷《やけど》しながらアイロンをかけた。大嫌いでいつまでも上達しなかった縫い物さえ、指を刺しながらでも頑張った。子供をもぎ取られた空洞を埋めるために、死力を尽くしているようだった。

「ちょっと休みながらしぃ。倒れるで」

表向きは以前のような元気を取り戻していたが、夜になるとホンジュは声を殺して泣いていた。ポドゥルは何も言わずに、ひたすら友達の痛みに寄り添った。

「ポドゥル、子供産んで落ち着いたら、あたしと店始めへん？　あんたの才能を生かして仕立屋したらどうやろう？　仕事はあたしが責任持って取ってくるわ」

ホンジュの話を最初に聞いたとき、そんなことはとても無理だと考えた。何より、自分やホンジュまで快く受け入れてくれた開城おばさんに申し訳が立たない。

「来月になったら頼母子も満期やし。チョ・ドクサムが置いてったお金もある。手始めに小さい店舗借りて、ミシン一台買うたらいけるんちゃうやろうか」

ポドゥルも百五十ドル近く手元にあった。月給の二十五ドルから支援金を出し、最大限に節約して必死に貯めたお金だった。テワンが戻ったら、店を開きたいと思っていた。毎晩、どんな店にするか考え、テワンと一日中一緒に過ごすことを想像して寂しさと不安を紛らわせていた。

「それはいい考えやけど、おばさんにはよう言わんわ。こんなにお世話になってるのに」

ポドゥルはそう答えた。洗濯屋で働いてみて、どんな店でも自分でするほうが儲けが多いということはわかっていた。

「あんたもオーケーやな？　あたしが、おばさんに相談がてら話してみるわ」

言いたいことは言わねば気が済まないホンジュは、開城おばさんに自分の考えを話した。横に座っているポドゥルは、おばさんに恩知らずだと思われたらどうしようと気を揉んでいた。ところが、意外にも開城おばさんは喜んだ。

「よそで仕立屋やるくらいならこの店を譲るけど、どうだい？　お得意さんがいるから、新しく始めるよりもいいはずだし。洗濯もするほうが、仕立ての客がつきやすいものなんだよ。かなり前から、うちの人も店を畳もうってしつこくってね。わたしももうあちこちガタがきて、きついのよ。そうしてくれたら、ホノルルの息子のとこで孫の世話でもしながら暮らすよ」

家主には、契約を引き継げるよう話をつけてくれるという。設備については、ミシンとスチームアイロン、自転車代などを払えばよいと言ってくれた。生活に必要なものもほとんど置いていくというので、こんな好条件はなかった。何よりも月に四ドルで契約している得意客の兵士だけでも、五十人以上いるのだ。ポドゥルとホンジュは額を寄せ合って計画を立てた。家賃が月七十ドル、洗濯屋の経費と生活費を合わせると五十ドルはかかるだろう。洗濯に人を雇ったとしても得意客から得られる仕事だけで充分まかなうことができる。夜ごと二人は、寝る間も惜しんで未来を設計した。靴屋を始めたときとは違い、今回は確実に客がついており、しっかり者のホンジュが一緒だった。

開城おばさんは、ポドゥルが出産し床上げするのを待って出発することになった。この間、自転車に乗れるようになったホンジュは、開城おじさんについて回りながら洗濯物の収集と配達、営業の仕方を学んだ。ホンジュは、教会をはじめとするすべての団体活動を辞めた。

「前に寡婦になってオジンマル村に戻ったとき、一番嫌やったんが同情されることやったんや。旦那に捨てられて可哀想やとかなんとか、こそこそ言われるのんもう嫌やねん。それに商売するんやから、どっちかに肩入れするより自由なほうがいいやろう。ポドゥル、あたしら頑張ってお金稼いでお金持ちになろうな」

ホンジュは覚悟を決めていた。

*

陣痛が始まった。今回も開城おばさんが子供を取り上げてくれた。少しして赤ん坊の泣き声が響き渡った。娘だ。名前はもちろん「パール」だ。ハングルの名前も「チンジュ《真珠》」とつけた。

「両親の顔のいいところだけ選んで、もらったみたいだねえ」

開城おばさんが、おくるみに包んだパールをポドゥルの胸に抱かせてくれた。生まれたばかりの赤ん坊は盛んに口を動かし、おっぱいを探し当てると力強く吸い始めた。ポドゥルは父親不在の中で生まれてきたパールを、沈んだ気持ちで見つめた。息子とはまた違った感情が押し寄せてきた。娘は母親と同じ運命をたどると言った母の言葉が思い浮かび、ポドゥルの心を捉えていた。

娘は、いい世界で、あたしよりいい人生を生きられるようにしたらなあかん。

ホンジュとジョンホが傍に来て、赤ん坊を覗き込んだ。赤ん坊に対する好奇心と母を取られたという気持ちが入り混じり、ジョンホは戸惑っているようだった。ポドゥルがパールの口におっぱいを含ませるのを見て、ジョンホはホンジュにぴたりとしがみついた。一週間が過ぎ、ポドゥルは床上げした。ホンジュがもっと休むように言っても聞かなかった。

「うちの母さんは、子供産んで三日目から針を持ったんやて。一週間寝たら、よう休んだほうや」

いつも支えとなり守ってくれていた開城おばさん夫婦が、行ってしまった。ポドゥルは、風の吹きすさぶ荒野にホンジュと二人で取り残されたような不安を感じながらも、一方では自分たちで洗濯屋を経営することにわくわくしていた。

二人は計画通り、洗濯を担当する人を雇った。午後に来て洗濯だけをする仕事に、カレアというハワイアンの女性を採用した。日本人の労働者と結婚していたというカレアは、日本語が少しできた。ポドゥルはロブソン家で使っていた簡単なハワイの言葉を今も覚えていた。カレアはホンジュとは日本語で、ポドゥルとはハワイ語で、それなりに意思疎通ができた。ホンジュが午前中に仕上がったものを配達しながら新たに洗濯物を持ち帰り、お昼を食べてから出勤するカレアが洗濯した。量が多いときには、ホンジュも一緒にした。当初は開城おばさんから引き継いだ常連客だけだったが、仕事はまたたく間に増えていった。

「全部あたしの美貌のおかげやな。自転車乗って営門抜けたら、軍人さんらが口笛吹いて大騒ぎや。にこっと笑うたったら、それでもうお得意さんやねん」

ホンジュはチマチョゴリを脱ぎ捨て、ワンピースを着始めた。簪で後ろにまとめていた長い髪を切ってパーマをかけると、後姿はハオレの娘さんのようだった。

ポドゥルは韓人の狭い世界で、ホンジュの悪い噂が立つのではないかと心配した。評判が落ちれば、ホンジュの将来にとって障碍になるに違いないのだ。

「ああ、心配いらんで。もう男って聞くだけで、うんざりやから」

人生は三回勝負だからもう一度結婚するとおどけて話していたホンジュだったが、大袈裟に手を振ってポドゥルの心配を打ち消した。

ミシンが上達したポドゥルは、雑誌を参考に西洋の婦人服を見よう見まねで仕立てた。配達に行くホンジュが、それを着ていった。戻ってくると、興奮しながら将校の夫人から洋服の注文を受けたことを大声で報告した。自分が着ていたからよく見えたのだという、自画自賛をつけ加えるのも忘れなかった。それからは時々、将校の夫人たちが直接店を訪ねてくるようになった。

ポドゥルは自分のチマチョゴリを改良した。胸の紐を取りボタンをつけ、チマの丈を詰めた。紐がないので動きやすく、丈が短くて涼しかった。韓人の女性たちが、同じように直してほしいと店にやってきた。時には逆に伝統にのっとった韓服を注文する客もいた。還暦を迎えたり、子供たちが結婚したりする移民一世たちだった。ホンジュの言った通り、どこにも所属していないということが幸いした。ポドゥルは雇われているときにも手抜きはしなかったが、自分の店だと思うと寝る間も惜しいのだった。働いただけお金が入るのが嬉しくて、もっともっと稼ぎたいと思い、パールに授乳している間も気が急いた。

＊

十一月になった。ハワイの冬が始まりつつあった。来たばかりの頃は、この地に夏以外の季節はないと思っていたし気候の変化にも気がつかなかったが、ハワイ暮らし四年目の今は微妙な違いをすぐに感じ取ることができた。

テワンからの便りは数か月経っても届かない。同志会のほうから聞こえてくる話では、独立軍の基地建設は資金難で遅れているそうだ。ポドゥルとてよい知らせだけを望んでいるわけではない。苦しいなら苦しい、辛いなら辛いと伝えてくれるのが、家を留守にしている者の道理ではないのかと思ってテワンが恨めしかった。

ノ先生がホノルルに来ているという知らせが届いた。日曜日、ジョンホをホンジュに預けたポドゥルは、パールをおぶってホノルルに向かった。このやるせない気持ちを、ノ先生に訴えるつもりだった。折よく独立団事務所にノ先生はいた。挨拶を済ませてテワンの安否を尋ねると、ノ先生は、テワンがパク・ヨンマン団長のもとを離れ大韓統義府の所属部隊に移ったと答えた。ぐずるパールを背中から下ろし、前に抱きながら、ポドゥルは驚いた顔で訊き返した。

「そ、それはどこですか？　パク団長と何かあったんですか？」

パク・ヨンマン団長を深く尊敬し慕っていたテワンが、なぜ離れたのだろうか？　他へ移ったということは辛うじてつながっていた細い糸さえ切れてしまったのではないかと思い、呆然《ぼうぜん》とした。

「そういうわけではないですよ。ソ同志は一刻も早く武装闘争に参加したいと願い出ました。パク団長もソ同志の気持ちを充分理解したうえで受け入れられたんです」

テワンが移った大韓統義府は、南満州地域に点在していた独立軍を統合して作られた軍事組織だという。

「ソ同志はパク団長のもとを離れてしまいましたが、あちらの部隊が戦闘で多くの成果を上げているという知らせを聞いて、皆喜んでいますよ」

「せ、戦闘ですって?」

ノ先生の口から怖れていた戦闘という言葉が出ると、ポドゥルの顔は色を失った。いまにもテワンが銃に撃たれて死んだという知らせが届くような気がした。

「ちょっと前にも、ソ同志の所属する部隊が警察署を襲撃して五人を射殺し、武器を獲得したという知らせがありましたよ」

敵を射殺したように、テワンだっていつ死んでもおかしくないということではないのか。

「先生、うちの……ジョンホの父ちゃんは無事なんですよね?　なんともないんですよね?」

ポドゥルはやっとのことで、それだけを訊いた。

「私どももソ同志の無事をいつも祈っています」

ノ先生は目をつむったまま答えた。ポドゥルはテワンの住所を調べて知らせてほしいと強く頼み、用意していった十ドルを支援金として渡した。

ノ先生に会ってから、ポドゥルは仕事が手につかなかった。軍服の名札をつけ間違えたり、洗濯物の分類を間違えたりと失敗を繰り返し、とうとうホンジュに怒鳴られてしまった。

「ちょっと、ポドゥル！　しっかりしぃ。そないぼうっとして、怪我でもしたらどないするん？」

ホンジュの言う通りだ。ぼうっとしてる場合ではない。不安な気持ちが、不吉なことを招くかもしれないのだ。ポドゥルは、もっと強くならねば、毅然としていなければと自分を奮い立たせた。テワンから手紙が来たら、元気に暮らしているという返事が堂々と書けるようにしたい。テワンのために今できることは、それしかないのだから。

「ポドゥル、あんた、頼母子せえへん？」

数日後、ミシンをかけるポドゥルの隣で洗濯物を分類していたホンジュが訊いた。

「あたしが入ったら、誰も一緒にやらんのやろ？」

頼母子のことを考えると、胸の片隅でしこりとなっている寂しさが顔を覗かせる。ホンジュが頼母子の集まりに出かけるのを、ずっと見て見ぬふりしてきた。

「あの頼母子はもう終わったんや。仕切り直すことにした。みんなにはもう言うたで」

「何を？」

ホンジュは持っていた軍服を置き、腰に手を当てて、みんなに言ったという言葉をその通り再現してみせた。

「『あたしは、もう何派でもない。イ・スンマン派と違う人はあかん言うなら、あたしが辞めるわ。それにポドゥルは旦那が独立団で活動してただけで、何派でもない。下町教会に行ってへんの見たらわかるやろう。あたしはポドゥルとするから、一緒にやりたい人だけ言うて』って」

「アイゴ、すっとした。あんた、最初からそう言うたらよかったんや」

ポドゥルは横目でホンジュを睨みつけながらも、口角が上がるのは隠せなかった。ジュリーの母さんは抜けたが、ミョンオクとマクソンは一緒にすることになった。教会の内紛のあおりでハングル学校の先生を辞めたミョンオクは迷わず賛成し、最後まで悩んでいたマクソンも旧友と言える友人たちとのグループから抜けるとずっと後悔するかもしれないからと参加を決めた。白家《ペクカ》商店のヨンスン、そしてホンジュがパイナップルの缶詰工場で働いているときに知り合った二人を含め七人になった。同い年か一、二歳違うだけの同世代で、全員が写真花嫁だった。

最初の集まりは洗濯屋で開いた。頼母子の集まりは、毎月第一日曜日の午後と決め、その月に全員の掛け金を受け取る番にあたる人が食事代を出すことにした。一口十ドルで、総額が百ドルになるようにした。メンバーは七人だが、ポドゥルとホンジュとヨンスンが二口掛けることにし、全部で十口という計算だ。順番を決め、先に受け取った人は次回から上乗せした額を掛け、最後に受け取る人には銀行に預けるよりも高い利子がつく。

洗濯屋の裏庭は、同じような年頃の子供たちが遊び、騒ぐ声で賑やかだった。子供たちは、おもちゃを取り合って喧嘩になったり転んだりしても、母親を呼んだりはしなかった。母親たちも、子供に勝るとも劣らぬ賑やかさでおしゃべりしながら、ククスを作って食べた。おかずはキムチしかなくても、遠足に来たように楽しかった。ポドゥルは、一緒に渡ってきた写真花嫁の中でソンファだけいないのが寂しかった。それまで日々の忙しさの中で、ソンファのことを思い出すことはほとんどなかった。実はテワンのことさえ忘れるほど忙しく、疲れてもいた。

「こんなして集まったら、ソンファのことが気になるわ」

ホンジュも同じようだ。

「そうだね。ソンファたちも引っ越してきたらいいのにね」

マクソンが相槌を打つ。ここからカフクまでの距離はホノルルからよりもかなり近いのだが、汽車がつながっていないのでかえって行きにくいのだ。ポドゥルとホンジュは、前みたいに訪ねていこうと口では言いながら、時間を作ることができずにいた。

「ポドゥル、一緒にお金貯めて家賃で稼げるようになろう。収入も安定するし身体も楽やし」

頼母子の最初の集まりのあとで、ホンジュが言った。韓人たちが洗濯屋の次に多く営んでいるのが、家の賃貸業だった。いくつも部屋のある家を買ったり借りたりして、それを人に貸すのだ。洗濯屋のような重労働ではないし収入も安定しているという。

「そしたらソンファたち呼んだろう。パク・ソクポはパイナップル農場に送り込んで、あたしら三人でしたらええやん。掃除、洗濯つきで部屋貸しても、洗濯屋よりは楽やろ?」

ホンジュが、まるでテワンがいないものとして話すのは嫌だったが、それを質すこともできなかった。統義府の義勇軍が活躍しているというニュースは新聞に載っていたが、家でのテワンの存在感は徐々に薄れていた。ジョンホはもう父を求めることがない。おもちゃは買ってやらないでと父ちゃんに手紙で言いつけるという脅しは、通用しなくなっていた。人見知りの始まったパールは、大人の男を見ると泣いた。ポドゥルは、テワンの部隊が日本軍との戦闘で大きな成果を上げたという新聞記事を切り抜き大切にしまっておいた。テワンの顔や名前が出ているわけではないが、ジョンホとパールが大きくなったとき、父ちゃんが傍にいなかった理由を教えてやるためだ。ポドゥルの本当の望みは、その前にテワンが家族のもとへ無事に帰ってくることだった。

ミョンオクの家で頼母子の三回目の集まりがあった日、ポドゥルはいつ送れるか知れないテワンへの手紙を書いた。ずっと一緒にいた人に語りかけるように、日常の話をしたためた。

――今日は、三回目の頼母子の日でした。頼母子は七人でしてます。その中でミョンオク姉さん、マクソン姉さん、白家《ペクカ》のヨンスンは上町教会に通っています。でも加入してる団体は違います。ミョンオク姉さんとマクソン姉さんは同志会、ヨンスンは国民会だそうです。あたしと同い年のポンスンは、下町教会に通ってますが同志会の会員です。一番年下のキファは、お寺に通ってるんですよ。ホンジュは教会も同志会も全部辞めちまいました。

今日、お金をもらう番だったミョンオク姉さんの家に集まってご飯を食べていると、スコールが降って虹が出ました。姉さんが、会の名前を「虹の会」にしようと言いました。七人だからだと思ったら、虹は神様が人間の傍に一緒にいるという証だと聖書に書いてあるからだそうです。ホンジュは、虹の色みたいに、あたしたちもみんな違うと言いました。とにかく、雨のあとにまぶしく架かる虹みたいに、将来よいことばかりありますようにと祈る心は同じなんです。そうや、ミョンオク姉さんが託児所を作ると言いました。あたしたちはみんな、早くできたらいいなあと心待ちにしています。働く人たちには、子供を見てくれるところが本当に必要ですから。あたしも託児所ができたらジョンホを通わせるつもりです。姉さんはハングル学校の先生だったから、子供の面倒を見るのもきっと……

ポドゥルは最後まで書くことができずに眠りに落ちた。

＊

ポドゥルとホンジュは、翌朝配達する分の洗濯物を整理していた。一日中ミシンの前に座っていたポドゥルも、配達から戻り洗濯までしたホンジュも動くたびに呻き声が漏れた。

「仕事が多いのんはありがたいけど、あんたもあたしも、こんな仕事の仕方してたら病気なって死んでしまうわ。他の洗濯屋は六、七人の家族が総出でやってる言うやんか。洗濯とアイロンしてくれる人、もう一人入れよか？」

午後から来て洗濯だけしていたカレアを終日勤務に変えてから、だいぶ経っていた。

「人件費で全部出てしもうて、なんも残らんやんか。今はまだパールもじっとしてるし、なんとかこのまましてみよう」

話しながらポドゥルがタグをつけ、ホンジュがそこに番号を書いていく。仕事が終わりかけた頃、洗濯屋の戸ががらがらと開いて、息子をおぶったマクソンが入ってきた。生まれたのが男の子だったので、マクソンの夫は満一歳のお祝いを盛大に開いた。カレアが、ハワイでも赤ん坊が一歳になる前に死んでしまうことが多いから一回目のルアウは大きくするのだと言った。ルアウは祝宴を意味するハワイ語だ。

「あんたたち、誰が来たかちょっと見てごらん」

マクソンについて入ってきた人を見て、ポドゥルとホンジュははじかれたように立ち上がった。

「アイゴ、誰や思たら！　ソンファ！」

「子供寝かそうと思って表に出たら、誰かがきょろきょろしながら歩いてるじゃない？　どこかで見たことあると思って、よく見たらソンファだったのよ」

マクソンの説明はそっちのけで、ポドゥルとホンジュは叫びながらソンファに抱きついた。ソンファは以前会ったときよりさらに痩せ、身体はぺらぺらの紙のように薄かった。ポドゥルはソンファを椅子に座らせた。マクソンが出ていくやいなや、ホンジュが訊いた。

「なんで来たんや？　遊びに来たん？　じいちゃんは、どないしたん？」

「ちょっと、尋問してるみたいやで。怖くて答えられへんやろ」

ホンジュにはそう言ったが、突然一人でやってきたわけを知りたくてたまらないのはポドゥルも同じだった。

「じいちゃん、亡くなった」

ソンファがさらっと答えた。

「なんで？　どないして？」

ポドゥルが驚いて問い返した。

「晩ご飯ちゃんと食べてから、眠るみたいに亡くなった」

しばらく沈黙が続いた。還暦もとうに過ぎていたので、天寿を全うしたということだ。

「あんたのことあんなに苦しめたのに、じいちゃん、幸せな死に方やったんやな」

ホンジュの口が細かく震えた。

「ちゃうんよ。死ぬのんわかってたんか、最近は優しかった。あたしは、じいちゃん恨んでへん」

ソンファの表情から、それが本心だということが伝わってくる。

「そうかぁ。そやけど、びっくりしたやろ？　お葬式はどうしたん？」

ポドゥルは、傍にいてあげられなかったことを歯痒く思った。最初の妊娠で悪阻に苦しんだときも、舅が亡くなったときも、ソンファが傍で助けてくれたのに、ソンファが大変なときには何も知らなかったなんて。

「キャンプの人たちが手伝《てつど》うてくれて、共同墓地にちゃんと埋めてあげた」

ソンファは宿題を終えたように、さっぱりして見えた。

「よう来たな。じいちゃんのことも、きちんと送ってあげたし、よかったわ。長生きするばっかりがいいとは限らんからな。ソンファ、これからは安心して一緒に暮らそな。洗濯屋がどんだけ繁盛してるか知らんやろ？　給料たっぷり出すから、ここで働きながらええ男見つけて嫁に行き」

ホンジュが言った。

「アイゴ、墓の土も乾けへんうちから、なんてこと言うんや。ソンファ、ちょっとの間はじっと寡婦っぽくしとき。あんたの新しい婿さんは、あたしが探したるわ」

ポドゥルとホンジュが騒ぐ姿を、ふんわり微笑みながら聞いていたソンファが言った。

「ありがとう。赤ちゃん産むまで、甘えるわ」

ポドゥルとホンジュは、あまりにも驚いて言葉を失った。見た目ではまったくわからないので、まさか妊娠しているとは思ってもみなかったのだ。

「あ、赤ちゃんて言うた？　ほんまにソクポじいさんの子供なん？」

ポドゥルは思わず訊いてしまった。そうでなければ誰の子供なのと問うようなソンファの表情を見て、きまりが悪くなりホンジュに向かって大声で言った。

「ほ、ほら見てみぃ。オジンマル村のチャンスの父ちゃんかて、還暦も古希も過ぎてチャンスができた言うたやろ？」

最後の生理から日にちを数え、妊娠四か月ほどだろうと推測した。

「うちのパールが満一歳になる頃、生まれそうやな」

ポドゥルは父親のいない子供を産むソンファのことが心配だった。パールも父の留守中に生まれたが、テワンはちゃんと生きている。

「心配せんと産み。父親がおらんくらい、何やの？　あたしら三人で育てたらええ。あたしが勉強もさせたる」

ホンジュは豪快に言った。

翌日からソンファも仕事を始めた。家事や子供の世話からアイロンがけまで、必要なことは何でもてきぱきとこなした。おかげでポドゥルとホンジュは、洗濯屋の仕事に心置きなく集中することができた。

＊

また年が明けた。洗濯屋は「シスターズ・ランドリー」と呼ばれ、繁盛していた。ポドゥルとホンジュは、半ば無理矢理にソンファを頼母子に引き込んだ。

「子供も生まれるんやから、お金貯めなあかんやろ」

食事と寝る場所を与えてもらえるだけで充分だとソンファは言うのだが、月々の給料としてソンファの分を取っておいた。

八人になっても、会の名前はそのまま虹の会だった。八人の中で、朝鮮と関係のあるニュースに一番敏感なのは、夫が満州にいるポドゥルだった。ポドゥルはまめに新聞を読んだ。韓人団体が発行する機関紙も、他の会員にもらって目を通していた。統義府の義勇軍が川を渡って朝鮮に入り、新義州《シニジュ》の駐在所を爆破したという記事を読んで、心臓が止まりそうだった。日本のものになってしまった朝鮮で独立運動をして捕まれば、容赦なく投獄され殺されるのではないだろうか。

政治家たちのニュースにも、いい話は何もなかった。臨時政府は、問題点を克服しながら継続しようという改造派と、新しい政府を作るべきだと主張する創造派に分かれ対立していた。イ・スンマンが、国際連盟による朝鮮の委任統治を求める請願書を提出していたことが明るみに出たために起こった事態だった。遠からずイ・スンマンが臨時政府での地位を追われるだろうと、あちこちで噂されていた。それでもハワイをはじめアメリカで暮らす同胞たちは、祖国の独立のために寄付を惜しまなかった。祖国で自民族の経済的自立を図るために朝鮮物産奨励運動が始まると、ハワイでも呼応して日本製品の不買運動を行った。

テワンや祖国のニュースはさておいて、ポドゥルや虹の会のメンバーたちの生活はこれまでにないほど順調だった。洗濯屋はもちろん、マクソンの理髪店も店を広げた。ミョンオクは「レインボーズホーム」という名の託児所兼幼稚園を開いた。園児がたくさん集まったので、キファが工場を辞めてそこで働き始めた。ポンスンは貯めたお金で、夫と共に食料品店を始めた。

一番心配なのはソンファだった。産み月が近づくにつれ、沈みがちで口数も少なくなり、ほとんどしゃべることがなくなっていた。ジョンホはホンジュと一緒に小さい部屋で眠り、奥の部屋をポドゥルとパールとソンファの寝室にしていた。

日中休みなく働いているポドゥルは、夜中にパールが目を覚まして泣いても、寝ぼけたままでおっぱいを含ませ、そのまま眠り続けた。横でソンファが悪寒に震え、うわ言を言い続けていることには気がつかなかった。ホンジュもまた眠りが深く、ソンファが夜中に裏庭を歩き回っていることを知らなかった。

「ソンファ、一つも心配いらんで。なんも心配せんと、とにかくしっかりご飯食べ。お腹の子に取られて、骨と皮だけになってしもうてるやん」

ホンジュが心配するように、ソンファは妊娠八か月にもかかわらずお腹がまったく出ていない。ポドゥルとホンジュが無理矢理病院に連れていったが、特に異常はないと言われた。

その頃の一番大きな事件は、ホンジュが自動車を手に入れたことだった。古くからの常連客だった軍属のチャーリーが、アメリカ本土の部隊に復帰することになり置いていったのだ。四十代になったばかりで妻とは死別しているチャーリーは、ホンジュのことが好きだった。ホンジュもチャーリーに好意を抱いていた。

ポドゥルは、ホンジュがチャーリーとの恋愛で傷つくのではないかと心配していた。

「夫に死なれたやろ、それからまた捨てられた女やで。これ以上傷つくことなんて何があるん? あたしは、あたしの心の向くままに生きるんや」

ホンジュはポドゥルの心配を聞き流した。

「あんたは、ハオレがどんなにひどい人らか知らんのやわ」

テワンの肩の傷の話、カフク駅で自分があげたゆで卵を投げ捨てたハオレの婦人の話、息子がジヨンホに怪我をさせておいて裏庭に入ったことだけを責め立てたロブソン夫人の話をしながら、ポドゥルはチャーリーとの交際を思い留まらせようとした。

「チャーリーは紳士や。今まで見てきた男の中で、一番穏やかで情が深いねん。女のことは馬鹿にして、家のこともまともにできひん朝鮮の男たちより百倍ええわ」

ホンジュは鼻で笑った。それはその通りだった。まさにテワンが何年も家族を置いて、遠くに行っている。

「言葉も通じひん男と、どないしてつき合うの?」

他に反対する理由が見当たらなくなったポドゥルは言った。

日々軍人と接しているホンジュはごく簡単な英語ができたが、それでもそれは幼児のレベルだった。ホンジュはポドゥルに向かってにっこり微笑んでから、言い返した。

「言葉覚えよう思うたら、恋愛が一番やで。英語うまなったら、洗濯屋にとってもええやんか」

チャーリーとの恋愛で、自分の言った通り英語が上達したホンジュは、時々やってくるハオレの客の応対を立派にこなした。そしてこれも言葉通り、英語が通じるという噂を聞いた客が来るようになった。

日曜日のたびに、チャーリーは洗濯屋の前に車を停めてホンジュを待っていた。思いっきりおしゃれしたホンジュは、支度が終わっても十分、二十分とチャーリーを待たせてから姿を現した。恋に夢中になっているホンジュを、先回りして心配するポドゥルがぶつぶつ漏らした。

「あんなんして。みんな見てるのに、あれで結婚できひんかったらどないするん」

「心配ない。結婚するわ」

ソンファが隣でぽつりと言った。ポドゥルは驚いてソンファを見た。

「ほんまに？　あんた、また何か見えたん？」

瞳に一瞬宿った熱がすっと消え、ソンファは自分が今しがた何を言ったのかわからない様子だった。おかしなことを口にすることが多くなっていた。しかもそれが当たることが多い。ポドゥルは、ホンジュとチャーリーの結婚に備えて心の準備をした。それでも、ホンジュがプロポーズをされたと言ったときは、目の前が真っ暗になってしまった。ホンジュがいなくなれば、洗濯屋は畳まねばならないだろう。まもなく出産を控えているうえに、ともすれば魂が抜けたようになるソンファと二人でやっていくのは不可能だ。けれど、自分の利益のために友達の選択と幸せの邪魔をしたくはない。

「よかった。結婚しぃ。あたしはソンファと一緒に仕立屋するわ。儲けは比べ物にならんくらい減るやろうけど、今まで貯めたお金もあるし心配せんでも大丈夫や。とにかく自分のことだけ考えて決めや」

ホンジュと離れ離れになることを思うと、すでに寂しくて苦しいのだが、ポドゥルはなんとかゆったりした口調で話すことができた。ホンジュが、今度こそ幸せに暮らすことを願っていた。チャーリーが、結婚したらアメリカ本土に行こうと言ったと、浮かれて話していたホンジュの表情がすっと沈んだ。

「あんた、なんてこと言うん？　冷たいんちゃう？　結婚はせえへんよ。チャーリーと結婚したら、あたしもアメリカ人になるんやで。そしたら朝鮮ともっともっと離れてしまうやん。あんたらと一緒に、ここで暮らすって」

ホンジュの目が赤く染まった。ホンジュにとっての朝鮮は、ソンギルなのだった。

ホンジュはチャーリーのプロポーズを断り、車を自分に売ってくれと頼んだ。それからはソンファが何か予言めいたことを言っても、ポドゥルは「やめとき。ホンジュの結婚も外れたやろ」と鼻で笑った。

「するで。ホンジュ、結婚」

ソンファがつぶやいた。しかしチャーリーは自動車だけ残してハワイを去っていった。

フォード社の大量生産によって、労働者の一年分の給料で自動車を買うことができるようになっていた。それでも日々の生活に追われる庶民にとっては、依然として手の届かぬ貴重品だった。車が手に入ると、ホンジュはすぐに運転免許を取った。一九一五年産を改造したフォードは時々エンストを起こしはするが、自転車とは比較にならないほど速く、たくさんの配達を可能にしてくれる大きな財産だった。

「帰り道でエンスト起こして、えらい目に遭うたわ。こんなオンボロに乗ってたんやから、チャーリーもケチなんやわ。関わる男がみんなどケチなんは、あたしの運命なんやろか」

ホンジュはチャーリーと別れた寂しさを、わざとらしい愚痴でごまかすのだった。思いっきり車を乗り回したいというのは、ハワイに来る前からのホンジュの願いだった。やっと車が手に入ったのに、洗濯屋と軍のキャンプを往復するだけでも忙しく、乗り回している暇はなかった。

ようやく車に乗って出かけられたのは、復活祭でほとんどの店が休む日曜日だった。信徒たちにとっては大きな祝祭のその日に、ポドゥルとホンジュは心躍る計画を立てていた。ソンファの出産前に、北のほうのサンセットビーチに遊びに行くことにしたのだ。日曜日の半日以外に休んだこともなく、ましてや遠出をしたことなどないポドゥルとホンジュは、初めてのピクニックに興奮していた。ソンファも珍しく気持ちがはずんでいるように見える。大きくなるにつれて大人たちの気分を敏感に感じとるようになったジョンホも、そして歩き始めたばかりのパールもつられてはしゃいでいる。

人々が教会へ行く午前中に、ホンジュのフォードは洗濯屋を出発した。助手席には荷物を抱えたソンファが座り、後部座席にパールを抱いたポドゥルとジョンホが座った。ホンジュの運転は未熟で過激だった。加速と急停車を繰り返すので、ポドゥルはだんだんと酔い始めた。車に乗った瞬間から興奮気味のジョンホは窓に張りついて奇声を上げ続け、パールもキャッキャッと身体を揺すっている。

車に酔いながらもポドゥルは、友達の運転する車で遊びに行くという事実に、子供たちに負けないくらい興奮していた。ワヒアワの韓人の中で、自家用車があるのは二人だけだった。女性の運転手は他のすべての民族を合わせても両手の指が余る程度だが、韓人ではホンジュ一人だけた。ポドゥルは、ワヒアワ中の人に車に乗って出かける自分たちの姿を見せつけたかった。海の向こうの朝鮮にいる人たちにも。朝鮮で暮らしていたら想像すらできなかっただろう。テワンの自転車に乗せてもらったときとはまた別の感慨が、車酔いと共に込み上げてきた。一番興奮しているのは、他ならぬホンジュ自身だった。

ビーチに到着すると車を降り、白い砂浜を歩いた。ポドゥルはソンファが広げてくれた莫蓙にパールを下ろした。ジョンホは凍りついたように立ち尽くして海を見つめている。二階建てや三階建ての建物ほど大きな波は、龍が体をくねらせながら天に昇る姿のようだ。大人も子供も莫蓙に座りサンドイッチとオレンジやバナナを食べながら、寄せる波を眺めた。いつの間に海に入ったのか、サーフィンをする若者たちが見えた。

ポドゥルはホノルルのワイキキビーチで、サーフィンする人たちを見たことがあった。そのときはただの遊びにしか見えなかったが、波が高く激しい今は命懸けの曲芸に見えた。波が彼らを呑み込もうとするように襲いかかり、砂浜にいる人々は皆息を凝らした。波に流された若者のうち、女性一人の姿が見えない。ポドゥルは息ができなかった。彼女が波の上にすっくと立ち上がり姿を現した瞬間、ポドゥルはようやく息を吐き出した。浜辺の見物人たちは歓声を上げ、手を叩いた。ジョンホもその小さな手を打ち鳴らしている。彼女は波の懐に抱かれながら、颯爽《さっそう》と水面を滑り下りてくる。

ジョンホを追って、パールがよちよち歩きで茣蓙から離れていった。ポドゥルより先に、ソンファが立ち上がって子供たちの後をついて歩いた。ホンジュは運転でくたびれたのか、静かに海を眺めている。ポドゥルは何もせずにのんびり座っていても、心安らかでいられるこの時間が、涙が出るほどありがたいと思った。そのとき、ホンジュがつぶやくように言った。

「あの子ら、あたしらみたいやな。うちらの人生も波乗りやんか」

子供たちとソンファを目で追っていたポドゥルも、ホンジュの言いたいことがよくわかった。ホンジュの言う通り、自分の人生にも大波のような危機が何度も訪れた。父と兄の死、その後の生活、写真花嫁としてやってきたハワイでの日々……。どれ一つを取ってみても楽なことはなかった。ホンジュとソンファが乗り越えてきた波もまた同じだった。

若者たちの背後に、また波が押し寄せている。彼らは波を楽しむ用意ができているのだ。海が存在する限り波が永遠に続くように、生きている限り人生の波もまた途切れることなく押し寄せるだろう。

ポドゥルは、ホンジュの肩を抱いた。そして、波打ち際で子供たちの後ろをついて歩くソンファを見つめた。一緒に朝鮮を出た三人は、苦しみながら、楽しみながら、そして熱く波を乗り越え、これからも生きていくだろう。大波が立てた水しぶきの一つひとつに、虹が架かっているのが見えた。

パンドラの箱

ローズ姨母《イモ》が、ウイスキーをもう一杯注いだ。赤いマニキュアを塗った指の間から、煙草の煙が細く立ちのぼっている。彼氏のことを考えていた私には、イモの話は飛び飛びにしか耳に入ってこなかった。ピーターは家族と一緒にクリスマス休暇を過ごすため、カリフォルニアのお祖父さんの家に行ってしまった。つき合い始めて、初めてのクリスマスなのに、離れてなくちゃいけないなんて。

十二月七日、日曜日の朝。日本軍の爆撃機が真珠湾《パールハーバー》にある海軍基地を空襲した。最初はこっちの軍隊が演習してるんだと思った。二千四百人以上が死に、ものすごい数の戦闘機や航空母艦や戦艦が太平洋に沈んでしまった。ホノルルからでも、真珠湾のほうに真っ黒な煙が上がっているのが見えた。アメリカが手も足も出ないくらいやられちゃうなんて。ハワイの人だけじゃなくアメリカ人皆が衝撃を受けた。次の日にルーズベルト大統領の演説に続いて議会が日本との戦争を布告して、若い男の人は先を争って入隊し始めた。

どこに行ってもパールハーバーの話ばっかりだ。数学の先生は宣戦布告もなしに侵攻した日本を激しく非難して、若かったら自分も軍隊に入っただろうって熱く語った。ちょっとしてから教室に日系の子たちがいることを思い出したのか、日本軍と政府が悪い決定をしたんであって、大多数の善良な日本人が悪いわけではないと強調した。

ハワイの人口比率はアジア系が一番高くて、その中でも日系が一番多い。韓人の大人たちはアメリカが日本と戦争を始めると、三十年以上祖国を踏みにじってきた日本なんか、この機会に潰れてしまえと願っている。両親の国に特に関心がない私は、パールという名前のせいでからかわれて腹が立っていた。男の子たちは、ニヤニヤしながら「パールが襲われたんだって」とかなんとか言って、私をイライラさせる。もとから自分の名前が気に入ってなかった。ママが他の宝石が好きで、サファイアとかルビーとかゴールドとかダイアモンドとかっていう名前をつけられるより百倍ましだけど、パールだって充分変な名前だ。

中学に入るまで、自分と同じ名前の子には一人も出会わなかった。だけど文学の授業で読んだナサニエル・ホーソーンの『緋文字《ひもんじ》』という小説で、初めてパールという名前を見つけた。牧師と女主人公が姦通してできた娘で、決して愉快な状況の人物じゃなかった。ママがあれを読んでいたら、絶対こんな名前はつけなかっただろうという感じ。

二人目のパールは、三年前にアメリカの女性作家で初めてノーベル文学賞を受賞した人だ。彼女の『大地』という本は、ノーベル賞を取る前にピューリッツァー賞を受賞して、学校では必読書だった。世界的に有名な人と名前が同じだということが誇らしくて読み始めたけど、ちょっとだけ読んで本を閉じた。登場人物は中国の田舎者の農夫たちなのに、みんな話し方が高尚で教養がありすぎる。私の周りの中国人に、そんなふうに話す人は誰もいない。何よりも女主人公が、あまりにもじれったくてイライラしてしまった。それから今度は、敵の攻撃で無残にやられたパールだなんて。ピーターが男の子たちのあのいやらしい悪口を止めてくれなかったら、私は何をしでかしていたかわからない。

ピーターと私は、そのときに特別な関係になった。あとで聞いたら、ピーターは一年も前から私に片思いしていたらしい。私がピーターの存在すら知らないときから、あの子は私を愛していたっていうことだ。ポルトガル系のピーターのお祖父さんも、うちのお祖父ちゃんと同じサトウキビ農場の労働者としてハワイに渡ってきた。他の多くの移民一世たちと同じように、ピーターのお祖父さんもカリフォルニアに移住し、ピーターはそこで生まれ育った（ちなみにあの子のママは日本人だ）。

ピーターがハワイに来たのはお父さんの仕事のためだけど、彼は私に出会うために来たみたいだって言ってくれた。私も日本軍がパールハーバーを攻撃したのは、私たちを結びつけるためかもしれないと答えた。運命に導かれて私たちはつき合って一週間目にキスをし、今は二人の未来を計画するくらいお互いにぞっこんだ。

第一の計画は、同じ大学に進学すること。私はすでに、アメリカ中北部にあるウィスコンシン州立大学に進むと決めていた。ピーターはカリフォルニアに行くつもりだったけれど、自分も私と同じ大学に願書を出すと言った。一緒にウィスコンシンに行くために、まずは私の問題から解決しなくちゃならなかった。ママは私がハワイの大学を出て教師になることを望んでいる。いや、強要している。ピーターとつき合う前に、そのことでママとは大喧嘩していた。感謝祭の休暇で家に帰ってママに話したら、ママは猛反対して、そんな大学に行ったらもう娘だとは思わないとまで言った。

「デイビッドはUCLAに行ったのに、なぜ私はだめなの？ It's my life. It's none of your business!（私の人生よ。ほっといて！）ウィスコンシンに行くから」

ママはほとんど英語がしゃべれない。韓人コミュニティの中だけで生きてるから仕方ない。私の母国語は英語だけど、私は朝鮮語もまあまあできる。自分に不利な話になったら聞き取れないふりをすることもあるけど、日常のコミュニケーションは問題ない。ママと私の母国語が違うことで、困ることはあまりない。同じ言語で話したとしても、どっちみち親と子は言葉が通じないのだから。だけど喧嘩のときはもどかしい。私がたどたどしい朝鮮語を放り出して英語を使ったら、ママは傷ついた顔をする。まるで私が、鋭い武器でも振り回したみたいな顔。その日も私とママはお互い自分の言語で怒鳴り合って、私は対話を諦めて家を飛び出した。

そしてローズイモの家に戻ってきた。学校が遠くてイモの家に住まわせてもらっているのは、こんなとき本当にありがたい。それから四週間、家には帰らなかったしクリスマス休暇にも帰らないと決心していた。もうすぐ大学の願書を書かなきゃいけないけれど、私は思い通りにするという無言のデモンストレーションだ。

クリスマス休暇の前に、先に電話をかけてきたのはママだった。私は、ママの気持ちが変わったんじゃないかと期待した。だけどママは大学の話などまるでなかったみたいに、休暇の間、ローズイモを傍で見守るようにと言った。

「一緒に来たらいいんやけど来えへん言うから。あんたも帰ってこんでいいから、イモの傍におって」

クリスマスに帰らないという奥の手が、空しく粉砕されてしまった。そしてママに帰ってくるなと言われたのが寂しかった。私が帰らないと宣言するのと、帰ってくるなと言われるのとでは天と地ほどの違いがある。

イモは故郷から届いた手紙で、母親の死をあとになって知ったのだ。イブの日に食堂を閉店してからは、六日続けて酔っぱらっている。そして感傷に浸りきって、幼い頃からの昔話を延々と語っている。聞き取れないふりをしても無駄だった。イモは、観客が一人しかいないのに役者魂を燃やす女優みたいに自分に酔いしれている。おかげさまで私は、人生最悪のクリスマス休暇を送っている最中で、そろそろ我慢の限界に近づいていた。

「パール、うちら洗濯屋シスターズがジョンホとあんたを連れて、サンセットビーチに遊びに行った話は、もうしたんやった?」

イモは焦点の合わない目で私のほうを見た。

「うん、イモ。三回聞いたよ。サーフィンする人たちの話も聞いたし、人生が波乗りみたいだっていうのも全部聞いた」

また同じ話をされるとたまらないから、間髪いれずに返事して部屋を出るタイミングを窺っていた。呂律の怪しいイモの話よりも、ピーターから電話が来るかもしれないことに気を取られていた。

ローズイモの話にまったく興味がないとか、聞いているとイライラするとかいうわけじゃない。

おかげでイモの人生と切っても切れない、ママの人生も少しは知ることができたし。ママは過去の話をほとんどしない。何かの拍子に訊いてみたら、今日の生活で手いっぱいだから昨日のことなんか思い出せないと言われた。ここ数日、ローズイモの話を聞いて思ったのは、記憶力が悪いのはママの長所だということ。イモの話に出てくるママの人生は、苦労ばかりでじれったいったらありゃしない。私が物心ついてから見てきたママもそうだった。『大地』を読みかけてやめた最大の理由は、女主人公、阿蘭《アーラン》の姿がママとダブることだった。ママがそんな話を全部覚えていて、毎日繰り返し話すなんて想像しただけでも憂鬱になる。

「振り返ってみたら、ハワイに来て、あの頃が一番楽しくて幸せやったなあ」

私は呆れてしまった。

「Jesus Christ! 夫に去られた女、夫に死なれた女、夫に見捨てられた女が三人で集まって、何がよかったたっていうの?」

二十三歳、今の私と四歳しか違わない。もし四年後にそんな運命が待っているとしたら、誓って言うけど、私だったら今ここで人生を終わりにするだろう。

「あんた、もしかして夫に見捨てられた女って、イモのことか?」

イモが私の顔を見た。私は「そうじゃなければ誰?」っていう表情で見返した。

「その考え方は大きな間違いやわ。見捨てられたんちゃうと、私が捨てたんや」

イモは、グラスに残ったお酒をぐいっと飲み干した。どっちだろうと、私の知ったことではない。

「はい、はい。さようでございますか。もう寝たほうがいいよ」

私はイモのグラスを摑んで、さっと立ち上がった。この家の洗い物、掃除、洗濯は私の仕事だ。ママはお兄ちゃんを預けたときから、下宿代を取るつもりで働かせるようにってイモに頼んであった。私も以前はお兄ちゃんがしていたように、店を閉めてから伝票を読み上げて帳簿を作り、お金の計算をしていた。そのお金を自分が使えるならともかく、計算が合わなければ何度もやり直しだし、客が少なかった日は愚痴まで聞かなくちゃいけないしで、本当に面白くなかった。いっそのこと家事をさせてほしいと、自分からお願いしたのだ。グラスを持ってキッチンに行こうとした私を、イモが呼び止めた。

「グラス、持ってきて。父さんが死んで、母さんも死んで、うちは孤児になってしもうた」

四十超えて孤児って。私は小さく首を振りながら、グラスをイモの前に置いた。頭の隅では、こんなときにイモにつき合っておくのも悪くないという計算が働いた。ママがウィスコンシンには絶対に行かせないと最後まで反対して経済的な支援をしてくれなくなったら、頼れるのはローズイモしかいなくなる。韓人団体に大金を寄付する太っ腹な人として有名なイモが、私のことを知らんぷりするはずはないだろう。それに問題は大学のことだけじゃない。ママは、肌の色が違ううえに日本人の血が混ざっているピーターとつき合うことも許さないだろう。結婚ならなおさら（大学を卒業したらすぐに結婚するというのが、私たちの二つ目の計画だ）。そのときだって味方になってくれそうなのは、ローズイモだけだ。頑固なママが、イモの言うことを聞くかは疑問だけど。

「あんたも、何か出してきて飲みなさい」

私は冷蔵庫からコーラを出して栓を抜き、向かい側に座った。

「コーラかい？　あんたもお母ちゃんに似て、堅物やね。誰もおらんねんから、酒でも一杯飲んだらいいのに。十九歳言うたら、うちは寡婦になって、再婚して子供産んだ年やで」

ちょっと馬鹿にされてるみたいだった。ママが堅物なのは確かだけど、私までそう思われるのは心外だ。私の内側にどんな情熱が燃えたぎっているのか、わかっていないのだ。

「違うってば。十八歳と六か月だよ」

ついさっき、イモと私の年齢を考えたときは朝鮮式だったくせに、今度はそう言い返した。学校に入学したとき、年齢の数え方が一番ややこしかった。ワヒアワの学校には朝鮮系だけではなく、中国系、日本系、フィリピン系、ポルトガル系など色んな子供たちが通っていたが、他の子たちはみんな六歳から七歳だった。私は得意になって自分は八歳だと言いふらして、すぐに嘘つき呼ばわりされてしまった。生まれたら一歳と考えるのは朝鮮系だけだったのだ。

「イモはなあ、朝鮮のもんでいいもんは何もない思うけど、年の数え方は朝鮮が正しいわ。アメリカ式やったら母親のお腹の中にいるときは数えへんけど、それやったらお腹の子供は生きてへんのか言うことや」

「ここは朝鮮じゃなくてハワイ！　アメリカの準州です」

ママに向かって飽きるほど繰り返した言葉を、ローズイモにまで言うことになるなんて思わなかった。ママは朝鮮を離れて二十年以上経つのに、言葉はもちろん考え方とか生活様式も朝鮮式を捨てられずにいる。そんな人がよく子供の名前を英語でつけたと思う（もちろん、ママは私たち子供のことを朝鮮式の名前で呼ぶ）。話が通じると思っていたローズイモも、やっぱり韓人なのだ。韓人とアメリカ人は年齢だけじゃなく、名前の書き方も違っている。自分の名前より先に姓を書く韓人は個人よりも家族を、家族よりも国を優先に考える（うちの父さんみたいに）。日にちを書くときも年が先だ。今日よりも過去とか未来を重要視しているからだ（うちのママみたいに）。だけど私は、今、この瞬間が一番大事だ。

「そうや、ここはハワイや。運命を変えよう思うて、よその国まで来たけど、虎の口から逃げたら龍の穴やった。してない苦労はない人生、長いことよう生きてきたわ」

イモは年寄りみたいなことを言って、お酒を一気に飲み干した。そして瓶を摑むと、こぼしながらウイスキーをグラスに注いでいる。今すぐ部屋を出ていきたいのを堪えて、私は打算的におとなしく座っていた。ただの最悪なクリスマスにしないために、義理人情に厚くて気分屋のイモの気持ちを確実に摑んでおく必要があった。そのためにはイモの話に耳を傾けるふりをして、何か質問でもしなくちゃいけないけど、知りたいことはもうなかった。

私はソンファについて質問することにした。ローズイモによると、自分とママとソンファは三銃士だったという。だけどソンファは見たこともないし、ママから聞いたこともない。そのせいかソンファのことは、イモと呼べない（これも韓人の特徴の一つで、人を呼ぶときに名前じゃなくて関係を表す呼称で呼ぶ。小さい頃はイモたちを呼び捨てにして、よく怒られた。今でも本当はよくわからないんだけど、イモというのは母親の姉妹を表すauntだというのに、ママは自分の友達をそう呼べと言っているのだ）。

「ソンファは今、どこにいるの？　再婚したの？」

ローズイモは私をじっと見つめた。私は心の中で、ローズイモとかママの話は聞き飽きたんだものとつぶやいた。

「ソンファは……朝鮮に帰ったんや」

イモは、またお酒を呷った。再婚でもしたというなら、もう少し興味が湧いたかもしれない。いいかげん興味があるふりをするのも面倒になって、グラスにお酒を注いであげた。もっと飲ませて、酔わせるほうが楽だろうと思ったのだ。

「ソンファがなんで朝鮮に帰ったかわかる？　巫病がひどなってしもうたんや」

訊いてもないのにそう言って、またグラスを空けた。病気になったのか。病気になったんだったら、家が恋しくなるだろう。

「巫病？　それ、なんの病気？」

私は反射的に訊き返しながら、また酒を注いだ。

「巫堂《ムーダン》になる病気や」

「それはまた、何？」

ローズイモは英語の言い方を探してるみたいで、ごにょごにょつぶやいてから言った。

「あれや、しゃ、しゃ、あまん？　そんなんや」

ローズイモの言葉はすでに不明瞭だ。

「ああ、シャーマン？　ソンファはシャーマンになったの？」

私は、椅子の背もたれから身体を起こした。シャーマンだなんて。それはちょっと興味深い。

「そうや。もともと、あの子の祖母ちゃんが巫堂やねん。朝鮮で巫堂言うたら、ほんまに賤《いや》しい仕事や。ソンファの祖母ちゃんが、孫娘は人並みに暮らせるように言うて、ハワイに嫁に来させたんやけど、それが……」

横道に逸れたイモの物語は永遠に続きそうなので、途中で口を挟んだ。

「もしかしてフォーチュンテラーみたいな感じ？　ほら、占い師？」

「占い師とは言われへんかもしらんけど、時々神がかりみたいになって何か言うたんが当たったりしたわ。その噂聞いて、イエス様信じてるいう人がこっそり来ることもあったなあ。でもな、ソンファは巫病に打ち勝ったろう言うて、ほんまに頑張ったんやで」

酒瓶が空になった。ソンファがいたら、私の運命を占ってもらいたかった。希望する大学に行けるのか、ピーターと結婚できるのか。ソンファもイモだっていうなら、ただで見てもらえるはずなのに、残念。

「だけど、どうして帰ったの？　朝鮮でシャーマンは賤しい仕事なんじゃないの？」

「……子供のためやったんや。子供のためや思うて帰ったんや……。あんたは、知らんでも……」

ローズイモは全部言い終わる前にテーブルに突っ伏した。転がり落ちそうなグラスを間一髪でキャッチして、イモを部屋に連れていった。小麦粉を入れたずだ袋みたいに完全に伸びてしまったイモは、ひきずっても乱暴にベッドに転がしても目を覚まさない。カーディガンがきつそうだから脱がせていると、細く目を開いたイモが言った。

「パール、あんたママのこと恨んだら、許さへんよ。全部あんたのために、ああしてるんやで……」

私の夢に反対するのが私のため？　親は何でも子供のためって言えて便利だろうな。イモがしらふだったら、絶対に言い返してるけど、酔っ払いと揉めるのは時間と感情の無駄遣いだ。

「はいはい、わかってます。もう寝て」

私は枕をあてて、布団を被せてあげた。イモは何かぶつぶつ言ったかと思うと、すぐにいびきをかいた。出ようとしたとき、部屋の様子が目に入ってきた。何日も掃除をしていない部屋は、かなり散らかっている。いつもは毎日掃除を欠かさないけれど、ここ数日はイモがお店を閉めたまま、長い時間を部屋で過ごしているのでさぼっていた。お酒が抜けたら、ちゃんと仕事しろって小言を言うに決まっている。大まかにでも片づけておいたほうがいいだろうと思って、その辺に脱いだまま放ってある服を拾い集めた。服をどけたところに、木の箱があった。蓋が開いたままの箱には、写真と手紙の束が入っている。床に落ちているのはチャーリーからの手紙だった。

もうピーターから電話が来るような時間ではない。電話はリビングルームの壁に掛かっているって言ってたから、電話をかけるチャンスがなかったのだろう（いったいいつまで大人の顔色を窺いながら暮らさなくちゃいけないんだろう。早くハワイから出たい）。昼寝をいっぱいしすぎて、眠気は来そうにない。イモの昔話にはうんざりしていたけど、写真やラブレターなら暇つぶしにぴったりだ。部屋が揺れるくらいの大いびきをかいているイモは、ホノルルに爆弾が落とされたってわからないだろう。

私は箱を持って、部屋を出た。寝る前に元のところに戻しておけば気づかれないだろうし、もし気づいたとしてもイモだったら笑って許してくれるだろう。

＊

ベッドに入り、ヘッドボードにもたれて座って箱の蓋を開けた。ごちゃ混ぜになっている中から、まずは写真を取り出した。食堂でスタッフたちと一緒に撮った写真や何かの行事の記念写真をよけると、イモとチャーリーの結婚式の写真が出てきた。

アメリカ本土に戻ってからもずっとイモに手紙を送り続けたチャーリーは、数年経ってハワイに戻った。そして真っ赤なバラと指輪を差し出して、もう一度プロポーズしたそうだ。イモの名前がローズになったのはそのときかららしい（ママは今でも、ホンジュって呼ぶけど）。イモの結婚式の場面は、私にとって人生で最初の記憶だ。私は可愛らしいドレスを着て、新郎新婦の前で花を撒きながら入場した。みんなが自分に向かって拍手してるんだと思って得意になっていた。ママが縫ってくれたドレスが気に入って、着たまま寝ると言って駄々をこねたことも覚えている。五歳の頃の思い出は、それだけだ。

結婚式でイモ夫婦とうちの家族が一緒に撮った写真もあった。写真の裏にきちんと日付が書かれているので、いつ撮ったのか知ることができた。一九二七年五月十四日の写真には、礼服姿のローズイモとチャーリー、私を抱いたママとお兄ちゃんだけが写っていて、父さんはいない。私が父さんに初めて会ったのは、その次の年の秋だ。初めて会ったというより、その前のことは思い出せないというのが正確なところだ。父さんは私がまだ赤ちゃんだった頃に、家に来たことが一度あったらしい。ママは、父さんが私を膝に乗せてご飯を食べさせたとか、寝るときは子守唄を歌ってくれたとか言うけれど、何も覚えていない。

「デイビッド、本当にそうだった？　ダディが私にそうしてくれたの？」

お兄ちゃんに訊いたけど、返事は聞けなかった。お兄ちゃんは、父さんの話になると不機嫌になる。

記憶に現れる最初の父さんの姿は、誰かが亡くなって悲嘆に暮れる様子だ。お兄ちゃんと私はもちろん、ママも近づけないくらいだった。そのとき亡くなったのは韓人コミュニティの指導者だったパク・ヨンマン先生で、父さんが日本軍と戦うために家を離れていたのも、その人に影響を受けたからだということを、私はあとになって知った。パク・ヨンマンは中国で、日本と内通したという誤解を受け、朝鮮人の銃に撃たれて亡くなったそうだ。

父さんは、パク・ヨンマン先生のお葬式が終わると、また家を出ていった。正直に言うと、家の雰囲気を重苦しくする父さんがいなくなっても、少しも寂しくなかった（その後しばらくは、ママが父さんに負けないくらい家を暗くしたけれど）。私は父さんよりも、断然チャーリーのほうが好きだった。ローズイモは結婚してからも近所に住んで、ママと一緒に洗濯屋をしていた。スコフィールド基地で働いていたチャーリーは、よく基地内で美味しいものを買ってきてくれた。

チャーリーはお兄ちゃんと私を、すごく愛してくれた。お兄ちゃんが初めてキャッチボールをした相手は、父さんじゃなくてチャーリーだ。私たちをビーチに連れていってくれて、行事のたびに写真を撮ってくれたのもチャーリーだった。彼は三年前に癌で亡くなった。いつか父さんが私たちのもとを去る日が来たとしても、あのときほどは悲しくない気がする。

父さんが寄っていったあとでお腹が大きくなったママは、マイケルを産んだ。赤ちゃんは橋の下で拾ってきたり、コウノトリが運んできたりするんじゃないという事実を、そのときに知ってしまった。周りの韓人の子供たちはたいてい兄弟が五、六人はいて、年の差も一、二歳なので友達同士みたいだった。お兄ちゃんは四つも上で、私のことは子供扱いして相手にしてくれなかった。私は弟ができるのが嬉しかったし、他の子たちに父さんがいるんだということを証明できるのも嬉しかった。七歳のときに生まれたマイケルの世話は、ほぼ私の役目だった。学校に入ってからも、面倒を見るという口実で弟をおんぶして出かけては暗くなるまで遊んでいた。マイケルの世話で疲れていたから、もちろん宿題はできなかった。

父さんが本当に帰ってきたのは、一九三一年十二月だった。これまで風のように来ては去っていっていたことも、忘れかけていた頃だった。二年生になっていた私は、ママとマイケルと同じ部屋を使い、小さいほうの部屋は小学校の最上級生になったお兄ちゃんが一人で使っていた。お兄ちゃんは、レイレフア中学校に優秀な成績で入学するために、一生懸命勉強していた（私はママが長男を特別扱いすることが、いつでも羨ましいわけじゃなかった。ママに言わせると、長男は勉強もできて、親の言うこともよく聞いて、大きくなったら家族を支えなくちゃいけないらしい）。

洗濯屋の仕事がまだ終わらないママの代わりにやっとこさマイケルを寝かしつけたら、急に外が騒がしくなった。何事かと外に出てみると、お兄ちゃんも部屋から出てきていた。私たちは、ママの隣で土間に立っている白髪で髭もじゃの男をぼうっと見つめた。

「父さんのお帰りだよ。挨拶しなさい」

ママが息を切らしたように言う前から、私にはとっくにわかっていた。だけど、今にも倒れそうなくたびれた男が父さんだということを認めたくなかった。父さんは三年ぶりじゃなくて、三十年ぶりに帰ってきたみたいに年老いていた。しかも病人みたいに咳き込んで、私たちの挨拶もろくに聞いていられない様子だった。

「ジョンホの父ちゃん、とにかく部屋に入って。あんたたちも来なさい」

ママは宝物みたいに父さんに腕をまわして、部屋に入った。父さんは、片脚をひどく引きずっていた。友達に馬鹿にされるかもしれないという心配が、まず頭に浮かんだ。これなら、父さんがいないって馬鹿にされてるほうがましだった。お兄ちゃんは怒った顔をしているし、私はがっかりした気持ちをうまく隠せないまま部屋に入った。父さんが寝ているマイケルの横に座ると、ママは私たちにお辞儀をしろと言った。跪いて床におでこをつける朝鮮式の挨拶のことだ。

その晩、私はお兄ちゃんの部屋で寝なくちゃいけなかった。お兄ちゃんは、ちょっと話しかけただけで癇癪《かんしゃく》を起こすし、足が当たると蹴り返してきた。私が泣きながら奥の部屋の前に行くと、父さんが入ってきてここで寝なさいと言った。マイケルはママと父さんの間で、私はママの横で寝た。だけど、父さんが夜通し咳き込んでいて、ろくに眠ることができなかった。結局、私は次の日からお兄ちゃんの部屋に行った。

日本軍と戦って脚を怪我し、病気になってしまった父さんは立派な人なのだとママは言うけれど、私はまったくぴんとこなかった。ずっと苦労ばっかりしているママが、父さんのよい話ばかりするのも納得できない。ローズイモもそう感じていたみたいだ。実際、イモはそれまでにもママのいないところで、父さんの悪口を言ったりしていた。だけどその日は、面と向かって言った。私はマイケルをおんぶして寝かすふりをしながら、イモとママの話を盗み聞きしていた。

「国を独立させたんか？　有名になったんか？　身体だけ壊して帰ってきたんやで。あんたが一人で子供ら育てるために、あんだけ苦労した甲斐もないやんか。いったい、なんでなん？　言うても十年やで。くたびれきってるんはあんたやないの。なんでジョンホの父ちゃんのために薬煎《せん》じたり、牛骨汁《ソルロンタン》炊いたりするんや？　あんたは、憎いと思わへんの？」

ローズイモは縫い目を解いていた手を止め、握り鋏を振り回しながらママを問い詰めた。まだ幼くてうまく整理できなかった私の気持ちを、イモがきっちり話してくれたみたいですっきりした。

「あたしのこと、仏さんと思うてる？　あたしも憎いし、恨んでるわ。それ言うたら、きりないくらい。でも、あんたの言う通り、独立もできんまま身体だけあんなって家に戻ってきた気持ちはどんなんやろう、そう思うと可哀想でな。いつか独立できたら、ジョンホの父ちゃんとあたしの苦労も足しになったことになるんやろう。そしたら、無駄に生きたことにはならんやろ？　とにかく今は、養生させてまともに暮らせるようにするのが先や。息子にとっては父親やもん」

私たちに向かってよいことばっかり話すときとは違い、暗くて元気のない声だった。ママの本音を知ることができてよかったと、素直には思えなかった。私に必要なのは可哀想な父さんじゃなくて、立派な父さんだから。

しばらくして、父さんは教会に招待された。ワヒアワには韓人教会が二つあった。子供たちは学校では一緒に遊んでも、日曜日になると親に連れられて上町と下町の教会に分かれた（それぞれアップ教会とダウン教会と呼ばれていた）。あの界隈で教会に行かないのは、うちとローズイモのところだけだったと思う。復活祭とかは、この子についてアップ教会に、あの子についてダウン教会に行くという感じだったから、親と一緒に教会に通う子たちが羨ましかった。行事のときだけ一人で行くのは、肩身が狭かった。

先に父さんを呼んだのは、ダウン教会だった。家族揃って正装して教会に行った。ローズイモも一緒だった。両親と一緒だから、堂々とした気分だった。私たちは最前列に座り、父さんが話すのを待っていた。満州の独立運動団体もワヒアワの韓人社会と同じでいくつもの派閥に分かれている。父さんは統義府がどうの、参義府がどうのと、団体の話をしばらく続けた。父さんが最後にいたのは、朝鮮革命軍だった。父さんはまた、その団体が作られた背景を説明し始めた。退屈になった私は、周りを見回してみた。子供たちはあくびをしたり、もぞもぞ動いたりしている。私はそわそわして、父さんが早く日本軍をやっつけて脚を怪我した話をしたらいいのにと思った。

一万人に及ぶ朝鮮革命軍は、日本軍と戦うだけではなく日本帝国の官公署や鉄道を爆破し、対日協力者を処罰した。革命軍は単独で戦うこともあれば、中国軍と連合で戦うこともあった。一九二九年、柳河縣《ユハヒョン》の鄒家堡《チュガボ》（鴨緑江の北側、現在の中国・遼寧省丹東市）という場所での戦闘は大成功だった。父さんが脚を負傷したのは、その戦闘でのことだ。やっと出たその話に、私は耳をそばだて武勇伝を期待したけど、そこまでだった。父さんは大勢の独立軍部隊のうちの一人なだけで主人公ではなかった。それでも、傷口から自分で銃弾を取り出し治療したという話をしたときは、大きな拍手が湧いた。父さんが戻ってきたのは、負傷と寒く厳しい生活環境のせいでひどくなった喘息のせいだった。

父さんが、祖国の独立を見ずに帰ってきてしまったのが恥ずかしく申し訳ないと言ったら、人々は、そんなことはないと叫びながら力強い拍手を送った。アーメンと祈る声も聞こえたし、涙を拭う人もいた。咳き込んで話が途切れるたびにはらはらしたけれど、大勢の人の拍手を受ける父さんが誇らしかった。

だけど、アップ教会では事情が違った。誰かがパク・ヨンマンは裏切り者だと言い、父さんはイ・スンマンを批判した。教会の中が修羅場《しゅらば》になった。マイケルを抱いたママとローズイモが、父さんをかばうようにして教会を抜け出した。お兄ちゃんが泣いている私の手を引っ張って、そのあとに続いた。

それから父さんは外での活動を一切やめて、洗濯屋を手伝った。私は父さんを恥ずかしいと思うべきか、誇らしいと思うべきか、可哀想だと思うべきか、ずっとわからないままだった。

＊

うちの家族がワヒアワを離れることになったのは、父さんが帰ってきてから七か月が経ったときだ。ワヒアワは私が生まれて育った場所だ。住み慣れた場所を離れるのも、友達と別れるのも嫌だった。ホノルルに引っ越すローズイモとも離れることになった。イモの素敵な服とかアクセサリーとか、化粧品でいっぱいの鏡台を見られなくなるのが悲しかった。

ママは他人の服は上手に仕立てるくせに、自分はまるで学生が制服を着るみたいに上下とも白か、上が白で下が黒いチマチョゴリしか着なかった。アクセサリーだって、結婚指輪だというひどく擦り減った銀の指輪しかなかった。引っ越さなくちゃいけないならローズイモみたいにホノルル市街に行って、ママにはおしゃれな服を仕立てる洋装店を始めてほしかった。それなのに、オアフ島の南の端にあるココヘッドという田舎で、カーネーション農場をするというのだ。

ママは、イ・スンマン支持の同志会会員が多いワヒアワから離れて、父さんの心と身体が休まる場所に行こうとしていた。ココヘッドはワヒアワより気候がいいらしい（子供たちには何の決定権もなかった）。

私たちは荷物と一緒にトラックの荷台に乗った。農場も嫌だし田舎も嫌だった私は、ワヒアワに戻りたいと泣き続けていた。一緒に泣かそうと思ってマイケルをつねってみたけど、弟は初めて乗るトラックに興奮していて上手くいかなかった。お兄ちゃんは不貞腐《ふてくさ》れた顔で、まるで家族じゃないみたいに離れて座っている。お兄ちゃんは学校に通うためにすぐローズイモの家で暮らすから、引っ越し自体がどうでもいいのだろう。自分だけ損してるみたいな気分になって、もっと大声で泣いた。

「ええ加減にしなさい。そんなに、きかん気強いでどないするの？　しっかり掴まりなさい。こけるで」

マイケルを抱いたママに怒られた。私は口を尖らせて、わざとどこにも掴まらなかった。引っ越しを止められるなら、トラックから落ちて骨が折れても構わなかった。

「強情なのは君に似たんだ、怒ってもしょうがないだろう。チンジュ、友達はココヘッドでもまたできるから、もう泣きやむんだ」

父さんが私をかばうから、ばつが悪くて英語で言い返した。

「Don't call me that. I'm Pearl.（その呼び方やめて。私の名前はパールよ！）」

私もローズイモの家で暮らしたかった。軍を辞めたチャーリーとローズイモは、パンチボウル通りで賃貸業をするらしい。部屋数の多い建物を買い、改装してレンタルするのだ（その後、この商売が上手くいって隣の建物も買い取り、食堂も開いた。今、私がいる家の下が食堂だ）。ホノルルには公立の中学兼高校がマッキンリー・ハイスクール一つしかないのに、ココヘッドから通学するのは無理だった。ローズイモの家から学校に通うことになったお兄ちゃんが羨ましくてたまらなかった私は、早く中学生になりたいと思っていた。

ココヘッド山が見えた。ココナッツの実を半分に割ってふせたような形をしていた。山が遠くに見えるワヒアワと違い、間近にある高い山が壁のように並んでいる。泣き疲れてしばらく黙っていた私は、キアヴェの木が鬱蒼《うっそう》と茂る細いでこぼこ道にトラックが入ると、また泣き出した。店も家もなくて、野生の動物が住むための場所みたいだった。木の枝が腕に当たったのを口実にして、もっと激しく泣いていると、海が見えた。ワヒアワでは見ることができない風景だった。海が見えてから引き始めた涙は、広々とした畑を通って家の前に到着したときには完全に乾いていた。

広い土地の真ん中に建つ二階建てで、一階は広いリビングルームとキッチンとダイニングルーム、二階には部屋が四つと浴室が二つあった。そして、リビングルームからは海が見えた。大きなガラス窓から、白い波が押し寄せる海が見えると、もう目が離せなかった。それだけでも夢みたいなのに、私の部屋があるとママが教えてくれた。初めて自分の部屋ができた私は、興奮しすぎて失神しそうだった。二階の私の部屋からは、畑とココヘッド山が見えた。ずっと泣いていたことなんて忘れたみたいに、嬉しさのあまり飛び跳ねた。もっと驚いたのは、家も土地もうちのものだという事実だ。ママはチャーリーに保証人になってもらい銀行から融資を受けて、二エーカーの土地と家を買ったのだ。ホノルルのど真ん中で暮らしている今は、あの家がそんなにすごいわけじゃないって知っているけど、洗濯屋にくっついた二部屋だけの家に住んでいたおチビさんの目には、お城みたいに大きくて素敵に見えた。

＊

箱の中には、引っ越し祝いのパーティーの写真もあった。そのときチャーリーが撮ってくれた家族写真が今でもリビングルームに飾ってある。パーティーには虹の会のイモたちと、その家族がみんな来た。イモたちよりずっと年上の旦那さんたちは、おじいさんみたいだった。ママより九歳も上の父さんでさえ、他の人たちに比べればかなり若い新郎だったそうだ。悲しいことに、今の父さんは他のおじさんたちと比べても、そんなに若くは見えない。

大人は大人同士、子供は子供同士、それぞれに楽しんだ。思春期に差し掛かっていたお兄ちゃんと、同じ年頃のお姉さんたちは照れてるみたいでおとなしかったけど、小学生の私と他の子たちは走り回って遊んだ。走っても怒られることはなかったし、ぶつけて怪我をするような場所もなかった。いつもみたいに朝鮮語を使わなくていいのも嬉しかった。父さんの仕事の一つが、私たちに朝鮮の言葉と文字を教えることだった。話すのも簡単じゃないけど、読み書きは本当に難しくて退屈だった。父さんは、私たちに家では必ず朝鮮語で話すように言いつけて、英語で話すとどんな頼みも聞いてくれなかった。でもその日だけは、例外だった。朝鮮語がまったくわからない子もいたから。

イモたちだけでテーブルに並んで座った写真を見て、思い出した。そのとき、私たちはかくれんぼをしていた。私は、他の子たちは知らないキッチン横の戸棚に隠れた。息を殺して座っていると、ダイニングルームにいるイモたちの話し声が聞こえてきた。

「ジョンホの母ちゃんは、本物の地主になったね」

「ほんまやな。この子は、はじめテワンさんが地主や言われて、惚れ込んだんやで」

最初は地主が何かわからなかった。言葉の意味だけじゃなくてイモたちがみんな一斉に話すから、余計に聞き取りづらい。

「夫のおかげじゃなくて、自分の力で土地を持ったんだから、もっと立派だよ」

地主が土地を持つ人のことだと知って、お金より大事なものがあると私たちにはいつも言ってるママが、地主だと思って父さんを好きになったという話にはちょっと失望した。

「ホンジュみたいに賃貸業でもしたら楽なのに、なんでわざわざ大変な仕事をするのかわからないわ」

「ジョンホの父ちゃん、サトウキビは作ったことがあっても、カーネーションは初めてだろうに大丈夫？」

イモたちの言葉が一通り続いたあとで、ママの声が聞こえた。

「勉強しながら、やるしかないやろ。ここに来たんはテワンさんのためでもあるけど、あたしのためでもあるんよ。初めてポワに着いたとき、港で迎えに来た人に首にレイをかけてもらってるの見て、ええなぁ、羨ましいなぁ思うたんや。誰かあたしにも、綺麗でいい香りのする花の首飾りをかけてくれへんかなって。あとでカフクに着いたら、子供らがレイをかけてくれたんやけど、よう来たなって言われてるみたいやった。あたしは、あたしが育てた花が、誰かを歓迎したり、お祝いしたり、慰めたりするのに使われると思うと、今からわくわくするんや」

ママの口調は、普段と違って上品だった。地主になったから貴婦人みたいに話すことに決めたみたいだ。そのとき、戸棚の扉が突然開いてオニが私を見つけた。ダイニングルームのほうに行きながら見かけたママの顔を、今もはっきり覚えている。明るく笑っているママは、夢を全部叶えた人みたいだった。

だけど、カーネーション作りは決して簡単ではなかった。ココヘッドにはお金持ちの別荘もあったが、花を栽培する韓人と日本人が多く暮らしていた。日本人はバラと菊、そして生け花に使う花を育てていることが多く、韓人たちはほとんど、うちと同じようにレイに使うカーネーションの農場をしていた。経験のないママと父さんは、近所のカーネーション農家で栽培方法を学んだ。花が終わったカーネーションの茎をもらい受け、挿し木して花を咲かせ、採れた種を蒔《ま》いて、それを育てなければならなかった。

父さんが帰ってきてもママの苦労は減らなかった。父さんは、いつまでもよくならない咳と痛みの消えない脚のせいで力仕事は無理だし、簡単な仕事も長時間はできなかった。ママは忙しいときだけ人を雇って、ほとんど家族だけで農場を運営した。広い土地は、朝晩の水やりだけでもかなり骨が折れた。そして一度花を咲かせた土地は何か月か休ませるから、二エーカーでも充分ではなかった。ママは周りの土地を借り、仕事の量はもっと多くなった。お兄ちゃんも週末には帰ってきて農場を手伝ったし、忙しいときは私がマイケルの世話をしながら食事の用意までした。

ママは花の栽培だけでなく、家の手入れにも熱心だった。家の周りにグレープフルーツやライチのような果樹を植え、カーネーションだけでは足りないのか、他の花も育てた。そして鶏も飼った。

ママと父さんは、そんなに仲がよさそうじゃなかった。私にとっては、ローズイモとチャーリーが愛し合う夫婦のモデルだった。二人は事あるごとに「ダーリン」「ハニー」と呼び合い、周りに誰かがいてもお構いなしにキスをした。ママと父さんは一日中一緒にいても、ほとんど話もしなかった。だけどローズイモは、ママと父さんが、お互いをすごく愛していると言った。私は父さんが戻ってきたときに、ママがイモに言ったことをはっきり覚えていた。憎いけど可哀想だから一緒にいるんじゃないのかと言ったら、イモは幼いから私にはまだわからないのだと言った。大人は本音と違うことを言うことがよくあるのだとか、なんとか。特にママは猫被ってるところがあるから、なおさらそうなのだと言った（確かに、そういうところはあるかも。ママは嫌なことがあっても、顔に出さない性質だ)。

「一緒に暮らした時間よりも離れてた時間が長いんやで。あんたの母ちゃん父ちゃんは、一緒に暮らした時間だけ考えたら、まだ新婚さんや」

ローズイモの言葉には、「オエッ」って吐き真似で答えた。ママはイモの言葉を証明するみたいに、弟を二人産んだ。ポールとハリー。二人はよその家みたいに、二歳違いだ。もちろん両親の仲がよいのは悪いことではない。ママが年を取ってからの出産で死にかけたことと、私がママの代わりに世話をしなくちゃいけない弟が増えたということを除けば。

末っ子のハリーが生まれたとき、もう産まないでと腹を立てたら、ママが私に言った。ママも私みたいに、お兄ちゃん一人と弟三人の間に挟まれた一人娘だったから、私に妹を作ってあげたかったのに思い通りにならなかったって。私のために妹を産もうとしたと聞いて、何も言えなくなった。

父さんは独立団が解散すると、それからは政治的な集まりとか団体とかに関わらなくなった。パク・ヨンマン先生が作ったその団体は、独立運動の支援だけでなく、ホノルルに学校を建て韓人の子供たちを教育したという。けれどパク先生が亡くなり低迷していた独立団は、私たちがココヘッドに来た翌年に「ハワイ大韓人国民会」に統合された。

父さんは老人のように、ゆるゆると畑仕事をしたりリビングルームに座ってぼんやりと海を眺めたりしていた。私たちにハングルを教えるのも大変そうな父さんは、身体だけじゃなくて心の奥底まで病んでしまったみたいだった。一人でじっと座っている父さんの隣に行くと、黙って頭を撫でてくれた。そんなときは、何も話さなくても対話しているような気持ちになった。

マッキンリー・ハイスクールに入学してローズイモの家で暮らすようになってから、私は綺麗な空気と明るい太陽、お花畑と海のあるココヘッドの我が家がもっともっと好きになった。

＊

次は、濃い化粧をして朝鮮の服を着た私が、舞台の前でローズイモと並んでいる写真だ。イモが書いた日付を見ると、九年生の三・一節記念公演を終えて撮った写真だ。毎年開かれる三・一節の記念式典は韓人コミュニティのイベントの中で一番盛大な催しだ。その日は、兄弟クラブの会員たちは大忙しだ。

ママはお兄ちゃんと私を、韓人二世、三世たちの集まり「兄弟クラブ」に入らせた。私たちは、月に一回か二回集まって、朝鮮に関することを学んだ。親たちは、ハワイで生まれた子供たちに朝鮮の歴史や伝統文化を教えたくて兄弟クラブに入らせたのだろうけど、子供たちはほとんど社交クラブだと思っていた。お兄ちゃんが初恋の人に出会ったのも兄弟クラブだ。年齢別でグループが別だったけど、兄弟姉妹を通して噂はすぐに伝わってきた。

お兄ちゃんの初恋のエミリーは、私と同じ中等部にいるメリーのお姉ちゃんだった。メリーは私が舞踊で主役に選ばれたら露骨に嫉妬して、裏で悪口まで言った。私はメリーのお姉ちゃんだというだけでエミリーが嫌いだった。私にはぶっきらぼうで怒ってばかりのくせに、メリーのお姉ちゃんにはへらへら笑って、しかもメリーにまで優しくするお兄ちゃんのせいで、はらわたが煮えくり返った。ママに言いつけてやると脅しても、お兄ちゃんはまったく気にしなかった。もちろん、ママには言わなかったけれど。大事な長男が朝鮮の歴史や文化には無関心で、女の子を追いかけていると知ったら、ママがどれだけ失望するかわかっていたからだ。お兄ちゃんの初恋は、エミリーが青年部の大学生とつき合うことになって終わった。私が止めたときにやめておいたらよかったのに、言わんこっちゃない。そのときはそう思ったけれど、今は思い通りにならないことが理解できる。

お兄ちゃんに比べれば、私は舞踊に限ってのことだけど、ママの期待通りに頑張ったほうだと思う。朝鮮から来て間もない踊りの先生に、人形の舞、籠の舞、扇の舞のような民俗舞踊を習った。文化交流という名目で、ハワイの先住民の先生を招いてフラダンスを習いもした。私は朝鮮舞踊もフラダンスも、全部好きだった。音楽に合わせて身体を動かすと、現実ではない別世界にいるような気分になった。

フラダンスの先生は、私たちにダンスだけでなくアロハの精神とレイの意味を教えてくれた。どこにいても聞こえてくる「アロハ」という言葉は、単なる挨拶ではなかった。思いやり、調和、喜び、謙虚さ、忍耐強さを表すハワイ語のそれぞれの頭文字でできた言葉だった。挨拶の中には、お互いを愛し、思いやり、尊重して喜びを分かち合おうとする先住民たちの思いが込められているという。

レイについての話は、カーネーション農家の娘だから、より集中して聞いた。レイも、単なる花の首飾りではなかった。誰かを両腕で抱くという意味のあるレイは、愛を表している。レイデーという日があるくらい、広まっている文化だった。私はハワイに住んでいる誰もが、お互いにレイを贈り合えばいいと願っている。そうなれば、うちのカーネーションもたくさん売れるから。そして、心置きなく踊れるから。

私が踊りに関心を持つようになったのはハイスクールに上がってからだ。ローズイモの家で暮らし始めてすぐの頃、チャーリーとイモが映画館に連れていってくれた。そのときに観た『巨星ジーグフェルド』は、ブロードウェイの有名な興行師の生涯を描いたミュージカル映画ということだった。私は豪華な衣装と舞台、そして美しい女優に夢中でストーリーは頭に入らなかった。華麗で素晴らしいダンスシーンが頭から離れなかった。

得意なことが何もなかった私だけど、踊りだけは他の子たちよりも早く覚えるし、ラインが綺麗だと褒められていた。褒められたから好きになったというのもあるかもしれないけれど、踊ること自体が楽しかったというほうがしっくりくる。三・一節の記念公演で、学生部の独舞《トンム》はほとんど私が踊った。みんなの視線が私に集まるのも気持ちよかったし、身体を使って何かを表現することが、それ以上に嬉しかった。踊っているときは、本物の「パール」になったみたいだった。

進級してからも勉強より踊りに夢中になっていたら、ママが私に黙って、公演に出さないでほしいと兄弟クラブの先生に言った。自分の望みと違う道を進もうとする子供を止めたいと思ったとき、親が絶対にしてはいけないことだった。初めてママと大喧嘩をして、兄弟クラブも辞めてしまった。ママの反対で逆に火がついた私は、図書館で舞踊に関する本を読み漁った。イサドラ・ダンカンというダンサーの伝記が一番面白かった。バレーシューズを捨て、身体の導くままに踊ったというくだりで、私は私の望む踊りがどんなものなのか、ぼんやりだけど見えた気がした。幼い頃から森の中や海辺で思いのままに踊ったというダンカンみたいに、私の気持ちや感情を自由に表現する踊りを踊りたい。ただ、白人でなければ舞台に上がるのも難しいというのが、アメリカのモダン・ダンス界の現実で、それが心配だった。

東洋系の私が、舞台に立つことができるだろうか？

とりあえず本土の大学で勉強してみて、壁にぶつかったらまたそのときに新しい道を探せばいい（すでに私は、ママが望む教師は退屈な仕事だと思っていた）。

アメリカで舞踊科のある公立大学は、ウィスコンシン州立大学だけだった。私立も二か所くらいはあるけど、うちの経済状況では話にならないし、奨学金がもらえるという保証もない。学費だけ出してくれれば、生活費やお小遣いは自分でなんとかする計画だった。それなのにママは、私がそんなところに行ったら親子の縁を切るとまで言った。私だって、この道が安定した職業に就きにくく、社会的にも偏見の目で見られるのは知っている。たとえママが人生を賭けてくれたのだとしても、子供の人生を思い通りにする権利はない。思い出したら腹が立ってきて、拳でベッドを思いっきり叩いた。その拍子に箱が転げ落ちて、写真と手紙が床に散らばってしまった。ローズイモの人生がこぼれ落ちたみたいだった。箱が壊れていたらどうしようと思って、慌てて床に下りた。箱を拾ってひっくり返すと、二枚の写真が隙間に挟まって底に張りついたままになっていた。一枚は裏返しで、もう一枚には三人の女が写っている。訊かなくてもわかる。ママとローズイモとソンファだ。結婚前のようだ。

床に座り込んでその写真を手に取り、今の私くらいの年齢の三人をじっと見た。ブラウスにロングスカート姿で畳んだ日傘を杖のように持って、右側に立っているのがローズイモなのははっきりしている。左側にチマチョゴリを着て花束を抱えて立っているのがソンファだろう。真ん中に座って扇を持っているのがママだ。自分の顔がママの若い頃と似ていることがわかって、ちょっと笑ってしまった。私が自分に似ていると、ママがしつこく言い張る理由がここにあったのだ。私は写真の中のママが気に入った。目先のことに追われてじたばたするように生きている今と違って、写真の中の女の子はカメラの向こうの遠いどこかを見つめている。

その写真を脇へ置いて、裏返しの写真を手に取った。時間は流れ、三人の女は二人の子供と一緒にいた。写真の下にある「パールの初めての誕生日」という金色の浮き出し文字が目に入った。満一歳のお祝い写真だ！　家には、一人で写った写真しかなかった。

主人公の私を囲んでママとイモたちが賑やかにカメラの前に並んでいる、その日の様子が目に浮かんで微笑んだ。ローズイモの声が聞こえるようだ。お兄ちゃんはローズイモに抱かれて、私は真ん中に座るママの膝の上だ。ママの隣で私の手を握っているのがソンファなのだろう。でもよく見ると、ママが抱いている赤ちゃんは私じゃないみたいだ。それだけじゃない。赤ちゃんを抱いている人は今のママとそっくりで、隣に座っている人はさっきの写真のママと似ている。

私は写真の裏にローズイモが書いた日付を確かめた。さっきは何とも思わなかった数字に、心臓がどきりとした。〈1923年5月27日〉。私が生まれたのは一九二三年六月四日だ。このパールの満一歳のお祝い写真を撮ったとき、私はまだ生まれていない。それなら写真の中のパールは何者で、この写真を見ている今のパールはいったい何者？　巨大なハリケーンが近づいてきているようだった。

私は床に散らばった写真を一枚一枚夢中でめくり、五組の新郎新婦が写った写真を見つけ出した。一番若い新郎の隣にいるのは、私がママだと思った扇を持つ女じゃない。その女は一番年寄りの男の横で、結婚式だというのに視線はカメラの向こうのどこかに向けられている。

私は一つの結論に流れていきそうになる考えを必死に振り払って、手紙を確かめてみることにした。箱の中の手紙のうち、朝鮮から来たものだけを探した。ローズイモの息子から来た手紙もどけて、差し出し人が「安《アン》」という姓のものだけ探した。同じ村に住んでいたと言ってたから、ソンファの話が出るとしたらアンからの手紙に違いない（私の頭は緊急事態にいつもより早く回転する）。やっと探し出した手紙は、漢字とハングルが交ざっているうえに縦書きで、崩し字だしスペースが入ってないし暗号みたいだ。

ローズイモのお兄さんからは二、三年に一度くらいで手紙が届いていたけど、主に誰かが死んだり、生まれたり、結婚したりしたことを知らせる内容だった。四苦八苦しながら何通か読んで、やっと「巫堂」という単語を見つけた。ローズイモの質問に答えるような文面で、クムファは昨年死に、巫堂になったソンファがお堂を引き継いだという話が書いてあった。日本の巡査にお堂を壊されたこともあったが、有能だという噂が広まっていて儀式の依頼も多いようだ。ソンファがローズイモのお母さんやポドゥルのお母さん、つまり私の祖母にもよく尽くしているという内容だった。短い文なのに、試験勉強をするみたいに何度も読んでやっと理解できた。手紙の終わりに書いてある、辛未年がいつのことかわからなくて封筒の消印を見ると、一九三一年、十年前だった。

ベッドにもたれてしばらくじっとしていたけれど、四枚の写真を順番に床に並べてみた。三人の女、合同の結婚写真、パール満一歳の誕生日、そしてローズイモの結婚式。同じようにママに抱かれてるけど、赤ちゃんのパールと五歳のパールは、明らかに別人だった。子供の顔は成長すると変わるというけど、二重まぶたかどうかを見ると別人なのがはっきりとわかる。にっこり笑う五歳のパールは、どこから見ても、結婚写真ででれでれ笑っているソンファの年老いた夫と口元がそっくりだ。私のすべてが、身体から漏れ出していくみたいだった。

どれくらいの時間、座っていたのだろうか。私はなんとか起き上がり鏡の前に立った。操り人形みたいに身体中の関節がばらばらに動いてるみたいだし、頭の中には突風が吹き荒れている。私は地獄の門の前にいるような恐怖を感じながら、鏡を覗き込んだ。目、鼻、口が大きく、顎はすっと尖った十九歳のパールは、ソンファに似ている。箱からこぼれ落ちたのは、ローズイモの人生なんかじゃなくて私自身の人生だった。

私のママたち

「パール、早よ起きなさい！」

ローズ姨母《イモ》に起こされた。目を開けると、外出の支度を済ませたローズイモがベッドの横に立っている。窓の外は明るい。明け方まで起きていた私は、いつの間にか眠ってしまったようだった。

何があったの？　頭が回らない。

「早よ、起きなさい。あんたの家に行くで」

急に目が覚めて、どきりとした。突然、家に行こうだなんて。イモは家族に全部話そうとしてるの？　私はまだ、何の準備もできてないのに。

「Wh――what's the matter?（ど、どうしたの？）」

布団の中で、ぎゅっとシーツを握りしめた。起き上がれないくらい調子が悪いって、嘘でもつこうか。

「のんびりしてる場合ちゃうよ。あんたの家がえらいことになってるんや。ジョンホが軍隊に入る言うてるらしいわ」

ジョンホが、軍隊？　昨日の夜に負けないくらいの衝撃が、頭を強打した。ＵＣＬＡで会計学を専攻しているお兄ちゃんは、あと一学期で卒業だし、ニューヨークのウォール街で就職するのが夢だ。それが、急に軍隊に入るだなんて。

「早く起きんと何してるの？　ジョンホが軍隊行ったら、あんたのお母ちゃん、寿命が縮むで」

イモの言う通りだ。ママが父さんを愛してるといっても、お兄ちゃんほどじゃない。お兄ちゃんはママを支える柱だ。寂しいし嫉妬もしてるけど、それはどうしようもない事実だった。

ぱっとベッドから出ておざなりに顔を洗ってから、空色のワンピースに袖を通した。ママが作ったそのワンピースは、飾りっ気がなく首元が詰まっていて、ピーターとデートするときは絶対に着ない。普段あまり着ないからママを寂しがらせていたその服に手が伸びたのは、たぶん慌てていたせいだと思う。

転げるように階段を下りて、食堂の前に停めてあったイモのシボレーに乗った。エンジンをかけたまま待っていたイモは、ドアが閉まりきる前に走り出した。それからはおしゃべりしたらスピードが落ちるとでも思っているのか、口を噤んだままでアクセルとブレーキを交互に踏みながらひたすら車を走らせた。イモの運転技術は、ママが酔ってしまったという昔とほとんど変わらないんだと思う。

私は両手で手すりに摑まりながら、ママのことを考えていた。ママは今、どうしてるだろう。ハイスクール時代ずっと優等生だったお兄ちゃんは、全額奨学金をもらう形で大学に合格した。問題を起こしたことなんて一度もないお兄ちゃんは、いつもママの自慢の息子だった。私にとってもそうだ。お兄ちゃんのことを覚えている先生たちは、私がデイビッドの妹だということが信じられないと言った。私たちは、少しも似ていない。似てなくてよかったと思っていたけど、私はお兄ちゃんだけじゃなくて家族の誰とも似ていなかった。錐《きり》で繰り返し刺されてるみたいに、胸がきりきりと痛んだ。私は、私の問題に立ち戻っていた。家が近づくにつれて怖くなり、家族にどんな顔で接したらいいのかわからなくて不安が募った。

ローズイモの様子を窺った。昨日の夜のことは忘れてる？　昨夜、鏡の中にソンファにそっくりな自分を確認した私は、イモの部屋に飛んでいった。そして大の字で眠っているイモを、力いっぱい揺すって起こした。朦朧《もうろう》とした状態で薄目を開けたイモを犯人を取り調べる刑事みたいに問い詰めた。

「ローズ、私を産んだのはソンファでしょう？　そうなのね？」

私の口から出た言葉の一音一音が、鋭い槍になって私の脳や心臓を貫いた。

「……あんた、ちょっと何の話してるの？」

寝言のようにぶつぶつ言った。イモが口を開くと、お酒の臭いがぷんぷんした。

「全部知ってるんだから、嘘つかないで」

私は、まるでイモが悪者みたいに脅していた。イモは目をしょぼしょぼさせて、薄く開いた。

「夢のくせに、なんでこんなに生々しいんや。……そうやで。ソンファがあんたのお母ちゃんや」

ローズイモは目を閉じて言った。もう一度、稲妻が光り雷が落ちて、私の世界が大きく揺れた。

「じゃあビーチに連れていったパールは誰なの？　イモが言ったじゃない。サンセットビーチにデイビッドと私を連れていったって。そのとき、私はソンファのお腹の中にいたってことでしょう?」

言葉の槍に貫かれた脳と心臓から、どくどくと血が流れているみたいだった。

「そうや……ビーチに行ったんは、ポドゥルのパール。あの子は満一歳のお祝いして、何日も経たんと肺炎で死んでしもうた……アイゴ、今はもう、どっちがどっちのパールなんか、ようわからんわ」

さっきイモが、ソンファは朝鮮に帰ったと言った。子供を産んで、置きざりにして行ってしまったのだ。その子供が私ということだ。

「ソンファは何で行っちゃったの? 朝鮮ではシャーマンは賤しい仕事だって言ったじゃない」

「……生きるために行ったんや。巫病に罹《かか》って長いこと苦しんで、そりゃ見てられへんかった」

「それなら、なぜ私を置いていったの? 連れていってもよかったじゃない!」

そのあたりでローズイモは目が覚めたようだった。自分が何を言ったのか気がついて驚いてるみたいだったけど、目は閉じたままだった。私もそのほうがよかった。お互い顔を見ながら話す自信はなかった。イモが溜め息をついた。そして酔っぱらっていて何を言ってるのかわからないふりをしてるつもりか、さっきより呂律の回らない話し方で言った。

「朝鮮は日本の天下やし、そこで巫堂《ムーダン》の娘として生きなあかんのに、連れていけるわけないやろう。ソンファが小さいとき、あの子に石投げたことない子はおらんかった。あたしも投げたしポドゥルも投げた」

私はぎゅっと目をつむった。石を投げつけられた子供が自分のように思えた。

「ソンファはなぜ私をママに渡したの？　他の人はいなかったの？」

やっとの思いで訊いた（ローズイモの娘として育ってたら、どうなっていただろう。今まで何度もローズイモがママだったらよかったのにと思ったことがあった）。

「どんな気持ちやったんやろうね。先のことが見える子やから、あんたとあんたのお母ちゃんは縁で結ばれてるのがわかったんちゃうか。とにかく、ポドゥルは子供亡くして死んだみたいにしてたんが、あんたを育てながら立ち直ったんやで。あんたがお母ちゃんを生かして、お母ちゃんがあんたを生かしたんや。アイゴ、夢の中でも口に出して言うたら、やっとこさ胸のつかえが下りたみたいや」

ローズイモは寝返りを打って背を向け、夢の中だと言わんばかりに、いびきの音を立てた。私を生かしたお母ちゃんというのが、ソンファのことかママのことかわからなかった。

しばらく呆然と立ち尽くしていたが、部屋に戻った。立っていた地面が急になくなって宙に浮いているような感覚になり、ベッドにどさりと座り込んだ。

なんて鈍感なんだろう。世界中の子供たちが一度は考える、自分の親は本当の親じゃないのではないかという疑問を、私は一度も考えてみたことがなかった。無意識に本当の子供じゃないと知っていて、本能的に避けていたんだろうか。私は明け方になってやっと、箱をイモの部屋の元あった場所に戻しに行った。私が開けてしまった箱には、神話に出てくるパンドラの箱とは違って希望なんか入っていなかった。

イモが急ブレーキをかけて、フロントガラスにおでこがぶつかりそうになった。

「アイゴ、大丈夫か？　昨日は飲みすぎたせいか、ほんまに夢見が悪かったわ。寝言、いっぱい言うたやろ？」

ローズイモは、私をちらっと見て言った。胸がどきんと鳴った。あのときは、地球の底まで掘り起こしてでも真実を知りたいと意気込んでたけど、今は私が真実を知っていることを誰にも悟られたくなかった。お兄ちゃんのことで頭がいっぱいなはずのママと父さんに、余計な心配をかけたくなかった。違う。私はまだ、この状況を受け入れる準備ができていない。明け方まで悩んだけど、どうしたらいいのか思いつかなかった。イモは私が黙っていると、ぶつぶつとつけ加えた。

「ジョンホが軍隊に入るっていう話の前触れやったんかもしらんな、悪夢にうなされたんは」

「イモのこと寝かせて、すぐ部屋に戻って寝たからわからない」

私はしばらくしてから答えた。何かするとしても、お兄ちゃんが軍隊に入ると言っている今はだめだ。やりたくない宿題を後回しにするみたいに、私のことは一旦黙っておくことにした。宿題を終えるまですっきりはしないだろうけど、しばらく時間は稼げる。

「だけどイモは、うちのことに何でこんなに一生懸命なの？　何かわけがあるの？」

重大な秘密を知ってしまったら、何もかもが疑わしかった。うちに何かあるたびに、いつもローズイモがいてくれた。父さんがいなかった時期はママと一緒に私たちを育ててくれたし、引っ越してからもお兄ちゃんと私はイモの家に住まわせてもらっている。マイケルもハイスクールに上がる来年からは、イモの家で暮らす。

ママが絶望している今だって、一番に駆けつけているのはローズイモだ。なぜ、そんなことができるの?

「あんたのお母ちゃんとあたしは同じ腹から生まれたんちゃうけど、オジンマル村いう腹から生まれた姉妹なんや。あたしはねえ、あんたのお母ちゃんがおらんかったら三回も結婚するようなひどい人生、耐えられへんかったわ。それに、あんたのお母ちゃんとか、あんたの家のためとかと違うんやで。あたしの欲やな。あんたたち見ながら、うちの息子もこれくらい大きなったかな、うちのソンギルも今頃こんなこと考えてるやろうな思うてるんや」

私は昨日見たソンギルの手紙を思い出した。「お母さまへ」という出だしだけ見て、読まなかったので内容はわからない。しばらく迷ってから、イモが続けた。

「ソンファもな、あたしとあんたのお母ちゃんにとっては姉妹なんや。あの子が朝鮮に帰る言うたとき、あたしらは止めへんかった。ソンファは、そのときまで言われるままに生きてきたんや。行け言われたら行って、来い言われたら来て、年寄りの旦那と暮らせ言われたら暮らして。朝鮮に帰るいうんが、あの子が初めて自分で決めたことやったんや」

子供の話は、すっぽり抜けていた。

*

ココヘッド山が見えた。車はカーペットのように広がる花畑の間の道に入った。家に帰るのに、こんなに気が重かったことはない(私のことは後回しにすると決めた)。お兄ちゃんのいない家は想像できないから。真珠湾では、ほんの数時間の空襲で大勢の人が亡くなった。その人たちも誰かの子供だったり、親きょうだいだったり、恋人だったに違いない。不運は自分だけ避けて通ってくれるはずだという自信は、もう持てなかった。

イモが車を停めると、ポールとハリーが飛び出してきた。九歳と七歳の二人は、私がミルクを飲ませおむつを替えて育てたようなものだ。屈託のない弟たちを抱きしめると、胸が疼いた。マイケルとモノポリーゲームをしてるから一緒にやろうと言う。私と家族の間に、変わったものは何もなかった。永遠にそうでありますように。私は両側の弟たちの肩を抱いて、一緒に家に入った。

リビングルームに入ると、ソファに座っているママと父さんが地獄に迷い込んだみたいな顔で私を迎えた。目が落ちくぼんでしまい、頬骨が目立つママを見たら、泣きそうになって目を逸らした。床に置いたモノポリーのボードの前に座っていたマイケルは、黙ったまま目くばせした。私がおんぶして連れ出して落としてしまったときの傷が、マイケルの後頭部のどこかに今も残っているだろう。なんとか涙を堪えて、誰にともなく訊いた。

「デイビッドは？」

いつもなら、お兄ちゃんと言いなさいと叱るママが溜め息をつき、自分の部屋にいると父さんが教えてくれた。

「アイゴ、いったいどういうことやの？」

後ろから入ってきたイモが、私を押しのけママに走り寄って抱きしめた。

「ホンジュ、どないしたらええの？」

ママはイモを見た途端に泣き出した。父さんがマイケルに言った。

「ジョンギュ、弟たちと部屋に行って遊びなさい。それと、兄さんに下りてくるように言いなさい」

マイケルは家族の大事な話に入れてもらえないことが不満そうだったけど、何も言わずにポールとハリーを連れて二階に上がっていった。私は、部屋に行けと言われても絶対に行かないつもりでいたけど、ママが涙を拭きながら、お茶を淹《い》れてこいと言った。お兄ちゃんと話し合う場にいてもいいという意味だ。ローズイモはブラックコーヒーにしてと言った。私はキッチンに行って、ママとお兄ちゃんのミルクティー、父さんのブラックティー、そしてコーヒーを二杯淹れた。

「何日も何も言わんとおったんやけど、一昨日《おとつい》の晩に話がある言うたと思たら、いきなり軍隊に入る言い出したんや」

ママのかすれてしまった声が聞こえた。

「市内でもアメリカ人の男たちが軍隊入る言うて、大騒ぎや。ジョンホも男やからな。そやけど、絶対行かしたらあかんで」

子供の話をママよりもよく聞いてくれて、親と何かあるたびにいつも私たちの味方になってくれたローズイモだけど、その声は揺るぎなかった。

「昨日、一日中つかまえて話したんや。父さんが話してもあたしが話しても、聞くふりもせえへん。ホンジュ、あんたが、ちょっと言い聞かせてみて。あんたの話はよう聞くし」

ママは切羽《せっぱ》詰まった声で言った。ママの言う通り、お兄ちゃんが初恋の話や失恋の話を初めてしたのは、イモにだった。ママが知ったら寂しがるかもしれないけど、私は理解できた。私たちは父さんがいない中で苦労するママを見ながら育った。父さんさえ戻ったら苦労は終わると思っていたのに、今でもママは人生の重荷を背負い続けている。そんなママに、好きな女の子がいるとか、失恋して傷ついたとかいう話はとてもじゃないけどできなかったと思う。ママがお兄ちゃんのことが一番なように、お兄ちゃんだってママのことを最優先に考えているから。

普段二人を見ている私の気持ちは、半分半分だ。ママがどんなことでもお兄ちゃんを優先するときは、寂しいし羨ましい。お兄ちゃんは本土の大学に行かせておいて、私は駄目だと言われると本当に理不尽だと思う。でもお兄ちゃんの肩にのしかかった長男に対する期待を考えると、私が最優先じゃなくてよかったと思ってしまう。決心したら必ずやり遂げるお兄ちゃんのことだから、入隊するというのも衝動とか見栄とかではないだろうと思って不安が倍増した。

お盆を持ってリビングルームに入ると、お兄ちゃんが二階から下りてきていた。顔が浮腫んでいる。父さんは一人掛けのソファに座り、ママとイモは向かい側のカウチに座っていた。私は、テーブルにカップを置いてからカウチの横のスツールに腰かけた。お兄ちゃんはしばらく立ったままでいたけど、父さんの隣の空いているソファに座った。

「とりあえず落ち着いて、お茶にしましょう」

ローズイモの一言で、皆がイモに操られているマリオネットみたいに自分の前にあるカップを持って、一口飲んだ。カップを置く音とお茶を飲む音の他は何も聞こえなかった。ママと父さんは、イモがお兄ちゃんの気持ちを変えてくれることを、お兄ちゃんは、イモが両親を説得してくれることを、それぞれ望んでいる。それが沈黙の意味だった。重大な役割を意識してか、イモはちょっと咳払いをして口を開いた。

「ジョンホ、あたしもチャーリーと結婚したから半分アメリカ人やけど、これは違うで。あと一学期で卒業して就職するのに、何であんたがアメリカの戦争に行こうとするんや？　日本の奴らがどんなに性質悪いか知らんわけちゃうな？　真珠湾を空襲したん見てみ。ならず者や。そんな相手と関わったらあかん。考え直しなさい」

お兄ちゃんは返事をしなかった。昔からそうだ。私は反抗して大声も出して感情を表現するけど、お兄ちゃんは静かに黙って自分の意思を通してきた。ママが少し勢いづいて言った。

「母さんのお父さん、あんたたちのお祖父さんが何で亡くなった思う？　義兵になって日本の奴らと戦って、母さんが九歳のときに亡くなったんや。兄さんも日本の巡査に逆らって死んだんやで。お祖母ちゃんが私をこんなに遠いところに嫁にやったんも、日本のおらんところで安心して暮らしいう気持ちやった」

初めて聞く話だった。ママは私と同じで、お兄ちゃんと弟に挟まれた一人娘だと言っていた。そのお兄ちゃんが死んだと聞いて、不吉な予感がした。正直に言うと、今までずっとママが写真花嫁だということが恥ずかしかった。貧しい朝鮮の女がお金で売られてきたのだと思って、細かい話は聞かないようにしていた。ママの胸の中には、傷だらけの思い出がいったいどれだけ詰まっているのだろう。ママが故郷の話をしたせいで、そこにいるはずのソンファが頭に浮かんだ。私はその姿を慌てて振り払った。

「ほんまに、そんな思いしてこの遠いところへ来てみたら、あんたらのお父ちゃんが独立運動する言うて出ていってしもうた。あんたらのお母ちゃんは十年間、生きた心地がしなかったんやで。それはあたしが知ってるし、天の神様も知ってることや」

ママが絶対に自分の苦労話をしないことを知っているローズイモが口を挟んだ。父さんは、そっと視線を逸らした。

「国に父親の命を捧げて、夫の脚を捧げたら充分や。息子まで捧げるつもりはない。あたしの目の黒いうちは絶対に行かせへん」

ママの顔に固い決心が表れていた。

「聞いたやろ？　デイビッド。お母ちゃん助けると思って、考え直し。朝鮮でも日本の奴らが若者たちを戦争に行かそうとしてる言うやないの。うちのソンギルも戦争に連れていかれるんちゃうか思うて気が気やないのに、あんたまで行く言うたら頭がおかしくなりそうや。デイビッド、あんたが戦争行ったら、うちのソンギルと武器持って戦うことになるんやで。ソンギルもうちの息子やし、あんたも私の息子や。一歩間違うたら兄弟同士で殺し合いやで。そんなことが許せると思うか？」

ローズイモが涙を流しながら言った。お兄ちゃんの軍隊の話を聞いてから、我を忘れて必死になっていたのには、そんな理由もあったのだ。ママも涙を拭いている。ママとイモの視線が、何も言わない父さんに向けられた。父さんは、すごく複雑な表情だった。

お兄ちゃんと父さんの間には、いつも気まずい空気が流れていた。二人になることがあっても、ほとんど会話がなかった。父さんが戻ったとき、お兄ちゃんは十三歳で、一番ややこしい年頃だった。それなのに、その頃の父さんはずっと離れて暮らしてきた子供たちの心を思いやったり、歩み寄ったりする努力ができるような状態じゃなかった。ココヘッドに引っ越してすぐにローズイモの家に移ったお兄ちゃんは、父さんとの距離を縮める時間が作れなかった。大学に入ってからは一年に一、二回帰ってくるだけだから、私みたいに父さんを傍で見て可哀想だと感じる機会もなかったと思う。だとしても、私は父さんに何か言ってほしかった。とにかく、お兄ちゃんを止めなくちゃいけない。ママとイモと私が、最後の望みみたいに父さんを見つめていると、気圧《けお》されたように口を開いた。

「父さんが、幼いおまえと母さんを残して中国に行ったのは、独立した祖国を子供たちに与えるのが目的だった。それが家族の傍にいるより、自分の身体よりもっと大事で意味のあることだと思ったんだ。独立も成し遂げられず、病気になって戻ったことは痛恨の思いだが。父さんも母さんと同じだ。おまえまで祖国のために犠牲になる必要はない。おまえがおまえ自身の人生を幸せに生きてほしいと、父さんは思ってる」

父さんがこんなに長く話すのは滅多にないことだ。お兄ちゃんには特に。けれどお兄ちゃんは冷ややかだった。

「僕が軍隊に入ろうとしてるのは、そういうことじゃありません。朝鮮のためじゃないんだ。アメリカのためでもないけど。僕には今がチャンスなんです。僕ら二世、三世は市民権があるからって、みんなアメリカ人と同じだと思ってるんですか？　親の国籍は日本なんですよ。今、本土では日本人に向かって、日本に帰れって大騒ぎです。アメリカ人から見たら、僕だって日系なんです。今が、アメリカ市民で愛国者だということを見せつけるチャンスなんだ。そうしておいてやっと、望むところに就職もできるし成功することもできるんです。僕自身と家族のために入隊します。成功して初めて、責任の果たせる家長になれるんじゃないですか」

お兄ちゃんがこんなに上手に朝鮮語がしゃべれるなんて、思ってもみなかった。明白な論理の中に、父さんに向けられた棘《とげ》があった。私はママを絶望させて、父さんを踏みつけてしまったお兄ちゃんに腹が立った。

「デイビッド、ひどくない？　なんでそんなこと言えるの？　父さんが家族の面倒見られなかったのは、自分のことだけ考えてたからなの？　それから、成功するために軍隊に入るって？　ママのことちょっとでも考えたの？　お兄ちゃん、ママにとって自分がどんな存在か知ってるじゃない。怪我でもしたら、ママが無事でいられると思う？」

私は英語でまくし立てた。ママは全然聞き取れないだろうし、父さんもイモも早口だからわからないと思う。それでも「死んだら」っていう言葉は口に出せなかった。お兄ちゃんが私を睨みつけながら言った。

「ウィスコンシンの大学に行こうとしてる人間が、よく言うよ。俺がひどいんだったら、おまえは利己的だな。俺が成功しようとしてるのは家族のためだ。成功しなくちゃ、母さんがいつまでも苦労するじゃないか。だけどおまえは？　踊りでどうやって家族を助けるんだよ？　自分が好きなことをやろうとしてるだけだろ」

お兄ちゃんも英語で言った。私は返す言葉がなかった。お兄ちゃんは私が本当の妹じゃないことを知ってるんじゃないだろうかと、ふと思った。私が生まれたとき、お兄ちゃんは五歳だった。私がローズイモの結婚式を覚えているように、お兄ちゃんだって妹の死と、ソンファの娘の私が妹の場所に収まったことを知っているのかもしれない。そう思うと胸が詰まって、もう何も言えなかった。

ワヒアワにいる頃、お兄ちゃんは近所でも学校でも私を守ってくれる、頼りになる保護者だった。お兄ちゃんが何かトラブルを起こすのは、決まって誰かが私を馬鹿にしたり泣かしたりしたときだった。小さいときは父さんがいなくても、お兄ちゃんのおかげで胸を張っていられた。ハイスクールでも、お兄ちゃんの妹というだけで先生から注目されたり可愛がられたりもした。そんなお兄ちゃんに「他人のくせに口を出すな」と言われたら、もう家にはいられないと思う。

涙が溢れそうになって、急いで空いたカップを下げキッチンに行った。踊りでどうやって家族を助けるのかという言葉が、棘になって胸に刺さった。お兄ちゃんの言う通り、踊ることは自分のためだった。私が自分らしく生きるためだった。

私は幸せになるために踊りたい。だけど戦場には何があるの？　怪我するか死ぬ以外に何かあるの？　無事に戻ったとしても傷だらけじゃない。

こんなに近くにそれを証明する人がいる。父さんだ。父さんは日本との戦闘で負傷して、病気になって、心の病にまで罹って帰ってきた。父さんの心の病は、祖国の独立を果たせずに途中で帰ってきたせいばかりじゃないと思う。ワヒアワの小さな家に住んでいた頃、父さんが悲鳴を上げて目を覚ますことが何度もあった。たとえ敵だとしても人を殺したり怪我をさせたりして、同僚が同じ目に遭うのをたくさん見て、それでも平気でいられる人がいるとは思えなかった。もしかしたら父さんは、そんな今の自分の状態すら祖国に対して申し訳ないと思って苦しんでいるのかもしれない。

私は洗ったカップを伏せて並べ終わっても、リビングルームに戻れず立ち尽くしていた。

「父さん、母さん、イモ。軍隊に入ったからといって死ぬわけじゃないから、あまり心配しないでください。立派に戦って帰ってきます」

お兄ちゃんは考えを変えるつもりはないみたいだ。

「世の中に、立派な戦いなんてないんだ」

父さんの苦しげな声が聞こえた。

＊

砲弾が飛んできた。あちこちに火柱が立ち、血が飛び散り、肉が千切れた人々が悲鳴を上げている。片脚のない父さんが、身体を揺すりながら遠ざかっていく。泣きながら呼んだら、振り返ったのはお兄ちゃんだった。血みどろのお兄ちゃんを見て叫び声を上げ倒れそうになった私を、ソンファが現れて抱きとめた。写真で見た結婚前の姿だったから、私を産んだ人だという気がしなかった。同じ年頃の友達みたい。元気でしたかと訊いてみたいのに、朝鮮語がまったく浮かばない。英語で話しかけたら、ソンファには伝わらなかった。ソンファが私にカーネーションのレイをかけてくれた。レイがソンファと私をつなげてくれた。私たちは一緒に踊った。ソンファは天と地をつなげるシャーマンの踊りを、私は人と人とをつなぐ私の踊りを。全身が汗でびっしょりになるまで踊り続け、目が覚めた。

遠くで昇る太陽の光が部屋に溢れている。また一日が始まる。ショックと恐怖の中で目覚めた昨日の朝に比べて、ましになったことは何もなかった。昨日、一日中お兄ちゃんを説得しようとして失敗したローズイモは、ママと父さんがカーネーション畑に水をやっている間、キッチンを探って豪華な夕飯を作ってくれた。私もイモを手伝った。イモは、大騒ぎしながらみんなを食卓に呼び集めた。お兄ちゃんまで一緒に集まったのは、前の夏休み以来だった。

「あんた、食い倒れるつもり？　何をこんなにようさん作ったん？」

食卓を見たママは、いつも通りのぶっきらぼうな口ぶりで言った。

「こんなときこそ、しっかり食べて元気出さなあかんねん。ジョンホの父ちゃんもいっぱい食べてください。あんたたちも、いっぱい食べや」

これを食べろ、あれを食べろと勧めるローズイモと上機嫌なポールとハリーのおかげで、なんとか息ができて食べ物も喉を通ってくれた。夕飯を食べ終わりお茶を飲むと、イモは家に帰ると言って立ち上がった。

「誰もおらんのに、何しに帰るん？　下の息子たちの部屋であたしと寝るか、チンジュの部屋で寝ていき」

ママはイモを止めた。一緒に寝るのは気が進まないけど、イモは今うちの家族を癒やしてくれる一番大事な人だ。私も引き止めた。

「自分のベッドがあるのに、なんでパールと寝なあかんの。嫌やわ」

「それやったら、チンジュ連れていき」

ママはこんなときでも、イモが一人になるのを心配している。私はお酒を飲んで泣くに決まっているイモよりも、何もなかったようにいつも通りにしているママのほうが心配だ。

「ええって。新学期まですぐやから、パールは家族と一緒に年越してからおいでや。なんやかんや言うても母親には娘が一番やで」

イモが私に向かって言った。

「じゃあ、お酒飲みすぎないでね」

今は、ママの傍にいるべきだ。

「アイゴ、パールはあたしの娘役までしてくれて。あたしも一人で母さんの娘に戻るわ。思いっきり泣きながら、母さんのこと思い出すわ。年明けたら、また元気出して商売せなあかんしな。まだお金稼いで、やらなあかんことがいっぱいや」

ローズイモが行ってしまうと、家の中は父さんの咳が時々聞こえるだけで重苦しい沈黙に覆われた。遊んでほしいとせがむポールとハリーを自分の部屋に行かせて、九時前にはベッドに入った。さっさと眠って現実から逃げ出したかったのかもしれない。だけど夢の中も心地よくはなかった。

まっすぐ横になったままで、夢で会ったソンファのことを考えた。一緒に踊る夢には、どんな意味があるのだろうか。シャーマンのソンファが、意味もなく夢に現れるとは思えない。踊ることが好きだから見た夢というより、何か未来を啓示しているような気がした。シャーマンの血が流れているのだから、私に予知能力があってもおかしくない。脚がない父さんがお兄ちゃんに変わったのが予知夢だとしたら。頭を激しく横に振った。

父が国のために戦ったこと、男きょうだいに挟まれた一人娘だということ。ママと私の境遇は似ている。だからママの兄さんが死んだ話を聞いたとき、デイビッドが本当の兄じゃないのはかえってよかったのだと思った。もし私がママの実の娘だったら、兄を亡くす運命まで同じだったかもしれないから。だけど、そう思ったのは一瞬だ。昨日、お兄ちゃんの言葉が刺さったところがまた痛み出した。おまえは踊りでどうやって家族を助けるんだよ？　自分が好きなことをやろうとしてるだけだろ。実の子でもないくせに、踊りに執着するのは身の程知らずなのだろうか。お兄ちゃんを戦争に送り出すことになったママと喧嘩する自信もない。私が踊ることが好きなのは、シャーマンの血が流れているせいかもしれない。もしかしたら、そのせいでママは私が踊るのが嫌なの？　十年生のときのことを思い出した。

三・一節の記念公演で独舞《トンム》を踊り舞台裏に下がった私は、踊りに呼び覚まされた熱に酔っていた。舞台で短い時間踊っただけでは満足できなかった。スタッフが周りにたくさんいてもお構いなしで、身体の赴くままに袖をひらひらさせながら踊っていた。ママが来たのにも気がつかなかった。

「あんた、馬鹿みたいに何してるの？」

ママが私のほっぺたを平手で叩いた。驚いた私の目には、他の子たちや先生のもっと驚いた顔が飛び込んできた。私はママを見た。ママの目には自分が叩かれたみたいに、驚きと当惑がはっきり浮かんでいた。だけど、ママの目の色なんてどうでもよかった。私は舞台裏から飛び出した。ママは先生に向かって、娘は勉強があるのでこれからは公演に参加できないと勝手に言った。あのときの私は、ママの平手打ちとあの目は、娘を教師にしたいという欲のせいだと思っていた。

今は、ママがなぜ私が踊ることに反対なのか、はっきりわかっている。踊ることで私がソンファのようにシャーマンになるんじゃないかと、怖れているのだ。ソンファが私の母親だという事実を秘密にしているのも、シャーマンが人々に蔑まれる職業だからだ。私が存在するのは、私が望んだからじゃない。産んでもいいですか、ここに置いていってもいいですか、育ててもいいですかと、私に尋ねた人は一人もいなかった。私の人生なのにみんなで勝手に決めて勝手に秘密にして、そして、あとから不意打ちを仕掛けた。勝手にそうしておいて、私が自分のやりたいようにするのは許せないというのか。頭が火照るほどの怒りが込み上げてきた。だけど、声を張り上げて問い詰められる相手がいない。

風が窓を揺らした。私は跳ね起きた。真っ赤な朝日を頂いたココヘッド山が、窓の向こうに広がっている。外を見ると、もうママがカーネーション畑にいた。満開の畑は桃色のカーペットみたいで、卒業シーズンに合わせて種蒔きをするために耕された畑は茶色のカーペットみたいだった。その隣には、まだ花が咲いていない緑のカーペットが広がっている。まるで絵画のように美しい。だけど両親がどれだけ苦労しているかわかるから、ただ美しいとは思えない。憐憫《れんびん》というのかな。すべてが憐れだった。私はもちろん、ママも父さんもお兄ちゃんもローズイモも、そしてソンファも……。この世界に憐れじゃないものなんて何もない。

パジャマの上にカーディガンを羽織って、部屋を出た。お兄ちゃんや弟たちの部屋は静かだ。一階に下りると、キッチンで父さんが朝食を作るのが見えた。私がやるって言おうかちょっと迷ったけど、そのまま外に出た。父さんをキッチンから追い出すより、美味しいと言いながら朝ご飯を食べることで慰めてあげたい。

外に出た途端、冷たく強い風が吹きつけた。間違いなく冬なのだ。朝日で赤く染まった海と激しく暴れる波が見える。カーディガンの前をぎゅっと押さえながらママのところへ歩いていった。草むしりをしていたママが振り向いた。黒く焼けた顔は染みだらけで、白髪交じりの後れ毛が風になびいている。四十歳そこそこなのに、六十歳くらいに見える。その姿に、十八歳のポドゥルの姿を重ねてみた。ママにも、あんなときがあったんだ。目の前が霞んだ。

「もっと寝てたらいいのに、もう起きたん？」

ママが小さな鍬《くわ》で雑草をかき抜きながら言った。私は黙ってママの横にしゃがみ込んで、雑草を抜いた。花の香りに囲まれている。引っ越したばかりの頃、パーティーのときにママがイモたちに言った言葉を思い出した。

「誰かあたしにも、綺麗でいい香りのする花の首飾りをかけてくれへんかな」

ママはカーネーションの花言葉が「愛」だということを知ってるだろうか。ママが育てたカーネーションは綺麗でいい香りのするレイになって、誰かを歓迎し、祝福し、慰め、温かく抱きしめるだろう。

しばらくするとママは、鍬を置いて畑の縁にあるベンチに腰かけた。

「ちょっとここ来て座り」

ママがベンチの空いてるところを掌で叩いた。私はママの隣に座った。

「チンジュ、あんたの行きたい大学に行きなさい。そのかわり学費しか出してやられへんで。弟たちも学校行かなあかんやろ？」

ママの口調は淡々としていた。

私はびっくりして、しばらく言葉が出なかった。お兄ちゃんのことだけで疲れきってしまって、私のことは諦めたんだろうか。もう私はどうなってもかまわないと思ったんだろうか。

「どうして？　なんで考えが変わったの？」

やっとの思いで訊いた。ママが深い溜め息をついた。

「死ぬかもしれん戦争に行く言う子も止められへんのに、自分の好きなこと勉強したい言う子をどないして止めるんや。考えてみたら、あんたが庭のあちこちで飛び回ると、ひらひら飛んでる蝶々とかぱたぱた飛んでる小鳥みたいに可愛らしかった。人前で踊るときもそうやったわ」

その姿を思い出しているのか、ママは微笑んでいる。最もパールらしい姿のことを。

「ありがとう、ママ」

涙を堪えて、やっとそう言った。

「親子の間で何言うてるの、水くさい。あたしの母さんは、日本の奴らがいないところで暮らし言うてハワイに送り出したんやけど、あたしは勉強させてもらえる言われて来たんや。考えてみたら、自分は新しい世界で暮らしたい思うて、母さんも弟たちも捨ててこんな遠くまで来たのに、娘は傍においってほしいなんてなあ。あたしはえらい欲張りや。あたしはここまで来るのにも、必死やった。

あんたは自分が夢見る世界を探して、遠くに羽ばたいていきなさい。そうして、名前の通り気高い人間になるんやで。どんなに遠くに行っても、ここがあんたの家やいうことは忘れたらあかんよ」

ママはゆっくり、ゆっくり話した。穏やかで明るい顔をしている。私は泣き出したいのを我慢して、強く頷いた。ママは貧しくて売られてきたのでもなく、日本から逃れて楽に暮らすために来たのでもなくて、私と同じように夢を追いかけてここまで来たのだった。夢は叶わなかったかもしれないけど、ママはどんな瞬間にも一生懸命だったに違いない。

こんな人が私のママだということが、ふいに誇らしく思えた。そして必然的に、他の二人のことが頭に浮かんだ。ローズイモがいつも傍にいてくれて幸せだった。そしてソンファが私を産んでくれてよかった。レイみたいに、三人のママと私はつながっている。だから私はどこにいても、ハワイとも朝鮮ともつながっている。胸が熱かった。突然の激しい雨が、いつものように降り始めた。

「水やらんで、正解やったわ」

ママが笑った。二人でそのまま雨に打たれていた。ハワイで生きるなら、こんな雨くらいは平気でなくちゃ。

雨の向こうにうっすらと広がる海から、波が押し寄せてくる。波は岸にぶつかると容赦なく砕け散ってしまう。砕け散ることがわかっていても、波は留まることを知らない。私もそうやって生きていく。波みたいに、この身体で世界とぶつかって生きていく。きっと大丈夫。私にはいつでも迎え入れてくれるレイみたいな家があるから。そして、私のママたちがいるから。

作者のことば

韓人のアメリカ移民百年史を記した本を読んでいた。一枚の写真が目を引く。白い木綿のチマチョゴリを着た三人の女性が、それぞれ日傘と花束、扇を持って座ったり立ったりしている姿だ。あどけなさの残る彼女たちは、同じ村から一緒に旅立った写真花嫁たちだという。写真花嫁を知ったのは、そのときが初めてだった。

一九〇三年一月十三日、百二名の韓人移民を乗せたゲーリック号がハワイのホノルル港に到着した。その中で船を降りることができたのは、身体検査に合格した八十六名（男性四十八名、女性十六名、子供二十二名）だけだった。サトウキビ農場に働きに来た彼らは、朝鮮半島からの近代的概念でいう最初の移民者たちであり、大韓帝国政府が初めて認めた公式の移民者たちだった。

よりよい暮らしを夢見て移民船に乗り込んだ移民者たちは、世界を焼き尽くすような日差しとナイフのように鋭い葉のサトウキビの中で、鞭を振りかざす冷酷な現場監督のもと、奴隷のように働かねばならなかった。日本の制止により移民禁止令が下される一九〇五年まで、ハワイに渡った移民は七千二百余名だった。

大多数を占める独身男性労働者は、家庭を持つために写真結婚を選んだ。祖国に自分の写真を送り、配偶者を求めた。一九一〇年から、「東洋人排斥法案」（いわゆる排日移民法）が通った一九二四年まで続いた写真結婚の過程で、男たちは若い頃の写真を送ったり、職業や財産などを偽ることが多かった。仲介者たちもハワイについて、花婿候補について、はばかることなく虚偽の宣伝を行った。

家族を養うために、日本の支配から逃れるために、貧困や女性に強いられる運命から逃れるために、もしくは勉強をするために。様々な理由で冒険を選んだ写真花嫁の総数は千余名だ。ほとんどが十代後半から二十代半ばの若い女性たちだった。私の視線を引きつけた写真の女性たちを、私は読了後も忘れることができなかった。時間と共にかえって強く心を揺さぶるようになった。

女が市場に出かけるのも容易ではない時代に、なぜあんなに遠くへ旅立とうと決意することができたのか。いったい何が、写真一枚に自分の運命をかけようと思わせたのだろう。その勇気はどこから出たのだろう。ハワイに着いて初めて会った夫は、どんな人だったのだろう。慣れない土地での暮らしは、どんなだったのだろう。次から次へと浮かんでくる疑問に、写真の花嫁たちは「ポドゥル」、「ホンジュ」、「ソンファ」となって自分の話を聞かせてくれた。

ハワイに着いた写真花嫁たちは、夢が破れたことを悲しみ嘆く間も与えられぬままに生活を始めなくてはならなかった。慣れない環境に適応しながら家庭を築き、子供を産み育て、男に負けぬくらいの重労働をして生活を安定させ、祖国の独立運動にも堂々と情熱を捧げた。彼女たちは先駆者であり、開拓者だった。

現在の韓国で暮らす結婚移民女性たちも同じだろう。彼女たちにとってもまた、家族や家、祖国を離れるということが大きな冒険だったに違いない。韓国に来た彼女たちが、慣れない言語や環境に適応するためにどんな苦労をしているのか、すべてを理解することはできないかもしれない。結婚移民女性に関する辛いニュースを耳にするたびに、百年前の写真花嫁たちのようで胸が痛む。ポドゥルとホンジュとソンファが、現在の私たちの姿を映す鏡になれれば幸いだ。

『アロハ、私のママたち』が世に出るまで、力を添えてくださった方々に感謝したい。いつも応援してくださり、作品を待っていてくださる読者の皆さんに、ささやかなこの本で応えられることを願っている。

二〇二〇年　早春

イ・グミ

日本の読者の皆さんへ――横浜港に吹いていた風を思い出しながら

二〇一五年三月の初旬、横浜港には強い風が吹き、紅梅のつぼみがはじけていた。そのとき、私は他の作品（『そこに私が行ってもいいですか？』里山社、二〇二二）を書いている最中だった。その小説も『アロハ、私のママたち』と同じく日本の植民地だった時代が背景となっている。その時代に運航していた旅客船に関する取材が必要だったので、横浜港にあった「日本郵船歴史博物館」を訪れた。そこの資料と、港にそのまま保存されている氷川丸《ひかわまる》のおかげで、旅客船での場面を生き生きと描き出すことができた。

続いての取材場所は、港の近くにある「海外移住資料館」だった。韓国の最初の移民の出発地である仁川《インチョン》にも、百余年にわたる韓人移民の歴史を見せてくれる「韓国移民史博物館」がある。横浜の海外移住資料館は、日本人の海外移住の歴史を収めた場所なので、必ず行ってみたいと思っていた。多くの展示の中から、「写真花嫁」たちの姿が私の胸の内にしまわれていた一枚の写真に光を当てた。

『アロハ、私のママたち』のインスピレーションを得たその写真を見たのは、二〇〇七年だった。アメリカの韓人百年史に関する本にあった、三人の写真花嫁の写真だ。花束と扇、日傘をそれぞれ持った写真の中の人物は、結婚したり家族と離れたりするには早すぎるように見える幼い姿をしていた。写真を覗き込んでいると、その少女たちが百年の歳月を越えて私をじっと見つめているような感じがした。写真を写すために手に持つ小物を選んでいる少女たちが、頭の中で動き出した。その年頃の少女らしく、何でもないことでくすくす笑いながら花束を、扇を、日傘を選んでいる彼女たちは、「写真花嫁」という歴史のカテゴリーの中にまとめられる存在ではなく、一人一人が固有の存在なのだ。私はモノクロ写真の中だけに残された彼女たちに、息を吹き込んであげたいという熱い思いを抱いた。

　強烈なインスピレーションを受けたにもかかわらず、その物語をいつ書き始めるか目途が立たない状態だった。ところが横浜の資料館を埋め尽くす、より広い世界を開拓していった人々の姿が、私を刺激した。世界の強大国の仲間入りを果たしつつあった日本の国民たちでさえ、労働者として、結婚移民の女性として、多くの困難に見舞われていたのに、自分たちを守ってくれる国すらない韓国人たちは、どんなに苦しかっただろうか。二重苦、三重苦にあえいだであろうその人生を、必ず、そして一刻も早く書かなければという決意が胸の内に溢れた。すると写真の中の三人が、はじめてポドゥル、ホンジュ、ソンファとなって息をし始めた。

　資料によると、ハワイのサトウキビ農場で働いていた日本人労働者たちは、賃上げや処遇の改善を求めてストライキを頻繁に起こしていた。アメリカ人農場主たちは韓国人労働者を雇い、ストライキの穴を埋めた。韓国人たちは同じ労働者である日本人たちのストライキを潰すことが、自らの愛国行動の一つだと考えていた。

このように、日本人移民と韓国人移民の置かれた境遇や立場に違いはあったものの、彼らに突き刺さるハワイの熱い日差しに違いはなかったはずだ。その日差しの下で営まれた、過酷な労働と厳しい暮らしも似通っていただろう。次から次へと押し寄せる人生の荒波を乗り越え、懸命に生きた人生もまた、同じだったに違いない。今まさに、私たちが百余年前の先人たちから開拓の精神と連帯の力を学んでいることも共通している。

日本で私の本が翻訳出版されるということで、感慨を新たにしている。紆余《うよ》曲折《きょくせつ》を経てきた両国の歴史の中で、それでも私たちは、心と文化のたゆみない交流を通して友情を結んできた。この本もまた、そのような役割を果たしてくれれば幸いだ。また、読者の皆さんが韓国の歴史に深い関心を抱くきっかけとなることを願っている。

私に日本の読者と出会う機会をくれた双葉社と翻訳者の李明玉さんに感謝の言葉を伝えたい。

二〇二三年　春

イ・グミ

訳者あとがき

本書の作者イ・グミは、二〇二〇年に国際アンデルセン賞韓国候補に指名された韓国を代表する児童文学・YA文学の書き手である。一九六二年に生まれ、幼い頃お話上手の祖母に聞いた昔話で物語の面白さに目覚めたという。祖母の膝枕で物語の世界に出会い、祖母について回りながらお話をせがんでいた少女は、やがてラジオドラマに耳を傾け、漫画を読み、世界の児童文学を読みあさるようになった。小学校入学と同時に都会へ引っ越し、ヨハンナ・シュピリの『ハイジ』に慰められた経験から、こんな作品を書く作家になりたいと強く思い、作家を目指すようになる。高校卒業と同時に習作を重ね、一九八四年『ヨングとフックと』で新しい友文学賞（새벗문학상）を受賞し作家デビューを果たした。そして子供たちの生きる時代や社会が抱える現実的な問題を描きながらも、温かい視線と未来への希望を特徴とする児童文学作品を数多く発表し続けた。デビューから二十一年目にあたる二〇〇四年には、韓国における初の本格的なYA文学作品といわれる『ユジンとユジン』を発表する。

『ユジンとユジン』は、幼少期に同じ幼稚園で性暴力の被害に遭った、同姓同名の二人の女子中学生の物語である。この作品は二〇二〇年に再版され、翌年からはミュージカル作品として公演を重ねている。イ・グミは再版時に書き直したあとがきで、自身の娘が幼い頃実際に受けた性暴力と、それに向き合った経験をきっかけとした作品であることを明かした。被害に遭った娘に対し「あなたに落ち度はない」と繰り返し伝え寄り添いながら、大人としての責任を自問自答した。そのような姿勢がイ・グミの作品には貫かれている。

二〇一六年には、初の長編歴史小説『そこに私が行ってもいいですか?』(神谷丹路の翻訳による日本語版が二〇二二年里山社より刊行)で新境地を開いた。日本の植民地下に生まれた二人の少女が歴史の大きな流れに翻弄されながら朝鮮半島、日本、中国、ロシア、アメリカを舞台に生き抜き、成長する大河ドラマのような物語である。綿密な調査と取材に基づき、日本と朝鮮半島の間の近現代史における主要なトピックをすべて網羅するような壮大な物語であり、実在した歴史上の人物も登場するが、作者が描こうとしたのはその時代を生きた女性たちの物語である。

一方本作は、同じ村から一緒にハワイを目指して出発したという三人の少女たちに、イ・グミが息を吹き込んで完成させた物語である。『そこに私が行ってもいいですか?』が、歴史の中の女性に光をあて、彼女たちの冒険と成長を描いた物語だとするならば、二〇二〇年に発表された『アロハ、私のママたち』はそれに加え、女性たちの友情と既存の家族という枠組みを超える連帯が描かれた物語だ。

主人公の三人は、慶尚南道金海《キョンサンナムドキメ》に近い山の中にあるオジンマル村で同じ年に生まれた少女たちだ(本書は、二〇二二年「金海市今年の本」に選定された)。万事につけ慎重で努力家でありながらプライドの高さと自己肯定感の低さの間で揺れるポドゥル、自由奔放で明るくチャレンジ精神に溢れるホンジュ、ぼんやりしているようで誰かが困っているとすっと手を差し伸べるソンファ。三人は、それぞれの理由で写真花嫁として海を渡ることになる。故郷の村から釜山《プサン》へ、そして神戸に渡りハワイへ。ハワイでも農場から都会へ、そして基地の街へと移動する中で、彼女たちは自分を取り巻くものを見つめ、自らの意思で選択を重ねる。お互いの絆《きずな》を深めながら知恵を出し合い、自分のできることを生かしながら波乱万丈の人生を生き抜く。

本作は、伝統的な価値観の中に身を置きながらも、娘たちの幸せのために既存の価値観の外へ娘を送り出す決意をしたポドゥルたちの母親世代と、すでに英語を母国語ととらえる二世の娘という女性三世代の物語でもある。またポドゥルたちの人生をたどりながら、移民の歴史について知ることができるのも魅力の一つだ。

日本の植民地となる直前の一九〇三年、日本より一歩も二歩も遅れる形で近代化しようとしていた朝鮮半島から出航した初の移民船がハワイに到着する。大規模化していたハワイのサトウキビ農場で働くための移民だった。

政治的な混乱や農村の疲弊が深刻だった当時の朝鮮半島では、故郷を離れ生きる道を探す人々が都市に溢れていたという。中国やロシアへと国境を越えていく人もいた。ハワイへの移民がそれまでの移民と異なる点は、移民制度の下でパスポートを持ち、「大韓帝国」の国民として出国し中継地点の日本とハワイで審査を受けて入国したという点である。作者があとがきで記しているように、それは朝鮮半島で初めての近代移民であった。だが、移民制度は二年で打ち切られた。そのため一旦帰国すると再渡航は難しく、朝鮮半島が日本の植民地となったこともあり、多くの移民労働者たちが様々な理由で現地に留まった。ほとんどが未婚の男性だった。

一九〇八年に日米間の紳士協約によって、日本人への旅券発給が禁止され渡航ができなくなった時点で、ハワイの日系移民は七万人を超えていたという。彼らの事情も似たようなもので、家族の呼び寄せは可能だったことから、写真を交換し、本国で婚姻届を出して花嫁がハワイへ渡航するという方法が取られた。ハワイにいる間に国がなくなり法的には「帝国臣民」となっていた朝鮮半島からの移民たちも、これにならう形で写真花嫁を呼び寄せるようになった。仲介人を通して写真を交換し、結婚の意思が確認されると花嫁のもとへ片道分の船賃が男性から送られた。ハワイに到着した女性たちは、男性たちが写真よりもはるかに年を取っており、手紙で告げられていたように「立派な職業」に就いているわけでもなく、財産があるわけでもないことを知り、涙を流し絶望する。その状況は日本人花嫁も朝鮮人花嫁も同じだったようだ。そこから、なんとか歯を食いしばって働き、子供を産み育て、コミュニティを作り、サトウキビ農場を離れ新たな生業を得て生活を安定させてゆく。これが、彼女たちが共通して経験した流れだった。

朝鮮半島からの移民社会に特徴的だったのは、コミュニティが教会を中心に成り立っていたことと、植民地である祖国の独立運動への熱意だった。本作品にも登場する著名な独立運動指導者であったパク・ヨンマンとイ・スンマンがハワイを根拠地としたことから運動は大きな盛り上がりを見せ、「オリエントのアイリッシュ」と呼ばれるほどだったという。しかし、二人の指導者の対立が、ハワイの同胞たちを分裂させるという事態を招くことになる。

朝鮮半島からのハワイ移民の歴史については、李里花氏の『「国がない」ディアスポラの歴史——戦前のハワイにおけるコリア系移民のナショナリズムとアイデンティティ』（二〇一五年かんよう出版より刊行）に詳しい。

私が本書を初めて読んだときに感じたのは、強烈な既視感だった。祖父母の世代が日本に渡ってきて、私は三世代目になる。朝鮮王朝の身分制度は廃止されていたとはいえ、ポドゥルの時代にも私の祖父母の時代にも人々の意識の中に身分制度は残っていた。ポドゥルの両親は、貴族階級の両班《ヤンバン》だが生活は困窮していた。ホンジュの父は常民《サンミン》だったが、お金を儲けて両班の身分を買った。私の母方の祖父母は両班の出だが、日本の植民地となった朝鮮半島で生活は困窮していた。祖母の家は使用人だった人に族譜《チョッポ》（家系図）を売ったお金で、日本に渡ってきたという。「そんなものを後生大事に抱えて飢え死にするような人たちじゃなくてよかった」と私の母は語っていた。その祖母はポドゥルの母と同じように若い頃に夫を亡くし、一人で子供を育てた。これまたポドゥルの母と同じように、娘が「父の無い子」と後ろ指さされぬよう、かなり厳しく躾《しつ》けたそうだ。テワンが今日の生活よりも祖国の独立という大義を重んじたように、南北に分断された祖国の統一を日々の生活よりも大事に考えていた人々が私の育ったコミュニティにも多かった。また、ポドゥルやホンジュたちのように、祖母や母世代の女性たちは「頼母子」の集まりを作ってお金を貯め、子育てを助け合ったりもしていた。時代と場所が異なるのにあまりに似ていることに私は驚き、ポドゥルの娘パールと共に、自身の祖母や母の人生について改めて考えるきっかけをもらった。

私の祖母の故郷はポドゥルたちが生まれた慶尚南道である。本作で、ポドゥル、ホンジュ、ソンファの話し言葉はすべて慶尚道《キョンサンド》地方の方言だ。当時、朝鮮に住んでいたら、出会うことはなかったであろう人々が、ハワイでは同じコミュニティで暮らしている。作中ではポドゥルの夫テワンをはじめとして、また別の方言で話す人物が登場する。ポドゥルたちの話し言葉をどのように訳すか迷いがあったが、あまりにも自然だった祖母の慶尚道の方言と関西弁の交ざった話し方を思い出した。慶尚道の方言を関西弁に翻訳した前例があることも確認し関西弁を使用した。作者イ・グミ氏が、翻訳にあたり私からの質問に快く回答してくださりながら「方言がたくさん出てくるので訳すのが大変かと思います。韓国語の本は私が書きましたが、日本語の本はあなたが産み出すのだと思っています」と言ってくださったことが心強かった。

二〇一七年、韓国系アメリカ人作家ミン・ジン・リーによる、釜山から大阪に移り住んだ在日コリアン家族四代の物語『パチンコ』が出版され、日本や韓国で翻訳された。二〇二二年にはドラマ化され、韓国では多くの視聴者を得た。また二〇二〇年には、一九八〇年代を舞台に韓国からアメリカに移住した家族の物語を描いた、韓国系アメリカ人監督リー・アイザック・チョンの映画『ミナリ』が、アカデミー賞の複数の部門にノミネートされ助演女優賞を受賞するなど話題となった。本作も二〇二二年には英語版が『The Picture Bride』というタイトルで出版された。近現代に国境を越え移住した人々の物語が、今、双方向に国境を越えながら受け入れられていることに驚いている。

本書の読者の皆さんが、ポドゥルたちに心を寄せながら、朝鮮半島よりはるかに多い数が海を渡った日本の写真花嫁たちの歴史や、今もなお様々な理由で国境を越えて移住する人々について考えるきっかけとなれば幸いだ。

二〇二三年四月
李　明玉

参考資料

・『ハワイ、メキシコ、南米への韓人移民』姜健栄（2016年、かんよう出版）
・「ハワイ大朝鮮独立団の組織と活動」キム・ドヒョン（2010年、『韓国独立運動史研究』37号、独立記念館韓国独立運動史研究所）
・『パクヨンマン（朴容萬）：米大陸の抗日武装闘争論者』キム・ドフン（2010年、歴史空間）
・『韓国系移民自叙伝作家』キム・ウクドン（2012年、ソミョン出版）
・『在米韓人50年史』キム・ウォンヨン／ソン・ボギ編（2004年、図書出版ヘアン）
・『ハワイの写真花嫁チョン・ヨンヒの物語』ムン・オクピョ、イ・ドクヒ、ハム・ハンヒ、キム・ジョムスク、キム・スンジュ（2017年、一潮閣）
・『100年鳴り響いたゲーリック号の汽笛の音』ソン・ソクチェ、オ・ジョンヒ、ウン・ヒギョン、ソン・ソクチュン（2007年、現実文化）
・『ハワイ韓人移民1世』ウェイン・パターソン／チョン・デファ訳（2003年、図書出版トゥルニョク）
・『家へ…』イ・ゴンホ（2019年、MBC）
・「写真花嫁、結婚にすべてを賭ける1」イ・ギョンミン（2007年、『黄海文化』秋号、セオル文化財団）
・『ハワイ移民100年』イ・ドクヒ（2003年、ランダムハウスコリア）
・「パク・ヨンマンと彼の時代」（1～75回）イ・サンムク（2010～2011年、「オーマイニュース」www.ohmynews.com）
・『ハワイ韓人社会の成長史1903～1940　創始期移民者たちとのインタビュー』イ・ソンジュ、ロバータ・チャン（2014年、梨花女子大学校出版文化院）
・「ハワイ韓人女性団体と写真花嫁の独立運動」（2017年、『女性と歴史』26巻、韓国女性史学会）
・韓国移民史博物館（https://www.incheon.go.kr/museum/MU040101）

本文中、〔　〕内に二段で示した箇所は訳者および編集部で加えた注記です。

本書は史実をもとにしたフィクションです。

作中に現在では不適切ととられかねない言葉遣い、また今日の医学的見地からは正しくないと思われる箇所もありますが、歴史的背景を鑑みて当時用いられていた表現をそのまま訳出いたしました。

［著者］

イ・グミ　Lee Geum-yi

1962年忠清北道生まれ。84年「新しい友文学賞」を受賞した『ヨングとフックと』でデビュー以後、数多くの児童文学作品を発表する。2004年幼児期に性暴力被害に遭った女子中学生を主人公にした『ユジンとユジン』(20年再版)を発表し、韓国ヤングアダルト文学の先駆者となる。以後、悩みを抱え生きる青少年世代を温かい視線で描いた作品を創作し続け、幅広い世代の読者に支持されている。07年小泉児童文学賞、12年尹石重文学賞、17年方定煥文学賞を受賞、20年国際アンデルセン賞の韓国候補作家に指名された。本書は18年度国際児童図書評議会オナーリストに選定された『そこに私が行ってもいいですか?』(日本語版は神谷丹路訳、22年里山社) に続く、近現代史を背景にした長編小説。

［訳者］

李　明玉（リ・ミョンオク）

1968年京都府生まれ。東洋大学文学部卒。日本語教師を経て、現在、韓国語講師として関西の中学校・高等学校に勤務。朝鮮・韓国語の翻訳家、通訳、ライターとしても活動している。

アロハ、私《わたし》のママたち

2023年6月24日　第1刷発行

著者　イ・グミ
訳者　李《リ》 明玉《ミョンオク》
発行人　箕浦克史
発行所　株式会社双葉社
東京都新宿区東五軒町3-28
03-5261-4818（営業）
03-5261-4833（編集）
http://www.futabasha.co.jp
（双葉社の書籍・コミック・ムックが買えます）
印刷・製本　中央精版印刷株式会社
装丁　名久井直子
装画　嶽 まいこ

ISBN　978-4-575-24641-4　C0097